영웅의 도시 6

영웅의 도시 6

1판 1쇄 인쇄 | 2011. 6. 29
1판 1쇄 발행 | 2011. 7. 5

지은이 | 이원호
펴낸이 | 박연
펴낸곳 | 스토리뱅크

등록일자 | 2009년 11월 17일
등록번호 | 제313-2009-250호
주 소 | 서울시 마포구 모래내로 83 (성산동, 한올빌딩 6층)
전 화 | 02)704-3331 팩 스 | 02)704-3360

ISBN 978-89-966418-5-8 04810
ISBN 978-89-964778-9-1 (세트)

* 잘못 만들어진 책은 구입처에서 교환해 드립니다.

이원호대표장편소설

英雄의 都市

제6권
대한민국

목 차

김상철의 선물 | 7

혼돈 | 38

싹트는 음모 | 73

궁지에 몰리다 | 108

끝없는 전쟁 | 139

폭풍전야 | 165

K공작 | 198

긴급상황 | 233

대통령의 꿈 | 264

쿠데타 Ⅰ | 297

누가 반역자인가? | 330

쿠데타 Ⅱ | 364

大한민국 | 396

후기 | 434

김상철의 선물

그날 밤 9시경에 서울발 대한항공 518편은 고려리아의 고려공항에 착륙했다. 관제탑의 유도로 23번 게이트에 도착했을 때는 9시 15분이 되어 있었다. 예정보다 15분이 늦은 것이다. 송명길 관제사는 부산 출신으로 공군에서 제대한 후에 고려리아로 이주한 사내였다. 그는 마이크의 스위치를 켜고 518기를 호출했다.

"대한항공 518, 30분 후에 42번 게이트로 이동하라. 그곳에 곧 노스웨스트가 들어온다."

"공항경비대 책임자를 바꿔 달라."

기장의 목소리에 주위의 관제사들이 모두 이쪽으로 머리를 돌렸다. 이맛살을 찌푸린 송명길이 마이크를 입에 바짝 붙였다. 도난 사건이나 기내에서 싸움질이 가끔 일어났던 것이다.

"518, 무슨 일이냐?"

"난 시체를 싣고 왔다."

"뭐라고?"

관제탑 책임자는 이미 뒤에 서 있었고 대여섯 명의 관제사가 송명길의 주위로 몰려들었다. 기장의 짜증난 듯한 목소리가 다시 관제탑을 울렸다.

"서울에서 시체를 싣고 왔다. 기내가 온통 피바다가 되어 있고 시체는 모두 25구이다. 앰뷸런스는 필요 없다."

"아니 도대체."

"모두 총에 맞아 죽었어."

"이봐, 518. 당신 도대체 무슨 말을 하는 거야?"

그렇게 버럭 소리친 것은 책임자인 하동수 소장이다.

"시체를 싣고 오다니? 더구나 총에 맞은……."

"이 개자식아, 와서 보면 될 것 아니야!"

기장의 아우성치는 듯한 목소리가 관제탑 안을 울렸으므로 사람들은 숨을 죽였다. 기장이 소리치듯 말을 이었다.

"비행기가 출발하기 직전에 승객의 거의 전부가 피살되었어. 피살자는 모두 일본 야쿠자들이다. 시바다 누구의 부하라고 들었다. 나는 시체를 싣고 고려리아로 가라는 협박을 받았어. 그렇지 않으면 가족을 해치겠다고."

"이봐요, 기장. 진정하고."

"진정 못해! 어서 기내에서 시체를 가져가란 말이야! 수취인은 행정청의 강미현 보좌관이라고 들었다."

"……."

"김상철이 보내는 화물이라고 했어!"

2시간쯤 후인 밤 11시경이다. 고려시 교외의 총독 관저에는 환하게 불이 켜져 있었고 건물 옆쪽의 헬기장에는 방금 착륙한 헬기의 프로펠러가 아직도 돌아가는 중이었다. 이남호와 이대각이 응접실에 들어서자 소파에 앉아 있던 총독이 머리를 들었다. 검정색 실크 가운 차림인 그의 얼굴은 험하게 찌푸려져 있었다. 그들이 잠자코 앞쪽 자리에 앉자 총독이 메마른 목소리로 물었다.

"모두 시바다의 부하들이 확실한가?"

"확실합니다."

대답한 것은 이대각이다. 어깨를 편 그가 총독을 똑바로 바라보았다.

"신분증도 확인했지만 고려리아에 있는 오다 센자부로 씨의 부하들도 확인해 주었습니다."

"……."

"각하, 그들은 대량의 총기를 휴대하고 있었는데 승무원들의 말을 들으면 한국 경찰이 그들을 활주로 안까지 호송하여 왔다고 합니다. 한국 정부에서 그들을 보호하고 있었던 것입니다."

총독 못지않게 이남호의 얼굴도 딱딱하게 굳어져 있었다. 이대각이 말을 이었다.

"김상철의 부하들은 미리 조종석을 점거하고 그들을 기다리고 있었습니다. 그리고는 출입국 관리요원으로 위장하고 와서는 야쿠자들을 앞뒤에서 친 것입니다."

이대각은 방 안의 분위기에 맞게 얼굴을 찌푸리고 있었지만 결국 흥분을 감추지 못하고 말끝을 떨었다. 그는 바로 조금 전 이남호와 둘이 있을 때는 실로 호쾌한 작전이라는 둥 하면서 제일처럼 후련해 했던 것이다. 이남호가 이대각의 분위기를 진정시키려는 듯이 헛기침을 했다.

"각하, 김상철은 시바다 겐지와 나까무라 2명을 끌고 갔다고 합니다. 경찰 간부 2명도 함께 끌려가는 것을 조종사가 보았다는군요."

조종사는 기체 밖에서 대기하고 있던 경찰 호송대 7명도 순식간에 제

압되어서 호송버스에 실리는 것을 보았던 것이다. 김상철의 부하들이 조종석 안에서 자신의 집까지 확인한 터이라 조종사는 그들이 시킨 대로 시체를 날라 왔다. 모험을 할 이유가 없는 것이다. 이윽고 총독이 머리를 들었다. 눈시울이 더욱 늘어져 있어서 지친 얼굴이었다.

"한국 정부가 그자들을 보호한 이유는 뭐라고 생각하나?"

이남호와 이대각이 제각기 시선을 피하자 그가 거친 헛기침 소리를 냈다.

"총기를 가지고 고려리아에 도착했다면 우리 공항의 세관과 경비대는 그들을 내버려 두었을까?"

"……"

"그렇다면 이곳에서도 그들을 검색 없이 공항 밖으로 빼돌릴 예정이었을까?"

이남호와 이대각이 그래도 입을 열지 않자 총독이 손바닥으로 의자의 팔걸이를 내려쳤다.

"말해 봐라, 어서!"

"각하."

이남호가 머리를 들었다.

"진정하십시오."

"강미현이가 배후에 있어, 그렇지?"

"……"

"청와대에 부탁해서 그놈들을 출국시킬 계획이었고 이곳 공항에는 검색 없이 입국시키려고 준비를 해두었을 것이다."

총독이 한껏 눈시울을 들어올렸다.

"그렇다면 김상철의 부인을 죽인 것이 시바다이고 그놈을 배후 조종한 것이 강미현이란 말인가?"

"각하, 자문관은 그럴 사람이 아닙니다. 저한테도 누차……."
"손을 끊으라고 했는데도 그놈이……."
어깨를 떨군 총독이 탁자 위로 시선을 내렸으므로 이대각은 소리죽여 한숨을 쉬었다. 이런 분위기에서 25명의 시체는 강미현에게 보낸 선물이라고 했다는 김상철의 전갈을 차마 전할 수가 없었던 것이다.

"내가 한 일이라면 내가 했다고 하지. 지금 상황에서 거짓말을 할 이유가 없어."
어깨를 편 시바다가 똑바로 김상철을 바라보았다. 이한에게 몇 차례 얻어맞은 후라 입가에 피가 맺혀 있었지만 눈빛이 날카로웠고 목소리도 굵다.
"난 당신 처를 납치해서 당신을 이곳으로 끌어들일 작정이었다. 그런 다음 당신을 없애려고 했어. 난 목장에 부하를 내려 보내지도 않았다. 아파트에서 기다리고 있었어."
그는 입술을 비틀며 쓴웃음을 지었다.
"그런데 공교롭게도 내 거처가 탄로 나는 바람에 일이 허사가 되었다. 솔직히 당신 처를 누가 그랬던지 간에 당신이 한국에 왔다는 건 나에게 좋은 기회였는데 말이야."
저택의 지하실 안이었다. 시바다 주위에는 김상철을 중심으로 이한과 심재택이 둘러앉아 있었는데 아직 아무도 입을 열지 않았다. 자정이 가까워진 시간이었다. 나무 의자에 묶여 앉은 시바다가 턱을 들더니 위쪽의 벽을 바라보았다.
"그년을 믿지는 않았지만 배신하리라고는 생각지 않았지. 그렇게 간덩이가 큰 년인 줄은 몰랐어."
심재택이 헛기침을 했다.

"너는 김 사장님을 제거하라는 강미현의 지시를 받았어. 그것은 명백한 사실이야. 그렇지 않나?"

시바다가 심재택을 쏘아보더니 이윽고 얼굴을 허물어뜨리며 웃었다.

"죽는 마당에 나도 신의를 지켜보자. 난 그런 부탁을 받은 적 없다."

"그렇다면 한국 정부가 널 보호해 준 이유는 뭐라고 설명할 테냐?"

"내가 대통령과 아는 사이이기 때문이지."

이제까지 잠자코 있던 이한이 입을 열었다.

"2년 전, 불칸 역에서 넌 기차 안에 타고 있던 사람들을 몰살시켰다. 그것도 아니라고 하겠지?"

의외로 차분한 목소리여서 심재택이 그를 돌아보았다. 시바다가 의자에 등을 기대고는 묶인 손이 불편한 듯 팔을 꿈틀대었다.

"불칸 역이라. 그곳에서 네 애인인 중국 갈보년도 죽었다고 들었는데."

그는 똑바로 이한을 바라보았다.

"내가 한 일이다. 이젠 후련하겠지?"

그의 시선을 받은 이한이 창백한 얼굴을 펴고 웃었다. 두 눈이 번들거리고 있었다.

"그래, 후련해."

"불칸 역 사건은 내가 집행한 거요."

나까무라가 반듯이 앉아 말했는데 놀랍게도 유창한 한국어를 썼다. 그들은 이제 옆방으로 옮겨와 나까무라를 바라보며 앉아 있었다.

"위조지폐가 유출되는 것을 막기 위해서였지요. 처음에는 저택을 습격하기로 했는데 기차로 떠난다는 정보를 듣고 계획을 바꿨지요."

머리를 끄덕인 심재택이 부드럽게 물었다.

"네가 재일동포라는 소문은 들었다. 강미현이 김 사장님을 제거하라는 부탁을 했을 텐데, 자세한 내막을 말해라."

"말하면 바로 죽여주실 겁니까?"

심재택과 김상철이 얼굴을 마주보았다. 이한이 헛기침을 했지만 입을 열지는 않았다. 김상철이 머리를 끄덕였다.

"소원대로 해주지."

"강미현은 150만 달러의 활동비를 보내 주었습니다. 김 사장님을 제거하는 조건의 계약금이었지요. 일이 성공하면 350만 달러의 잔금을 받기로 되어 있었습니다."

지하실은 창고로 쓰이는 시멘트 구조물이었다. 그의 말소리가 방을 울렸다.

"강미현은 청와대 쪽에 우리 일행을 지원해 달라는 요청을 했고 그들도 합의했지요. 강미현은 김 사장님이 국정원 관리들과 함께 정권을 전복시킬 계획이라고 말했다고 들었습니다."

"……"

"그리고 한국 정부는 강미현의 요청을 거절할 입장도 못 된다고 하더군요. 시바다한테서 들은 말입니다."

그들은 나까무라가 시바다의 이름을 부르는 것에 긴장을 했다. 나까무라가 앞에 앉은 그들의 얼굴을 차례로 돌아보았다.

"물론 김 사장님 부인의 트럭사고 건은 우리가 저지른 일이 아닙니다. 시바다는 한국 정부가 선수를 친 모양이라고 했습니다. 우리는 부인을 납치할 계획이었습니다."

김상철이 가늘게 한숨소리를 내었고 와락 상체를 세운 심재택이 그를 바라보았다. 그의 호주머니에는 녹음기가 돌아가고 있는 중이다.

"한국 정부가 했다는 증거가 있어?"

"그들밖에 그 짓을 할 사람이 없지 않습니까?"

"……."

"물론 시바다가 계집질에 빠져들지 않았다면 어쨌든 우리들도 성공했 겠지요."

의자에 등을 기댄 나까무라가 김상철을 똑바로 바라보았다.

"저도 고려리아에 돌아가고 싶었습니다. 그곳에서 한국인으로 어깨를 펴고 살고 싶었지요. 그곳은 확실한 한국인의 땅이었으니까요."

이한이 슬그머니 자리에서 일어섰으므로 김상철이 그를 올려다보았다. 그의 시선을 받은 이한이 중얼거리듯 말했다.

"형님, 돌아가서 그 계집부터 죽입시다. 그 일이 첫째인 것 같습니다."

다음 날 새벽, 전화벨이 울렸으므로 선잠이 들었던 안숙명 여사는 소스라쳐 잠에서 깨었다. 그녀가 수화기를 집어 들었을 때에는 고광식도 반쯤 몸을 일으키고 있었다.

"여보세요."

"어머니."

"아이고, 동민아."

저도 모르게 소리 친 안숙명이 수화기를 움켜쥐었다.

"동민아, 너."

"어머니, 저 강남역 근처의 공중전화 부스에 있어요."

"아이고, 공중전화."

고광식이 손을 뻗쳐 수화기를 쥐었으나 안숙명은 몸을 흔들어 더욱 귀에 붙였다.

"그럼 동민아, 너."

겁이 났고 뒤에 누군가가 있는 것 같은 생각에 안숙명이 더듬거렸다. 이미 눈에는 가득 눈물이 고여 있었고 목이 메었다.

"어머니, 저 풀려났어요."

"응, 풀려나?"

그러자 고광식이 기를 써서 수화기를 뺏어 쥐었다.

"동민아, 애비다."

그도 이제 목이 메었다.

"풀려났다고?"

"예, 아버지. 금방 택시 타고 갈게요."

"택시, 그것보다 내가……."

"괜찮아요, 아버지. 그 사람들이 택시비도 넉넉하게 주었어요."

저도 모르게 입 밖으로 신음소리를 뱉은 고광식이 어깨를 늘어뜨리자 다시 안숙명이 수화기를 가로채었다.

"동민아, 너 지금 어디에 있다고?"

그로부터 20분쯤 후에 고동민이 탄 택시가 집 앞에 도착했다.

대문 앞에서 기다리고 서 있던 안숙명이 두 팔을 휘저으며 달려가 그를 안았고 턱을 들고 선 고광식은 헛기침을 했다. 새벽 5시다. 안숙명이 아들을 안았으나 체격이 큰 고동민이 어머니를 안은 꼴이 되었는데 안숙명은 소리죽여 흐느껴 울었다.

"자, 어서 들어가자."

고광식이 아들의 어깨를 안았다. 고동민은 검정색 운동모를 깊게 눌러 쓰고 있었는데 깎인 머리칼 때문일 것이다.

"전 괜찮아요, 어머니."

철부지인 것 같았던 고동민이 어머니의 어깨를 안고 집안으로 들어서며 말했다.

"처음에는 겁났지만 그 아저씨들, 괜찮은 남자들이었어요."

그들의 뒤를 따라 걷던 고광식은 어금니를 물었다.

출근시간이 가까워진 아침 7시경이다. 대한병원의 앰뷸런스가 고광식의 2층 양옥집 앞에 도착했고 안숙명과 고동민의 부축을 받은 고광식이 앰뷸런스에 올랐다. 뒤칸의 침대에 누운 고광식은 아내가 건네주는 핸드폰을 받아 번호를 눌렀다.

"나 고 차장인데, 이명규 부장을 바꿔줘."

잠시 후에 고광식은 말을 이었다.

"이 부장, 나야. 나 지금 앰뷸런스 안인데, 갑자기 쓰러져서 당분간 일을 못할 것 같아서."

그는 한 손을 뻗쳐 고동민의 손을 잡았다. 그러자 아내의 손이 그들의 손등을 덮었다.

"그래, 지금 대한병원으로 가는 중이야. 아니, 올 것 없어. 내 말을 들어. 그래, 내 병가를 내줘. 청장께도 말씀드리고, 그리고 청와대의 신 수석한테도."

핸드폰의 스위치를 끈 고광식이 누운 채로 길게 숨을 뱉었다. 그러나 아직 그들의 손을 잡은 채로였다.

"그 사람이 고혈압일 줄은 몰랐는데."

신형목의 목소리는 짜증기가 섞여져 있었다.

"병이 났다면 하는 수 없지. 이봐요, 이 부장. 이젠 앞으로 당신이 수고를 해주셔야겠는데."

"알겠습니다, 수석님. 제가 부족하지만……."

"우선 몸이 건강해야 일을 할 수 있어요."

"물론입니다, 수석님."

"이제까지 진행상황은 잘 알고 있겠지요?"

"예, 제가 실무자였기 때문에."

"김상철과 심재택의 검거에 총력을 기울여 주시오. 그리고 이정훈도."

"알겠습니다, 수석님."

"김상철 그놈이 언제 다시 나타날지 모르니 발견 즉시 처리해야 됩니다."

김상철이 공항에 나타나 비행기 안에 있던 25명의 야쿠자를 사살하고 시바다 겐지와 나까무라 두 사람을 끌고 간 것은 그야말로 경천동지(驚天動地)할 사건이다. 그러나 천만다행히도 김상철은 비행기를 고려리아로 떠나보냈고 고려리아 정부는 25구의 시체를 인수하고는 꿀 먹은 벙어리가 되어 있었다. 만일 공항에 시체들이 남아 있었을 경우를 생각하면 지금도 모골이 송연해지는 것이다. 경찰의 보호 아래 세관도 거치지 않고 비행기에 태운 일본인들이다. 언론이 이런 호재를 놓칠 리가 없는 것이다. 사건 현장을 목격한 것은 2명의 경찰 간부와 4명의 승무원뿐이었으므로 승무원만 입막음을 하면 되었다. 경찰 간부들은 인질로 잡혀 시내까지 끌려갔다가 풀려났는데 그들이 입을 열리는 없고 비행기 아래에 있던 경호경찰들은 안에서 일어난 일은 모르고 있는 것이다. 이명규와의 통화를 끝낸 신형목은 방을 나와 비서실장실로 들어섰다. 오전 10시 10분 전이었으므로 이태준은 서류를 챙겨들고 나갈 차비를 하는 중이었다. 매일 10시 정각이면 그는 대통령과 독대하는 것이다. 사흘에 한 번꼴로 여당 대선후보 정동민이 아침 회의에 참석하고 있었는데 오늘이 그날이다.

"실장님, 그럼 저는 약속 때문에 나가보겠습니다."

선 채로 신형목이 시계를 내려다보는 시늉을 하자 이태준이 머리를 끄덕였다.

"오전에 각하께서 직접 연락을 하실 거요. 그러나 오늘은 결론을 내야 합니다."

머리를 숙여 보인 신형목은 방을 나왔다.

12시 정각에 신형목은 시청 앞의 로열호텔 15층에 위치한 스카이라운지로 들어섰다. 라운지의 안쪽에서 기다리고 있던 지배인이 허리를 꺾어 절을 했다.

"어서 오십시오, 기다리고 계십니다."

지배인이 그를 안내해 간 곳은 안쪽의 밀실이다. 원탁을 앞에 두고 혼자 앉아 있던 대영의 비서실장 조영규가 일어섰다. 얼굴에 가득 웃음을 띠우고 있었다.

"그동안 적조했습니다, 수석님."

"서로 바쁘다보니 그렇게 되었군요."

창밖은 햇살이 눈부시게 비추는 8월 초순의 무더운 날씨였지만 방 안은 서늘했다. 주문한 음식이 놓이고 종업원이 물러갈 때까지 그들은 날씨와 건강, 집안 이야기로 시간을 때웠다. 그래서 웃음도 건성이고 끄덕이는 것도 형식적이다. 스테이크를 썰어 포크로 찍어 든 신형목이 이윽고 정색을 했다.

"각하께서 회장님께 직접 통화를 하신다고 하셨는데……."

"예, 제가 출발하기 조금 전에 하셨습니다."

조영규가 입 안에 든 야채를 삼켰다.

"2년쯤 전에 저희 전자공장을 방문하신 적이 있지요. 그곳 식당의 음식이 맛있었다고 하셨다는군요."

"……."

"저희 회장이 꼭 다시 모시겠다고 했답니다. 영광이지요."

고기를 씹어 삼킨 신형목이 헛기침을 했다.

"정책을 일관성 있게 추진하려는 것이 각하의 유일한 소망이십니다. 잘 알고 계시겠지만 대다수의 국민은 안정을 바라고 있고."

"……."

"결국은 국가와 국민을 위한 일입니다. 각하께선 다른 욕심이 없으십니다."

조영규가 머리를 끄덕였다. 어느새 그도 정색한 표정이 되어 있었다.

"알고 있습니다. 말씀 안 하셔도."

"대선자금이 필요합니다. 선거 직전에 마련하면 여러 가지 문제가 생길 것 같아서."

다시 머리를 끄덕인 조영규가 물잔을 들어 한 모금을 마셨다.

"물론 드려야지요. 그래서 저희들도 미리 비자금으로 외국은행에 예치해 두었습니다."

"아, 그러셨군요."

얼굴에 웃음을 띠운 신형목이 포크를 내려놓았다.

"어련히 알아 하셨겠지요."

"그런데 그 돈을 11월에야 찾게 되어 있어서, 예전처럼 선거직전에 돈을 풀 것으로 생각해서 말입니다."

"……."

"은행에 적립시켜 놓았기는 하지만 도저히 11월 이전에는 불가능합니다. 기술적인 문제입니다만, 그 돈을 담보로 차관을 얻었는데 11월이 되어야 담보가 해제될 것 같은데요."

물잔을 쥔 채 신형목이 식탁을 내려다보았다. 이제까지 대선자금 수금에 대한 뚜렷한 원칙이 있는 것은 아니었다. 필요하면 선거 유세기간 동안에도 걷었으므로 더 이상 다그칠 명분이 없는 입장이었다.

로열호텔에서 한 블록 밖에 떨어지지 않은 킹덤호텔의 지하 일식당 안이다. 경제 부총리 윤동선은 통상산업부 장관 진양근과 마주앉아 초밥으로 점심을 들고 있었다. 윤동선은 경제 부총리를 두 번째 맡고 있었는데 10년 전 처음 맡았을 때는 경제발전에 견인차 역할을 한 것으로 평가를 받았었다. 윤동선이 머리를 들었다.

"재경원의 사무관급 이십여 명이 사표를 내었어요. 그런데 알고 봤더니 모두 고려리아로 이주할 모양이야. 고려리아의 행정청으로 자리를 옮기는 거요."

그는 입맛이 달아난 듯이 젓가락을 내려놓았다.

"야단났어. 사람들이 왜 진득하지를 못하고 그러는지 모르겠어."

"우리도 마찬가집니다. 내 생각엔 선거 전에 대한민국 중소기업인의 반은 고려리아로 이주해 갈 것 같습니다."

그러자 윤동선이 쓴웃음을 지었다.

"에이, 진 장관도, 설마 그렇게까지야."

"요즘 하루에 몇 명씩이나 이주해 가는지 아십니까? 3000명 가깝게 된단 말입니다. 중소기업중앙회에서 조사한 바로는 그중 반 이상이 중소기업인입니다."

"경제수석은 부도 직전이나 경쟁력이 없는 중소기업인들이 떠난다던데."

"그 소인배. 그자는 정권이 바뀌면 무솔리니처럼 광화문에 거꾸로 매달아야 합니다."

진양근의 얼굴이 금방 벌겋게 달아올랐다.

"그자도 전 안보수석 박정규처럼 수틀리면 미국으로 도망갈 것입니다. 그러면 끝이지요. 나라는 황무지가 되고."

윤동선은 정권을 4번이나 겪은 노회한 인물이다. 잠자코 입맛만을 다시는 그에게 진양근이 말을 이었다.

"경쟁력 없는 중소기업이 떠난다면 한국에는 경쟁력 있는 기업만 남는단 말입니까? 도대체 그런 발상은 그자가 배운 미국의 어느 경제학자

놈이 말한 것입니까? 큰일 났습니다. 이대로 가면 한국 산업은 밑바닥이 무너져 단숨에 허물어질테니 위기예요."

"선거 끝나면 다시 안정이 돼요. 이주도 제한을 할 것이고, 또 말이 나왔으니 말인데 제도나 규제도 고쳐야 될 것이고."

진양근이 머리를 저었다. 그는 상공부 주사로 시작하여 통상산업부 장관까지 된 입지전적인 인물이었는데 운도 좋았다. 정치권의 인맥도 없었던 터에 유력한 경쟁자 하나는 암으로 입원을 했고 다른 하나는 장관이 된다고 미리 떠든 바람에 물을 먹었던 것이다.

"저도 오래 연구도 하고 노력도 해보았습니다만 이제 뿌리가 너무 깊습니다. 아니, 더러워졌다고 할까요? 흙탕물 구덩이에 몇 양동이 맑은 물을 넣는다고 될 일이 아닙니다. 물을 모조리 뽑아내고 다시 채우든지 아니면 모조리 정수시설에 넣어 거르든지 해야 됩니다."

"너무 비관적이야, 진 장관은."

"너무 낙관적이십니다, 부총리께서는."

"한국민의 저력을 모르시는데, 어떤 계기나 분위기가 만들어지면 일시에 일어납니다. 두고 보시오."

"이런 정치권 아래에서 말씀입니까? 다음 정권에도 과연 그런 기회가 올까요?"

윤동선이 잠자코 입맛을 다시자 진양근이 다시 머리를 저었다.

"무역적자가 사상 최고치를 기록하고, 증시는 폭락하는 데다 수출은 마이너스, 거기에다 각종 규제와 부처간 이기주의로 기업 활동은 위축되고 투자는 대폭 줄어들고 있습니다. 시장개방으로 국산 제품의 가격은 경쟁력을 잃은지 오래인 데다 노조의 고질적인 파업투쟁으로 기업은 만신창이가 되어갑니다. 국가부채가 세계 3위인 나라란 말입니다. 그런데도 북한의 위협에 수시로 경제원조네 식량지원이네 해서 몇 십 억 달러를 공출 당하듯이 주고 있어요. 이런 상황에 정치권에서는 대선 준비만 하고 있는 겁니다. 도대체 어제 열릴 경제 장관 회의가 무산된 이유는 뭡니까? 이런 위급한 시기에 말입니다."

"곧 열리겠지요."

그러자 진양근이 어깨를 늘어뜨리며 긴 한숨소리를 냈다.

"기업인뿐만이 아닙니다, 부총리님. 이젠 일반 국민들도 작금의 정치와 사회에 환멸을 느끼고 고려리아로 이주해 가는 것입니다. 그들도 알고 있어요. 흙탕물은 맑아지지 않는다는 것을 말입니다. 그래서 맑은 곳에서 다시 시작하려는 것이지요."

입맛을 다신 윤동선이 보일 듯 말 듯 머리를 끄덕였다.

"위기의식을 느끼는 건 나도 마찬가지요. 하지만 길이 있을 거요. 하나씩 해결해 나가는 길이, 우린 지금까지 그렇게 견디어 왔으니까."

총독이 행정회의를 주관한 것은 오랜만의 일이어서 각 국장들은 긴장하고 있었다. 행정청의 국장이면 내각의 장관이었고 행정청장은 국무총리이다. 따라서 오늘의 회의는 한국의 대통령이 주관하는 각료회의와 비슷한 역할이었다. 총독과 행정청장 이남호, 그리고 16명의 국장 외에 부청장이자 경비 본부장인 이대각이 두 명의 핵심참모와 함께 참석하고 있었으므로 고려리아의 행정부와 사법부 양원의 합동회의였다.

8월 초순, 남부지방의 들판에 푸른 풀잎이 돋아나고 영상 10도 안팎의 기온이어서 리조트 시티의 스키장에 나체 스키어들이 나타나는 시기였다. 총독이 무거워 보이는 눈시울을 들고 둥글게 둘러앉은 각료들을 바라보았다. 행정청의 소회의장이었지만 대리석으로 벽과 바닥이 장식된 300평이 넘는 방이다.

"여러분들은 대부분 한국인이고 한국에서 생활한 사람들이 많아. 따라서 그곳의 장단점이 무엇인지 잘 알고 있을 것이야."

낮은 음성이었지만 앞에 장치된 초소형 스피커의 볼륨을 알맞게 키운 때문에 총독의 목소리가 방을 울렸다.

"행정규제는 최소한으로 한다. 부처 간의 이해가 걸린 일로 업무가 한 시간 이상 지연되었을 경우에는 담당 실무자는 국외로 추방시킬 것이고 담당 국장은 파면이다."

그런 일은 아예 있지도 않았으므로 국장들은 태연한 표정들이었다. 한국에서 너무 오래 시달려 온 총독의 과잉반응으로 치부하는 것이다. 청장실 산하에 행정조정위원회가 있어서 부처 간의 업무를 조정한다. 한국은 공장 하나 짓는데 300여 개의 도장이 필요하지만 이곳은 6개의 도장에 제한 시간은 3시간이었다. 총독이 말을 이었다.

"한국에서 중소기업뿐만이 아니라 고급인력이 몰려오고 있어. 이 추세는 당분간 이어질 것 같은데 아까운 인력을 낭비하지 말도록."

"인력수급위원회를 만들까 합니다만."

이남호가 입을 열었다.

"이제까지는 비서실에서 지원서를 받고 해당 국장에게 지원자의 자료를 넘겨주었는데 업무가 많습니다. 그래서……."

"어허."

이맛살을 찌푸린 총독이 입맛을 다셨다.

"청장은 아직 한국 버릇을 못 버렸어. 자꾸 조직을 만들어서 뭘 하자는 게야? 기존 조직에서 처리하도록."

"예, 각하."

꾸지람은 받았지만 이남호는 느긋한 표정이었고 국장 서너 명은 얼굴에 웃음을 띠우고 있다. 고려리아의 행정부에는 정년제도가 없었으므로 두어 명의 국장은 70대로 전직 한국 정부의 장관들이었다. 오늘의 회의 주제는 이주민 수용 및 중소기업 육성 방안이다. 한국에서 몰려드는 수백 가지 업종의 중소기업군(群)을 업종별로 배치하고 지원해 주는 방안을 검토하려는 것이다. 이미 15개의 위성도시에 업종별로 공단을 세우는 중이었고 중소기업가들은 각각 사업장을 배정 받아 일을 시작하게 된다.

노동국장이 머리를 들더니 헛기침을 했다.

"각하, 청장에게 보고한 사항입니다만 기본인력이 모자랍니다. 시급한 조처가 필요합니다."

총독이 이대각에게로 머리를 돌렸다.

"지금 현재로 고려리아 인구가 얼마나 되지?"

"680만 명이 조금 못 됩니다, 각하."

"국적 비율은?"

"한인과 러시아인, 중국인의 비율이 각각 30%이고 나머지 10%가 약 25개 국적입니다."

"올해 예상은?"

"그건 각하께서 결정하셔야지요."

그러자 국장들 사이에서 웃음소리가 났다. 국경의 통제를 풀기만 하면 당장에 러시아와 중국, 그리고 타국민의 비율이 치솟아 오를 것이다. 그러면 인구 1000만도 몇 달 안에 채울 수 있다. 하지만 지금까지 총독은 엄격하게 민족의 비율을 조절해 왔다. 총독도 얼굴에 웃음을 띠웠다.

"보고서를 보았는데 한국 이주민이 이 추세로 나간다면 올해 안에 100만 명 가깝게 될 거야. 그것은 확실해."

모두 알고 있는 일이었다. 하지만 한국 이주민은 대부분이 중소기업인과 그 가족, 투자이민에다 전문인력이다. 노동국장이 말하는 기본인력이 아닌 것이다.

창틀에 두 손을 짚은 강미현은 석양이 걸려 있는 지평선을 바라보며 한동안 움직이지 않았다. 그늘이 짙어가는 대초원의 지평선이 붉은 하늘을 더욱 선명하게 받쳐 주었고 반쯤 걸린 흰 태양이 여러 개의 빛무리로 연결되어 있었다. 광대한 땅이다. 대자연의 중심에 서 있으면 인간의 희로애락과 때로는 삶과 죽음까지도 하찮게 느껴질 때가 있다. 인간은 미물(微物)일 뿐이다. 요즘 며칠 동안 강미현은 관저에 박혀 바깥출입을 하지 않고 있었는데 그것은 물론 총독이 금족령을 내렸기 때문이다. 행정청에는 병가를 내었으므로 가끔 이곳저곳에서 차도를 묻는 전화가 올 뿐이었다.

창틀에서 몸을 뗀 강미현은 소파로 돌아가 앉았다. 총독이 아직 퇴근해 오지 않은 관저 안은 조용했다. 신경이 예민해져 있는 그녀를 자극하지 않으려고 모두들 조심하고 있기 때문이기도 했다. 강미현은 소파에 머리를 기대고 앉아 위쪽의 천장을 바라보았다. 김상철은 시바다 겐지의 부하들을 몰살시켜 그 시체를 자신 앞으로 보냈던 것이다. 이대각은 말하지 않았지만 비서실의 박태현을 통해 그가 전한 말을 들을 수가 있었다. 이제 그의 다음 대상이 누가 될지는 뻔한 일이다. 그가 박미정을 사랑했던 만큼 증오심이 반비례하여 증폭될 것이고 그 대상은 자신이다. 저도 모르게 아랫입술을 깨문 강미현은 상체를 세웠다. 박미정을 그렇게 만든 것은 한국 정부일 것이다. 그들은 김상철의 제거라는 목적만 같았을 뿐이지 작전은 별개였다. 전화벨이 울렸으므로 그녀는 생각에서 깨어났다. 수화기를 들면서 올려다본 시계는 저녁 8시가 되어가고 있었다.

"병세가 어떠십니까?"

서일이 부드러운 목소리로 물었다. 그는 사무실 책상에 앉아 있었는데 앞에는 장호성과 박기환이 나란히 앉아 그를 바라보는 중이다.

"이젠 좀 나아졌어요."

서먹한 분위기로 강미현이 말하자 그는 얼굴을 폈다.

"아, 정말 다행입니다. 걱정하고 있었지요. 고려리아의 여름 감기는 독해서요."

"……."

"그럼 언제부터 출근하십니까? 병문안을 못 오게 하셨으니 사무실로 나 찾아뵙지요. 상의드릴 일도 있고."

"제가 나중에 연락을 드리지요."

"그래 주시겠습니까? 그럼 기다리고 있겠습니다."

수화기를 내려놓은 서일이 그들을 바라보았다.

"아직 근신이 언제 풀릴지 본인도 모르는 모양이야."

"총독이 단단히 화가 났다고 들었습니다. 강미현을 귀국시킨다는 소문도 돌고 있어요."

장호성이 입맛을 다셨다.

강미현은 그들의 가장 든든한 고려리아 정부측의 배경이었던 것이다. 그것은 김상철을 견제하기 위한 그녀의 계산된 행동이었지만 그들에게는 기회였다. 서일이 박기환에게로 머리를 돌렸다.

"김상철의 소식은 없소?"

"아직 남조선에 있다는 것밖에는 모릅니다, 대표 동지."

무뚝뚝한 표정으로 박기환이 말을 이었다.

"시바다를 잡아갔다니 곧 제 마누라를 죽인 자가 누구인지를 밝혀내겠지요."

이미 고려리아의 조직세계에서 공항에 시바다의 부하 25명의 시체가 실려 왔고 시바다와 나까무라가 김상철에게 잡혔다는 것을 모르는 사람은 없다. 또한 강미현이 시바다의 배경이 되어 있었다는 것도 알려져 있는 것이다. 서일이 의자에 등을 기대었다.

"남조선에서 김상철이 제거되면 그 시점에서 강미현의 금족령도 풀릴 거요. 총독은 지금 고려리아에 남아 있는 김상철의 추종 세력들의 눈치를 보느라고 강미현을 잡아두고 있는 거요."

그는 얼굴에 쓴웃음을 지었다.

"강미현이 시바다를 시켜 김상철의 처를 해쳤다고 대부분의 사람들이 믿고 있소. 김상철의 부하들은 흥분하고 있단 말이오. 이런 상태에서 김상철이란 뇌관이 고려리아에 오게 되면 고려리아는 전쟁이 일어 날 거요."

비록 김상철은 떠나있지만 그레고리와 변순태 등을 중심으로 그의 조직들은 번성하고 있는 것이다. 단순한 조직이 아니라 고려리아의 조직은 모두가 사업형 조직이다. 조직원들은 종업원으로 등록되어 있었으므로 김상철의 공식 조직원만 해도 2만 명 가깝게 되는 것이다. 거기에다 국정원의 도움으로 한인 전체를 망라한 세포조직을 형성해 나가고 있었는데 그것은 북한의 세포조직에 대항하려는 의도였다. 장호성이 입을 열었다.

"고려리아에 이미 남조선 이주민이 30만 명이 넘었습니다. 상대적으로 우리 북조선 이주민은 비율이 적어요. 시급한 조처가 필요합니다."

"숫자가 많다고 두려워 할 건 없어요."

서일이 얼굴을 펴고 웃었다.

"남조선의 투자이민과 기업인들, 고급 전문인력이 쏟아져 들어오는 것은 우리에게도 바람직한 일이오. 모두 당과 지도자 동지께서 계획하신 일이란 말이오."

역삼로의 대형 빌딩 신축공사장의 주차장에는 트럭 2대가 세워져 있을 뿐 짙은 어둠에 싸여 있었다. 밤 12시가 지난 시간이어서 주차장 아래쪽의 현장사무소에도 인적이 없었고 담장 너머의 도로를 지나는 차량들의 엔진소리만 울려오고 있었다.

"적당한 장소로군."

트럭 옆으로 차를 세우고 시동과 라이트를 끈 심재택이 주위를 둘러보며 혼잣소리처럼 말했다.

"물론 숨어서 저격하기에도 적당하고 말이야."

옆자리에 앉은 이한이 시계를 내려다보았다. 심재택이 직접 운전하고 온 승합차에는 그들 외에도 2명의 부하와 2명의 승객을 태우고 있었는데 그것은 시바다와 나까무라이다. 그러자 뒷좌석에서 낮은 웃음소리가 났다. 시바다였다.

"공사장에 시체를 묻을 모양인데 그건 옛날 수법이야. 다른 방법이 얼마든지 있는데 겨우 이렇게 하려고 그 소란을 떨다니."

심재택은 어둠 속이었지만 이한이 입술 끝을 비틀면서 웃는 것이 보였다. 부하 한 명이 뒤쪽의 문을 열고 밖으로 나갔다. 습기가 많이 포함된 눅눅한 공기가 차 안으로 몰려 들어왔고 파헤친 흙냄새가 짙게 맡아졌다.

"이봐, 뭘 해? 어디서 종소리라도 울려오기를 기다리나?"

시바다가 다시 빈정거리듯 말했을 때 차의 뒤쪽에서 인기척이 났다. 자갈더미를 밟는 여러 사람의 발자국소리였다.

"왔습니다."

운전석 옆으로 다가온 부하가 말하자 심재택은 차에서 내렸다. 어둠 속에 세 사내가 서 있었는데 가운데에 선 사내가 한 걸음 다가왔다.

"노구치 마사요시입니다. 일본 정보국의 동북아과장으로 있지요."

"심재택입니다."

이미 전화로 인사를 나눈 터이라 그들은 가볍게 손을 잡았다.

"수고를 끼쳐 드려 죄송합니다. 그럼, 제가."

"뒷좌석에 있습니다."

이한과 차 안에 있던 부하까지 내렸고 노구치와 2명의 사내가 대신 안으로 들어갔다.

"고문하는 기계 같은 걸 가져오지나 않을까 했는데 맨손이군."

주위를 둘러보던 이한이 혼잣소리를 했다. 김상철은 시바다를 쫓고 있던 일본 정보국에 연락을 했던 것이다. 이미 시바다의 거처를 통보까지 해주었던 김상철이다. 그의 연락을 받은 노구치가 펄쩍 뛸 듯이 기뻐한 것은 물론이었다. 이한이 심재택에게로 한걸음 다가와 섰다. 그들은 승합차 앞쪽의 흙더미 옆에 서 있었다.

"심 선생은 형님이 앞으로 어떻게 하실 건가를 알고 계시오?"

어두웠으므로 심재택은 크게 머리를 저었다.

"아니, 난 모릅니다. 그걸 물을 만한 분위기도 아니었어요. 이 형도 아시다시피."

"……"

"강미현의 사주를 받은 한국 정부가 저지른 일은 틀림없어요."

"저놈이 한 짓은 아닌 것 같소."

그는 턱으로 승합차를 가리켰다.

"이건 내 추측이지만 안보수석 신형목이 다른 라인을 통해 일을 시킨 것 같소. 고광식이 안 했다면 말이오."

그가 흙더미 위에 쭈그리고 앉았으므로 이한도 옆쪽에 앉았다. 안보수석이 어떤 위치의 인물이라는 것은 이한도 안다. 신형목은 지금까지 그가 상대해 온 사람들과는 수준이 다른 것이다. 심재택이 잠자코 있는 이한을 돌아보았다.

"이 형, 이 정권은 썩었소. 이 형은 이해할 수 없겠지만 난 이미 각오를 했어요. 죽을 때까지 부딪쳐 보겠다고. 이미 한 번 죽었다가 살아난 놈이오, 나는."

"내 생각엔 강미현이 한 년만 죽이면 끝나겠는데. 난 이 나라하고는 인연도 없고 관심도 없습니다."

심재택이 다시 입을 열었을 때 승합차의 문이 열리며 한 사내가 나오는 것이 희미하게 보였다. 자리에서 일어난 그들은 그에게로 다가갔다. 나온 사내는 노구치였다.

"이건 계획에 없는 일입니다만."

그들 앞에 선 노구치가 입을 열었다.

"시바다놈을 데려가야 되겠습니다. 물론 시바다는 전 동북아 과장 몬도와 요원 두 명을 살해한 혐의로 중형을 받게 될 겁니다."

그러자 이한이 한 걸음 다가섰다.

"아니, 그게 무슨 말이오. 당신들은 조사할 것이 있으니 만나게만 해달라고 하지 않았소?"

더듬거리기는 했지만 그의 일본어도 수준급이다.

"쓸데없는 소리 마시오."

"김 사장님께 허락을 받았습니다."

노구치가 부드럽게 말했다.

"차 안에서 연락을 했으니 지금 확인해 보시지요."

"……."

"시바다가 중요한 정보를 쥐고 있어서, 저희 정보국으로서는 꼭 필요한 놈입니다."

잠자코 있던 심재택이 주머니에서 핸드폰을 꺼내들었다. 김상철에게 확인해 보려는 것이다. 잠시 후에 그들은 승합차 안에 들어가 있었다. 뒷좌석에 시바다와 나까무라가 나란히 앉고 그들의 앞에 심재택과 이한,

노구치가 둘러앉은 형태였다.

심재택이 시바다를 바라보았다. 차 안은 어두웠으나 건너편 빌딩에서 흘러들어온 빛을 받아 서로의 얼굴은 보인다.

"시바다, 너는 또 일본 정보국과 흥정을 한 모양이군."

시바다가 이를 드러내며 웃었다.

"한국 국정원과도 흥정할 것이 있었는데 네가 국정원에서 잘려나간 바람에 이야기가 안 되었어. 그건 네 탓이다."

입맛을 다신 심재택이 노구치에게로 머리를 돌렸다.

"이자는 필요 없단 말이오?"

나까무라에 대하여 묻는 것이다. 조금 비아냥대는 말투였는데도 노구치는 정중하게 대답했다.

"예, 그자는 필요 없습니다. 마음대로 처리하십시오."

이한이 자리에서 일어섰다. 무심코 그를 바라본 심재택이 입을 딱 벌렸는데 그의 손에 총이 쥐어져 있기 때문이다. 소음기가 끼워진 긴 총신의 검은 쇳덩이가 싸늘한 빛을 내었다. 노구치가 눈을 크게 떴지만 감히 입을 열지 않았다. 이한이 이를 모조리 드러내며 웃었다. 그의 총구는 시바다의 양쪽 눈썹 사이를 정확하게 겨누고 있다.

"아무리 네가 운이 좋고 흥정을 잘해도 내 손에 잡힌 이상 끝난 것이다, 시바다 겐지."

이미 시바다의 얼굴은 시멘트벽같이 굳어져 있었는데 그의 눈동자가 향해져 있는 곳은 총구의 검은 구멍이다.

"형님이 허락했어도 나는 안 돼."

다음 순간 그의 총구에서 섬광이 튀어나오면서 모래자루를 몽둥이로 치는 것 같은 총성이 났다. 눈썹 사이가 뚫린 시바다가 머리를 뒤쪽 창에 부딪히며 넘어지자 이한이 노구치를 바라보았다.

"자, 저 놈을 데려가시오, 선생."

이한은 딴전을 피우며 앉아 있었고, 심재택이 공사장에서의 상황을 김상철에게 보고했는데 당사자가 옆에 있는데도 남의 이야기를 하는 것 같았다.

심재택이 말을 마치자 김상철이 이한을 바라보았다. 아직도 이한의 시선은 딴 곳에 있다.

"나까무라를 살려 데려온 이유는 뭐냐? 같이 쏘아 죽이지 않고."

이한이 머리를 들었다.

"한국인이라고 괄시하는 것 같아서."

"……."

"하지만 지금은 우리끼리 있으니까 죽여 없애지요. 살리려고 데려온 건 아니니까요."

마악 입을 벌렸던 김상철이 다시 입을 닫고는 입맛을 다셨다.

심재택이 얼굴에 쓴웃음을 지었다.

"노구치는 잠자코 시바다의 시체를 싣고 갔습니다. 그 일로 일본 정보국과의 관계가 나빠질 리는 없습니다."

김상철이 이한을 바라보았다.

"나까무라를 데려오너라."

이한이 잠자코 방을 나가자 심재택이 입을 열었다.

"어제 대한일보 편집국장 이정훈과 연락이 되었어요. 그동안 숨어 있으면서도 나름대로 활동하고 있었습니다. 야당 대선후보 이대현 씨와도 접촉하고 있었습니다."

"……."

"김 사장님은 내가 의지하는 가장 든든한 힘이오. 내 생명의 은인이기도 하고. 그래서 말씀인데, 이곳보다 고려리아가 안전하지 않겠습니까?"

그의 시선을 피하려는 듯 머리를 돌린 김상철이 낮은 목소리로 말했다.

"아직 누가 그 짓을 했는지 확실하게 알아내지도 못했어요. 이대로 돌아갈 수는 없습니다."

"……"

"사건 현장에 있었던 경찰청 사람들은 범인이 아니오. 내가 공항에서 인질로 잡았던 사내가 현장에 있었습니다. 그런데 그자는 내 자식이라도 살리자고 비행기로 전화를 해왔던 사람이었어요."

"시바다도, 검찰도, 경찰도 아니라면 신형목이 군 요원이나 경호실 요원을 시킬 수도 있습니다. 국정원 요원은 움직이지 않았으니까."

"신형목을 만나야겠습니다."

"글쎄, 그것은 불가능한 일이오."

방문이 열리고 이한과 나까무라가 들어섰으므로 그들은 말을 멈췄다. 새벽 3시가 되어가고 있었지만 모두 눈빛이 생생했다. 나까무라는 등산용 로프로 두 손이 우악스럽게 결박되어 있다. 김상철은 앞에 선 나까무라를 바라보았다. 차가운 시선이었다.

"나까무라, 목숨을 구걸할 생각은 없느냐? 살아서 나와 함께 일할 생각은 없느냐고 물은 거다."

이한과 심재택이 놀란 듯 눈을 크게 떴고 나까무라는 아직 말뜻이 제대로 이해 안 된 모양이었다. 눈을 껌벅이며 김상철을 바라보고만 있다. 김상철이 얼굴에 쓴웃음을 지었다.

"시바다를 따라 죽을 의리도 충성심도 사라진 마당이라 넌 그저 짐승처럼 죽는다. 그래서 너한테 기회를 주려는 것인데."

김상철이 힐끗 이한을 바라보았다. 바지주머니에 두 손을 찌른 이한은 의외로 딴전을 피우고 있다. 김상철의 목소리가 다시 방을 울렸다.

"구걸해라, 값지게 죽겠다고. 우선 네 옆에 서 있는 이한한테부터. 너는 한이의 여자와 누님을 죽였다."

"……."

"너를 죽여서도 한이의 분은 풀리지 않을 것이다. 그러니 살아서 그에게 빚을 갚아라, 죽는 날까지."

한동안 김상철을 바라보던 나까무라의 시선이 곧 어지럽게 흔들리더니 아래로 내려졌다. 이윽고 옆쪽으로 몸을 돌린 그가 이한을 향해 무릎을 꿇었다.

"형님, 살려 주십시오."

"……."

"형님, 살려 주십시오."

이한이 옆쪽으로 머리를 돌렸다.

"말주변도 더럽게 없는 자식이군."

묶인 두 손을 땅바닥에 짚은 나까무라는 머리를 숙이고는 더 이상 입을 열지 않았다. 심재택이 헛기침을 했다.

"이 형이 받아들인 것 같군요, 김 사장님."

머리를 끄덕인 김상철이 나까무라를 바라보았다.

"네 한국명이 무엇이냐?"

나까무라가 꿇어앉은 채로 이쪽을 향해 몸을 돌렸다. 얼굴이 붉게 달아올라 있었다.

"김봉만입니다. 김해 김씨로 봉우리 봉(峯)에 찰 만(滿)입니다."

이제 그의 얼굴에서는 땀방울이 흘러내리고 있었다.

"이봐, 내가 무슨 돈이 있다고."

박영수가 버럭 언성을 높이자 아내는 입을 다물었다. 아침 7시가 조금 넘은 시간이었다. 옷장에서 저고리를 꺼낸 박영수가 머리를 들자 아내의 등뒤로 제 방으로 들어가는 아들 녀석이 보였다.

"제 친구들하고 약속을 한 모양이에요, 그래서."

"약속은 제 놈 멋대로 하고. 그래, 그 약속을 내가 지키란 말인가?"

저고리를 입은 박영수가 아내를 쏘아보았다.

"당신은 도대체 살림을 어떻게 하는 거야? 돈 200만 원도 못 만들어?"

"어머나, 세상에."

눈을 크게 뜬 아내가 기가 막힌다는 표정을 지었다.

"월급에서 적금 넣고 애들 학비 빼면 남는 돈이 얼마라고. 생활비는 또 얼마나 나오는지 아시우?"

몸을 돌린 박영수는 서랍을 열고 콜트를 꺼내어 혁대에 찔러 넣었다. 권총집이 있었으나 버릇이 되지 않아서 불편했던 것이다. 그의 등에 대고 아내가 퍼붓듯 말을 이었다.

"수진이네는 지방청으로 나간 지 2년 만에 집을 옮겼어요. 당신은……."

"이 빌어먹을 여편네가."

와락 몸을 돌린 박영수가 눈을 부릅뜨자 아내가 한 걸음 물러섰다. 그러자 방문 앞에 아들 녀석이 나타났다. 그의 장남으로 대학 1년생이다.

"엄마, 그만두세요. 안 가면 되지 뭘."

그는 박영수의 시선과 마주치지 않으려는 듯 머리를 숙이고 있다. 박영수는 어깨를 늘어뜨렸다. 아들 녀석은 방학을 이용하여 친구들과 함께 유럽으로 배낭여행을 떠난다는 것이다. 이윽고 그는 주머니에서 지갑을 꺼내었다. 어제 한 달분 판공비와 수사비로 210만 원 가량이 나온 것을 그들은 알고 있는 것이다. 그가 200만 원을 내밀자 아내의 얼굴이 대번에 환해졌다. 아들 녀석도 우물거리며 웃었다. 이번 달에도 다시 가불을 해야 수사비용을 메울 것이다. 그가 아내와 장남의 따뜻한 배웅을 받으며 마악 현관을 나서려는 때였다. 전화벨이 울렸으므로 아내가 서둘러 응접실로 돌아갔다.

"여보, 전화 왔어요. 경찰청이래요."

예상했던 터라 곧 그는 수화기를 쥐었다. 이 시간이면 당직의 전화였다.

"전화 바꿨습니다."

"난 김상철입니다."

사내의 굵은 목소리에 박영수는 퍼뜩 시선을 들었다.

"누구시라고?"

"며칠 전에 만났던 김상철입니다."

"여보, 당신 지금."

"박 경정님은 내가 어떤 이유로 수배당하고 있는지 알고 있습니까?"

"쓸데없는 소리 마라."

아내와 장남이 다가왔으므로 그는 손을 휘저어 그들을 방으로 내몰았다.

"난 알고 싶지 않아."

"당신은 양심이 있는 사람으로 알고 있었습니다. 내 자식만이라도 살리려고 나한테 전화를 해준 것을 잊지 않고 있어요."

"당연한 일이오. 가족의 허락을 받아야 했기 때문에."

"한국 정부는 남북한 간의 비밀합의 내용을 알고 있는 나를 제거하려고 혈안이 되어 있어요. 내 아내의 사고도 그것과 연관이 있습니다."

"내가 현장에 있었지만 난 모르는 일이오."

"만나서 이야기 합시다."

"난 끼어들기 싫소. 난 지시받은 일만 할 테니까."

"듣고 나서 판단은 당신이 하시오. 우리는 약점을 잡지도, 강요하지도 않습니다. 당신이 원한다면 원상태로 돌아간다고 약속드리지요."

김상철이 낮은 웃음소리를 내었다.

"주객이 전도된 것 같지만 난 당신을 살려 주었습니다. 당신이 누군지 알고 나서 말이오. 난 약속을 지키는 사람입니다. 만나주시오."

혼돈

　대통령의 표정은 굳어져 있었다. 요즘 들어 그의 심기가 더욱 불편해져 있다는 것은 청와대 안은 물론 전 내각, 정치권 전체가 알고 있는 사실이다. 선거가 5개월도 남지 않은 시점에서 당정(黨政)이 총력을 기울여도 상대 후보가 버거운 판에 경제 문제가 거대한 걸림돌이 되어 있는 것이다. 이제는 정부 발표는 말할 것도 없고 연구기관이나 여론 조사기관의 낙관적인 경제 전망을 국민은 믿지 않았다. 선거 전에 내놓는 갖가지 정책과 전망이 선거가 끝나면 눈도 깜박하지 않고 지워지고 뒤집혀지는 꼴을 한두 번 당한 것이 아닌 것이다. 그리고 서민들의 피부에 와 닿는 물가는 이미 두 자리 숫자로 뛰어올라 있었다. 그는 경제 장관들은 말할 것도 없고 대기업의 총수 모두에 대해서 심한 배신감을 느끼고 있었다. 이제까지 그들은 전혀 비관적인 보고를 하지 않았던 것이다.

　"6월에는 하반기에 수출이 회복되어서 성장률이 작년보다 2% 높은 8%가 된다고 했어."

대통령이 앞에 앉은 이태준과 경제 부총리 윤동선을 번갈아 바라보았다.

"도대체 장관들은 몇 달 앞도 내다보질 못한단 말인가? 경제 문제로 민심이 흉흉하다니, 이게 말이나 되는 소리오?"

잠자코 있던 윤동선이 머리를 들었다.

"수출은 연말에 몰리는 경향이 있느니만큼 현재의 5% 수준에서 작년 수준인 6%까지는 달성할 수 있습니다, 각하. 하지만……."

"하지만 뭐요?"

"실업률과 물가를 떨어뜨리는 것은 아무래도……."

대통령이 의자에 등을 기대고는 어금니를 물었다. 그에게 경제동향과 여론의 심각성에 대해서 보고를 해온 것은 한국국제문제연구소였다. 이 연구소는 그의 사설기관이나 마찬가지로 그의 싱크탱크인 것이다. 경제 장관 회의에서는 한 번도 비관적인 보고를 들어 본 적이 없던 터라 대통령은 격노했고 장관들을 불러 확인했을 때 그것이 사실인 것을 알자 더욱 화가 북받쳐 올랐다. 그는 자신이 비관적인 보고에 짜증을 내면서 잘 경청하지 않았다는 것을 잊고 있었다. 그가 윤동선을 쏘아보았다.

"대선이 문제가 아니오, 부총리. 경기부양책을 시급히 만들어 시행해야 되겠소. 민생이 우선이란 말입니다."

"예, 각하. 곧 만들어 올리겠습니다."

"조금 전에 부총리가 말한 고려리아로의 투자이민 규제는 내가 검토해 보겠소."

"시급합니다. 통상 장관이 그 일로 각하께 직접 보고 드리겠다고 합니다만."

"내용을 알고 있으니 내가 나중에."

자리에서 일어선 윤동선이 방을 나갔다. 이태준이 문 앞까지 그를 배웅하고 돌아왔을 때 대통령은 생각에 잠긴 듯 한동안 테이블 위를 바라보고 있었다. 이윽고 대통령이 머리를 들었다.

"악재가 겹치는군. 공산당 놈들에 이어 강우진이도 우리 목줄을 죄고 있어. 국제문제연구소의 보고로는 지금 추세로 나간다면 올해 안에 고려리아로의 남한 이주민이 100만 가깝게 될 것이고 중소기업의 10%가 빠져 나간다는 거야."

정부측 예상보다 2배나 많은 숫자였다.

"경제수석은 경쟁력이 없는 기업이나 공해산업이 빠져나가는 상황이라 오히려 한국 경제를 정화시킬 계기가 된다고 합니다만."

이태준이 말하자 대통령이 이맛살을 찌푸렸다.

"2년이 넘게 그자의 이야기를 들었는데 항상 잘 된다고 했어. 그리고 한 번도 자신의 대책이 틀렸다고 한 적이 없어. 그자가 있는 동안 부총리가 두 명, 경제 장관들이 각각 두 번이나 책임을 지고 물러났는데도 말이야."

"……"

"그자의 달콤한 이야기만 들은 나도 책임이 있어."

"그럼 어떻게 하시려고."

"그래도 북한보다는 고려리아가 말이 통하고 체제도 비슷해. 어차피 고려리아의 뿌리는 한국이니까. 강우진이 우리 정부에 반감을 품고 있기는 하겠지만 말이야."

어깨를 늘어뜨린 대통령이 피로해 보이는 얼굴로 이태준을 바라보았다. 수없는 난관을 극복하고 대통령의 권좌에 오른 그는 순발력과 임기응변의 처신술에 뛰어난 사람이었다.

"자네가 강우진을 만나야겠어, 정동민과 함께 말이야."

폭탄주를 3잔 마시고 나자 분위기가 조금 나아졌으므로 함종일 중장은 폭탄주용 맥주잔을 치웠다. 그와 대작하고 있는 사내는 수경사령관 최무섭 중장이었는데 그는 아직 미진한지 폭탄주 잔을 놓지 않았다.

"이봐, 함 장군. 오늘 술자리도 보고사항에 들어가나? 이 방에 어디 녹음장치라도 끼워져 있는 것 아냐?"

최무섭이 방 안을 둘러보는 시늉을 했다. 그는 함종일의 육사 2기 선배로 대위 시절에 같은 연대에 근무한 적이 있었지만 그 후로는 거의 떨어져 지내왔다. 더구나 함종일은 장군 진급이 1년 빠른데다가 기무사령관을 2년째 맡고 있는 군의 실세였다. 오늘은 한 달 전에 수경사령관으로 부임한 최무섭을 환영한다는 의미의 술좌석이다.

"물론이지, 감시용 카메라까지 장착되어 있어."

함종일이 위스키 잔을 쥐었다.

"내 앞에서 행동 조심하라고, 최 장군."

"망할 자식, 네가 기세를 부리는 방법을 알았다."

"그런 식의 선입견이 스스로를 위축되게 만드는 거야. 난 기세부린 적 없어. 상대방이 만들어 주었을 뿐이지."

"일주일에 한 번씩 청와대에 들어가는 장군은 너밖에 없어."

2군 참모장으로 있던 최무섭을 수경사령관으로 추천한 사람이 함종일이다. 국방 장관과 참모총장보다도 함종일을 신뢰하고 있는 대통령이 그의 건의를 받아들인 것이다. 최무섭은 그것을 알고 있는지라 말투는 거칠었지만 표정이 부드러웠다. 다시 폭탄주 한 잔을 자작해 만든 최무섭이 단숨에 들이켰다. 맥주잔에 맥주와 위스키를 반씩 섞어 만든 술이다.

"이제는 중소기업의 엑서더스 현상이 일어나고 있더군. 몇 년 전에는 대기업의 탈출이 일어나더니."

술잔을 옆쪽으로 밀어놓은 최무섭이 함종일을 바라보았다.

"대기업의 탈출은 정부가 강력하게 통제하더니만 중소기업은 내버려 두는 걸 보면 고려리아와 사전 조율이 있었던 모양이지?"

"난 경제는 몰라. 관심도 없고."

"이제는 군 장교들이 예편하고는 고려리아의 경비대로 들어가는 상황인데, 관심 없다면 직무유기다."

그러자 함종일이 쓴웃음을 지었다.

"여전해, 최 형은."

"최 형이라니, 나 아직 예편 안 했다. 장군 소리 좀 더 들어야겠다."

최무섭은 연대장 시절에 연대에서 대형사고가 2번이나 터지는 바람에 장군 진급이 3차례나 누락되자 한때 예편을 심각하게 고려한 적이 있었다. 그가 장군이 된 것은 능력이 있는데도 진급에 불운했던 고참 대령들을 구제해 주는 마지막 심사에서 겨우 합격점을 받았기 때문이다. 함종일이 그의 잔에 술을 따랐다.

"최 형은 이번 대선에서 누가 될 것 같아?"

"이것, 본론이 나오는군."

상체를 세운 최무섭이 긴장한 표정을 지어 보였다.

"기무사령관이 이유 없이 술을 살 리가 없지."

삼청동의 비밀요정이어서 주위는 조용했고 사람을 물리친 터이라 방 안에는 둘뿐이다. 함종일이 상위로 상반신을 숙였다.

"어때? 여당후보가 될 것 같아?"

"네 임기는 올해 말로 끝나지 아마?"

최무섭이 묻자 함종일이 이맛살을 찌푸렸다.

"말 돌리지 말아."

"이대로 가면 정동민은 안 돼. 이대현이 유력해."

"……."

"정치, 경제, 사회가 온통 위기상황이야. 아니, 그것은 야당이 표현하는 어휘니까 그만두고 환멸과 무관심의 상황이다."

정색을 한 최무섭이 위스키를 한 모금에 삼켰다.

"군은 이미 소외된지 오래니까 예외로 치더라도 말이야."

"……."

"널 만난 김에 이야기하려고 했어. 누구는 이 환멸과 무관심을 선거투표율만으로 계산하는 모양인데 투표율이 낮을 테니 4, 50대의 보수층을 공략해야 한다고. 기가 막힐 일이다. 나는 고려리아로의 엑서더스 현상이 보통일로 보이지 않아."

"……."

"국가관, 나아가서 애국심, 또는 민족의 자존심까지 잃고 난 마당에 새로운 탈출구를 찾은 거야, 고려리아로."

잠자코 있는 함종일을 향해 그가 쓴웃음을 지었다.

"휴전선이 조용한 것이 다행이긴 하지. 거기까지 시끄러웠다면 사면초가가 되었을 테니까, 정권이."

"고려타운은 완벽한 소비도시지요. 이쪽 중국인 거리의 변두리에는 아직도 빈 대지가 많습니다. 이곳도 가능성이 많은 지역이오."

박기동이 손끝으로 탁자 위의 지도 한 부분을 짚었다.

"우선 도착하면 살펴보시고 행정청에 신청을 하세요. 대지부터 확보해야 하니까."

그는 의자에 등을 기대고 앉았다.

"성공 가능성을 계산할 필요는 없습니다. 그곳은 노력한 만큼은 얻는 땅이오."

그의 앞에 앉은 40대의 세 사내는 모두 진지한 표정이었다. 박기동은 찻잔을 들어 커피를 한 모금 삼켰다. 그가 고려리아의 투자자문회사를 차린 것은 한 달 전이었으니 정부가 고려리아의 투자이민 규제를 해제한 직후였다. 고려리아 대표부에서 멀지 않은 빌딩에 자리 잡은 그의 사무실에는 자문을 받으려는 사람들로 언제나 붐비고 있었다. 그는 고려리아의 대형 광고 옆에 조그맣게 자신의 투자자문회사 광고를 넣었는데 얼핏 보면 대표부 공인 자문회사처럼도 보였다. 그러나 그만큼 고려리아의 사정에 밝은 기업인도 드물었으므로 하루의 자문료만 해도 500만 원이 넘는 실정이다. 왼쪽에 앉은 사내가 박기동을 바라보았다.

"술집이 너무 많다고 하던데, 술집은 한물간 사업 아닙니까?"

"허어, 선생님도 참."

박기동이 쓴웃음을 지었다.

"아마 이런 이야기는 대표부의 담당 직원은 안 해줄 겁니다. 모르기도 하구요. 고려타운의 인구가 지금은 70만인데 일 년 전만 해도 40만이었어요. 일 년 사이에 배 가깝게 된 겁니다. 그것이 올해 말에는 100만이 돼요. 거기에다 연간 관광객이 400만입니다. 내년에는 700만으로 잡고 있어요. 돈이 떨어지는 곳입니다."

그는 소리내어 한숨을 뱉었다.

"내가 김상철과의 세력 경쟁에서 밀려나지 않았다면 지금도 클럽을 늘리고 있었을 겁니다."

투자 자문료는 시간당 50만 원이었으나 자료가 알찬데다가 박기동이 세밀한 부분까지 지도해 주었으므로 고려리아로 떠난 사람들이 한국의 친구나 친척에게 그를 추천해 주는 형편이었다. 박기동은 고려리아의 조직에도 환했고 그들을 이용하는 방법에서부터 여자를 구하는 법, 마약에 관한 것까지 모르는 것이 없었던 것이다. 1시간에서 5분을 더 채우고 사내들이 나가자 여비서가 방으로 들어섰다.

"사장님, 손님이 오셨습니다만, 안인석 씨라고."

"응? 그래?"

박기동이 눈을 껌벅이며 그녀를 바라보더니 곧 머리를 끄덕였다.

"다음 상담은 15분 후에 시작하기로 하고 이리 모셔와."

잠시 후에 안인석이 들어서자 그는 얼굴을 활짝 펴고 웃었다.

"이거 얼마 만이오? 그동안 신수가 좋아지셨는데, 안 형."

안인석도 따라 웃었다. 밝은색의 산뜻한 양복 차림의 그는 표정이 밝다.

"지나다 들렀는데 여전하시군요."

"나야 대개 입으로 먹고 살았으니까."

그들은 소파에 마주앉았다.

"그래, 나야 이렇게 지금도 고려리아를 팔아먹고 살지만 안 형은 그동안 어떻게 지내셨소?"

고려리아에서 나란히 추방당한 후로 처음 만나는 것이다. 안인석이 이를 드러내며 웃었다.

"부친의 병원을 관리하고 있었지요. 신경 쓸 곳이 많아서 바쁘게 보냈습니다."

"그럼 고려리아 사정은 토옹······."

"잊고 지냈지요."

"난 하루에 한두 번씩 고려리아와 연락을 합니다. 일관계도 있고 해서."

"······."

"그렇다면 김상철 씨의 부인이 한국에서 사고로 죽은 것도 모르시겠는데."

안인석의 얼굴이 순식간에 굳어졌다.

"박미정이 말입니까? 한국에서요?"

"예, 고속도로에서 교통사고로."

"……."

"한국 언론에는 두 줄짜리 기사로만 보도되었지만 고려리아에서는 국장(國葬) 같은 장례식이 치러졌지요. 그 일로 김상철은 지금 한국에 와 있습니다."

의자에 등을 기댄 박기동이 입맛을 다셨다.

"김상철은 박미정이 계획적으로 살해당했다고 믿는 모양이오. 얼마 전에 시바다의 부하 25명이 모두 몸이 벌집처럼 구멍이 난 시체가 되어서 고려리아의 강미현에게 보내졌습니다. 김상철과 강미현의 싸움은 지금 절정이오."

"……."

"그리고 한국 정부는 김상철을 잡으려고 눈을 부릅뜨고 있고."

박기동이 안인석을 바라보며 웃었다.

"이건 시간당 100만 원은 받아야 할 이야긴데 투자자들한테는 쓸모가 없겠지요."

김상철과 이대현은 물론 초면이다. 노(老) 정객인 이대현으로서는 30대 초반의 김상철에 대하여 뭔가 과장된 분위기로 둘러싸인 운 좋은 젊은이라는 선입견이 당연히 있었을 것이다. 40년 가깝게 현실정치에 부대끼다 보면 신화도, 영웅도 모두 조작된 것에 불과하다는 사실을 수없이 겪어 본 때문이다. 늦은 밤이다. 신림동의 새로운 번화가인 전철역 부근 카페에서 그들은 마주보고 앉아 있었다. 밀실이었으므로 바깥 소음은 들리지 않았다. 이대현의 옆에는 장남 이성훈이, 김상철의 옆자리에 심재택이 앉아 있었지만 그들은 보좌역할이다. 가급적 말을 삼가면서 눈치를 살피고 있었다. 이대현이 입을 열었다.

"심 과장한테서 명성은 익히 들었습니다. 그리고 먼저 지난번의 사고에 조의를 표합니다. 잔인무도한 놈들입니다."

잠자코 머리를 숙여 보인 김상철을 향해 그가 말을 이었다.

"고려리아 내부에서 막강한 영향력을 가지고 계시다고 들었는데, 이젠 조국을 위해 김 사장님의 역량으로 우리를 도와주셨으면 해서 뵙자고 한 겁니다."

김상철이 힐끗 옆자리의 심재택을 바라보았지만 그는 시선을 움직이지 않았다.

"김 사장님이 빼내 오신 비밀합의서를 보았습니다. 그것은 현 정권이 매국행위를 했다는 명백한 증거지요. 참으로 통탄할 일입니다."

"……."

"그렇지만 불행하게도 그것을 공개하려고 했던 심 과장의 기도가 좌절되었어요. 이제는 관련자들이 모두 연금 상태가 되어 있고 언론은 감시가 강화되어서 그 방법을 사용하기 불가능한 상황이오."

"……."

"그래서 말인데, 내가 김 사장께 부탁드리려고 한 것은……."

그는 물 컵을 들어 한 모금을 삼켰다. 중요한 대목을 강조할 때의 그의 버릇이었다.

"김 사장님께서 그것을 고려리아에서 터뜨려 주셨으면 해서, 외국의 통신사가 대부분 고려리아에 지사를 두고 있는 데다 한국의 언론도 마찬가지로 파견되어 있지 않습니까? 그래서."

"총재님, 저는 이제 대한민국 사람이 아닙니다."

김상철이 낮은 목소리로 말했지만 방 안의 분위기는 순식간에 가라앉았다.

"이 나라가 북한의 괴뢰국가가 되건 침탈을 당하건 간에 저하고는 상관이 없다는 말씀입니다. 저한테 조국을 위하라는 말씀은 맞지 않습니다."

김상철이 노정객을 향해 얼굴에 웃음을 띠웠다.

"그러니 다른 조건을 제시하여 주시지요. 없으시다면 이만 물러가겠습니다."

이대현의 눈빛이 잠깐 흔들렸다가 멈춰졌다. 그리고는 그도 따라 웃었다.

"정치꾼은 가끔 틀에 박힌 뻔한 말로 수사(修辭)를 늘어놓지요. 그것이 필요하기도 한데."

"……."

"이젠 내 애국심이나 국가관을 말해도 필요가 없을 테니 협상을 합시다."

"……."

"김 사장께서 조건을 제시해 주시오. 내 생각엔 의중(意中)에 품고 계신 생각이 있으실 테니."

김상철이 머리를 끄덕였다.

"아주 사소한 일입니다. 총재님이 보시기엔 아주 하찮은 일이지요."

방 안의 사내들이 모두 김상철을 바라보았고 이대현의 얼굴에도 이미 웃음기가 가셔져 있었다. 이미 선입견은 없어졌고 연륜과 입장의 차이도 잊은 얼굴이었다. 오직 협상에 몰두한 자세였는데 이것이 이대현의 장점이기도 했다. 그는 몰두한 순간에는 진실되고 순수한 사람이었다.

"카지노 앞에 몇 명이나 있어?"

자리에서 일어선 변순태는 양쪽 허리춤에 베레타를 1정씩 찔러 넣었다. 1정에 장전된 탄알이 16발이니 2정이면 32발이다. 전쟁이 일어나더라도 그만하면 탄창을 교체할 필요가 없을 것이다.

"10여 명 됩니다, 형님."

전기창은 불안한 표정이었다. 그는 변순태의 심복으로 금방 리조트 시티에서 돌아온 참이었다. 변순태가 앞장서서 방을 나가자 이미 문 밖에서 기다리고 있던 10여 명의 부하들이 뒤를 따랐다. 사무실의 현관 밖에는 이미 10여 대의 차량에 30여 명의 부하들이 대기하고 있었다. 변순태가 벤츠에 오르자 차량의 대열은 일제히 사무실 빌딩 앞을 떠났다. 밤 11시 30분이었다. 타운의 중심부에 위치한 사무실이어서 모든 조직의 정보원들에게 샅샅이 노출되고 있겠지만 변순태는 상관하지 않는 모양이었다. 리조트 시티는 본래 이한이 관리하던 지역이었지만 그가 한국으로 떠난 이후로 변순태가 대신 관리하고 있는 중이다. 승용차의 대열이 고속도로에 들어서자 변순태가 전기창을 바라보았다.

"아마 지금쯤 연락을 받고 흩어졌을 것이다."

"그렇겠지요. 하지만 다시 나타날 겁니다."

마약 소매상에게 리조트 시티는 목이 좋은 곳이었다. 그들은 관광객을 상대로 갖가지 종류의 마약을 팔았는데 리조트 시티의 고객들은 대부분 고급 품질의 코카인을 산다는 것이다.

"이 개자식들, 사장님이 이곳을 비웠다고 함부로."

변순태가 이를 악물었다. 김상철과 이한이 있을 적에는 북한의 마약상인들이 리조트 시티에 감히 얼씬도 하지 않았던 것이다.

"아예 몇 놈을 죽여서 본때를 보여 줘야겠다. 애들에게 전해라. 소매상이 보이면 한두 놈씩 잡아 죽이라고."

"형님, 그것보다도 경비대에 인계하는 것이."

"내 말대로 해."

소리치듯 변순태가 말하자 전기창이 핸드폰을 꺼내들었다. 마약이 통용되고는 있었지만 삼합회는 중국인을 상대로, 마피아는 러시아인을 상대로 장사를 했을 뿐이었다. 그러나 북한은 처음에는 자신들의 세력권 안에서만 장사를 하더니 지금은 전 지역으로 시장을 넓히고 있는 것이다. 더구나 그들이 공급하는 각종 마약은 질도 좋았을 뿐만 아니라 물량도 풍부했다. 그러니 가격도 저렴해서 시장이 급격히 확산되는 중이었다. 그들의 행렬이 리조트 시티의 번화한 호텔 거리에 들어섰을 때는 새벽 1시가 되어 있었다. 그리고 예상한 대로 마약 소매상들은 한 사람도 보이지 않았다.

다음 날 저녁 무렵, 이제는 인구 70만의 대도시가 되어 있는 고려타운의 서쪽 변두리 도로에 한국산 중형자동차 1대가 멈춰섰다. 이곳은 중국인의 밀집지역으로 갓 이주해 온 중국인들이 거주하는 곳이었다. 차에서 내린 변순태는 2명의 경호원을 뒤에 달고는 곧장 길가의 골목으로 들어섰다. 익숙하게 어두운 골목길을 헤쳐 나가던 그가 들어선 곳은 허름한 단층 시멘트 가옥 안이다. 현관에 앉아 있던 사내 한 명이 그를 보더니 자리에서 일어섰다. 불을 밝히지 않은 집안은 어두웠으나 간간이 여자의 신음소리와 비명이 어우러져 들려오고 있었다. 싸구려 색싯집인 것이다. 부하들을 마당에 세워 둔 그가 다가가자 사내가 정중히 허리를 꺾었다.

"안에 계십니다."

중국인 복장이었는데 한국말을 한다. 변순태는 잠자코 벽을 돌아 마주보이는 나무문을 열었다. 안은 10평쯤 되어 보이는 사무실이었다. 밝은 불빛 아래 소파에 앉아 있던 최태호가 자리에서 일어섰다.

"어서 오시오."

이곳도 최태호가 세운 사업장의 하나인 것이다. 그는 타운에만 3개의 색싯집에 음식점 1곳, 사채업을 하는 사무실 1곳을 소유하고 있었다. 자리에 앉은 변순태가 대뜸 입을 열었다.

"도대체 어쩔 작정이오? 총독이 요즘 느슨하게 풀어놓으니까 아예 고려리아를 마약으로 덮을 모양이지?"

최태호가 쓴웃음을 지었다.

"그래서 앞으로 북한 마약상인을 보면 쏘아죽이라고 했다면서요?"

"사실이오."

그러자 정색을 한 최태호가 머리를 저었다.

"말려들지 마시오."

"말려들고 자시고 할 것이 없어. 전쟁이라도 할 테니까."

"김 사장님의 소식은 듣고 있소?"

"그건 왜 묻습니까?"

최태호가 탁자 위에 놓인 보드카 병을 들더니 잔에 술을 채웠다.

"마약 판매를 확산시키는 바람에 나도 꽤 재미를 보고는 있지만 마음을 놓을 수가 없소."

그는 변순태에게 술잔을 내밀었다.

"당조직이 강화될 예정이오. 곧 평양에서 편성된 당조직이 고려리아에 옵니다. 그리고 호위총국에서 선발한 인민군 정예를 모아 고려리아의 무장 세력을 증강시킬 거요."

술잔을 쥔 변순태가 머리를 끄덕였다.

"박기환의 세력이 커지겠군."

"박기환은 32호실 소속이오. 이번에 호위총국의 부대가 파견되면 박기환은 감찰업무만 맡고 부대의 총지휘는 김정일이 임명한 지휘관이 맡게 될 겁니다."

"……."

"고려리아의 북한 체제도 이제 골격이 완전하게 갖춰집니다. 당과 행정과 군, 그리고 사찰기관으로. 거기에다 고려리아 정부의 은근한 비호를 받고 있는 상황이오. 이런 시기에 일을 일으켰다가 양쪽의 공격을 받아 무너질 수도 있소."

"……."

"장호성이 마약 소매상들을 당신들의 지역으로 내몬 것도 심상치가 않단 말이오. 그자는 계산 없이는 움직이지 않는 놈이오."

한 모금에 보드카를 삼킨 변순태가 소리 나게 잔을 내려놓았다.

"더러운 놈들. 소문으로는 위조 달러를 돌린다고 하던데, 당신은 알고 있소?"

"글쎄, 그건 장호성의 소관이라."

"마약판매 대금으로 한 달에 2000만 달러씩을 평양으로 보낸다던데."

"그것도 장호성의 소관이오, 변 형."

의자에 등을 기댄 최태호가 술잔을 들고는 쓴웃음을 지었다.

"어쨌든 난 북한 쪽 가게에서 흘러나온 달러는 받지 않으니까. 꺼림칙해서 말이오."

"……."

"김 사장께 이 상황을 알려드리는 것이 나을 거요. 어차피 나와 당신들은 같은 배를 타고 있는 입장이라 말해 주는 거요."

마약이 확산되고 있다는 것을 경비대의 보안국장 장동택이 모를 리가 없다. 이제 경비대는 5만 병력으로 늘어나 있었는데다 각종 첨단장비로 무장되었고 정보조직도 단단했던 것이다. 경비대는 본부 휘하에 25개의 경비서가 있었고 각 경비서는 구역마다 경비소를 두어 관리하는 체제였다. 출근한지 얼마 되지 않은 아침시간이다. 장동택은 보안국 소속의 마약단속 책임자인 강진남과 사무실에서 머리를 맞대고 앉아 있었다. 강진남은 그가 아끼는 부하로 이번에 과장으로 진급을 했다. 본부 과장이면 지방 경비서의 서장급이다.

"이틀 전에 변순태가 리조트 시티의 호텔 거리로 긴급 출동을 했습니다. 북한 마약상인들을 잡는다고 갔지만 이미 놈들은 도망친 후였지요."

강진남이 입술 끝을 비틀며 웃었다.

"다분히 시위적인 행동이었습니다. 변순태는 무모한 자가 아닙니다."

"총독은 북한과 관계가 불편해지는 것을 바라지 않아. 아직도 마약사범 검거는 보류다."

이맛살을 찌푸린 장동택이 담배연기를 길게 뱉었다.

"북한 덕분에 한국에서 투자이민이 쏟아져 들어오는 것은 사실이야. 한 달 사이에 한국 이주민이 20만 가깝게 늘었고 고려리아에 투입된 자산이 30억 달러야. 총독은 작은 건 놔두고 큰 걸 잡으려는 생각이다."

"장삿속으로 말하면 한국, 북한, 고려리아 삼국(三國) 중에서 고려리아가 월등할 겁니다."

강진남이 탁자 위에 펼쳐놓았던 서류를 덮었다.

"하지만 잘못하다가는 고려리아가 마약 천국이 될 겁니다. 이젠 미국과 유럽에서까지 마약관광을 오는 실정입니다. 공항에서 매일 몇 십 건씩 마약 반출자가 색출된단 말입니다."

"위조 달러 문제도 있어."

재떨이에 담배를 비벼 끈 장동택이 강진남을 쏘아보았다.

"놈들은 고려리아를 보물창고쯤으로 생각할 거야. 아사(餓死) 직전의 북한 경제를 지금 고려리아가 되살려 놓는 중이니까. 한 달에 사업장 이익금과 이주민한테서 걷는 세금, 마약과 위조 달러 유통으로 얻는 엄청난 돈이 흘러들어갈 테니까."

"그렇다면 장사 수단이 총독보다 나은 것 아닙니까?"

"놈들은 장사꾼이 아니야. 장사꾼은 신의와 신용이 생명이지. 놈들은 도적이야."

갑자기 장동택이 쓴웃음을 지었다.

"하긴 열심히 살기는 하지, 위쪽 고려리아에서는 도적질을 하고 남쪽 한국에다는 등을 치면서 말이야."

남쪽 한국의 서울, 소공동의 반도호텔 라운지에 있는 밀실에 주한 미국 대사 제임스 터너와 청와대 안보수석 신형목이 마주보고 앉아 있었다. 오후 12시 30분, 테이블 위에는 요리접시들이 놓여 있었지만 별로 손을 댄 흔적이 없다. 터너가 포크를 내려놓고는 포도주잔을 쥐었다.

"신 수석, 아직 미국과 한국은 동맹관계이고 주한 미군이 3만 5000천 명이나 주둔해 있어요. 그리고 한국군도 미군 사령관의 통제 하에 있다는 것을 유의해 주시오."

그의 발소리는 부드러웠지만 시선은 곧았다. 한 모금 포도주를 삼킨 그가 말을 이었다.

"남북 간의 협상에 미국이 소외된다는 것에 대통령께서는 상당한 우려를 표시하고 계셨습니다. 공화당 일부 의원은 주한 미군을 철수시키자는 의견을 내놓기도 했어요."

신형목이 잠자코 물잔을 쥐더니 한 모금을 마셨다.

열흘쯤 전에는 워싱턴에서 국무 장관 러셀이 주미 한국 대사를 불러 강한 유감의 뜻을 보인 바가 있다. 그리고 공화당의 의원 몇 명이 남북한의 관계가 개선되었다는 이유로 미군 철수를 거론한 사실도 알고 있었다. 일종의 위협이었다. 그들의 배후에는 정부가 있는 것이다. 터너가 웃음 띈 얼굴로 신형목을 바라보았다.

"우리가 알기로는 한국은 북한과 고려리아 양쪽의 압력을 받고 있습니다. 선거 전의 혼란기를 이용하여 그들은 손발을 맞춰가고 있는 것 같은데, 우리가 도울 일이 있을 겁니다."

신형목이 머리를 끄덕였다.

"그건 고맙군요, 터너 씨."

"그렇다면 지난번 협상과 합의내용에 대해서 말해 주시지요."

"고려리아에서 발표한 내용 그대롭니다."

그러자 입맛을 다신 터너가 의자에 등을 기대었다.

"평양 주재 미국 대표부에서 들은 정보로는 비밀합의서가 있다더군요."

"그런 건 없어요, 터너 씨."

그렇다면 평양 주재 미국 대표부를 시켜 북한 정부에 물어보면 될 것 아니냐고 할 입장이 아니다. 터너의 말대로 한국은 미국의 동맹국이며 미군 사령관이 한국의 방위를 책임지고 있는 상황이어서 북한과는 다른 입장이다. 한동안 창밖을 내다보던 터너가 입을 열었다.

"사강(四强)에 둘러싸인 남북한의 구도는 뻔한 이야기니 생략합시다. 신 수석 앞이니 낯 뜨거운 평화공존이네 유지네 하는 말은 생략하겠소. 하지만 고려리아가 변수요."

그는 이제 정색을 한 얼굴로 신형목을 바라보았다.

"처음에는 한국이 고려리아를 대책도 없이 속국 취급을 했다가 무참한 꼴을 당했고, 우리 미국도 공산화를 염려하여 들어섰다가 러시아군에 밀려났지요. 이제는 북한이 그 틈을 타고 이주민을 밀어 넣으면서 세력을 넓히고 있어요."

잠자코 있는 신형목을 향해 그가 말을 이었다.

"또한 요즘엔 한국의 이주민이 쏟아져 들어갑니다. 아마 한국정부가 고려리아 정부와 모종의 합의를 하신 모양인데."

"……."

"처음에 우리는 남북한 어느 한쪽이 고려리아를 흡수할 것인가로 분석을 했습니다. 일본측도 그렇게 생각했던 모양이오. 연초에 북한 이주민이 몰려 들어갈 때까지만 해도 말이오. 그땐 고려리아가 곧 북한의 세력권에 들리라고 추측했습니다."

어느덧 온몸을 긴장시키고 있는 신형목을 향해 그가 말을 이었다.

"그런데 요즘은 아니오. 거꾸로 고려리아가 남북한을 흡수할 가능성이 있습니다. 고려리아가 어느 한쪽만을 흡수해도 나머지 한쪽은 따라오게 되어있어요. 이미 남북한 양국은 고려리아에 단단히 물려있단 말입니다."

"설마 그렇게까지야. 그건 망상입니다."

신형목이 얼굴을 펴고 웃었다.

"고려리아가 완충 역할은 하겠지만 절대로."

"그 완충 역할을 다시 우리에게 맡기시오. 한국의 장래를 위해서라도."

터너가 자르듯 말했다.

"내가 보기에는 한국은 독자적으로 북한이나 고려리아를 상대할 여건이 되지 않습니다. 신수석도 잘 아시다시피."

터너와 헤어진 신형목이 강남의 라이온호텔 라운지에 들어섰을 때는 오후 3시가 조금 넘어 있었다. 지배인의 안내를 받아 밀실로 들어선 그는 자리에 앉자 길게 한숨부터 쉬었다. 터너는 외교상의 수식어나 간접 화법을 일절 생략하고는 양국의 이해를 솔직하게 말해 주었던 것이다. 미국이 가장 바람직하게 생각했던 구도는 고려리아의 한국화였다. 그렇게 되면 남북 간 분할의 현 상황을 그대로 유지 하면서 고려리아를 조종할 수가 있는 것이다. 그러나 그 기도가 김상철의 반란과 러시아군의 진주로 무산되면서 세웠던 차선책이 3국의 분할이었다. 각자가 벽을 쌓고 독립된 영역으로 지내기를 바랐던 것이다. 그러나 그것도 북한의 적극적인 진출로 곧 무너졌다. 그렇다면 그것으로 좋다. 차차선이었지만 북한이 고려리아를 흡수한다면 경제가 부흥되고 정치가 안정되어 최소한 남북한 양국의 분할구도는 유지될 수 있었다. 신형목은 쓴웃음을 지었다. 고려리아의 남북한 흡수라니, 그것은 망상이었다. 그러나 만일 그렇게 된다면 미국은 서쪽 지근거리에 거대한 세력과 직면하게 된다. 러시아는 고려리아와 우호관계를 유지하겠지만 중국과 일본, 그리고 미국의 3강(强)은 아주 호전적인 강자와 등과 배를 붙이게 될 것이었다. 신형목은 손목시계를 내려다보았다. 3시 10분이었다. 야당의 대선후보 이대현의 만나자는 요청을 거절할 수가 없었지만 찜찜한 기분이었다. 비서실장 이태준에게 보고를 하고 나온 터여서 아마 대통령도 이번 면담을 알고 있을 것이었다. 문이 열렸으므로 신형목이 엉거주춤 일어서면서 머리를 들었다. 낯선 사내 둘이 들어서고 있었다. 모두 젊었고 앞장선 사내는 장신에 우람한 체격이었다. 밝은색 양복을 단정히 입은 그는 종업원은 아니었다.

"무슨 일이오?"

사내가 앞에 와 서자 신형목이 물었다. 이대현이 보낸 사람으로 안 것이다.

"난 김상철입니다."

낮은 목소리로 말한 사내가 그의 앞쪽 자리에 앉았으나 신형목은 한동안 멍한 얼굴로 그를 바라보았다.

"누구시라고?"

"고려리아의 김상철입니다."

그제야 신형목의 얼굴이 하얗게 굳어지더니 두 손이 테이블 위로 올려졌다. 그 순간 조금 뒤쪽에 서 있던 사내가 허리춤에서 무언가를 쓰윽 꺼내들었는데 총신에 소음기를 끼운 권총이다.

"한 발에 쏘아죽이기 전에 앉아라, 이 개자식아."

얼굴이 희고 부릅뜬 눈의 흰 창에 검은 눈동자가 섬뜩한 느낌을 주는 사내였다. 난생 처음으로 이런 무지막지한 대접을 받은 신형목이었으나 사내의 기세에 눌렸다. 팔을 내려놓은 그가 김상철을 바라보았다.

"무슨 일이오?"

"내 아내의 사고에 대해서 말해 주셔야겠습니다."

신형목은 눈을 깜박이며 잠시 입을 열지 않았다. 그는 차츰 진정 되어 가는 중이다.

"당신 이야기는 들었습니다만 그 일은 우리하고 관련이 없습니다."

차분해진 목소리로 그가 말을 이었다.

"생각해 보시오. 그런 사고를 내어서 우리에게 어떤 이익이 있습니까? 당신이 한국에 오리라는 보장도 없는 일 아닙니까? 우리 정부에는 그런 일을 기획할 사람도 실행할 사람도 없습니다."

"고려리아의 강미현한테서 연락을 받으셨을 텐데."

"그 일과는 관계없는 일이었소."

"말해 주시오."

힐끗 이한 쪽을 바라본 신형목이 긴 한숨을 뱉었다.

"그것은 시바다라는 일본인과 그 일행의 체류 편의를 봐달라는 것이었소."

"……"

"물론 우리는 당신이 국정원 사람들과 함께 정권을 전복시키려는 음모에 가담했다는 것을 알고 있었소. 그래서 당신을 수배한 거요."

"……."

"당신 부인 일은 정말 유감이오. 내 말을 믿어 주시오."

"……."

"현장에 있던 책임자의 보고에 의하면 사건은 분명히 계획적이었습니다. 하지만 우리는 철저하게 사건 수사를 하지 못했습니다. 그건 사과드립니다."

"……."

"내 명예를 걸고 말씀드리는 거요."

김상철이 자리에서 일어섰으므로 신형목이 말을 멈췄다.

"당신이 만나려는 사람은 옆방에 가둬 두었습니다. 누군지는 모르지만."

두 손을 테이블에 짚은 그가 신형목을 내려다보았다.

"당신 말을 믿어보겠습니다. 하지만 사건은 꼭 밝혀질 거요."

"내가 도울 일이 있다면 돕겠소. 그 사건에 관한 일이라면."

그러자 김상철이 쓴웃음을 지었다.

"5분쯤 후에 옆방으로 가보시지요. 그 사람은 영문도 모른 채 불안해하고 있을 테니까요."

몸을 돌린 김상철이 사내와 함께 방을 나가자 신형목은 어깨를 늘어뜨리면서 긴 숨소리를 냈다.

"목숨 아까워하는 것은 대통령이나 부랑자나 마찬가지요. 나는 그자의 말을 믿지 않습니다."

돌아가는 차 안에서 심재택이 말했다.

"시바다가 한 짓이 아니라면 당연히 신형목의 사주를 받은 자가 저지른 짓이오. 다른 가능성은 없어요."

그들이 탄 차는 국립묘지 앞의 신호등에 걸려 멈춰섰다. 오후 5시가 되어가고 있었다. 승합차여서 그들은 뒷좌석에 앉아 있었는데 차에 타고 있는 사람은 모두 6명이다. 김상철을 마주보고 앉은 이한이 입을 열었다.

"잡아서 껍질을 벗겨야 했습니다. 끌고 와야 했어요. 간단히 대답할 놈이 아닌 것 같았습니다."

"그자는 정부의 고급관리야. 설령 그자가 사주했다고 하더라도 그렇게 할 수는 없다."

김상철이 자르듯 말했다.

"나는 그자를 직접 만난 것만으로도 만족한다."

신호가 바뀌자 차는 국립묘지를 지나 언덕길을 올라가기 시작했다. 차가 밀리고 있었으므로 진행속도는 느리다. 신형목으로부터 강미현이 시바다를 시켜 자신을 살해하려고 했다는 것이 확인된 것도 소득이라면 소득이다. 그리고 그의 말에도 일리가 있었다. 박미정을 살해하면 자신이 한국에 올 것이라는 계획은 억지로 짜 맞춘 느낌이 있다. 물론 자신은 그녀를 만나기 위하여 고려리아를 떠났지만 즉흥적인 행동이었다. 측근의 부하들은 물론 오다나 이대각까지도 함정을 염려하여 출국을 말렸던 것이다. 김상철이 심재택에게로 머리를 돌렸다.

"난 고려리아로 돌아가겠습니다."

"그러셔야지요."

머리를 끄덕인 심재택은 당연하다는 표정이었다.

"그런데 출국 감시가 심해서 신경이 조금 쓰이는데요. 김 사장님이 가지고 계신 몽고 여권으로는 세관을 통과하시기가 어렵습니다."

커피 잔을 내려놓은 이유미는 의자에 등을 기대고는 창밖을 바라보았다. 서쪽 하늘에 아직도 흰 태양이 걸려 있었지만 빌딩들의 반대쪽은 모두 그늘에 덮여 있었다. 8월 중순으로 접어드는 무렵이라 이제 아침저녁의 날씨는 서늘해졌다. 고려리아는 8월 말이면 눈이 내린다. 두 달 동안의 짧은 여름이 끝나고 곧장 겨울로 돌입하는 것이다.

LA에 머물던 그녀가 한국에 돌아온 것은 이틀 전이다. 시바다의 일당이 김포공항에서 몰사를 해서 고려공항에 실려 왔다는 이야기를 해준 것은 고려타운의 변순태였다. 그는 이유미가 시바다의 정보를 준 것을 알고 있었으므로 그녀의 전화를 받자 이젠 안심하고 귀국해도 좋다고 말해 주었던 것이다. 서류의 결재를 마치고 그녀가 회사를 나왔을 때는 오후 6시 30분이었다. 회사에서 세 블록 떨어진 센튜리호텔까지는 차로 5분도 안 걸리는 거리였지만 러시아워였다. 그녀가 호텔의 라운지에 들어섰을 때는 7시가 되어 있었다. 창가의 자리에 앉은 안인석이 보였다. 그가 고려리아에서 추방당한 것은 알고 있었지만 이제까지 서로 연락한 적도 없다. 오늘 아침 그의 전화를 받은 이유미는 조금 생소한 느낌이 들었는데 그것은 그동안 안인석을 잊고 있었기 때문일 것이다. 자리에 앉은 이유미가 얼굴에 웃음을 띠웠다.

"그동안 얼굴이 좋아졌어. 몸도 불어난 것 같고."

"그런가?"

안인석이 입술만 올리면서 웃었다.

"하긴 마음이 편하니까. 진즉 때려치우고 돌아왔어야 했는데."

종업원에게 차를 시킨 그들은 잠시 어색한 듯 제각기 시선을 비꼈다. 먼저 입을 연 것은 이유미였다.

"박미정 씨 사건 들었어?"

"음, 박기동 씨를 찾아갔다가……."

그가 힐끗 이유미를 마라보았다.

"여러 가지 이야기를 해주더군. 그 사람은 모르는 일이 없는 모양이야."

"……."

"김상철이 서울에 와 있다고도 하더구먼. 경찰의 수배를 받고 있는 중이래."

이유미가 종업원이 가져다놓은 커피 잔을 들었다.

"날 보자고 한 건 무엇 때문이야?"

"뭐, 특별한 이유는 없어. 굳이 말하자면 고려리아에는 발을 붙이지 못할 상황이 된 너나 추방당한 내 입장이 비슷하다고 생각해서 위로나 주고받으려고."

"……."

"네가 어떻게 지내나 궁금하기도 했고."

"……."

"난 아버지 병원을 관리하고 있어. 놀고먹는 일이라 이렇게 체중이 느나봐."

"인석 씨는 많이 달라졌어."

정색을 한 이유미가 말하자 안인석이 눈을 둥그렇게 떴다.

"그래? 그렇다면 다행이네. 나도 지난날의 내가 진저리가 나도록 싫었으니까."

"좋은 점도 있었어."

이유미가 그를 똑바로 바라보았다.

"인석 씨 바탕은 착한 사람이야. 내가 알아."

"……."

"마음이 약한 탓에 지금까지 이용만 당해 왔지. 인석 씨 주위 환경이 너무 험했던 것 같아."

"그것, 모욕적인 말인데."

얼굴을 굳힌 안인석이 탁자 위를 바라보았다.

"차라리 악당이라는 말보다 더 치욕적이다."

이유미가 손목시계를 내려다보는 시늉을 했다.

"약속이 있어서, 오늘은 인석 씨 얼굴만 보려고 온 거야. 다음에 다시 시간을 내서 만나."

"그러지."

선선히 자리에서 따라 일어난 안인석이 생각난 듯 바라보았다.

"시바다 이야기도 들었어. 서울에서 모조리 당했다고."

그러자 힐끗 그를 올려다본 이유미는 잠자코 몸을 돌렸다.

식품이 가득 든 비닐봉지를 바꿔 쥔 남용배는 옆에서 걷는 김봉만을 바라보았다.

"이봐, 빨리 좀 걸어."

이제 나까무라는 김봉만으로 불리고 있었는데 아직 동료들과는 서먹한 사이였다. 원래 말수가 적고 붙임성이 없는 김봉만이다. 오늘도 주택가 아래쪽의 슈퍼마켓에 남용배와 동행하는 동안에도 거의 입을 열지 않았다. 남용배는 성격이 괄괄하고 직선적이다. 김봉만의 입장이야 뻔히 알고 있었지만 접어두고 상대하지 않았다. 그는 다시 걸음을 늦추는 김봉만을 향해 이맛살을 찌푸렸다. 저녁 8시경으로 주택가의 1차선 도로에는 짙은 어둠이 덮여졌고 오가는 행인은 드물었다. 가끔씩 라이트를 켠 승용차가 지났으므로 그들은 옆쪽으로 비켜섰다. 남용배가 마악 다시 입을 열려고 할 때 김봉만이 그에게로 바짝 다가섰다.

"뒤에 두 놈이 따라오고 있어. 돌아보지 마라."

얼굴을 굳힌 남용배가 힐끗 그를 바라보았다.

"슈퍼에서부터 따라왔어. 왼쪽으로 가자."

그들의 앞쪽에는 길이 두 갈래로 갈라져 있었는데 저택은 오른쪽이다. 남용배가 잇새로 앓는 소리를 내었다. 자신은 알아채지 못했다는 수치심으로 분통이 터진 것이다. 그들은 잠자코 왼쪽 길로 꺾어져 들어섰다.

"뛰자."

꺾어지자마자 김봉만이 소리쳤고 그들은 단숨에 30미터쯤을 달려 옆쪽의 골목으로 들어섰다. 골목은 사람 둘이서 겨우 지날 수 있을 정도로 좁았지만 길게 뻗쳐져 있었다. 숨을 헐떡이며 골목을 달린 그들은 앞쪽에 나타난 큰길을 보았다. 그들이 걸어올라 왔던 1차선 도로였다. 골목 안쪽의 벽에 붙어선 남용배가 주머니에서 핸드폰을 꺼내들었다. 저택의 이한에게 보고를 하려는 것이다. 그가 이한에게 상황보고를 마악 마쳤을 때였다. 바깥쪽을 바라보던 김봉만이 놀란 듯 몸을 세웠다.

"이봐, 놈들이다. 아래쪽에서 세 놈이 뛰어오고 있어. 아까 두 놈과 일행인 모양이야."

남용배도 슈퍼마켓 쪽에서 뛰어오는 세 명의 사내를 볼 수 있었다. 드문드문 지나던 행인들이 놀란 듯 길가로 비켜설 만큼 사나운 기세로 달려오는 중이다.

"거처가 탄로 난 모양이다."

김봉만이 남용배의 어깨를 가볍게 쳤다.

"어서 연락해, 위험하다."

"그렇다면 그곳을 중심으로 수색한다. 식품을 사갈 정도면 분명히 그 근방이다."

서태영이 손바닥으로 테이블을 쳤다. 그는 국정원의 대공과장으로 김상철의 수사를 전담하고 있었다.

"요원들을 모두 그쪽으로 집결시키도록. 나도 현장으로 간다."

몸을 일으킨 그는 수화기를 들었다. 밤 9시가 되어가고 있었지만 국정원장 이근복에게 보고를 하려는 것이다. 단서를 잡은 것이나 마찬가지였다. 실마리는 고려리아와의 전화 추적에서 잡힌 것이다. 요즘은 서울과 고려리아간의 통화가 하루에도 수만 번 오가는 상황이다. 그것을 일일이 감청하거나 추적하기는 불가능했으므로 서태영은 공중전화 부스만을 집중 체크했던 것이다. 물론 이것도 운이 좋았다. 수만 개의 공중전화를 모두 체크할 수 없었기 때문에 최근에 고려리아와 통화기록이 있는 부스를 추렸고 그중에 통화 횟수가 많은 곳을 선별했는데 봉천동의 한 부스는 최근 일주일간 3회로 그중 많은 편에 들었으므로 요원을 파견했던 것이다. 그리고 그곳을 중심으로 탐문수사를 벌인 결과 슈퍼마켓에서 낯선 청년들이 하루에 한 번씩 대량의 식품을 구입해 간다는 것을 알게 되었다. 그것이 오늘 저녁이었다. 미행을 눈치 챈 놈들은 재빠르게 도망쳤지만 그것으로 심증은 더욱 굳어졌다. 보고를 마친 서태영이 차를 달려 봉천동의 슈퍼마켓 앞에 도착했을 때는 밤 10시가 되어 있었다. 이미 요원들은 주변 도로를 거의 봉쇄한 상태였고 주택가의 곳곳에 배치된 기동 요원들은 그의 지시를 기다리는 중이었다. 차에서 내린 그에게로 박동식 계장이 다가왔다.

"슈퍼를 중심으로 300미터 반경에 요원들을 모두 배치했습니다. 위쪽으로 올라가 오른쪽으로 꺾어진 길에 슈퍼가 하나 있기는 하지만 놈들이 조심하느라 일부러 아래로 내려왔을 수도 있으니까요."

40대 초반의 그는 간첩과 운동권 수배자를 잡는데 대단한 성과를 올린 사내였다. 박동식이 말을 이었다.

"사간 식품의 영수증을 보았는데 20인분이 넘습니다. 일주일 전쯤에도 와서 그만큼을 사갔다는데 많이 사간 사람이라 기억하고 있더군요."

"20인분이라고 해도 세 끼면 7인분이고 이틀간 먹으면 3인분이야. 매일 사간 것도 아니니까 그것으로 계산할 수는 없어."

"일주일 전에는 청산소주를 스무 병이나 가져갔습니다. 그게 세 사람 몫이겠습니까?"

그러자 서태영이 그를 바라보면서 천천히 머리를 끄덕였다.

"김상철의 일당이 틀림없는 것 같다."

청산소주는 알코올 농도 50도짜리의 독한 술이다. 양조회사는 한국의 보드카라고 대대적인 선전을 했지만 한국인의 취향에 맞지 않는 모양으로 판매량이 극히 저조했다. 그러나 김상철의 일당은 보드카에 익숙한 놈들인 것이다. 아래쪽에서 경고등을 번쩍이며 경찰의 순찰차가 올라오고 있었다. 순찰차가 슈퍼마켓 앞에서 멈추더니 경찰 간부 한 명이 요원의 안내를 받고 서태영의 앞으로 다가왔다.

"경찰청의 한 경위올시다. 본청의 지시를 받고 왔는데 책임자 되십니까?"

톨게이트의 넓은 입구로 들어서자 심재택이 상반신을 앞쪽으로 내밀고는 게이트를 둘러보았다.

"우측으로, 우측 두 번째로 가."

김상철의 눈에도 게이트 건너편에 나란히 서 있는 경찰들이 보였다. 밤이 되어서 차량의 통행이 줄어들고 있었으므로 하행선 게이트는 대여섯 개밖에 열어놓지 않은 것이다. 우측 두 번째는 트럭 전용의 게이트였다. 운전사가 트럭 뒤에 차를 붙이고는 긴장한 듯 핸들을 움켜쥐었다. 그는 심재택의 부하로 40대의 전직 국정원 요원이다. 그들이 탄 승용차 앞에는 트럭 세 대가 멈춰서 있었는데 한 대가 빠져나가자 두 대가 되었다. 김상철이 머리를 돌려 뒤쪽을 바라보았다. 승합차의 핸들을 잡고 있는 것은 김봉만이다. 그의 옆에는 이한이 앉았고 뒷좌석에는 여섯 명의 부하가 타고 있었다. 트럭이 앞에 한 대 남았을 때 심재택이 혀를 찼다. 경찰관 한 명이 이쪽 줄로 다가선 것이다. 아니 매표구에 가려져 있어서 그가 있는 것이 보이지 않았는지도 몰랐다. 트럭이 떠나고 운전사가 티켓을 뽑아 매표구를 나서자 경찰관이 그들을 향해 손바닥을 보이며 가로막았다. 검문하는 경찰은 모두 다섯이었고 오른쪽의 게이트 사무실 앞에는 M-16을 치켜든 전경 1개 분대쯤의 병력이 늘어서 있었다.

"면허증 좀 보십시다."

그러면서 경찰관은 차 안을 휘둘러보았다. 의심이 가득 찬 시선이었다.

"차 안의 불을 켜요."

"이봐, 우리 지금 시간 없어."

심재택이 소리치듯 말하고는 차 문을 열고 밖으로 나섰다. 그는 경찰관 앞에 서더니 주머니를 뒤져 신분증을 꺼내 주었다.

"난 국정원 수사관이야. 지금 수원으로 요원들과 출동 중이야."

그가 자르듯이 말했지만 힐끗 시선을 준 경찰관은 플래시로 신분증을 꼼꼼히 비춰보더니 턱으로 옆쪽을 가리켰다. 전경 분대가 서 있는 곳이다.

"확인할 때까지 저쪽에서. 죄송합니다, 수사관님."

"좋아, 근무자세가 마음에 들었어. 빨리 확인해 줘."

이쪽을 바라보느라고 차들을 그냥 보내던 뒤쪽의 경찰관이 다가오는 차를 세우고 있었다.

"검문이 철저하군."

전경 분대 앞에서 나란히 차가 멈춰 서자 김상철이 말했다. 운전사와 옆자리에 앉은 남용배는 몸을 굳힌 채 대답하지 않았다. 앞쪽에서 심재택은 경찰관과 마주보고 서 있었는데 경찰은 전경 한 명의 도움을 받아 플래시로 심재택의 신분증을 비추게 하면서 무전기로 통화를 하는 중이었다. 김상철이 다시 머리를 돌려 뒤쪽을 바라보았다. 김봉만과 이한의 얼굴이 보였다. 두 명 모두 태연한 모습이었지만 손가락이 총의 방아쇠에 걸려 있을 것이었고 뒤쪽의 부하들도 마찬가지일 것이다. 잠시 후 앞쪽의 경찰관이 심재택을 향해 경례를 올려붙이는 것이 보였다. 심재택이 손을 내밀어 그와 악수를 나누었다. 시계를 내려다보면서 심재택이 바쁘게 다가오더니 차 안으로 들어섰다.

"자, 가자."

차가 고속도로로 접어들어 속력을 내었을 때 김상철이 심재택을 바라보았다.

"국정원원 신분증이 아직도 유효합니까?"

"가명으로 만들어 두었던 비밀요원 신분증입니다. 본부 컴퓨터는 이 코드번호를 통과시키게 되어 있지요."

그러나 긴장했던 모양인지 길게 숨을 내쉬었다.

"하지만 비밀요원이 열 명의 대원을 인솔하고 경부선으로 내려갔다는 것을 삼십 분쯤 후에는 당직이 확인하게 됩니다."

"……."

"물론 비밀요원 안상호는 가공의 인물이지만 완벽해요. 당직은 수상한 점은 발견하지 못할 겁니다. 그리고 안상호의 작전명령이 기록되지 않은 것도 비밀요원의 작전이니 당연합니다."

그는 시계를 내려다보았으므로 김상철도 따라했다. 밤 11시가 조금 넘은 시간이었다.

"하지만 비상시에는 시간마다 본부 당직이 원장에게 상황을 보고하지요. 그러면 발각이 됩니다. 원장은 비밀작전도 모두 알고 있기 때문에 말입니다.

심재택이 주머니에서 핸드폰을 꺼내들었다.

"상황을 체크해야겠어요, 국정원도 비상이 걸렸는지를. 만일 그랬다면 우린 시간이 없습니다."

서태영이 본부 당직으로부터 비밀요원 안상호가 요원 10명을 인솔하여 경부고속도로를 내려갔다는 보고를 들은 것은 12시 5분이었다. 그리고 그가 그것을 원장에게 확인하기도 전에 원장으로부터 전화가 걸려왔다. 그는 아직도 슈퍼마켓 앞의 임시 수색본부에 진을 치고 있는 중이었다.

"이봐, 난 비밀요원 안상호를 내려 보낸 적 없다. 그리고 그런 놈이 있는지도 모른다."

국정원장 이근복이 소리치듯 말했다.

"국정원을 사칭하고 비밀요원의 코드넘버까지 알고 있다면 놈은 심재택이다. 그리고 나머지는 김상철과 그 일당이야. 잡아라."

"예, 원장님."

서태영이 뱉듯이 말했다. 놈들은 이미 이 동네를 떠난 것이다. 수화기를 부서져라 내려놓은 그가 옆에 앉아 있는 박동식을 쏘아 보았다.

"이봐, 11시에 톨게이트를 빠져나갔어. 한 시간이 지났으니 지금은 천안쯤을 달리고 있을 것이다."

"과장님, 목적지가 어디인지 모릅니다. 수원이나 기흥, 오산이라면 벌써 고속도로를 빠져나갔습니다."

"그런 곳을 가려고 고속도로를 타지는 않아!"

그가 버럭 소리를 치자 박동식이 입을 다물었다.

"고속도로상의 모든 톨게이트에 수배해! 경찰청에 연락을 하고!"

차 안에 다시 서태영의 목소리가 울렸다.

"조처 완료했습니다."

박영수가 말하자 보안국장 이윤재는 잠자코 전화를 끊었다. 경찰청의 상황실 안이다. 당직사령인 형사국 심사과장 안 총경이 그에게로 다가왔다.

"이봐, 박 경정. 지금쯤 대전을 지날 시간인데, 호남고속도로로 내려갈지 경부를 그냥 탈지 알 수가 없군."

그리고 수원이나 오산으로 이미 빠져나갔는지도 알 수가 없다. 경부는 말할 것도 없고 호남고속도로의 모든 톨게이트에 검문경찰을 1개 소대씩 배치했으니 통행차량들은 전쟁이 났다고 생각할지도 몰랐다. 의자에 등을 기댄 박영수가 팔짱을 끼고는 안 총경을 바라보았다. 그는 박영수보다 10년쯤 연상으로 내일 모레가 정년이다.

"안 과장님은 퇴직하면 고려리아로 가신다고 했지요?"

"허, 이거, 벌써 소문이 나버렸네."

안총경이 사람 좋아보이는 얼굴에 웃음을 띄웠다.

"통신관리관실의 조경정처럼 사표내고 떠나진 않아. 그러니 소문이 날 테면 나라고 해."

"지원서는 내신 모양이군요."

"이미 받아준다는 연락도 받았어."

그는 의자를 끌어당겨 앞자리에 앉았다.

"조건도 통보받았고. 과장급 대우라는데 직급이 한국의 경무관급이더군. 그런데 대우가 그만이야. 100평형 단독주택이나 아파트가 무상 지급되고, 자식들의 학비 일체가 보조되는 데다 월급이 1만 달러야. 그리고 노망이 들 때까지 근무할 수 있다는 거야."

"축하합니다."

"고려리아에 가면 지방서장으로 나갈 거야."

경찰 간부뿐만이 아니다. 행정부나 연구기관, 교육계에다 현역 군인까지 고려리아로 몰리고 있는 상황이었다. 한국판 엑서더스이다. 정부는 가급적 공무원의 고려리아 이주를 억제하고 있었지만 투자이민을 허용한 상태였다. 사직원을 내고 출국을 하는데 막을 방법이 없는 것이다. 상황실 직원이 바쁘게 다가왔다.

"경정님, 국정원 전화입니다."

당직사령이 있었지만 김상철 사건의 지휘자는 박영수인 것이다. 그가 테이블 위에 놓인 전화의 수화기를 들자 곧 연결이 되었다.

"보안국 박 경정입니다."

"난 국정원 서 과장입니다."

볼륨을 높였는지 그의 목소리가 귀를 울렸다. 서태영과는 서너 번 통화를 한 적이 있었지만 만난 적은 없다. 그가 소리치듯 말을 이었다.

"천안휴게소에 놈들의 차가 버려져 있는 것이 발견되었어요. 승용차와 승합차 두댑니다. 우리 요원이 찾아냈습니다."

"……"

"놈들은 차를 바꿔 탄 겁니다. 톨게이트에 모든 차량을 정밀 수색하라고 지시해 주셔야겠습니다."

"그렇게 하지요."

"철저하게 검문만 하면 놈들은 잡힙니다."

"알겠습니다."

수화기를 내려놓은 박영수가 안 총경을 바라보았다.

"놈들이 천안휴게소에 차를 버렸답니다. 차를 바꿔 탄 것 같다는데요."

"그렇다면 정밀수색이군"

안총경이 자리에서 일어섰다. 새벽 1시가 되어가고 있었다. 자리에서 일어선 박영수는 부산하게 각도 경찰국에 지시 전문을 보내는 안 총경에게로 다가갔다.

"난 헬기로 고속도로에 나가볼 테니까 상황을 연락해 주십시오."

안총경이 머리를 들었다.

"물론이지. 이곳 걱정은 말고."

싹트는 음모

흐린 하늘에서는 금방 빗방울이 떨어져 내릴 것 같았고 습기가 배인 게양대의 태극기는 바람에 무겁게 흔들리고 있었다. 출근한지 얼마 되지 않은 오전 9시경이었다. 창밖을 바라보던 이태준이 머리를 돌렸는데 지친 표정이었다.

"이남호가 어제도 전화를 해왔어. 어떻게 되었느냐고 은근히 묻는데 북한측의 독촉을 받고 있다는 암시를 주더구먼."

그는 쓴웃음을 지었다.

"교활한 놈들이야, 북쪽이. 놈들은 이런 식으로 고려리아의 입장을 강화시켜 준단 말이야."

예컨대 현재 일어나고 있는 고려리아로의 이주민 폭주 사태에 정부는 손을 쓰지 못하고 있는 것이다. 극단적으로 표현하자면 한국의 알맹이는 모두 고려리아로 옮겨놓고 고려리아를 통합하겠다는 북한측의 계산이었다. 만일 한국에 첨단산업과 서비스산업만이 남게 된다면 기간산업이 붕괴된 경제가 며칠이 못가 붕괴될 것이라는 것은 이태준도 알고 있었다.

공동(空洞)화 현상으로 실업자가 폭등하고 물가가 치솟을 것이다. 그리고 곧 도시는 폐허가 된다. 압구정동과 신촌을 오가던 노랑머리와 마른 다리의 남녀들은 아사(餓死)의 위협을 겪게 될 판이었다. 이태준이 머리를 들었다.

"각하께서는 지금 심각하게 고려리아로의 투자이민 규제령을 검토하고 계셔. 중소기업의 탈출을 막고 공무원의 이탈을 방지하기 위해선데 야당의 주장에 따라가는 입장이 되어서 조금 꺼림칙하군."

"우리가 먼저 발표하면 됩니다. 야당에 신경 쓰실 건 없습니다."

"어차피 한국에서 동거해야 할 사람들이니까. 누가 정권을 잡건 간에 쓰레기만 남은 경제를 인수하고 싶지는 않을 테니까."

그들은 잠시 침묵을 지켰다. 말은 쉽지만 앞으로의 일이 첩첩산중인 것이다. 투자이민을 허용한 것은 고려리아의 압력 때문이었다. 약점을 쥔 고려리아의 요구를 받아들였을 때만 해도 현 정권은 이런 사태가 올 줄은 예상하지도 못했던 것이다. 중소기업은 말할 것도 없고 대기업, 공무원, 학자, 군인에 이르기까지 대탈출을 시도하고 있었는데 어느 신문의 사설에 의하면 현 정권에 대한 불만이 아니라 국가 자체에 대한 환멸이라는 것이었다. 새로운 땅에서 새로운 주권을 가진 국가를 갖는다. 사강(四强)의 압력은 말할 것도 없고 북한의 장난에도 의연한 그들의 새로운 국가는 고려리아였다.

"고려리아가 잠자코 있을까요?"

혼잣소리처럼 신형목이 입을 열었다.

"북한과 공모해서 다시 일을 일으킬 가능성이 있습니다. 만일 그렇게 된다면 선거가 5개월도 남지 많은 상황인데."

"그래서 말인데."

머리를 든 이태준이 그를 바라보았다.

"내가 고려리아로 가야할 것 같아 정동민 씨하고."

"……."

"물론 1박 2일 아니면 길어야 2박 3일의 일정이야. 극비회동이지."

"그것이 가능할까요?"

"고려리아 정부는 비밀을 보장하겠다고 했어."

"북한측한데도 말입니까?"

"그건 알 수가 없지만 그쪽은 상관없어."

제일 상관이 있는 쪽은 한국의 국민과 언론이다. 더욱이 지난번 비밀합의서가 유출된 바람에 단단히 홍역을 치른 다음인 것이다. 이태준이 긴 한숨소리를 냈다.

"신수석도 이번에 가야 되겠지만 국내문제가 시끄러워서, 김상철이 아직 잡히지도 않은 상태이고 말이야."

지금은 고속도로의 톨게이트가 경찰로 덮여 있는 상황인 것이다. 그리고 그를 잡았을 때 마무리를 지어야 한다. 언론을 통제하고 기관을 장악하여 지휘 할 사람은 자신뿐이다.

신형목이 머리를 끄덕였다.

"알겠습니다. 제가 마무리 짓겠습니다, 이곳은."

부산 톨게이트에는 비가 내리고 있었다. 빗줄기는 굵지 않았지만 바람과 함께 흩뿌려지고 있어서 얇은 비닐 우의가 바람에 펄럭였다가 피부에 달라붙기를 되풀이하는 중이다. 박영수는 얼굴에 흐르는 빗물을 손바닥으로 씻어내었다. 오전 10시 30분이었다.

"차가 지금 얼마나 밀렸지요?"

그가 묻자 옆에 서 있던 오 경정이 고속도로 쪽을 바라보는 시늉을 했다. 그는 부산 지방청의 보안 과장으로 박영수와 같은 계급이었지만 이쪽은 본청 소속에 지휘책임이 있다. 그가 입을 열었다.

"아마 3킬로미터쯤 밀려 있는 것 같습니다."

"이러다간 엄청나게 밀리겠는데."

박영수가 톨게이트 주변을 둘러보았다. 헬기로 부산에 도착한 것은 오전 6시 30분이었다. 빗발이 뿌리는 톨게이트는 혼잡하기 이를 데 없었는데 5개의 출구를 모두 막은 경찰이 모든 차량을 예외 없이 수색하고 있기 때문이다. 그들은 승객의 신원을 일일이 컴퓨터로 조회하는 것은 물론 트렁크를 수색했고 트럭의 짐칸을 뒤졌다. 전경 2개 소대 병력이 양옆으로 집총하고 도열한 무시무시한 분위기여서 죄 없는 시민이라도 빠져나올 때에는 안도의 숨을 쉴 정도였다. 가끔 항의하는 시민이 있을 때에는 북한의 게릴라 색출 훈련을 하고 있다고 설명을 했다. 박영수가 오 경정에게로 몸을 돌렸다.

"오 경정님, 오른쪽 차선의 컨테이너 트럭은 그냥 통과시킵니다. 봉인까지 붙인 것을 뜯어내고 내부를 조사하는 건 너무 심한 것 같으니까."

오 경정이 커다랗게 머리를 끄덕이자 모자에 쌓인 빗물이 한꺼번에 쏟아졌다.

"그러지요. 통과시키겠습니다."

만일 문제가 된다면 지시한 지휘자의 책임이다. 오경정이 소리쳐 지시하자 곧 오른쪽에 길게 늘어서 있던 컨테이너 트럭들이 움직이기 시작했다. 운전사의 신원만 체크하고 봉인만 확인하면 통과시키는 것이다. 그러자 검정색의 멋진 비옷을 입은 중년의 사내가 서둘러 이쪽으로 다가왔다. 부산지구 국정원 과장이었다.

"아니, 이것 보시오. 컨테이너 트럭은 왜 그냥 보내는 거요?"

나이도 비슷한 연배였고 부산지구 과장이면 낮은 서열도 아니다. 그의 뒤에는 서너 명의 국정원 요원들이 곱지 않은 표정으로 서 있었다. 박영수가 이맛살을 찌푸렸다.

"봉인을 떼고 들어가 앉아 있을 수는 없어요. 컨테이너 트럭을 수색하는 건 시간낭비요."

"봉인 만드는 건 쉬운 일이오. 수색해야 합니다."

그도 만만치 않았다. 허리에 두 팔을 걸친 그가 턱을 들었다.

"다시 지시해 주시오. 컨테이너 트럭도 수색하라고 말이오."

"이런 씨발놈이."

눈을 부릅뜬 박영수가 으르렁대듯 말했으나 말소리는 똑똑하게 들렸다. 그가 한 걸음 사내에게로 다가가 섰다.

"난 목을 걸고 이 일을 한단 말이다, 이새끼야. 청와대에서 내 목을 쥐고 있단 말이여."

기세에 눌린 사내가 몸을 굳히고는 눈을 껌벅였다. 옆에선 오 경정은 침을 크게 삼켰다.

"항의가 들어가도 목이 잘리는 건 나고, 놓쳐도 잘리는 건 내 목이야. 김상철이 수사를 처음부터 맡고 있는 것이 나란 말이다. 내일에 간섭하지 마라."

"아니, 이 새끼가."

하고 겨우 정신을 가다듬은 사내가 한 걸음 나섰다.

"어디다 대고 욕이야, 욕이. 이 새끼야."

"어허."

그러면서 오 경정이 그들 사이를 가로막았다.

"이거 왜 이러시오? 점잖으신 분들이."

그때에는 박영수의 부하들이 몰려와 있었고 혈기왕성한 부산지방청의 경위급 간부는 권총집에 손을 얹고는 국정원 요원들을 쏘아보았다. 이윽고 오 경정에게 등이 밀린 과장은 그 자리를 떠났다. 빗발이 점점 굵어지고 있었다.

수경사령관 최무섭 중장은 다리를 꼬고 앉아 빗줄기가 뿌리는 창밖을 바라보았다. 이곳은 예하부대인 제50공수여단의 여단장실이다. 이윽고 앞자리에 앉은 강석호 준장이 들고 있던 서류에서 시선을 뗴었다. 긴장으로 뻣뻣하게 굳어진 얼굴이었다.

"소문이 사실이었군요. 북한과 비밀합의를 했다는 소문이 돌고 있었습니다."

그는 서류를 탁자 위에 내려놓았다. 남북한의 비밀합의서 사본이다.

"이자들이 나라를 팔아먹으려고 하는군요."

"이번만 그런 것이 아닌 것 같아, 비밀합의는 여러 번 이루어진 모양이다."

다리를 편 최무섭이 쓴웃음을 지었다.

"우린 허수아비였어. 존재가치를 상실한 채 웃음거리가 되고 있었다."

"이것을 가져온 이정훈 국장은 수배중인가요?"

"그렇다고 하더군."

최무섭은 대한일보 편집국장 이정훈과 고교 동창이다. 최무섭이 3년 선배였는데 서로 다른 길을 걷다보니 만나는 일은 드물었다. 그러던 중 이정훈이 난데없이 그에게 연락을 해온 것이었다.

최무섭은 수배중이라는 그의 말에 놀랐지만 은밀하게 만나 상황을 듣고 합의서 사본을 받아온 것이다. 최무섭이 의자에 등을 기대고는 입맛을 다셨다.

"얼마 전에 기무사령관을 만났는데 그놈은 대선 이야기만 하더군. 이 일을 알고 있을 텐데도 말이야."

"조심 하셔야 합니다, 사령관님."

강석호가 눈으로 탁자 위의 합의서를 가리켰다.

"이것을 갖고 계시는 건 안전핀 빼낸 수류탄을 쥐고 계시는 것과 같습니다."

그러면서 그가 쓴웃음을 지었다.

"이젠 저도 보았으니 같은 입장이 되었지만 말입니다."

"이정훈은 아무 말도 하지 않았지만 그놈이 기대한 건 군이 일어나는 걸까?"

그러자 강석호가 손가락을 입에 대었다. 얼굴이 다시 굳어져 있다.

"현실적으로 불가능한 일이라는 건 그 사람도 잘 알고 있을 겁니다. 이제 그런 일은 없습니다."

머리를 끄덕인 최무섭이 턱으로 합의서를 가리켰다.

"그렇지. 하지만 이것을 우선 오십일에게 보여줘, 자네가 갖고."

"그렇게 하지요."

강석호가 서류를 접어 가슴 호주머니에 넣었다.

"수류탄을 저에게 넘기시는군요."

"둘이서 상의한 다음에 오십이에게 보이든지 말든지 결정해라. 책임은 내가 질 테니까."

자리에서 일어선 그가 손을 권총처럼 만들더니 총구를 관자놀이에 대었다.

"죽고 싶은 심정이야 나는. 죽을 기회가 왔으면 좋겠다. 그저 군인답게."

오늘은 청와대에서 대통령이 주재하는 안보회의가 있는 날이었지만 갑자기 내일로 연기되었기 때문에 국정원장 이근복은 사무실에서 기무사령관 함종일을 맞이했다. 그들은 한 달에 두어 번쯤 만나는 사이였으므로 가볍게 인사를 주고받고는 자리에 앉았다. 함종일의 오늘 방문은 일정에 없었지만 뜻밖의 일은 아닌 것이다. 여직원이 녹차를 내려놓고 나가자 함종일이 입을 열었다.

"주로 군의 고급장교들 사이에서 퍼진 소문인데, 남북 간 비밀합의를 했다는 겁니다. 여당 대선후보를 밀어주기로 했다는 내용이오."

녹차 잔을 든 함종일이 웃음 띤 얼굴로 이근복을 바라보았다.

"정치권 일각에서 의도적으로 소문을 흘린 낌새도 있습니다. 하지만 진원지를 찾기가 어려워요."

이근복이 잠자코 머리를 끄덕이자 그가 말을 이었다.

"요즘 일어나는 일련의 사건들이 모두 관계가 있는 것으로 보입니다만, 어젯밤 고속도로 전체의 비상상황까지 포함해서 말입니다."

"김상철은 살인 혐의로 진즉 기소된 놈입니다. 모두 6명을 살해한 혐의인데 기소가 풀려진 것이 아닙니다."

이근복이 의자에 등을 기대었다.

"러시아 국적을 취득했다고 죄가 없어 질 수가 없지요."

"그렇다면 전(前) 원장 권준규 씨가 연금된 일과 전(前) 과장 심재택이 수배된 것은 무엇 때문이지요? 그리고 언론인 28명이 24시간 감시를 받고 있는 일도 말입니다."

찻잔을 내려놓은 함종일이 얼굴에 웃음을 띠웠다.

"청와대에서 대검과 경찰청의 보안국장으로 이어지는 핫라인을 우리가 파악하고 있다는 것을 원장님은 알고 계실 겁니다. 기무사의 역할이 지금은 대폭 축소되어 있지만 전(前) 정권 때 만들어진 기능이 있으니까요. 현 정권은 아마 모르고 있는 것 같습니다."

이근복이 쓴웃음을 지었다. 군사정권 시에는 기무사의 전신 보안사가 검경의 작전까지 체크하고 확인했던 것이다. 현 정권은 그것을 가동시키지 않았을 뿐이지 기무사의 기능은 그대로 살아 움직이고 있다. 그리고 보고는 기무사령관 선에서 종결되어 왔을 것이다.

"그자들은 유언비어 날조 혐의를 받고 있어요. 내가 아는 것은 그것뿐입니다."

"권준규 씨까지 말씀입니까?"

"그래요."

함종일이 눈을 껌벅이며 그를 바라보았다. 어느덧 웃음기가 사라지고 정색을 한 얼굴이다.

"일국의 국정원장이었던 사람이 말입니까?"

"그래요."

"유언비어 내용이 뭡니까? 시중의 소문과 같은 남북 간의 비밀합의에 대한 것이겠군요?"

"아마 그런 것 같습니다."

그러자 입맛을 다신 함종일이 의자에 등을 기대었다.

"비밀합의의 내용에 대해서는 알고 계십니까?"

"난 모릅니다."

한동안 방 안에 침묵이 흘렀다. 이윽고 창밖의 빗줄기를 바라보고 있던 함종일이 자리에서 몸을 일으켰다.

"이것, 갑자기 찾아와 폐를 끼쳤습니다. 이만."

승용차가 국정원의 청사 정문을 빠져나오자 말없이 앞쪽을 바라보고 있던 함종일이 혼잣소리처럼 말했다.

"군을 철저히 소외시키고 있군, 이 사람들이."

옆자리에 앉은 참모장 현창복 준장이 그를 바라보았다.

"말씀하지 않으시던가요?"

"모른다는 거야. 그저 유언비어 날조 혐의라는군."

차 안에 다시 무거운 정적이 흘렀다. 기무사의 주요 업무는 군의 쿠데타를 방지하는 것이다. 고위층은 지금 벌어지고 있는 상황이 기무사 업무와는 거의 관계가 없는 것으로 생각하고 있는지도 몰랐다.

공터에 들어선 컨테이너는 꽁무니를 담장 쪽으로 돌리고는 멈춰섰다. 전에는 공장이었던 모양으로 시멘트 건물이 옆쪽에 있었지만 인적은 보이지 않았다. 운전석에서 뛰어내린 두 사내가 굵은 빗줄기를 맞으며 컨테이너 뒤쪽으로 오더니 곧 봉인을 떼고 문을 열었다. 그러자 사내들이 밖으로 쏟아지듯 뛰어내렸다. 김상철은 빗물이 고인 공터를 뛰어 건물 안으로 들어섰다. 습기에 배인 건물에서는 퀴퀴한 냄새가 났지만 비는 새지 않았다. 부서지고 녹슨 기계가 한쪽에 쌓여있는 걸 보면 폐업한 지 오래된 공장이었다. 컨테이너 트럭을 보낸 심재택이 다가왔다. 트럭의 운전사는 김상철로부터 1만 달러를 받았던 것이다. 두 딸을 두었다는 50대의 그는 만일 발각이 된다면 위협을 받았다고 말해 달라는 조건으로 승낙을 했는데 현금 1만 달러는 선금으로 받아 넣었다. 물론 그의 옆에는 심재택의 부하가 앉아 있었으므로 위협은 위협이다.

"자, 가십시다."

심재택이 손목시계를 내려다보며 말했다. 정오가 되어가고 있었다.

"박영수를 믿긴 했지만 10년은 감수했습니다. 복선도 없이 행동하기는 처음이오."

그들은 둘씩 셋씩 무리를 지어 공터를 나왔다. 심재택이 알려준 동래의 은신처로 출발하려는 것이다. 김상철은 심재택과 동행이었는데 그들의 뒤를 남용배가 바짝 따라왔다. 심재택이 근처 가게에서 우산을 사왔으므로 그들은 우산을 함께 쓰고 있었다. 큰길로 나온 그들은 택시 정류장으로 다가갔다.

 박영수로부터 연락이 온 것은 그들이 마악 집을 나섰을 때였다. 그는 국정원에서 봉천동의 주택가로 병력을 집중 투입하는 중이라고 알려 주었던 것이다. 그리고 12시가 지난 후에 다시 톨게이트를 빠져나간 것이 탄로가 났다고도 말해 주었다. 컨테이너 트럭에 옮겨 탄 심재택이 박영수에게 연락은 했지만 가슴을 졸인 것은 김상철도 마찬가지였다. 더욱이 핸드폰을 사용하고 있었으므로 언제 도청 당할지 모르는 형편이었던 것이다. 택시가 멈추자 그들은 차에 올랐다. 어쨌든 한 고비는 지난 것이다.

 그들 일행이 해운대의 민박집에 모두 도착했을 때는 오후 3시가 되어 있었다. 민박집은 해수욕장에서 가깝기는 했지만 시설이 낡은 데다 지저분했다. 더구나 8월 중순이어서 손님들이 뜸해지는 시기에 비까지 오는 판이다. 손님이 한 명도 없던 차에 열 명이 넘는 손님이 방 네 개를 모두 채우자 주인의 얼굴은 희색으로 가득 찼다. 김상철의 방으로 이한이 들어섰다.
 "형님, 전화한 놈을 찾았습니다."
 온돌방이었으므로 그는 문 앞에 선 채로 말했다. 눈을 치켜뜨고 있어서 흰 창이 더욱 넓게 드러나 있다.
 "민용길입니다. 그놈이 심부름을 나간 길에 공중전화 부스에서 4번이나 고려리아로 전화를 했다고 자백했습니다."
 민용길이라면 이한이 데리고 온 부하로 하얼빈 태생의 중국계 조선인이었다. 박영수는 국정원에서 봉천동으로 수사망을 좁힌 이유도 말해 주었던 것이다. 이한이 김상철을 내려다보았다.
 "놈은 타운에 있는 제 애인한테 전화를 했습니다. 계집이 아프다더군요."

"……."

"제가 알아서 처리하겠습니다, 형님."

"내버려 두어라."

김상철이 말하자 이한이 이맛살을 찌푸렸다.

"안 됩니다. 그놈 때문에 하마터면 우리 모두가 당할 뻔했습니다. 내버려 두면 기율이 잡히지 않습니다."

"뉘우친다면 내버려 두어라."

정색을 한 김상철이 이한을 바라보았다.

"네가 용서해 주란 말이다. 꼭 벌을 준다고 기율이 잡히는 건 아니야."

"손가락 하나라도 잘라야……."

그러던 이한이 김상철의 시선을 받고는 입맛을 다셨다. 못마땅한 표정으로 이한이 방을 나가자 이제까지 잠자코 앉아 있던 심재택이 몸을 일으켰다.

"항구에 다녀오겠습니다."

그는 항구에 정박해 있는 러시아 국적선을 알아보려는 것이다. 머리를 끄덕인 김상철이 소리쳐 김봉만을 부르자 곧 그가 방 안으로 들어섰다.

"네가 심 선생을 따라갔다 오너라. 넌 일본 여권을 갖고 있으니 다른 사람들보다는 나을 테니까."

"저기, 두 놈이야. 그 뒤쪽에 있는 두 놈은 감시를 맡고 있어."

장석규가 턱으로 가리킨 곳은 엘레인 호텔 옆쪽의 슈퍼마켓 앞이었다. 저녁 8시경이어서 리조트 시티의 호텔가(街)는 사람들로 붐비고 있었는데 슈퍼마켓 앞쪽은 더욱 혼잡했다. 장석규가 가리킨 네 사내는 누군가를 기다리는 듯 슈퍼마켓 안을 기웃거렸다가 거리를 둘러보는 동작을 되풀이하고 있었다. 거리에 서 있는 두 사내가 든 슈퍼마켓의 종이봉투에 든 것은 마약인 것이다.

"옳지, 한 놈이 나타났다."

장석규가 소리치듯 말했지만 홍대영도 이미 한 사내가 그들 두 명에게 다가가는 것을 보았다. 몇 마디 이야기를 주고받던 그들은 곧 옆쪽의 골목으로 들어섰고 슈퍼마켓의 입구 쪽에 서 있던 두 사내가 주위를 둘러보고 있었다. 잘 짜여진 팀워크다. 장석규와 홍대영은 그들과 대각선 방향으로 약간 떨어진 곳에 세워진 차 안에 앉아 있었다. 수십 대의 차량이 인도에 붙여 세워져 있었으므로 차 안의 사람을 발견하기는 쉽지 않은 일이다.

"이 쥐새끼 같은 놈들."

장석규가 잇새로 말했다. 이곳은 엄연히 이한의 구역으로 예전에는 마약 소매상이 얼씬도 하지 못했던 것이다.

"이봐, 어디 가려고 그래?"

장석규가 차 문을 열자 당황한 홍대영이 소리쳤다.

"건드리지 말라는 명령이야, 내버려두라고."

"건드리지는 않겠어. 쫓아낼 거야."

장석규가 밖으로 나갔으므로 찌푸린 홍대영도 뒤를 따랐다. 그들은 행인들을 헤치며 슈퍼마켓 앞으로 다가갔다. 골목으로 들어 간 두 사내는 아직 나오지 않았는데 슈퍼마켓 입구에 서 있던 감시자들은 이미 장석규들을 알아본 모양이었다. 슬금슬금 움직이더니 그들이 10미터쯤 앞으로 다가가자 몸을 돌리더니 골목으로 들어섰다.

"잘 됐다, 이 새끼들."

장석규가 뱉듯이 말했다. 그는 바지주머니에 넣은 권총의 손잡이를 움켜쥐고 있었다. 주머니의 밑창을 트고 소음기가 부착된 긴 총신을 찔러 넣은 것이다. 그들은 서둘러 골목 안으로 들어섰다. 골목은 호텔의 뒷문

쪽으로 들려 있어서 행인들이 꽤 많았는데 네 사내는 보이지 않았다. 장석규의 시선이 골목 안의 가게들을 분주하게 흝어 내려갔다. 한쪽은 담장이어서 반대편에만 올망졸망한 선물가게와 세탁소 등이 늘어서 있었는데 그들이 어느 한 곳에 들어간 것은 확실했다.

"애들을 불러, 골목 출구를 막으라고 해."

장석규가 다급하게 말했다. 네 놈이 등을 보이고 골목을 빠져나갔다면 내버려 둘 생각이었는데 마음이 변한 것이다. 갖고 있는 마약을 빼앗고 두들겨 준 다음에 보낼 작정이었다. 분위기에 휩쓸린 홍대영이 무전기를 꺼내들었다. 장석규가 처음 들어선 곳은 선물 가게였다. 손님을 맞이하고 있던 주인이 무작정하고 안으로 들어선 그를 보더니 눈을 동그랗게 떴다. 안은 비어 있었다. 그가 밖으로 나오자 연락을 끝낸 홍대영이 이맛살을 찌푸렸다.

"이봐, 놈들은 도망친 모양이다. 일 만들지 마라."

"놈들은 이곳에 있어."

주머니 속의 권총을 움켜쥔 채 장석규는 세탁소의 안으로 들어섰다. 다림질을 하던 세탁소 주인이 눈을 치켜뜨고는 그를 맞이했다. 놀란 표정이 아니다. 두려움에 가득 찬 얼굴이었다. 퍼뜩 긴장한 장석규가 머리를 돌렸을 때 그는 걸려 있는 옷더미 속에 서있는 한 사내를 보았다. 그리고 그 다음 순간 등에 거센 충격을 받은 그는 휘청거리다가 털썩 무릎을 꿇었다. 칼이 박힌 것이다. 그는 기를 쓰고 권총을 빼내다가 총신이 주머니에 걸리자 방아쇠를 당겼다. 다리에 뜨거운 기운이 스치고 지나가는 것을 느끼면서 장석규는 의식을 잃었다. 세탁소 앞에 서 있던 홍대영은 뛰어나온 사내로부터 정면으로 칼을 받았는데 가까운 거리였지만 몸을 튼 덕분에 칼이 옆구리에 찍혔다. 그는 이를 악물면서 허리춤에 찔러 넣은 권총을 빼내고는 달려드는 사내의 가슴을 향해 방아쇠를 당겼다. 총구가 몸에 닿을 정도의 거리였다. 정통으로 심장이 뚫린 사내가 세탁소의 벽에 등을 부딪치며 쓰러지는 순간 홍대영은 요란한 총성을 들었다. 그것으로 끝이다. 이마가 뚫린 그는 뒤로 넘어지며 숨을 멈췄다.

"비상사태입니다. 김상철이가 있다면 이야기가 통하겠지만 그레고리와 변순태는 말이 잘 먹히지가 않아요. 특히 그레고리 파트킨은 골칫거리올시다."

수화기를 쥔 이대각이 말을 이었다.

"분위기가 심각합니다. 북한측도 조직원들을 모으고 있는데 이러다가……."

"이봐, 서일한테 연락을 해."

이남호가 거친 목소리로 말했다.

"서툰 짓 하지 말라고 말이야. 그리고 저쪽 그레고리한테도. 일을 만든다면 가차 없이 진압하고 연대책임을 묻겠다고 전해."

이대각이 힐끗 앞에 앉은 장동택을 바라보았다.

"이미 그렇게 전했습니다, 청장님. 하지만 변순태는 북한측에 제 부하를 죽인 세 놈을 넘겨달라고 요구하고 있어요. 네 놈이었는데 하나가 죽었으니 세 놈이라는 겁니다."

"말도 안 되는 소리. 제 놈이 무슨 판관이라도 된단 말이야?"

"글쎄 저희끼리 하는 수작이라."

"절대로 일이 일어나선 안 돼. 강경책을 써서라도 막아."

"알겠습니다."

수화기를 내려놓은 이대각이 장동택을 향해 웃었다.

"변순태는 치밀한 놈이야. 거기에다 그레고리는 산적 출신이라 뒤를 치는 걸 좋아하지. 나도 한때 그놈에게 야습을 당해 포로가 된 적이 있어.

둘 다 정면대결은 안 할 거야."

"마약거래의 현장을 잡고 덮치려다 당한 겁니다. 더구나 그쪽은 김상철의 구역입니다. 예전 같으면 이런 일이 일어나지 않았지요."

경비본부의 본부장실 안이었다. 밤 10시가 되어가고 있었지만 경비대는 비상대기 상태인 것이다. 장동택이 말을 이었다.

"내일 한국에서 VIP가 밀행(密行)하여 오는 상황이니 청장님도 신경이 쓰이시겠군요."

"그것들한테 신경 쓸 건 없어. 무슨 부탁이나 하러 오는 모양이니까."

청와대 비서실장 이태준과 여당의 대선후보 정동민의 비밀 방문은 극비사항이었다. 그들의 방문을 알고 있는 사람은 고려리아 정부 내에서 채 열 명도 되지 않는 것이다. 그러나 경비대의 고위층인 이대각과 장동택에게까지 비밀로 할 수는 없는 일이다. 그들은 다섯 명의 수행원을 대동한 한국의 귀빈들을 공항에서 곧바로 총독의 관저로 모셔 갈 계획을 세워 두고 있었다.

"김 사장이 잡히지 않아서 다행입니다. 만일 잡혔다면 한국 관리들의 경호도 몇 배나 더 힘이 들었을 테니까요."

장동택의 말에 이대각이 코웃음을 쳤다.

"관리들 경호뿐만이 아냐. 그렇게 되었다가는 강미현도 경호하고 있어야 할 것이다. 물론 그 상황에 자네와 내가 제자리를 지키고 있을지도 알 수 없는 일이고."

"중무장한 병력이오. 모두 최근에 북한에서 데려왔는데 편제도 인민군 식으로 짜여 있습니다."

고려타운에 있는 최태호의 색싯집안이다. 그 사이에 색싯집은 담을 헐어 옆집까지 규모를 넓혔고 색시도 세 배쯤으로 불어나 있었다.

"지휘관은 송무용이란 자로 호위총국의 중장 출신이오. 이제 얼마 안 가면 고려리아의 경비대도 그들을 당해내지 못할 겁니다."

변순태가 쓴웃음을 지었다.

"전쟁을 해볼 테면 해보라지. 아예 김정일까지 오라고 하든지, 금방 결딴을 내줄 테니까."

"이봐요, 변 사장. 변 사장은 북한 군대를 몰라서 그러는 거요. 그자들은 잘 훈련되어 있단 말이오."

"개새끼들처럼 말이지. 짖으라면 짖고 물라면 무는."

밤이 깊었지만 색싯집은 활기를 띠고 있었다. 8월 중순으로 아직 기온이 영하로 떨어지기 전이어서 주민들의 문밖출입이 잦기 때문이다.

"오늘 저녁의 사건도 북한측이 도발한 기미가 있습니다. 이미 타운과 고려리아에 호위군이 배치되어서 준비를 갖추고 있어요."

최태호가 탁자 위에 놓인 보드카 잔을 쥐었다. 그는 한때 고려리아에 진주한 북한 세력의 2인자였지만 지금은 타운의 사업장 몇 개를 관리하는 관리자 신세로 전락되어 있었다. 그러나 일찌감치 자본주의에 눈을 떠 개인 재산으로 계산하면 고려리아의 북한인 중에서 제일가는 자본가가 되어 있다. 물론 이 사실이 탄로 나면 총살을 면치 못할 것이다. 보드카를 한 모금에 삼킨 그가 변순태를 바라보았다.

"난 고급 정보에는 소외된 형편이 되어서 높은 놈들이 무슨 꿍꿍이셈을 하는지는 알 수 없지만 당신들, 김 사장님 세력이 궁지에 몰리고 있는 것은 사실이오, 북한 정부와 고려리아 정부가 더욱 밀착되는 것에 반비례 한단 말이오."

"경비대가 김 사장님에게 호의적이기는 해도 총독이 몇 명만 자르면 그만이오. 지난번에 이야기했던 대로 섣불리 나서지 마시오. 덫에 걸릴 수도 있으니까."

"……."

잠자코 그를 바라보던 변순태가 팔짱을 끼었다. 시선은 최태호를 향해져 있지만 생각에 잠긴 얼굴이었다.

"보기와는 달리 놈들이 신중하군."

송무용이 부리부리한 시선을 들고 박기환을 바라보았다. 그는 김정일의 호위를 맡은 호위총국 1국 2부장 출신으로 김정일의 만경대학원 동기였다. 따라서 김정일의 호위부대 중대장으로 시작한 그는 지금 출세가도의 정점을 향해 다가가는 중이었다. 고려리아의 호위군 사령관 직책은 곧 북한의 인민군 총사령관 이상의 가치가 있게 될 것이다. 고려리아는 북한의 미래가 걸려 있는 땅인 것이다. 그가 탁자 위로 가죽장화를 신은 두 발을 올려놓았으므로 구두 밑창이 박기환을 향해 펼쳐졌다.

"이미 저쪽은 미끼를 물었어. 기회는 지금인 것 같은데, 동무는 어떻게 생각하시오?"

"김상철이 현재 한국에서 쫓기는 중이고, 고려리아와 우리 공화국 정부와의 관계는 최상입니다. 저도 기회가 지금이라고 생각합니다."

박기환이 똑바로 그를 바라보았다.

"하지만 경비대를 사전에 제압해 둘 필요가 있습니다. 잘못하면 경비대와의 전쟁이 됩니다."

"그렇지. 총독에게 말해서 경비대를 눌러두라고 할까?"

"……."

"아니면 강미현에게 부탁하든지."

"사령관 동지, 지금 강미현은 근신중입니다. 총독과도 만나지 않는다고 들었습니다."

"그렇다면 서 대표에게 총독을 만나라고 하지. 골칫덩이를 제거할 테니 경비대를 움직이지 말라고 말이야."

박기환이 소리죽여 숨을 뱉었다. 북한에서 무소불위의 권력을 행사해오던 송무용이다. 김정일 외에는 두려운 사람이 없었던 그는 이런 식으로 명령을 했고 그것이 실행되어 왔다. 독재자는 시간이 지날수록 명령에 익숙해지고 그와 비례해서 생각하는 시간이 짧아지는 법이다. 따라서 명령도 단순해지는데 그것을 수행하는 아랫사람들은 점점 더 어려워지는 상황에 맞추려다 보니까 거짓 보고를 하게 된다.

"서 대표에게 말씀을 드려보겠습니다, 사령관 동지."

"총독의 짐을 덜어 주는 거요. 강미현이 시바다를 시켜 김상철을 서울로 유인해 처치하려고까지 했던 모양인데 무참하게 실패하지 않았소? 김상철이 고려리아에 돌아오면 총독 일가는 잠도 제대로 못 잘 거요."

"곧 돌아온다는 소문이 돌고 있습니다만."

그러자 송무영이 쓴웃음을 지었다.

"힘들 거요, 남조선의 수사기관이 찾지 못하면 우리 공작원들이 찾을 테니까."

"동무는 이곳에서 모르고 있었겠지만 이미 3개조가 파견되어 있었소. 김상철이 들어가기 전부터 말이오."

"……."

"김상철을 제거하기 위해서 말입니까?"

"그것보다도 대남공작의 차원이지. 우리 공작부의 우수한 두뇌들은 위대하신 지도자 동지의 교시를 받아 거시적인 작전을 수행하고 있소. 대통령 선거 하나로 대가리가 터져라고 싸우고 있는 남조선 놈들과는 차원이 다르단 말이오."

"공항과 항구의 감시가 철저합니다. 경찰은 물론 국정원 병력까지 대거 투입되어서 통과하는 것은 불가능해요."

해운대의 바닷가 모래사장에 박영수와 김상철이 나란히 앉아 있었다. 앞쪽은 짙은 어둠뿐이었다. 서너 개의 불빛이 반짝이고 있었지만 별빛인지 배의 등불인지 구분이 되지 않았다. 어둠 속에서 파도 끝이 흰 거품만을 내보이며 그들의 발끝까지 밀려왔다가 물러가고 있었다.

"러시아 국적선 주위에도 해경 순시선이 밤낮으로 지키고 있습니다. 그들은 온갖 가능성을 체크하고 있어요. 가볍게 보면 안 됩니다."

박영수가 길게 숨을 뱉었다.

"내가 무슨 애국자도 아니고 큰일을 일으킬 만한 위치도 아닙니다. 그럴 만한 배짱도 없고. 나도 이젠 이곳에 미련이 없습니다. 난 마음을 정했어요."

담배를 모래 위에 비벼 끈 김상철이 머리를 끄덕였다.

"저도 마찬가지입니다. 한국의 정권을 누가 쥐건 북한과 무슨 협상을 했건 간에 이제는 관심이 없어요. 다만 분합니다. 영문도 모르고 죽은 내 아내를 생각하면 말이지요."

"……"

"고리키 호가 내일 출발할 예정인데 어떻게든 그 배를 탈 작정입니다. 선장하고는 계약이 되었어요."

박영수가 머리를 들고 그를 바라보았다.

"심재택 씨도 같이 갑니까?"

"아니, 그분은 이곳에 남습니다."

"그분도 위험해요. 국정원에서 혈안이 되어 찾고 있는 중입니다."

뒤에서 인기척이 들리더니 심재택이 맞추어서 다가왔다. 김상철의 옆에 앉은 그가 서둘렀는지 호흡을 가누었다. 그는 서울에 연락을 하고 오는 길이었다.

"서울에서는 일이 꽤 진행되고 있더군요. 소문도 무성하지만 여러 사람이 움직이고 있습니다."

그는 얼굴에 쓴웃음을 지었다.

"그 이상은 말하지 않겠습니다. 내가 검찰에 잡혔을 때를 생각해서 그럽니다."

그가 접촉했던 언론인 대부분이 잡힌 것도 그가 자백했기 때문이다. 다만 기를 쓰고 고려리아의 북한측 소스인 박기환을 불지 않은 것이 위안이라면 위안이었다. 심재택은 그들의 내일을 예측할 수 없었던 것이다. 박영수가 일어나 엉덩이의 모래를 털었다.

"그럼 난 올라가 보겠습니다."

그는 김상철에게로 손을 내밀었다.

"나도 곧 고려리아로 떠날 거요. 마누라한테 말했더니 펄쩍 뛰며 좋아합디다. 집주고 월급을 세 배쯤 많이 받을 거라고 했더니."

"그런 직장이야 얼마든지 있지요."

손을 잡은 김상철이 말하자 그가 멋쩍은 듯 웃었다.

"난 경비대에 가고 싶습니다. 김 사장이 추천이나 해주시지요."

"전 준장은 다혈질입니다. 정권을 당장이라도 뒤집어 버리자는 군요. 청와대 앞에서 총에 맞아 죽더라도 역사가 평가해 줄 것이라고 했습니다."

전준장은 51공수여단장 전종택을 말하는 것이다. 수경사령관 최무섭은 팔짱을 끼고 서서 50여단장 강석호의 말을 듣고 있었다. 그들이 서 있는 곳은 여단의 사격장으로 앞쪽에 가로로 세워진 수십 개의 표적들이 총성과 함께 눕혀졌다가 다시 올라갔다. 제아무리 도청 기술이 발달하여 있다고 하더라도 총알이 날아오는 전방에서 입놀림을 카메라로 담을 수는 없을 것이다.

"52여단의 김 준장은 따라옵니다. 사령관께서는 2군사령관을 움직여 보시지요."

2군사령관 한기영 대장은 사단장 시절에 최무섭이 연대장으로 모시고 있던 상관이다. 총성이 그치기를 기다려 최무섭이 입을 열었다.

"어제 들은 정보인데 쌀값을 이번 달 말까지 주기로 했다는 거야. 그래서 청와대는 대기업으로부터 대선자금을 미리 받으려고 동분서주한다는 거다."

"……."

"그런데 대영이 거절했다는 거야, 11월에나 주겠다고. 그래서 청와대는 사색이 되어 있다더군. 다른 재벌그룹들도 하나같이 뒤로 빼는 바람에."

"역적 놈들 같으니. 전쟁이 일어나면 그 일당들은 제일 먼저 도망칠 것입니다. 우리는 그놈들부터 쏴 죽여야 합니다."

옆쪽에 선 사격 통제장교는 진땀을 흘리고 있었다. 사선에 나와 있는 중대장과 사병들도 마찬가지였다. 사령관과 여단장이 명중도를 점검하듯 표적을 바라보며 있었기 때문이다. 구령소리와 함께 사격을 마친 소대가 물러갔고 다른 소대가 엎드렸다.

"대영그룹은 이 사실을 알고 있어. 그래서 핑계를 대고 미룰 거야. 그러고 전(前) 국정원장 권준규도, 몇 명의 핵심 언론인들도 알고 있었다가 검찰에 붙들렸어. 하지만 정부는 그들을 공식적으로 다루지를 못했지. 여파가 두려워서 말이야."

최무섭이 표적을 바라보며 말을 이었다.

"2군 참모를 하나씩 만나보도록, 믿을 만한 사람들만. 죽을 각오를 해라."

"각오는 되어 있습니다, 사령관님."

"쿠데타가 아니야. 자주 정권을 뒤에서 지원한 다음 우리는 군으로 돌아온다. 길어야 일주일, 빠르면 삼사 일이다."

"당연하지요. 저도 국회의원 될 생각은 없습니다."

갑자기 최무섭이 팔을 들어 강석호의 어깨를 쳤다. 뒤에 서 있는 통제장교와 중대장들의 눈에는 사격이 훌륭하다는 격려의 표시로 보였다.

"난 이미 죽을 각오를 했다. 군인으로 이만큼 보람 있는 일도 없을 테니까."

"군인으로 이 일에 등을 돌리는 놈은 군인 자격이 없습니다. 아니, 역적이지요."

몸을 돌린 최무섭은 손목시계를 내려다보았다. 오전 10시 5분이었다.

10시 정각에 고려시 외곽에 위치한 총독 관저에서 고려리아와 한국 정부와의 비밀회담이 열렸다. 고려리아측에서는 총독과 행정청장 이남호 둘이었고 한국측은 여당의 대표이자 대선후보인 정동민과 대통령 비서실장 이태준 두 명으로 네 명의 회담이다. 그러나 접견실의 상석에 총독이 앉고 좌측에 정동민과 이태준, 우측에 이남호가 앉은 좌석배치였으니 대등한 위치의 회담은 아니다. 어젯밤 자정 무렵, 고려리아 총독의 전용기를 타고 홍콩에서 날아온 한국측 대표들은 총독 관저 옆에 세워진 영빈관에서 묵고 나온 참이다. 의례적인 인사가 끝나고 잠시 침묵이 흐른 다음 정동민이 헛기침을 했다.

"각하, 이대로 간다면 한국 정부는 파탄입니다. 국가 자체가 존립의 위기에 처해 있습니다."

충격적인 발언이다. 이남호가 눈을 크게 떴고 총독이 턱을 조금 들었다. 정동민이 말을 이었다.

"북한은 정권의 약점을 쥐고 여차하면 터뜨릴 위협을 하는데다가 여야는 극단적인 대립만을 되풀이하고 있습니다. 정권이 바뀌거나 쟁취하지 못하면 죽는다는 결사적인 생각뿐입니다."

"……."

"더구나 경제는 말이 아닙니다. 언론으로 호도하고 있지만 이 추세로 나간다면 선거 전에 물가와 실업자 폭등 사태가 일어날 가능성이 있습니다."

탁자 위에 놓인 물잔을 들어 한 모금 마신 정동민이 총독을 바라보았다.

"고려리아로의 투자이민이 폭주하는 것이 현실을 잘 표현해 주고 있습니다. 한국의 정치와 사회에 환멸을 느낀 국민들이 새로운 조국을 찾아 떠나는 것이지요. 실제로 한국의 위기올시다."

그러자 이남호가 헛기침을 했다.

"정 대표님, 말씀을 이해는 하겠는데, 요점이 무엇입니까? 설마 우리에게 책임이 있다고 말씀하시는 건 아니지요? 물론 우리가 책임을 느낄 입장도 아닙니다만."

"도와 달라는 말씀을 드리려는 겁니다. 조국이 폐허가 되는 것을 막아 주십사고. 우리 민족이 5000년 일궈왔던 땅이올시다."

힐끗 총독에게 시선을 준 이남호가 입맛을 다셨다.

"정치하시는 분이셔서 그런지 말씀을 돌려하시니 저는 아직도 요점을 모르겠습니다만."

"고려리아와 한국과의 경제 연합입니다."

그러자 총독이 늘어진 눈시울을 조금 들어올렸다. 이남호는 묵묵히 정동민을 바라보았고 이태준은 조그맣게 헛기침을 했다. 곧 정동민이 말을 이었다.

"한국은 투자이민을 더욱 활성화시켜 고려리아의 발전을 돕고 국민들에게 새로운 조국에 대한 희망을 품도록 지원하겠습니다. 부패와 부정이 발을 딛지 못하는 땅에서 한국민이 자긍심을 되찾도록 적극적으로 나서겠다는 말씀입니다."

"……."

"두 번째가 정치연합이지요. 곧 국가연합입니다. 고려리아의 기반은 한국인데도 북한이 노동력을 빌미로 이곳을 속령(屬領)으로 삼으려는 기도를 짐작하고 계실 겁니다. 고·한이 통합되면 자연히 북한도 우리에게 흡수될 것입니다."

의자에 등을 기댄 이남호가 이제는 아예 총독을 향해 돌아앉더니 빤히 바라보았다. 말씀을 하시라는 태도였다.

총독이 다시 무거운 눈시울을 내렸다.

"이 청장, 조건이 무어냐고 물어봐라."

이남호에게 하는 말이었는데 물론 정동민과 이태준도 다 들었다. 마치 왕이 말단의 관리에게 하문할 적에 옆에 부복한 승지를 시켜 묻는 모양이었지만 이남호는 하나도 어색하지 않은 듯이 이태준에게로 머리를 돌렸다.

"조건이 뭡니까?"

"이번 대선을 도와주십시오."

이남호가 총독에게로 머리를 돌렸다.

"대선을 도와 달라는데요."

"어떻게 말인가?"

"어떻게 말입니까?"

이건 정동민에게 묻는 말이다.

"고려리아와 한국과의 경제연합에 대한 합의를 했으면 합니다. 이것은 양국의 이익에 도움이 되리라고 확신하고 있습니다. 그리고 북한의 쌀지원 문제인데 고려리아가 조정역할을 맡고 있었으니 고려리아가 해결해 주셨으면 합니다. 물론 선거 전에 갚겠습니다."

이번에는 긴 내용이어서 이남호는 잠자코 총독을 바라보았다. 정동민과 이태준도 긴장한 표정으로 총독에게 시선을 집중하고 있다. 이윽고 총독이 입을 열었다.

"과연 교활하군, 정치꾼들이란."

"……."

"말은 그럴듯한데 제 손으로 내놓는 건 하나도 없어. 그러니 손해 볼 것도 없지."

"……."

"인간의 허영심과 권력욕, 거기에다 민족애까지 포함된 멋진 상품이야. 고·한의 국가연합이라, 그것을 발표하면 표가 쏟아지겠지. 석 달쯤 이주민을 억제시켜 놓고 선거 후에 이주시킨다면 아마 4, 500만 표는 거저 들어오겠지."

"……."

"쌀대금 4억 달러를 우리더러 대납해 달라는 얘긴데 우리 역할을 높여 주는 것 같지만 은근한 위협이군. 아마 이주민을 억제시킨다든가 아니면 고려리아 진출 대기업에 갖가지 불이익을 주거나 하겠구먼."

총독이 이남호를 바라보았다.

"자문위원회에 통보해서 득실을 계산하도록 해라. 현실적인 것으로만 말이다. 허황된 이야기는 삭제시키고."

"예, 각하."

머리를 돌린 총독이 늘어진 눈시울을 더욱 내리며 정동민을 향해 웃었다.

"텔레비전이나 보시면서 그동안 쉬고 계시오, 즐겁게."

그날 정오 무렵, 영빈관에서 TV를 보고 있던 정동민과 이태준이 거의 동시에 몸을 굳혔다. TV에서는 사형집행 장면이 방영되고 있었던 것이다. 장소는 고려시 교외의 평원이었다. 평원은 아직 푸르렀지만 앞쪽에 펼쳐진 산맥은 이미 흰 눈에 덮여 있었다. 웅대한 자연의 경관이다. 그러나 풀밭에 세워진 여섯 개의 나무기둥으로 카메라가 옮겨지면서 아나운서의 목소리가 들려왔다. 처형자 중 두 명은 살인범이었다. 살인강도 행위를 저지른 그들은 중국인들로 화면에 얼굴과 인적사항이 나타났다. 다음의 한명은 러시아인으로 중국여자를 강간한 후에 살해한 혐의였다. 그리고 화면에 나타난 것이 러시아계 고려인이다. 그는 마약을 제조 판매한 혐의였는데 그가 제조한 마약을 마시고 두 명이 죽였다는 것이다. 서로 얼굴을 마주본 정동민과 이태준은 제각기 쓴 것을 삼킨 듯한 표정이 되었다. 공개처형을, 더욱이 TV로 방영한다는 것에 심한 거부감을 느낀 것이다. 북한이 자주 공개처형을 한다는 정보는 들었지만 그들도 TV로 선전하지는 않는다. 이맛살을 찌푸린 이태준이 마악 리모컨을 들었을 때 나머지 두 명이 화면에 나타났다. 각기 3, 40대의 동양인 모습이었다. 아나운서의 설명이 들렸다. 그들은 행정청의 간부급 직원이었다. 본적이 서울인 40대의 사내는 이주한 지 1년이 조금 넘은 관광국의 대리였는데 허가증 발급을 미끼로 약 8000달러의 뇌물을 받았다는 것이다. 마지막 한 명은 경기도 이천 출신의 환경국 계장이다. 그는 각 공장에서 배출하는 폐수를 정화시키는 정화소의 책임자였다. 아나운서의 말소리가 방 안을 울렸다.

"이자는 공장으로부터 폐수를 면제 처분해 준다는 명목으로 뇌물을 받았을 뿐만 아니라 정화소의 용량이 모자라자 폐수 2톤을 평원에 버렸다고 자백했습니다."

정동민과 이태준은 서로 얼굴을 마주보았다. 뇌물 8000달러를 먹은 죄는 한국에서 따진다면 잘하면 시말서였고 못되면 사표를 내거나 집행유예감이다. 폐수 버린 것은 시말서도 안 쓴다. 그런데 이곳에서는 총살형인 것이다. 여섯 명의 사내가 기둥에 묶여 지는 장면이 화면에 나왔을 때 이태준이 TV스위치를 껐다.

"이걸 보라고 총독이 텔레비전 운운했군."

혼잣소리처럼 정동민이 말하자 이태준이 입맛을 다셨다.

"총독은 한국 정부의 관리들에게 감정이 많았지요. 그 분풀이를 하는 모양이오."

정동민이 방 안을 둘러보았다. 도청을 염려하는 시늉이었다.

"완전히 전제왕권 시대 같군."

그들은 이쪽만을 말하고 있었는데 한국에서 이런 식으로 처형을 한다면 관리들이 몇 사람이나 살아남을 것인가는 생각하려고 들지도 않았다.

"남조선 놈들은 씀씀이가 대단하지요. 100달러짜리 지폐를 뿌리는 걸 보면 통이 큽니다."

설렁탕에 든 고기를 씹느라 최태호는 잠시 말을 멈췄다. 타운 변두리의 조그만 음식점 안이다. 근처에 클럽이 있었으므로 그들은 자주 이곳에 들르는 편이었는데 음식점의 주인은 중국계 조선족이었다.

"돈이 있어야 돈을 버는 게지요. 이런 식으로 장사했다가는 음식이 아무리 맛이 있어도 큰돈은 못법니다."

최태호가 음식점 안을 둘러보는 시늉을 했으므로 이금철도 그를 따랐다. 점심시간이어서 손님들이 차 있었지만 테이블이 대여섯 개밖에 되지 않아서 손님은 십여 명 정도였다. 최태호가 목소리를 낮췄다.

"그리고 개인영업을 해야 합니다. 그래야 능률이 오르지요."

북한은 이미 7만 명 가까운 이주민을 고려리아로 보냈지만 대부분이 공장으로 나갔고 나머지는 대성무역 소속의 각 사업장에 고용되어 있다. 대성무역은 32호실 관할이므로 고려리아의 모든 북한측 사업장은 32호실이 관리하는 점이다. 따라서 북한 이주민으로 개인영업을 하는 사람은 없다. 월급의 30% 가량을 의무적으로 대표부에 바쳐야 했으므로 돈을 모을 여유가 없었을 뿐만 아니라 투자이민을 온다는 것은 말도 안 되는 소리였기 때문이다. 이금철이 수저를 내려놓았다.

"당신은 빽이 단단하더구먼. 감찰부의 감사에서 당신은 합격 판정을 받았어."

감찰부는 수시로 간부급 파견자들의 동향을 조사했는데 타락한 자본주의 사회에 물들면 안 된다는 김정일의 엄격한 지시 때문이었다. 한 푼이라도 뇌물을 먹었거나 공금을 축낸 자는 가차 없이 추방을 당했고 심한 경우에는 쥐도 새도 모르게 처형을 했다. 공장이나 사업장에 고용된 이주민이 성금이라고 불리는 월급의 30%를 내지 않거나 그 일에 조금이라도 불만을 보이면 해당 세포조직에서 고발되어 병신을 만들거나 해서 본국으로 추방시키는 것이다.

최태호가 쓴웃음을 지었다.

"저야 고려리아 북한 사업장의 창립공신 아닙니까? 위에서 인정을 해주시는 거지요."

"……"

"하지만 요즘 공장과 사업장에서 탈주자가 많아진다는데요. 감찰부가 그것 때문에 머리를 썩이고 있습니다."

탈주자는 밀입국자 숙소로 숨어들어 한국계나 중국계 사업장에 다시 취직을 한다. 그래서 그곳에서 돈을 모으는 것이다. 물잔을 들어 한 모금

물을 삼킨 이금철이 최태호를 바라보았다.

"난 이달 말에 귀국하도록 명령을 받았네. 이제 고려리아 생활은 그만이야."

"……."

"내가 할 일은 다 한 것 같은 생각도 들어."

"위원장 동지."

얼굴을 굳힌 최태호가 식탁 위로 상반신을 숙였다.

"이렇게 추방당하실 수는 없습니다."

"추방이 아냐. 강계의 제10군단 사령부로 전속이 되었어. 다시 군으로 돌아간 것이지."

"이곳에서 돌아간 동무들이 어떻게 되었는지 위원장 동지도 잘 알고 계실 겁니다. 전속은 거짓말입니다. 아마 국경을 넘자마자 체포되어서 다른 곳으로 보내지실 겁니다."

"……."

"위원장 동지의 반발을 걱정해서 거짓말을 한 겁니다."

그러자 이금철이 쓴웃음을 지었다.

"난 조국을 배신할 수 없어, 최 동무."

"……."

"설령 내가 부당한 대우를 받더라도 말이야. 그리고 실제로 나는 자본주의에 오염이 되었었어. 내 자신을 다시 정화시킬 필요도 있어."

"……."

"동무 같은 사람이 있으면 나 같은 사람도 있어야지. 그렇다고 동무를 비판하는 것은 아니야. 동무는 적응력이 강해서 아마 남조선의 어느 장사꾼보다도 뛰어난 사람이 될 거야. 그리고 나는 지도자 동지의 교시를 끝까지 따르는 사람이 되겠어. 그러다가 죽는 것이 소원이야."

의자에 등을 기댄 이금철이 부드럽게 웃었다.

"그저 꿈만 같군. 김상철과 함께 마피아 보스를 제거하던 일도, 동지가 되었다가 원수가 되었다가 했던 지난날들이."

고리키 호는 7000톤급의 화물선으로 본래 니호트카와 유지노사할린스크를 왕복하던 구소련 해운국 소속 선박이었다. 그러나 지금은 개인에게 불하되어 동해를 무대로 일본과 한국을 오가며 화물을 실어 날랐는데 근래에는 부산항에 자주 모습을 드러내었다. 선력(船歷) 30년으로 꽤 노후한 배였지만 지금도 20노트의 속력을 낸다고 했다. 오후 5시경이 되자 남항에 정박해 있는 고리키 호 주위가 조금 한산해졌다. 세 시간 동안 통선이 두 번이나 오고 갔는데 그때마다 산더미처럼 실은 물건을 배로 옮겨 싣느라 소동이 일어났고 물건 상자가 바다로 떨어지기도 했다. 고리키 호에서 동쪽으로 1킬로미터쯤의 해상에 해경순시선 한 척이 떠 있었다. 회색 빛깔로 미끈한 몸체의 순시선은 느긋하게 정박해 있었는데 가끔 해경 두어 명이 갑판으로 나왔다가 들어갔다.

"바다에서 잡히면 끝장이야. 숨을 곳도 없어."

남용배가 피우던 담배를 땅바닥에 비벼 끄며 말했다.

"아무르 강에서 수영훈련을 받긴 했지만 난 물은 싫어."

그의 옆쪽 바위에 앉은 김봉만은 대답하지 않았다. 그들은 바닷가의 바위 위에 앉아 제각기 낚싯대를 쥐고 있었다. 옷차림도 물론 낚시꾼 차림이었고 어구도 있다. 그들의 앞쪽 3킬로미터쯤의 해상에 떠 있는 고리키 호는 내일 새벽에 출발하는 것이다. 옆쪽에서 떠들썩한 목소리들이 들려왔다. 낚시에 고기가 걸린 모양이었다.

"바다 쪽에서 접근해도 순시선의 레이더에 걸릴 거야. 저렇게 붙어 있으면 잠수해서 가는 수밖에 다른 방법이 없어."

김봉만은 턱으로 순시선을 가리켰다. 순시선은 24시간 감시를 하는 중이었다. 근처에 정박하고 있는 네 척의 배가 모두 러시아 화물선인 것을 보면 감시하기 쉽도록 한 곳에 모아놓았다는 것을 알 수 있었다. 항구에는 수백 척의 배가 떠 있었지만 순시선도 수십 척이다. 바다와 육지에서 그들은 철저하게 탈출 통로를 봉쇄하고 있었다. 3시간이 넘도록 바다를 살피고 난 그들은 낚시도구를 챙겨 숙소인 민박집으로 향했다. 민박집은 해변가를 걸어 약 30분쯤의 거리에 있었다.

"난 고려리아로 돌아가면 식구들을 불러올 작정이다. 어머니와 누이가 둘에다 딸린 가족이 다섯이야."

낚싯대를 어깨에 맨 남용배가 옆을 걷는 김봉만을 바라보았다. 거친 용모였지만 대범한 성격의 그는 김봉만을 스스럼없이 대해 주었고 짝이 되어 일을 맡는 일이 많았으므로 둘은 사이가 가까워져 있었다.

"누이는 채소장사를 하고 있어, 매형 하고 같이. 어머니는 반찬 장사를 해, 김치 솜씨가 좋거든."

남용배가 얼굴에 웃음을 띄웠다.

"어머니는 고려리아에서도 김치장사를 할 작정이야. 장사가 잘 될 거야."

그들이 민박촌의 입구로 다가가자 길가의 가게 안에 앉아 있던 유재성이 눈으로 아는 체를 했다. 그의 보초 순서가 된 모양이었다. 민박집으로 들어선 그들은 방에 앉아 있는 김상철에게 보고를 했다. 보고를 마치자 김상철이 머리를 끄덕였다.

"오늘밤 12시에서 1시까지 1시간 동안 순시선 27호가 위치를 떠날 것이다. 우리는 그 사이에 고리키 호에 탄다."

그는 요즘 들어 수척해진 얼굴로 그들을 바라보았다.

"경찰과 국정원이 부산지역에 수사력을 집중하고 있는 모양이야. 경계를 철저히 하도록."

빅토르 카가비치가 나호트카의 출입국 관리사무실에 들어섰을 때는 오후 6시 30분이었다. 그는 40대 후반으로 수염투성이 얼굴의 거인이다. 관리사무소장 이고르 이바노비치가 그를 자신의 방으로 안내했다.

"빅토르, 한국 차 성능이 좋더군. 마누라가 대단히 좋아하고 있어."

자리에 앉자 이고르가 보드카 병을 들어 술을 따르면서 말했다.

"차를 갖더니 쓸데없이 돌아다니는 바람에 이젠 그것이 골치야."

빅토르는 나호트카의 마피아 보스이다. 그는 지난달에 이고르에게 한국산 중고 승용차를 선물했는데 5만 킬로미터밖에 주행하지 않아 신형이나 마찬가지였다. 보드카 잔을 든 빅토르가 수염 사이의 입 안으로 단숨에 술을 털어 넣었다.

"이고르, 부탁이 있어."

"뭐야? 또 임시 출국증을 떼 달라는 건가?"

"아니, 이번에는 입국이야. 딱 10명인데 한국에서 배를 타고 올 거야."

"밀입국이군."

이맛살을 찌푸린 이고르가 머리를 한쪽으로 기울였다. 그는 빅토르와 비슷한 나이였지만 대머리에 왜소한 체구여서 체격이 반밖에 되지 않는다.

"그건 조금 복잡한데. 한국인이야?"

"고려리아 국적이야. 그중에는 러시아 국적도 있고. 모두 고려인이지만."

"한국에서 문제를 일으킨 모양이군."

빅토르가 양복의 가슴 주머니에서 종이에 싼 두툼한 뭉치를 꺼내어 탁자 위로 올려놓았다.

"1만 5000천 달러야. 1만 달러는 자네 몫이고 5000천 달러는 담당자 몫으로, 이만하면 되겠지?"

그러자 이고르가 손을 뻗쳐 봉투를 쥐었다.

"해보지, 빅토르. 그런데 무슨 배로 언제 도착이야?"

어느 사이에 돈뭉치는 그의 바지주머니에 넣어져 있었다.

"고리키 호야, 도착은 14일 오후 5시라는군."

술잔을 내려놓은 빅토르가 자리에서 일어섰다.

"잘 부탁하네, 이고르. 나도 보스의 지시를 받은 일이니까 상당히 중요한 일이야."

신호에 걸렸으므로 박영수는 브레이크를 밟아 차를 세웠다. 오후 7시경이었지만 아직 주위는 환했다. 러시아워여서 한남대교의 북단부터 서행하던 차량들은 신사동 사거리에 길게 늘어서 있었다. 고려리아는 교통체증이라는 것이 없다는 말이 떠올랐다. 다녀온 친구한테서 들은 말이었다. 고려시의 도로는 한쪽 차선만 12차선이라니 마치 비행장의 활주로 같을 것이었다. 누군가가 운전석 옆의 창으로 다가왔으므로 박영수는 생각에서 깨어났다. 사내 한 명이 신분증을 꺼내들더니 유리창에 붙여 보였는데 국정원 요원이다. 반대쪽에도 사내 한 명이 서서 허리를 숙이고는 그를 바라보고 있었다. 차도의 한복판이었으니 뒤차에서 나온 모양이었다. 박영수가 유리창을 내렸다.

"무슨 일이오?"

"박영수 경정이시죠? 잠깐 저희들하고."

사내가 웃는 얼굴로 말했다. 40대 초반쯤으로 입은 웃었지만 눈빛이 차가웠다.

"날 왜?"

"저의 원장께서 급하게 뵙자고 하십니다."

"그건 연락 받지 못했는데."

"아, 저희가 거짓말 하겠습니까?"

신호가 풀리면서 앞차들이 빠져나가기 시작했다.

"저쪽 문 좀 열어 주시지요. 저희들이 타겠습니다."

"저쪽으로 따라와요."

박영수가 턱으로 사거리 건너편을 가리켰다.

"당신들 태우는 건 싫으니까."

브레이크를 풀고 사거리를 건너면서 박영수는 어금니를 물었다. 백미러를 올려다보자 검정색 승용차 두 대가 뒤를 따라오고 있었다. 그로부터 30분쯤 후에 박영수는 국정원 요원들과 함께 논현로 뒤쪽에 있는 낡은 3층 건물 안으로 들어섰다. 그가 안내된 곳은 2층의 사무실이다. 소파에 앉아 있던 사내 두 명이 일제히 머리를 들었다.

"박 경정님, 이렇게 모셔서 의아하셨겠습니다. 난 서태영입니다."

그중 나이 든 사내가 일어나더니 그에게 손을 내어밀었다. 전화 통화를 주고받은 사이여서 목소리가 귀에 익었다.

"도대체 무슨 일입니까? 원장님이 찾으신다니."

박영수가 방 안을 둘러보는 시늉을 했다. 방은 30평쯤 되었는데 벽 쪽에 설치된 대형 통신장비 앞에 서너 명의 사내들이 모여서 있었다. 서태영이 얼굴에 웃음을 띠웠다.

"이곳이 우리들의 강남지역 통신본부지요. 경찰간부로는 박 경정께서 처음 오시는 겁니다."

궁지에 몰리다

밤 11시 30분이었다. 순시선 27호의 선장 백길용 경감은 조타실로 들어서자 부하가 건네주는 무전기를 받았다. 파도가 조금 높아지고 있었으므로 그는 창가에 붙인 받침대를 한 손으로 쥐었다.

"예, 27호 선장 백경감입니다."

"여긴 본부사령 홍경정이다. 27호는 12시 정각에 B-24해 역으로 이동할 것, 임무교대."

"알겠습니다."

가끔씩 있는 일이었으므로 백길용은 손목시계를 내려다보고는 닻을 올리도록 지시했다. 현재 위치에서 27호는 사흘간을 머물고 있었던 것이다. 한 곳에 오래 있으면 밀수선과 내통할 가능성이 많다고 본부에서는 판단하고 있었다. 항해장 임 경위가 조타실로 들어섰다. 닻을 끌어올리는 쇠줄소리가 들려오고 있었다.

"선장님, 이쪽 구역으로는 누가 옵니까?"

"그건 알아서 뭐 해? 우리 구역만 알면 되지."

닷새 동안의 해상근무로 백길용은 짜증이 나 있었다. 반면에 임 경위는 휴가를 보내고 오늘 오후에 승선한 것이다.

"하긴 그렇지요."

임 경위가 타륜을 잡고는 그를 바라보며 웃었다. 붙임성이 많은 사내였다.

"상륙하면 제가 한잔 사지요, 선장님."

먹을 칠한 것 같은 밤이었다. 바다 위에 떠 있는 선박들은 제각기 불을 밝히고 있었지만 시계(視界)는 거의 제로상태로 흐린 날씨에 바람이 세었다. 뱃머리에 부딪힌 파도가 물보라가 되어 보트에 타고 있는 사람들을 덮었으므로 이미 김상철은 흠뻑 젖어있었다. 모터보트는 10인승이었지만 승객은 조종사를 포함하여 12명이었다. 그것은 김상철의 일행 외에 심재택이 타고 있었기 때문이다. 그는 김상철이 고리키 호에 승선하는 것을 확인하고 보트와 함께 돌아갈 예정이었다. 다시 덮쳐온 물보라에 얼굴이 흠뻑 젖었으므로 김상철은 손바닥으로 얼굴을 훔쳤다. 조종사는 젊었지만 파도에 익숙했다. 어둠 속에서 파도의 흰 끝을 보고는 익숙하게 배를 조종했으므로 옆으로 흔들리는 롤링은 없다. 김상철이 옆에 앉은 심재택을 바라보았다.

"심 과장님, 여러 번 폐를 끼칩니다."

파도와 엔진소음 때문에 소리치듯 말하자 그가 김상철의 손을 쥐었다.

"김 사장은 내 은인이오. 날 구해 준 사람입니다."

"아직 병원에 내 아들이 있습니다. 무슨 일이야 없겠지만 잘 부탁합니다."

"아무 일 없을 겁니다."

배가 아래로 내려갔다가 다시 치솟는 피칭을 계속하고 있었다. 아득하게만 보였던 배들의 불빛이 가까워졌다. 네 척의 화물선이 다이아몬드 대형으로 정박해 있는 것이다. 김상철이 손목시계를 내려다보았다. 12시 10분이었다. 모터보트는 북쪽의 한적한 바닷가에서 곧장 남진해 왔던 것이다.

고리키 호 선장 안톤 볼리바르는 함교에 나와 서서 어두운 바다를 내려다보고 있었다. 이미 좌측의 부교는 아래쪽으로 내려졌고 끝부분에 등을 매달아 놓아서 승선 준비는 마쳤다. 갑판장 쿠스코가 옆으로 다가오자 그에게서 역한 술 냄새가 맡아졌다.

"선장, 순시선을 사라지게 한 걸 보면 대단한 놈들입니다."

그는 검은 바다를 내려다보았다.

"그런데 어느 쪽에서 오는 겁니까?"

"그건 상관할 것 없어."

볼리바르는 우크라이나 태생으로 지중해에서 반평생을 보낸 인물이다. 그는 나호트카의 마피아 보스인 빅토르 카가비치가 지금으로 해온 부탁을 거절할 입장이 아니었지만 심기가 좋지 않았다. 잘못되면 선장의 면허가 취소되는 것은 물론 배까지 억류당할 수가 있는 것이다.

"아, 저기 선장, 저쪽이오."

갑자기 쿠스코가 소리치며 손으로 가리킨 쪽에 희미한 불빛이 보였다가 없어졌다. 배의 좌현 쪽이다. 안톤이 주위를 둘러보았다. 승객들은 이미 선실로 들어가 있었으므로 밖에 나와 있는 것은 선원들뿐이다. 다시 불빛이 보이자 안톤은 브리지를 내려갔다. 어쨌든 그들을 맞이하려는 것이다.

부교의 내려진 부분이 50미터쯤 앞으로 다가오자 파도는 더욱 거칠어졌다. 커다란 화물선의 선체가 파도를 되받아쳐오기 때문이다. 김상철은 시계를 내려다보았다. 12시 30분이 되어가고 있었다.

"김 사장님, 고려리아에 가시면 꼭 부탁합니다."

심재택이 소리쳐 말했으므로 김상철은 쓴웃음을 지었다.

"알았습니다."

"도와주시오. 고려리아에서 먼저 터뜨리는 것을 계기로 우리도 손을 쓸 테니까요."

"연락을 드리지요."

고려리아에서 남북 간 비밀합의에 대한 내막을 폭로해 달라는 것이다. 세계 각국의 언론에 폭로하면 당연히 그 여파는 한국에도 온다. 아무리 언론을 통제하더라도 지금은 수억의 인터넷 가입자가 세계 도처에 산재해 있는 상황이다. 북한이라면 모를까 한국은 금방 그 여파에 휩싸이게 되는 것이다. 부교가 10미터쯤 앞으로 다가오자 앞쪽 열에 앉아 있던 이한이 소리쳤다.

"부교를 잡아라. 잡아서 보트에 매."

맨 앞 열에 앉아 있던 부하 두 명이 엉거주춤 자리에서 일어섰다. 보트는 파도에 흔들리며 와락 화물선으로 다가갔다가 쭈욱 밀려 나기를 되풀이 하고 있었다.

"잡았다."

누군가가 소리쳤고 곧 보트는 흔들림을 멈췄다.

"자, 보트를 매어라."

이한이 소리쳤다.

"그리고 앞 열부터 일어나."

뒷열에 앉아 있던 김상철은 아직 움직이지 않았다. 보트는 엔진을 끈 상태여서 이제는 파도가 뱃전을 두들기는 소리만 들려 왔다. 보트가 부교에 묶여졌고 앞 열에서부터 부하들이 부교로 올라가는 때였다. 갑자기 옆쪽에서 대낮같이 환한 불빛이 보트로 비춰졌고 밤하늘을 울리는 확성기소리가 들려왔다.

"모두 움직이지 마라! 움직이면 발포한다!"

그리고는 총성이 여러 발 울렸다. 머리를 돌린 김상철은 불과 100미터도 떨어지지 않은 곳에서 이쪽으로 비춰지는 불빛을 보았다. 순시선이다. 그리고 다른 한 척의 순시선이 요란한 엔진소리를 내며 이쪽으로 다가오고 있었다.

"이런 개 같은."

하고 소리친 것은 이한이다. 부교의 중간쯤에 서 있던 그가 보트 안의 김상철을 향해 악을 쓰듯 소리쳤다.

"형님!"

김상철이 이를 악물었다.

"끈을 풀어라!"

그리고는 이한을 올려다보았다.

"모두 뛰어내려라! 여기서 떠난다!"

심재택은 넋을 잃고 있는 조종사의 어깨를 쳤다.

"시동 걸어!"

조종사가 시동을 걸었고 부교에 이미 올라가 있던 대여섯 명의 부하들이 서두르며 보트로 뛰어내렸는데 한 명은 바닷속으로 빠져들어 갔다.

"움직이지 마라!"

다시 확성기소리가 울리면서 이제는 요란한 총성과 함께 총탄이 쏟아졌다. 총탄에 맞은 듯 부하 두어 명이 부교와 보트 위에서 바닷속으로 떨어졌다.

그러자 김상철의 바로 앞쪽에 앉아 있던 남용배가 어느 틈에 꺼내들었는지 칼라시니코프 기관총을 들어 쏘기 시작했다. 그의 앞쪽 부하 하나가 금방 뒤를 따랐고 또 다른 부하도 탄창이 비도록 쏘아 갈겼다. 갑자기 보트가 기우뚱거리더니 화물선의 옆구리를 좌측으로 들이받고는 앞으로 달려가기 시작했다. 총탄이 빗발처럼 쏟아지면서 앞쪽의 부하 두어 명이 쓰러지는 것이 보였다. 보트는 속력을 내었다. 서치라이트가 분주하게 보트 위를 다시 덮었으나 누군가의 총탄에 맞자 산산조각이 나면서 불이 꺼졌다.

다른 한 척의 순시선은 사각(死角)에 가려 불빛이 이쪽으로 오지 않는다.

"한아!"

김상철이 물보라를 뒤집어쓰며 소리쳤다.

"한이 어디 있느냐?"

"부교에서 바다로 떨어졌습니다."

앞쪽에서 누군가가 소리치듯 말했을 때 다시 총탄이 보트를 덮었다. 불을 켠 화물선 옆을 지나면서 순시선의 시야에 들어왔기 때문이다. 김상철이 조종사의 어깨를 움켜쥐었다.

"돌아가자!"

이제 그는 가방 안에 든 러시아 군용 AKS74U 기관총을 꺼내 쥐고 있었다.

"안 됩니다."

옆에서 들리는 심재택의 목소리에 그는 몸을 돌렸다. 심재택은 몸을 뱃전에 기대고 앉아 있었는데 어두워서 얼굴은 보이지 않았다. 그가 다시 말했다.

"그냥 가셔야 합니다. 돌아가면 안 됩니다."

다시 총탄이 날아왔으나 모두 스치고 지나갔다. 이제 그들은 표적을 놓친 것이다.

한 시간 가깝게 달려 보트가 도착한 곳은 북쪽의 인적 없는 해안가의 바위틈이다. 보트는 바위틈에 세게 부딪히면서 금방 물이 새어들어 왔으므로 그들은 배를 버렸다. 배에 타고 있는 사람은 모두 여섯 명이었다. 물론 이한은 보이지 않았다. 그리고 여섯 명 중에서 두 명은 이미 시체가 되어 있었다. 그리고 남용배와 심재택이 중상이었고 김상철은 총탄에 어깨가 찢겨진 상태였다. 20대 후반의 조종사는 옆구리를 총탄이 스치고 지났지만 경상이었다.

그들이 겨우 바위 위에 올라와 앉았을 때는 새벽 2시가 되어 있었다. 파도가 점점 더 거칠어졌고 비가 한두 방울씩 떨어져 내렸다. 짙은 어둠 속이어서 조종사가 갖고 있던 플래시로 서로의 상처를 확인하는 상황이었으니 치료의 속도도 느릴 뿐더러 상처를 입은 사람도 내색을 않는 것이다. 이리저리 뛰듯이 다니면서 응급처치를 하던 김봉만의 얼굴도 잠깐 스치고 지난 플래시의 빛에 피투성이인 것이 드러났다. 본인은 총탄이 이마를 스치고 지나갔다는 것이다. 김상철은 눕혀져 있는 남용배의 옆에 앉았다. 그는 가슴과 배에 두 발의 총탄을 맞은 것이다.

김봉만이 다가와 플래시로 얼굴을 비추자 그는 눈살을 찌푸리더니 김상철을 바라보았다.

"사장님."

"널 지금 병원으로 데려가겠다."

"아닙니다."

그는 입술 끝으로 웃었다.

"제 걱정은 마시고 떠나십시오."

"쓸데없는 소리 마라."

"저는 안 됩니다."

그는 다시 눈살을 찌푸렸다.

"저, 부탁이 있습니다."

김상철이 그의 손을 쥐자 그의 손에도 힘이 실려졌다.

"제 어머님 이름이 김옥분이올시다. 제 누이 이름이 남순희이고, 저, 서류가 모두 사무실 장덕호한테 맡겨져 있습니다."

"……."

"꼭 살아 돌아가셔서 제 가족들을 고려리아로 불러주시면, 저는 그것으로."

"용배야, 그건 염려 말고."

갑자기 김봉만이 그에게로 바짝 다가앉더니 그의 어깨를 움켜쥐었다.

"걱정 마. 걱정 말고 가."

남용배의 호흡이 끊어지는 것을 확인한 김상철이 플래시의 불을 켰다. 아무것도 보이지 않는 짙은 어둠이 덮여졌고 그들에겐 잠시 아무 소리도 들려오지 않았다.

"김 사장님."

심재택의 부르는 소리에 김상철이 몸을 돌렸다. 그도 배에 관통상을 입은 중상이다.

"곧 해변을 수색할 겁니다. 떠나십시다."

그는 기를 쓰고 상반신을 세우고는 바위에 등을 기대었다.

"국도가 멀지 않을 겁니다. 우선 차를 잡고."

"제가 가지요."

김봉만이 나서자 조종사가 비틀거리며 일어섰다.

"저, 저는 돌아가겠습니다."

머리를 끄덕인 김상철이 근처에 있던 비닐가방 한 개를 찾아 그에게로 건네주었다. 그는 심재택이 고용한 사내로 이런 일을 겪을 줄은 꿈에도 생각하지 못했을 것이다.

"여기 20만 달러가 들어 있어요. 이걸로 배값이나 하시오."

머뭇거리던 사내가 가방을 받아들었다.

"자, 갑시다."

김봉만이 사내의 어깨를 안고 어둠 속으로 사라지자 다시 주위에 정적이 찾아들었다.

10명 중에서 살아남은 사람은 이제 김봉만과 자신 둘 뿐이다. 김상철은 이한의 모습이 보이지 않은 것이 차라리 다행이라는 생각이 들었다. 희망이라도 가질 수 있는 것이다.

"놈들은 우리를 죽이려고 작정을 한 겁니다. 도망친다고 조준 사격을 할 수는 없는 거요."

이윽고 심재택이 입을 열었는데 고통으로 숨을 헐떡였다.

"박 경정이 어떻게 된 것 같습니다."

굵은 빗줄기가 쏟아지는 오전 9시경이다. 청와대의 안보수석실에는 안보수석 신형목과 국정원장 이근복이 탁자를 사이에 두고 마주앉았다. 이근복은 곧장 이곳으로 출근한 셈이었는데 잠이 부족한 듯 두 눈이 충혈되어 있었다. 그러나 표정은 밝고 목소리에는 생기가 흘렀다. 그가 말을 이었다.

"김상철의 시체는 찾지 못했지만 바닷속에 있는지도 모르지요. 어쨌든 열 명 중에서 여섯 명은 확인이 되었습니다."

"수고하셨습니다."

신형목이 다시 치하를 했다. 현 상황에서 가장 적극적이고 충직한 관료를 꼽으라면 이근복이 첫 번째이다. 진형옥이 운용했던 검경의 라인은 엉망이었다. 검찰의 고광식 차장이 병가를 내고 탈락된 데 이어서 경찰의 박영수가 배신을 한 것이다. 그는 김상철과 심재택에게 수사 정보를 모두 넘겨주었을 뿐만 아니라 그들의 탈출을 도왔고 나중에는 해양경찰청의 간부까지 매수를 했다. 국정원이 박영수의 핸드폰 통화를 도청하지 않았더라면 지금쯤 김상철은 러시아를 향해 항해하고 있을 것이었다. 이근복이 여유 있는 표정으로 신형목을 바라보았다.

"순시선에는 저희 요원들을 승선시켰기 때문에 선장 등 몇 명만 입조심을 시키면 언론에 노출될 리는 없습니다. 바다와 해안가에서 발견된 시체들은 일단 사고사로 처리하도록 했습니다. 어차피 한국에는 가족도 없는 놈들이니까 문제 삼을 사람은 없습니다."

"각하께서는 더 이상 문제가 확대되는 것을 원치 않으십니다, 이번 문제는 특히."

"보고하셨습니까?"

"출근하신 즉시 보고 드렸지요, 원장님의 노고를 치하하셨습니다."

"박영수는 심재택이 사건의 핵이라고 하더군요. 그놈을 경호실에서 놓치지만 않았더라도 사건은 더 간단해졌을 겁니다."

그러자 신형목이 쓴웃음을 지었다.

"원장님은 잘못 알고 계십니다. 심재택은 경호실에서 놓친 것이 아니요. 대검의 수사관들이 방심하다 놓친 겁니다."

"대검 수사관들은 경호실에서 놓쳤다고 하던데, 분명히 경호실 요원들에게 인계하고 나왔다고 했습니다."

"말도 안 되는 소리. 이번 사건에 경호실은 개입하지 않았습니다."

이근복이 입맛을 다셨다.

"그렇다면 그 사람들이 거짓말을 한 모양입니다. 책임 회피를 하려고."

"고 차장은 나한테 대검 수사관들이 놓쳤다고 했습니다. 원장께서 잘

못 알고 계신 모양이오."

이맛살을 찌푸린 이근복이 말머리를 돌렸다.

"정 대표와 이 실장은 언제 돌아오십니까?"

"그건 자세히 모릅니다. 하지만 곧 오시겠지요. 오래 자리를 비울 수 없는 형편이니까요."

정동민과 이태준의 고려리아 방문은 극비사항이었지만 국정원장에게도 비밀로 할 수는 없는 일이다. 그들은 국정원 요원의 삼엄한 경계를 받고 김포를 빠져나갔던 것이다. 이근복이 식은 커피 잔을 들었다가 곧 내려놓았다.

"남북 간 비밀합의를 했다는 소문이 퍼져나가고 있습니다. 의도적으로 퍼뜨리는 놈들이 있는 모양인데, 심재택을 중심으로 말입니다. 이런 상황이 계속되다간 야당 쪽에 기회를 줄 수가 있어요."

잠자코 머리를 끄덕이는 신형목을 향해 그가 말을 이었다.

"며칠 전에도 기무사령관이 나한테 와서 소문의 진위를 물었습니다. 고급장교들 사이에 소문이 퍼져 있다고, 그리고 전(前) 국정원장 권준규의 연금과 언론인들의 24시간 감시 이유를 묻더군요. 그는 청와대의 대검과 경찰로 이어지는 핫라인까지 파악하고 있었습니다."

"……."

"나도 내용은 모른다고 했습니다만 군에까지 소문이 확산되면 곤란합니다. 사령관도 걱정하고 있었어요."

"함 장군은 믿을 만한 사람입니다."

혼잣소리처럼 신형목이 말하자 이근복이 머리를 끄덕였다. 함종일은 대통령의 각별한 신임을 받고 있는 사람이다. 신형목이 이근복을 바라보았다.

"각하께 말씀드리지요. 하지만 소문은 곧 잠잠해질 겁니다. 그것을 과대 포장할 필요는 없습니다."

신형목과 헤어져 청와대를 나온 이근복은 빗길을 달려 광화문으로 들어섰다. 차가 신호등에 걸려 멈췄을 때 창밖을 바라보던 그는 문득 팔을 뻗쳐 수화기를 쥐었다. 다이얼을 누르자 곧 서태영의 목소리가 들려왔다.

"서 과장, 심재택을 호텔로 데리고 왔다는 대검의 수사관들을 다시 조사하도록. 경호실은 심재택을 인계한 적이 없다고 한다."

이근복이 빠르게 말을 이었다.

"대검에서 놓치고 청와대 핑계를 대는 것 같다. 필요하면 고 차장을 불러 물어도 된다."

수화기를 내려놓은 그는 어두운 표정으로 창밖을 바라보았다. 기상예보에 이번 비는 태풍을 동반하고 온다는 것이다. 태풍은 제주 남쪽 해상에서 북진하는 중이었는데 중국과 일본을 제쳐놓고 한국이 목표가 되어 있었다.

그가 서태영의 전화를 받은 것은 그로부터 30분쯤 후였다.

"원장님, 보고드릴 것이 있습니다."

서두르는 듯한 그의 목소리를 듣자 이근복은 턱을 들고는 어깨를 폈다. 긴장할 때의 그의 버릇이다.

"말해."

"대검의 고광식 차장이 사흘 전에 고려리아로 떠났습니다. 예, 가족과 함께."

"……"

"투자이민을 간 것입니다. 재산까지 모두 정리가 되어 있습니다."

"한발 늦었군."

"예?"

"떠들 것 없다. 서 과장만 알고 있도록. 무슨 말인지 알겠나?"

"예, 알겠습니다. 그런데 수사관들 조사는 어떻게."

"그자들은 고광식에게 인계하고 떠났다고 하겠지, 아마."

"그렇습니다, 지난번에도."

"경호실 요원은 그곳에 없었어."

"……."

"내색하지 말고 확인만 하도록."

수화기를 내려놓은 이근복은 다시 창밖을 바라보았다. 그의 얼굴이 더욱 어두워져 있었다. 이것은 북한과는 전혀 다른 유형인 고려리아의 압력이다. 청와대에서 운용했던 핫라인의 핵심이 모두 배신을 한 것이다.

4시간에 걸친 수술을 끝낸 조기욱 박사는 가운을 벗어던지고는 사무실로 들어섰다. 오후 1시가 되어가고 있었다.

"수술은 끝냈지만 당분간 움직이는 건 위험합니다."

그는 창가의 의자에 앉아 있는 김상철을 바라보고 섰다.

"그렇다고 내 병원에 입원시킬 수도 없고, 경찰에 쫓기고 계시다니 말이오."

조기욱은 경주 시내에서 개인병원을 운영하는 외과 전문의였다. 3층 병원 건물의 3층에 살림집을 차려놓아서 출퇴근 걱정이 없는 데다 입원환자를 수시로 돌볼 수가 있어서 좋았는데 오늘 새벽 같은 경우는 병원 안에 살림집이 있었기 때문에 생긴 일이다. 아침 5시면 새벽이다. 일반 병원은 10시에 개진을 하고 그의 병원도 마찬가지였다. 그러나 5시에 병원에 들어온 세 사내는 간호사를 앞세워 살림집으로 쳐들어왔던 것이다. 사무장이 방 안으로 들어섰다. 그가 이마에 흰 붕대를 감고 있는 것은 오늘 아침에 당직을 맡고 있던 중 상황을 모르고 버티는 바람에 김봉만의 총자루에 맞아 이마가 깨진 것이다.

"선생님, 교통사고 환자가 왔는데요, 다리가 부러졌습니다."

조기욱이 김상철을 바라보더니 몸을 돌렸다. 병원 직원은 간호사 셋에 사무장 하나였고 다섯 개의 입원실이 있었지만 갈비가 부러진 중년사내 한 명이 입원해 있을 뿐이었다. 그들과 엇갈려 김봉만이 사무실로 들어섰다. 김상철은 어깨의 찢겨진 상처를 꿰맨 후에 옷을 걸쳐서 표시가 나지 않았지만 그는 관자놀이에 붕대를 감고 있었다. 그러나 조 박사의 옷으로 갈아입어서 깔끔해진 차림이다.

"간호사들에게 5000달러씩, 사무장한테는 1만 달러를 주었습니다."

한숨도 잠을 자지 못했으므로 그가 충혈된 눈으로 김상철을 바라보았다. 입막음용으로 준 것이다.

"입을 다물고 있겠다고 약속했습니다."

"남은 돈이 얼마냐?"

"미화가 20만 달러 정도 남았고 한화는 약 1500만 원 정도 입니다, 사장님."

이한이 가져온 돈도 있어서 자금은 여유가 있었는데 나머지는 혼란 통에 바다에 빠뜨렸을 것이다. 머리를 끄덕인 김상철이 그를 바라보았다.

"이곳에 오래 머물 수는 없어. 좁은 바닥이라 발각되기 쉬울 것이다."

김봉만이 한 걸음 다가섰다.

"사장님, 일본으로 밀항하는 것이 나을 것 같습니다만. 그쪽은 제가 잘 알고, 밀항 소스도 곧 찾을 수 있습니다."

"……"

"일본에서 고려리아로 가시는 것이 훨씬 쉽습니다. 그것도 제가……."

김상철이 머리를 저었다.

"서울로 간다."

"예, 사장님."

"서울에서 고려리아로 가겠다."

김봉만은 두말 하지 않고 방을 나갔다. 그는 병원 경비를 맡고 있는 것이다.

그레고리가 사무실에 들어서자 변순태는 천천히 자리에서 일어섰다. 그는 긴장한 듯 눈을 크게 뜨고는 그레고리를 바라보았다.

"무슨 일 있습니까?"

그레고리의 얼굴이 잔뜩 일그러져 있었던 것이다.

"보스는 고리키 호에 타려다가 습격을 당했어. 지금 고리키 호에는 이한과 유재성이 두 명 뿐이다."

그는 소파에 털썩 주저앉았다.

"고리키호 선장이 나호트카로 연락을 해왔어. 보트에서 마악 고리키로 옮겨 타려는데 한국 순시선이 기습해 왔다는 거야. 엄청난 총격전이 벌어졌는데 당한 것은 우리 쪽이야."

"사장님은 어떻게 되셨습니까?"

얼굴을 굳힌 변순태가 묻자 그는 머리를 저었다.

"이한은 바다에 떨어졌다가 순시선이 보트를 쫓는 사이에 고리키 호에 탔어. 하지만 아직 보스의 행방은 모른다."

"……."

"중요한 시기에 이것, 야단났다."

오후 2시경이었다. 겨울의 초입에 들어가는 시기였다. 북풍이 불어오기 시작하면 겨우 자라나 있던 풀잎은 두 달간의 전개(展開)를 마치고 순식간에 시든다. 한동안 생각에 잠겨 있던 변순태가 머리를 들었다.

"이번에도 강미현이 압력을 넣었을까요?"

"그렇게 하지 않아도 이미 보스는 한국 정부의 적이야. 남북한 간의 비밀합의서가 보스의 손에서 나온 것을 그들은 알고 있어."

그레고리가 유창한 한국어로 말을 이었다.

"보스는 심재택한테 말려들었어. 그자는 남북관계에 별로 관심도 없었던 보스를 끌어들인 거야."

"그럼 우리는 이렇게 앉아만 있어야 한단 말입니까?"

"이한이 돌아올 때까지."

어깨를 늘어뜨린 그레고리가 길게 한숨을 뱉었다.

"그 안에 보스와 연락이 될지도 모른다. 그때까지 기다리는 수밖에."

그 시간에 북한 대표부의 대표실에는 서일과 송무용, 장호성과 박기환 네 사람이 모여앉아 있었다. 고려리아의 북한 조직을 움직이는 실세가 모두 모인 것이다.

"이미 그자들은 떠났으니 할 수 없는 일이고 문제는 회담의 내용이오. 그것이 중요합니다."

그렇게 말한 서일은 쓴 것을 먹은 듯한 표정이었다.

"곧 평양에서 지시가 내려오겠지만 총독한테 뒤통수를 맞은 것 같군. 그렇다고 따질 수도 없고."

한국의 여당 대표이자 대선후보인 정동민과 대통령 비서실장 이태준이 고려리아를 비밀 방문하여 총독과 만난 것이다. 이것은 북한의 입장에서 보면 충격적인 일이었다. 한국이야 궁지에 몰려 있으니 무슨 짓이야 못할까 했지만 고려리아에 대해서는 배신을 당한 것과 마찬가지였다. 북한은 한국과의 협상에 고려리아를 참석시켜 위상을 높여 주었고 한국 측에 영향력을 행사하게까지 만들어 주었던 것이다. 박기환이 헛기침을 했다. 정동민과 이태준이 총독 저택에서 회의를 마치고 떠났다는 사실을 알아낸 것은 그가 지휘하는 감찰부였다.

"양곡값 지불기간이 며칠 남지 않았는 데다 남조선 내부의 상황이 좋지 않습니다. 북경의 정보원이 전하는 말을 들으면 남북 간 비밀합의를 했다는 소문이 남조선 내부에 돌고 있다고 하니까요."

그가 좌중을 둘러보았다. 박기환이 소속된 32호실은 각국에 요원을 파견하고 있다. 그는 그들로부터 정보를 얻는 것이다.

"김상철과 고려리아 사정을 잘 아는 심재택이 주동이 되어서 소문을 흘린 것이지요. 더구나 김상철은 합의서 사본을 빼내갔으니 수백 장 복사를 해서 돌렸을 겁니다."

"……."

"돈은 기업에서 걷어야 되는데 분위기를 알아챈 약삭빠른 기업들이 돈을 내려고 하겠습니까? 남조선 정부는 지금 궁지에 몰려 있습니다."

"그렇다면 돈을 빌리러 왔나?"

그렇게 물은 것은 송무용이다. 의자에 등을 기댄 그가 찌푸린 얼굴로 서일을 바라보았다.

"어쨌든 우리한테 숨기고 남조선 대표를 만난 총독은 우리를 배신한 거거요. 항의해야 됩니다."

"……."

"남조선 놈들한테도 뜨거운 맛을 보여줘야 합니다. 그쯤은 간단한 일이지요."

전화벨이 울렸으므로 송무용이 말을 멈췄다. 서일이 수화기를 귀에 대더니 갑자기 벌떡 일어섰으므로 나머지 세 사내도 일제히 몸을 일으켰다. 서일이 일어나 전화를 받는 상대는 물어볼 필요도 없이 지도자 동지인 것이다. 몸을 꼿꼿하게 세운 서일이 한동안 '예' 소리만 연발하더니 늘어진 표정으로 수화기를 내려놓았다. 그가 자리에 앉자 그제야 사내들도 따라 앉았다. 그리고는 잠자코 서일을 바라보았다. 지도자의 전화를 직접 받은 사람에게는 보이지 않는 격(格)이 붙는 것이다. 서일은 단숨에 대표의 위신을 회복했고 송무용은 기가 꺾였다. 서일이 다시 어깨를 폈다.

"내색하지 말라는 지도자 동지의 지시오. 과연 현명하신 판단이십니다."

"……"

"대업(大業)이 걸려 있는 곳이오. 차근차근 단계를 밟아가라는 말씀이셨습니다."

박기환은 가늘게 숨을 뱉었다. 남북한은 물론 고려리아까지 제각기 대업을 추진하고 있는 것이다. 그러나 각각의 대업에 나머지 양국과의 이해관계가 첨예하게 걸려 있다. 따라서 최후의 승자가 누가 될지는 아직 아무도 속단할 수 없을 것이다.

"김상철이 한국에서 실종되었어."

돌아가는 차 안에서 송무용이 불쑥 말했으므로 박기환이 머리를 들었다.

대표부를 나온 그들은 고려시 외각에 위치한 조선무역으로 가는 중이었다. 조선무역은 5층 빌딩 전체를 사용하고 있는 것처럼 보였으나 실제로 무역상사는 한 개 층만 사용할 뿐이고 나머지는 고려리아의 북한 호위대 본부였다.

"러시아 화물선을 타려다가 기습을 받았는데 여섯 놈이 죽었어. 그런데 김상철이와 이한이는 보트로 도망친 것 같아."

"언제 일입니까?"

"오늘 새벽 1시 경이야."

송무용이 쓴웃음을 지었다.

"김상철은 고려리아로 돌아오기 힘들 거야. 한국 기관이 철저하게 막고 있으니까."

이것은 조금 전에 대표실에서 박기환이 한국의 분위기를 전한 것에 대한 송무용의 대응이다. 32호실 요원들의 정보보다 한수 높은 고급 정보를 접할 수 있다는 과시였다.

"경찰 간부 한 놈이 김상철을 도왔다가 체포되었어. 그래서 밀항 계획도 탄로가 난 것이지."

"그렇습니까?"

"김상철에 대해서는 북남이 공동작전을 펴는 셈이야. 우리 공동의 이익을 위해서 그놈은 없어져야 돼."

"그렇겠군요."

"사면초가야, 그놈은. 고려리아 쪽에서도 마찬가지일 테니까."

"난 3층의 조 박사 살림집으로 옮기기로 했습니다."

총알이 관통한 배를 온통 붕대로 감고 침대에 반듯이 누운 심재택이 입술만을 움직여 말했다. 얼굴이 빛바랜 백지 색깔이 되어 있었고 눈이 움푹 패어져서 다른 사람처럼 보였다. 그가 이를 조금 드러내며 희미하게 웃었다.

"애국심에 호소했지요. 날 밀수꾼이나 강도쯤으로 알았던 모양이오. 도와주겠답니다. 입원실은 경찰이 수색할지 모른다면서 3층으로 가자더군요."

말을 그친 그가 피로한 듯 눈을 감았다.

"김 사장님, 부탁이 있습니다."

"말씀하세요."

"내가 만나려고 했는데, 이 꼴이 되어서."

"……."

"대한일보 편집국장 이정훈을 만나 주세요. 그가 지금 혼자 동분서주하고 있습니다. 수경사령관도 동조세력으로 끌어들였다고 하더군요."

"……."

"명분은 충분하니까 아마 군인 모두가 들고 일어날 수도 있을 겁니다. 하지만 쿠데타는 안 돼요."

그의 얼굴에 땀방울이 맺혔으므로 김상철이 수건으로 땀을 찍어내었다. 그러자 심재택이 눈을 떴다.

"이정훈에게 말해 주세요, 군인은 배후에 있어야 한다고. 내가 그들을 만나면 그렇게 말할 생각이었어요. 그리고 정세를 아는 군인이면 그렇게 할 것이고."

"……."

"김 사장님."

김상철을 부른 심재택이 시선을 마주하더니 망설이다가 입을 열었다.

"한국에 미련이 없으신 것을 압니다."

"……."

"내가 무슨 말을 해도 흔들리지 않을 분이라는 것도."

"……."

"부인의 사고가 한국 정부의 짓이라고 내가 우긴다는 느낌을 받으셨을 겁니다. 그건 김 사장을 내 동조세력으로 끌어들이려고 한 짓이지요."

"……."

"한국은 내 조국이오. 썩었다고 버릴 수가 없습니다. 혼자 힘으로 되는 일이 아니라고 하지만 그렇다고 시도하지도 않고 떠날 수는 없지요. 그래서 난 목숨을 걸고 시도하기로 한 겁니다."

"이제 그만하세요."

온 얼굴이 다시 땀으로 젖었으므로 김상철이 닦아 주었다.

"이정훈 씨를 만나지요. 심 과장님의 뜻을 전하겠습니다."

심재택이 눈을 감았다.

"고맙습니다. 이제 안심이 됩니다."

"아마 나는 아버지의 세금횡령 사건이 내가 한국에 미련을 남기지 않게 된 이유가 될 겁니다."

"……."

"그런 나에게 고려리아는 이상적인 곳이었지요. 그리고 그 생각은 지금도 변함이 없습니다. 그곳이 희망의 땅이라는 것은."

그는 자리에서 일어섰다.

"어쨌든 난 고려리아에 돌아가서도 심 과장님과 약속한 대로 할 겁니다."

심재택은 눈을 감은 채 대답하지 않았는데 잠이 든 모양이었다. 병실을 나온 김상철은 원장실로 들어섰다. 지친 듯 앉아 있던 조기욱이 머리를 들었다.

"간호사들이 그 방에 들어가려고 하지를 않아서 내가 가려고 했는데."

그가 김상철을 빤히 바라보았다.

"상태가 좋지 않습니다. 길게 이야기하시지 말아요."

대통령은 의자에 몸을 깊게 기댄 채 테이블 건너편에 앉은 정동민과 이태준을 바라보고 있었다. 집무실 안에는 꽤 긴 정적이 흘렀고 시간이 지날수록 분위기는 가라앉아 갔다. 저녁 무렵이어서 창문의 반쯤이 그림자에 덮여 있었다. 이윽고 대통령이 입을 열었다.

"나는 때로는 이 정권이 브레이크가 고장 난 자동차 같다는 생각이 들어, 내리막길을 내려가는."

그는 지친 표정으로 두 사내를 번갈아 바라보았다.

"누구는 업적을 역사가 평가할 것이라고 해대지만 난 이제까지 그런 생각을 할 여유도 없었어. 지난 5년을 어떻게 보냈는지도 모르겠단 말이야."

"각하처럼 청렴하신 대통령이 없었습니다."

이태준이 분연한 표정으로 말했다.

"각하께서는 최선을 다하셨습니다."

"북한과의 비밀합의는 경솔한 짓이었어. 그 합의서를 작성해 남긴 것도."

입맛을 다신 대통령이 의자에서 몸을 떼었다.

"그 합의가 없었다면 한국은 북한의 위협에 끊임없이 시달렸을 것이고, 만일 전쟁이 일어난다고 해도 미국이 참전하는 것이 아니라 그저 조정역할만 맡아 줄 것이라는 사실을 국민들이 알까?"

"알리가 없지요, 각하."

대답한 것은 정동민이다. 그가 말을 이었다.

"남북한 양국에 대사관과 대표부를 설치해 놓은 미국은 이제 효과적인 견제장치를 마련해 놓았습니다. 북한이 침공을 해도 일방적으로 한국 편을 들어주지 않을 것입니다. 한미 방위조약은 이미 믿을 수가 없습니다."

그렇다고 북한이 한반도를 무력으로 통일하도록 되지는 않을 것이다. 그들은 사흘, 길어야 일주일 전쟁으로 서울과 대전 등 남한의 북부지방을 점령하고 미국과 중국, 또는 러시아와 일본 등에 중재를 요청할 것이다. 그러면 4강(强)은 적극적으로 중재에 나설 것이고 그것으로 전쟁은 끝이 난다. 이제는 동서냉전의 시대가 아니다. 한반도의 전략적 가치는 이미 구소련의 붕괴로 사라졌다고 볼 수 있었다. 한국은 더 이상 동북아시아의 미국 전초기지가 아니다. 다만 남북이 어느 쪽으로든 통일이 되면 막강한 군사력으로 위협적인 존재가 될 수 있다. 따라서 일본과 보조를 맞춰 현 상황을 유지시킨다는 것이 미국의 정략이었다.

대통령이 머리를 들었다.

냉엄한 현실을 모르는 이상주의자들과 그저 정권욕에 사로잡힌 야당세력은 그저 자주국방, 자주외교 등의 선명(鮮明)한 구호만을 외쳐 국민들을 현혹하고 있는 것이다.

"일단 고려리아가 쌀대금을 해결해 주기로 했으니 급한 불은 껐군."

그는 가볍게 한숨을 뱉었다.

"하지만 투자이민을 더 활성화시키기로 했으니 한국 경제가 걱정이야."

고려리아는 경제연합의 합의는 거부했던 것이다. 그들은 쌀대금 4억 달러를 8월 말까지 북한측에 지급해 주기로 합의했는데 한국 정부가 11월 말까지 갚는다는 조건이었다. 이태준이 입을 열었다.

"각하, 9월쯤 북한과 만나 대책을 협의해야 할 것 같습니다만, 이제 4개월밖에 남지 않았습니다."

"그들의 정권 유지를 위해서도 한국의 현 정권이 지속되는 것을 바라고 있을 테니까요. 만일에 야당의 이대현 씨가 정권을 잡게 된다면 북한 정권도 기로에 서게 됩니다."

옆자리의 정동민이 머리를 끄덕이는 것을 보면 둘이는 이미 말을 맞춘 모양이었다. 그들을 바라보던 대통령이 머리를 끄덕이며 쓰게 웃었다.

"그래야겠지, 1~2년만 쌀공급을 끊는다면 난리가 날 테니까. 아마 그땐 새로운 정권도 그자들과 합의를 하게 될 것이야."

"김용복 소장도 합류하기로 했다."

최무섭이 말하자 참모장 안병석 준장이 그의 옆으로 바짝 다가섰다. 그들은 사령부의 연병장을 가로질러 걷고 있었다.

"아직도 병력이 모자랍니다. 저희의 3개 공수여단에 보병사단 하나, 그리고 최소장의 제7기갑사단이면……."

"전투병력이라면 공수여단만으로도 서울을 장악할 수 있어."

머리를 저은 최무섭이 힐끗 뒤쪽을 바라보았다. 전속부관 박 소령이 5미터쯤 뒤쪽을 따라올 뿐이다.

"쿠데타군과 진압군으로 나뉘어져서 서울에서 시가전을 벌일 생각은 없으니까. 서울에 무혈입성 해야만 한다."

"하지만 동두천과 파주의 15와 19사단이 내려올 것입니다. 기무사가 교란작전을 펼 것이고 전투는 일어날 것입니다, 사령관님."

안병석은 그의 심복으로 작전 통이다. 그는 소령 시절에 미국의 정보학교에 3년간 유학을 다녀왔는데 기이하게도 그 유학기간에 자신이 반미주의자가 되고 말았다는 것이다. 그가 최근에야 최무섭에게 털어 놓은 이야기였다.

"군사령관은 언제 만나실 겁니까?"

"오늘밤."

짧게 대답한 최무섭이 시계를 내려다보았다. 오후 6시가 되어 가고 있었다. 앞쪽에 도열해 서 있는 군수참모와 장교들이 보였다. 그들은 긴장하고 있었는데, 사령관이 불시점검을 한다는 통보를 받았기 때문이다. 장교들의 뒤쪽으로 대령 계급장을 단 마른 몸매의 사내가 다소 느슨한 자세로 서 있었다. 기무사의 수경사 파견대장 백 대령이다. 성격이 깐깐하고 차가워서 그와 같이 지냈던 모든 부대장들이 진저리를 내는 사내였지만 원칙과 업무에 철저해서 약점이 없다. 최무섭은 어깨를 펴고 군수참모 앞으로 다가갔다. 각 단위부대와 참모들을 긴장시켜 둘 필요가 있는 것이다.

그날 밤, 주한 미군사령관 올리버 카튼 대장이 주최하는 가든파티가 카튼 대장의 숙소인 이태원의 저택에서 성황리에 진행되고 있었다. 언제부터인가 한미 연합군의 작전회의가 끝나면 미군 사령관이 파티를 개최하는 것이 전통이 되어 있었던 것이다. 참석자는 물론 한미 양국군의 수뇌부들이었는데 한국군은 군단장급 이상이었고 미군은 사단장급 이상이다. 8시에 시작된 파티는 10시가 되자 절정에 이르렀다. 카튼 대장은 소탈한 성격에다 호주가였으므로 대부분의 장군들은 그를 따라 마시다가 술기운이 올라 있었다. 그는 한국식 파티에 익숙해서 여러 차례 건배를 제의했고 폭탄주도 세 번이나 돌렸던 것이다.

2군사령관 한기영 대장은 6피트가 넘는 키에 체중이 90킬로그램 가깝게 되는 건장한 체격이었다. 게다가 머리도 검고 피부도 팽팽해서 40대로 보이는 호남이었지만 겉과는 대조적으로 곡절을 많이 겪은 사람이다. 영관급 때는 전방으로만 돌아다니다가 세 번째에야 별을 달았는데 소원이었던 사단장으로 나가지 못하고 군사정전위의 유엔군측 대표가 되면서 소장이 되었다. 그러나 북한측이 한국군 장성이 대표가 되어 있는 정전위 참석을 거부함으로써 1년 반 동안 한 번도 회의에 참석지 못하는 수모를 겪었던 것이다. 소장으로 예편되려는 그를 구제해 준 것은 대통령이다. 그의 능력을 높게 평가한 대통령은 중장 진급과 함께 1군단장에 임명했고 지금은 대장에 2군사령관이 되어 있었다.

자리에서 일어선 한기영은 정원 옆쪽의 화장실로 다가갔다. 정원은 꽤 넓었으므로 화장실로 가는 동안 두 명의 미군 장성이 스치고 지나갔다. 뒤쪽의 파티장에서는 한국인 초대가수가 밴드에 맞춰 노래를 부르는 중이었다. 술에 취한 걸음으로 다가오던 수도군단장이 그를 보더니 자세가 곧아졌다.

"제가 좀 취했습니다, 사령관님."

"나도 오바이트하러 가는 참이야."

한기영이 화장실로 들어서자 손을 씻고 있던 최무섭이 거울을 통해 시선을 주었다.

"난 이제 폭탄주가 안 받아."

소변기 앞에 선 한기영이 말했다.

"차라리 물컵으로 양주 마시는 게 나아."

화장실은 파티용으로 미군 공병이 지은 5평쯤의 임시건물이었지만 거울은 물론이고 향수에 크림까지 놓여 있었다. 그들은 같이 화장실을 나왔다.

"저기 기무사가 오는군."

바지 혁대를 고쳐 매면서 한기영이 눈으로 앞쪽을 가리켰다. 사람들 사이로 기무사령관 함종일이 이쪽으로 다가오는 것이 보였다. 한기영이 빠르게 말했다.

"이봐, 난 할 테다. 다시는 이곳에서 폭탄주도 안 마실 테다."

그들이 정원으로 다가가자 함종일이 얼굴에 웃음을 띠웠다.

"오바이트 하셨습니까?"

"이제 안 할 거야."

"그게 뜻대로 됩니까?"

이를 드러내고 웃은 함종일이 그들을 스치고 지나갔다.

"보안에 각별히 신경 쓰도록, 특히 저 친구를 말이야."

한기영이 다시 말했다.

"난 이 일이 끝나면 개인택시 운전이나 할 것이다, 하늘에 맹세코."

차는 시속 120킬로미터로 속력을 떨어뜨렸다가 차량이 뜸해지자 다시 총알처럼 달려 나갔다. 자정이 가까워진 시간이었다. 대전 톨게이트를 지난지 얼마 되지 않은 것 같은데 차는 경부와 중부 고속도로의 갈림길에 다가가고 있었다. 중부보다는 경부 쪽을 타는 것이 강남지역에 일찍 닿는다. 한국 사정에 밝은 김봉만은 경부고속도로로 들어섰다.

"한이가 살았다니 다행이다."

자는 줄만 알았던 김상철이 갑자기 입을 열었으므로 김봉만이 백미러를 바라보았다.

"고려리아가 걱정 되었는데 돌아가고 있다니 다행이야."

그가 저녁 무렵에 고려리아로 연락을 했던 것이다. 그레고리와의 통화를 마친 그는 어두운 표정이 조금 가셔져 있었다.

"내 무모했던 행동 때문에 여러 명이 죽었다. 내가 오지 않았더라면."

김상철의 목소리가 다시 차 안을 울렸다.

"의식불명이라는 소리를 듣고는 참을 수가 없었어. 죽기 전에 옆에 있어 줘야겠다고 생각했다. 다른 것은 생각하고 싶지도 않았어."

"……."

"나 때문에 파란이 많았던 여자야. 속아서 결혼을 했고, 이혼, 그리고 삼합회의 해결사에게 끌려가는 시련도."

"……."

"나하고 살면서도 하루도 마음 편한 날이 없었을 거야. 내가 강미현과 결합했다면 그렇게 견제당하지 않았을 것이라고 믿었으니까. 내 아내는 항상 나한테 죄책감을 느끼고 있었어."

"……."

"따뜻한 곳으로 휴가를 가기로 했는데."

김봉만이 차의 속력을 줄이고는 손에 배인 땀을 바지에 닦았다. 그러나 감히 입을 열 분위기가 아니다. 김상철과 같이 생활한지 겨우 열흘이 되었을 뿐이었는 데다 그의 가족과 같았던 장인규 등 10여 명을 몰살시킨 장본인이다. 김봉만이 백미러를 올려다보았다.

"시바다는, 아니, 저희는 그 일을 저지르지 않았습니다, 사장님."

"알고 있어. 너에게 한 소리가 아니다."

"……."

"알게 되겠지, 누구 짓인가는."

등받이에 등을 기댄 김상철이 입을 다물었으므로 김봉만은 차에 속력을 내었다.

남대문시장은 전보다 손님이 많이 줄었다고는 하지만 여전히 혼잡했고 소란스러웠다. 오후 2시경 이었다. 사람들을 헤치고 옷 도매 빌딩의 계단을 올라 3층으로 들어선 김상철은 주위를 둘러보았다. 한 평도 안 돼 보이는 가게들이 가득 늘어서 있는 안쪽은 의외로 한산했다. 손님보다 가게 종업원이 많은 것처럼 보였다. 그가 좌측의 좁은 통로로 들어서서 좌우를 두리번거리며 나아가자 곧 앞쪽에서 사내 한 명이 다가왔다. 사십대쯤의 나이에 남방셔츠 차림이었다. 그는 똑바로 바라보는 김상철의 시선을 잠시 받더니 곧 머리를 돌리고는 스치고 지나갔다. 좌우의 매장에 앉아 있던 종업원들은 대부분이 여자였는데 한눈에 손님이 아닌 것을 알아본 모양으로 아무도 김상철을 부르지 않았다. 반대편 계단으로 나온 김상철은 몸을 돌렸다. 그리고는 손목시계를 마악 내려다보고 났을 때 조금 전 스치고 지나갔던 사내가 이쪽으로 다가오는 것이 보였다. 이윽고 김상철의 앞에 멈춰선 그가 입을 열었다.

"김상철 씨 맞습니까?"

"이정훈 국장이십니까?"

대답 대신 되묻자 그가 머리를 끄덕였다.

"미안합니다, 이런 곳에서 만나자고 해서. 스파이들은 어떻게 접선하는지 모르지만 꽤 힘들더군요, 장소 정하기가."

그들은 계단 옆의 창가로 다가가 섰다. 아래층에서 들려오는 소음이 컸지만 그것이 오히려 대화의 부담을 덜어주는 느낌이 들었다. 김상철이 그를 바라보았다.

"심 과장은 총에 맞아 움직이질 못합니다. 병원 전화를 쓸 수도 없는 상황이고 해서 내가 온 겁니다."

그간 상황을 전화로 간략하게 말한 터이라 이정훈이 머리를 끄덕였다.

"어쨌든 그 문제의 김상철 씨를 만나게 되어서 반갑습니다. 심 과장한테서 이야기 많이 들었습니다."

서너 명의 남녀가 시끄럽게 떠들면서 올라왔으므로 그들은 말을 멈췄다. 김상철이 그에게로 상체를 숙였다.

"심 과장은 될 수 있는 한 쿠데타는 막아달라고 하더군요. 이 국장께서 이제 주동을 맡으신 입장이니 그것을 분명히 전해 달라고 했습니다."

"글쎄, 힘이 있어야 일을 하지요. 언론은 이미 철저하게 장악이 되어 있는 데다 설령 언론이 터뜨린다 해도 일회성에 그칠 확률이 큽니다. 결집된 힘이 필요한데, 그것이 무력(武力)이 되었건 민력(民力)이 되었건."

그는 담배를 꺼내어 입에 물었다. 불을 붙이고 담배연기를 길게 뱉고 난 그가 말을 이었다.

"이미 총은 발사된 상황이라고 할까요? 군이 벌써 움직이고 있어요. 난 수경사령관과 접촉하고 있는데 주도권은 그쪽으로 넘어간 상태요."

"······."

"다만 다행인 것은 심 과장이 우려한 적극적인 쿠데타 형식보다 군의 결집된 힘을 배후에서 나타내는 것으로 현 정권에 압력을 가한다는 생각을 하고 있는 것 같습니다."

"내가 오늘 오후에 고려리아로 전화를 했었는데 사흘 전에 한국에서 정동민 씨와 이태준 실장이 극비리에 다녀갔다고 합니다."

그러자 이정훈이 눈을 치켜떴다.

"또 북한과 비밀협상을 했단 말입니까?"

"이번에는 고려리아와 비밀협상을 했어요."

"……."

"북한측에게도 비밀로 했습니다."

"사실입니까?"

"아무리 비밀로 하려고 해도 고려리아에서는 우리 정보망을 벗어날 수 없지요. 전(前) 국정원 요원들이 조직의 정보관리를 맡고 있으니까요."

"무슨 내용인지 알아낼 수 있을까요?"

"그건 장담할 수 없습니다."

김상철이 들고 있던 비닐가방을 그에게로 내밀었다.

"여기 5000만 원입니다. 조금 전에 달러를 바꿨지요. 피해 다니시느라고 여유가 없으실 것 같아서."

"아니, 이런."

이정훈의 얼굴이 금방 붉게 달아올랐다.

"왜 돈까지 주십니까?"

"존경하는 뜻에서 드리는 겁니다."

김상철이 입술 끝만 올리며 웃었다.

"심 과장께 드리려고 했는데 움직이지 못하는 형편이라."

"고맙습니다."

두 손으로 가방을 받은 이정훈이 머리를 숙였다.

"돈이 필요했었습니다."

계단 아래쪽에서 김봉만이 이쪽에 등을 대고 서 있는 것이 보였다. 이정훈이 그를 바라보았다.

"곧 군의 지휘관들을 만나기로 했는데 김 사장께서도 참석해 주셨으면 하는데요. 그들도 환영할 겁니다."

끝없는 전쟁

지하 주차장으로 내려온 이유미는 구석에 주차시켜 둔 자신의 흰색 벤츠로 다가갔다. 퇴근시간이었다. 지하실의 습기 배인 서늘한 기운이 피부에 느껴졌고 자신의 발자국소리가 경쾌하게 울렸다. 대여섯 대의 승용차가 주차되어 있을 뿐 주차장은 한산했다. 벤츠로 다가간 이유미는 원격조종 스위치로 차 문을 열고는 손을 뻗쳐 손잡이를 쥐었다.

"이 사장님."

갑자기 뒤에서 부르는 소리에 놀란 이유미는 머리를 돌렸다. 그리고는 눈과 입을 딱 벌렸다. 자신의 뒤에 바짝 다가와 서 있는 사내는 나까무라였던 것이다. 얼굴이 석고처럼 굳은 이유미가 한 걸음 뒤로 물러서자 차의 동체에 등이 닿았다. 놀란 나머지 말도 떨어지지 않는다.

"잠깐 저하고 가실 데가 있는데요."

그가 한국말을 하는 것을 들은 것도 처음이다. 숨까지 멈추었던 이유미의 가슴이 이제는 터져나갈 듯이 두근거렸다. 그는 시바다의 심복으로 잔인무도한 살인자인 것이다. 김봉만이 한 걸음 다가오자 이유미의 시선이 흐려졌다. 초점이 잡히지가 않는 것이다.

"김 사장님께서 뵙자고 하십니다. 예, 김상철 사장님께서."

"……."

놀라게 해드려서 죄송합니다. 저는 김 사장님과 같이 있습니다. 예, 시바다는 죽었지요. 저는 살았습니다."

김봉만이 멋쩍은 듯 웃으며 한 손으로 뒷머리를 만졌다.

"더 자세히 말씀드리면 저는 김 사장님의 부하가 되었습니다. 본래 저는 조센징으로……."

잠시 후 그들은 벤츠에 나란히 앉아 주차장을 빠져나오고 있었다. 핸들을 쥐고 있는 것은 이유미이다. 이제 납득은 했지만 그렇다고 홀가분한 기분은 물론 아니어서 이유미는 잠자코 차를 몰았다. 러시아워여서 기분이 더욱 엉켜지고 있었다.

아직 시간이 이른 때문인지 카페 안은 조용했다. 논현동 뒷골목에는 수십 개의 그만그만한 카페와 단란주점이 늘어서 있었는데 이곳도 그중의 하나였다. 특징도 없고 깨끗하지도 않은 조그만 카페였지만 밀실은 세 개나 된다. 그 밀실의 한 방에 김상철과 이유미가 마주보고 앉아 있었다. 양주와 안주가 테이블 위에 벌여놓았으나 아직 술병의 마개도 따지 않았다. 김상철이 이유미를 바라보았다. 진주색 투피스 차림의 그녀는 여전히 화사한 자태였다. 시선이 마주치자 테이블 위로 시선을 내렸는데 길고 긴 속눈썹이 금방 그늘을 만들었다.

"현실적으로 말하지. 날 도와주면 그만한 대가는 주겠어. 고려리아에 여행사도 다시 운영하게 해주겠고 고객들도 몰아주지. 아마 당신 능력으로는 순식간에 여행사를 키울 수가 있을 거야."

김상철이 말을 이었다.

"예전의 가게는 물론 돌려줄 것이고, 새로운 사업을 원한다면 밀어주겠어."

"……."

"물론 내가 고려리아로 살아 돌아간다면 말이지. 하지만 이곳에 있는 동안에도 날 돕는 대가는 주겠어."

갑자기 김상철이 쓴웃음을 지었다.

"시바다와 비슷한 경우가 되겠는데, 나도 이곳에서 자금이 필요해. 고려리아에서 돈을 보낼 텐데 당신이 받아줬으면 해서. 10%의 수수료를 주지."

"위험한 일이니 비율을 올려도 좋아."

이유미가 머리를 들었다. 차분한 표정이었다.

"10%면 좋아요."

"……."

"시키실 일은 그것뿐인가요?"

"우선 내 숙소문제가 있고."

"제가 알아보지요."

"다른 일도 있을지 몰라."

"그땐 말씀하세요."

"그때마다 거래를 하도록 하지. 그래야 나도 마음이 놓일 것 같으니까."

"시바다의 전철은 밟게 되지 않으실 테니까 그렇게까지 신경 쓰지 않아도 돼요."

이유미가 입술 끝만 올리며 웃었다.

"상황이야 비슷한지 모르지만 조건은 전혀 다르니까요."

경제 부총리 윤동선과 통상 장관 진양근이 대통령을 만난 것은 보름

전이었다. 그동안 경제 장관 회의가 두 번이나 열렸는데다 윤동선이 경제정책을 발표하는 등 경제부처가 분주하게 움직이고 있었지만 대통령과는 만나지 못했던 것이다. 물론 대통령에게 보고를 하고 지시를 받기는 했는데 그것은 경제수석 현정호를 통해서였다.

오전 10시였다. 집무실 책상에 앉은 대통령을 마주보며 윤동선과 진양근, 현정호가 나란히 앉아 있었다. 그들이 한국 경제를 이끌어 가는 세 주역인 것이다.

"투자이민을 규제할 수는 없어요."

대통령이 자르듯 말했으므로 방 안에 긴장감이 덮여졌다. 임기가 4개월밖에 남지 않은 때문인지 그는 요즘 들어 언론에도 자주 나타나지 않았지만 서슬 푸른 권위는 그대로였다. 그가 말을 이었다.

"경제의 공동(空洞)화 현상이라고 하는데 경쟁력이 없는 산업을 고려리아로 이관시킨다고 생각하면 돼요. 구멍이 생기는 것이 아니라 고려리아가 구멍을 채워 주는 것이지, 전화위복이야. 아니면 일거양득이라고 할까."

"각하."

참다못한 진양근이 대통령이 숨을 고르는 사이에 끼어들었다.

"각하께선 이제까지 낙관론만 듣고 계셨습니다. 지금 한국 경제는 심각한 상황입니다. 정부기관의 통계는 전부 조작된 것입니다. 그들은 국민뿐만이 아니라 각하까지 속이고 있습니다."

진양근은 죽을 각오를 한 사람처럼 보였다. 대통령의 취임 이래로 이처럼 격렬한 태도로 나선 장관은 그가 처음일 것이다. 경제수석 현정호가 입을 달싹거렸으나 기세에 눌린 듯 말을 못했고 대통령도 잠자코 있다. 그가 말을 이었다.

"고려리아로 옮겨가면 그것으로 끝입니다. 한국의 기업들은 이미 투자의욕은 말할 것도 없고 생산의욕도 잃어가고 있습니다. 고비용으로 경쟁력이 없을 뿐만 아니라 행정규제에 진저리를 내는 형편이고 정치에 환멸을 느낀 때문입니다. 거기에다 북한의 위협이 있습니다. 이것은 기업이 떠나는 것이 아니라 국민이 나라를 버리는 현상입니다, 각하."

"……."

"각하, 우선 투자이민 규제를 해서 탈출을 막아야 합니다. 그러고 나서 전면적인 재조정을 시작해야 됩니다. 이대로 내버려두면 안 됩니다, 각하."

그러자 대통령이 천천히 머리를 끄덕였다.

"진 장관은 다혈질이오."

"진즉 이러지 못한 것을 땅을 치고 싶을 정도로 후회하고 있습니다, 각하."

"고려리아와 한국이 경제 연합을 한다면 어떻겠소?"

"……."

"고려리아와 한국을 공동체라고 생각해 보시오. 한 해의 예산을 함께 편성하는 관계가 된다면 말이오."

진양근이 눈을 껌벅이며 대통령을 바라보았다. 그로서는 상상도 해보지 못했던 일인 것이다. 대통령이 부드럽게 웃었다.

"이것은 아직 발표할 단계는 아니오. 하지만 여기 세 분이 주축이 되어서 그 청사진을 만들어 보시오. 오늘 세 분을 모이게 한 것도 그것 때문이오."

의자에 등을 기댄 대통령이 긴 숨을 뱉었다.

"그렇게 되면 상황이 전혀 달라질 거요. 물론 난 경제에 문외한이긴 하지만 말이오. 우리는 지금까지 그 일을 모색하고 있었어요. 그, 국민들이 혐오하는 정치권에서 말입니다."

그리고는 대통령이 다시 웃었다. 그러나 이제는 쓴웃음이었다.

이근복은 국정원 3차장에서 원장으로 진급한 사내로 여당의 대선후보 정동민의 라인이다. 그러나 성품이 곧고 충성심이 강한데다 통솔력이 뛰어나 난세(難世)에 필요한 인물이었다. 그에게 대통령의 명령은 절대적이었고 국가의 안보에 방해가 되는 사람은 적일뿐이다. 따라서 그에게 심재택과 김상철은 역적이었다. 국가의 전복을 기도한 천인공노할 국사범이다. 여의도의 중국 요릿집에서 정동민과 점심식사를 마친 이근복은 요릿집의 후문에 대기하고 있던 승용차로 다가갔다. 8월 하순의 청명한 날씨였으나 가을의 문턱에 앉은 때문인지 바람결은 서늘했다. 경호원들이 분주히 앞뒤 쪽의 차로 갈라서는 것을 보면서 그는 차에 올랐다. 뒷좌석에 앉아 있던 서태영이 조금 물러앉는 시늉을 했다.

"이대현 씨는 연일 선거대책회의를 열고 있지만 아직 특별한 움직임은 없습니다."

차가 움직이자 서태영이 말했다.

"그쪽도 대선자금을 모으려고 후원회가 하나둘씩 열리고 있기는 합니다."

"열심히 운동하라고 해."

이근복이 뱉듯이 말했으므로 서태영이 그를 바라보았다. 담배에 불을 붙여 문 이근복이 길게 연기를 뱉었다.

"그것보다도 K작전을 서둘러야겠다. 대선기간에 맞춰야겠어."

"작전은 순조롭게 진행되고 있습니다만 대선기간에 맞추라는 것은 무슨 말씀이신지."

"대선 직전까지 준비를 갖춰야 한다는 말이야."

이근복이 재를 떨었으나 재가 재떨이에서 빗나갔다.

"그때까지 확실하게 기반을 굳혀놓아야 돼. 조직원 수는 계획대로 10만 명 수준으로."

"……."

"대선 전에 자금이 나오기로 되었으니까 그때까지는 우선 우리 자금을 쓴다."

"알겠습니다."

"이주민 120만 중에 10만의 조직원이면 고려리아 제일의 세력이 될 것이다. 북한이 먼저 발을 디뎠지만 우리의 자금력을 당할 수는 없을 테니까."

서태영이 잠자코 머리를 끄덕였다. K작전은 고려리아 작전의 약칭이다. 국정원 주도로 극비로 진행 중인 이 작전의 내용은 고려리아 내부에 한국 세력을 조직화시킨다는 것이다. 그것을 처음 기안한 것은 전(前) 원장 권준규와 심재택이었는데 고려리아의 공산화를 막으려는 의도였다. 그들은 친한 세력인 김상철을 기반으로 조직을 만들어갔지만 정부 전복의 기도를 함으로써 계획 전체가 무산되어 버린 것이다. 담배를 재떨이에 비벼 끈 이근복은 의자에 등을 기대었다. 그러나 이번의 K작전은 보다 폭넓고 독자적인 작전이다. 현재 제방이 무너진 듯 고려리아로 쏟아져 들어가는 이주민 속에 조직원을 섞어 보내는 방법은 북한과 비슷할지 모른다. 그러나 이쪽은 막강한 자금력이 있다. 이쪽 조직원은 대부분 국정원에서 자금을 투자한 투자이민의 모습을 갖춘 기업가와 그 고용원들이 될 것이다. 그리고 전직 공무원, 관료, 경찰과 군인 등으로 고려리아의 요직을 차지할 사람들이다. 본질적으로 고려리아 행정부는 전직 한국인 관리들로 구성이 되어 있었던 만큼 북한은 안팎으로 몰리게 된다. 생각에 잠겨 있던 이근복이 갑자기 쓴웃음을 지었다. 처음 계획을 입안했던 권준규 등은 고려리아의 공산화를 막으려는 것이 목적이었지만 지금의 K

작전은 아니다. K작전의 목표는 고려리아의 한국화인 것이다.

밤 9시가 되었을 때 2군사령부의 사령관 관사에서 지프 한 대가 나왔다. 바퀴 폭이 좁은 구형 지프로 범퍼의 흰 페인트 번호를 보면 전속부관의 차였다. 사령관의 관사 앞에는 장교클럽이 있었는데 그 한쪽이 기무사 요원의 대기실이다. 지프가 지나는 것을 확인한 신기환 상사가 수화기를 들었다.

"2547호, 9시에 관사 출발."

짧게 보고하고 수화기를 내려놓자 의자에 길게 늘어져 있던 이 대위가 머리를 들었다.

"이봐, 신 상사. 대장님한테 연락온 것이 없어?"

"없습니다."

2군사령부의 기무사 파견대장은 정인철 대령이다. 파견대 본부는 사령부의 옆쪽 건물에 있었는데 정인철이 아직 그곳에 있는지 확인하려는 것이다. 이 대위가 입맛을 다셨다. 이곳은 퇴근 후의 사령관 동태를 체크하는 장소였고 그것을 사령부의 장교라면 모르는 사람이 없다.

"제기, 오늘 동창회 모임이 있는데."

이 대위가 들고 있던 잡지를 탁자 위로 던졌다. 전속부관이 떠났으니 이제 사령관은 잠잘 일만 남았을 뿐인데 언제 대장이 점검해 올지 몰라 자리를 비울 수가 없기 때문이다.

지프는 속력을 내어 밤길을 달려 나갔다. 에어컨이 없었으므로 앞쪽 유리창을 열어놓았는데 후텁지근한 바람이 휘몰려 들어오고 있었.

한 시간쯤 후에 지프가 도착한 곳은 청담동의 낮은 5층 빌딩 뒤쪽이었다. 차에서 뛰어내린 박 소령이 잠시 주위를 둘러보았다. 이윽고 그가 한쪽으로 비켜섰을 때 사복 차림의 한기영 대장이 차에서 내렸다. 그가 곧장 어두운 빌딩의 후문으로 들어서자 박 소령은 지프에 타고 그 자리를 떠났다.

한기영이 들어선 2층의 사무실에는 이미 세 사내가 앉아 있었다. 20평쯤 되어 보이는 사무실에는 대여섯 개의 책상과 의자가 놓였고 책상 위에는 서류와 사무집기가 정연하게 진열된 것이 보통 회사의 사무실과 다른 것이 없다.

그를 맞이해 소파에서 일어선 사내들은 수경사령관 최무섭과 대한일보의 이정훈 국장, 그리고 김상철이다. 인사를 마친 그들은 자리에 앉았다. 한기영이 먼저 김상철을 바라보았다.

"말씀 많이 들었습니다. 이번 일의 기폭 역할을 하셨다고 하더군요."

나이 차이가 20년이 넘게 나는 데다 현역 육군대장의 관록이 있다. 그가 부드러운 표정으로 말을 이었다.

"심 과장이 부상을 입었다니 유감이오. 중요한 역할을 했던 사람인데."

"제가 부탁을 받고 왔습니다. 하나는 군의 유혈충돌을 될 수 있는 한 피 하도록 말씀드리라는 것과 또 하나는 제가 고려리아에 돌아가 비밀합의서를 언론에 폭로해 달라는 것이었습니다."

한기영이 담담한 얼굴로 머리를 끄덕였다.

"잘 알았소. 심 과장은 군사정권의 탄생을 염려하는 모양인데 우린 그럴 생각 없으니 되었고, 그리고 유혈을 피하려고 이렇게 만나는 거요. 거사의 성공만을 따진다면 여기 있는 수경사령관의 부대만 움직여도 됩니다. 우리는 압력만으로 거사를 이루려고 하는 겁니다."

그가 최무섭을 바라보며 웃었다.

"우리도 치밀하게 작전을 하겠지만 진압기술도 고도로 발달되어 있어. 모두 지난 군사 정권의 쿠데타로 갈고 닦여진 솜씨들이어서 말이야."

최무섭이 쓴웃음을 지었다.

"기무사의 감시가 더욱 강화되고 있습니다. 1차 장애는 기무사지요."

"수도군단도 마찬가지야. 15와 19사단이 움직이면 서울은 전쟁터가 돼."

말을 그친 한기영이 이정훈과 김상철에게로 머리를 돌렸다.

"우리끼리 잠시 이야기를 하겠습니다. 군 작전문제라서."

"저희가 비켜드리지요."

이정훈이 재빠르게 일어서며 말했다. 그들은 창가로 다가가 어두운 창밖을 바라보았다. 눈앞에는 옆쪽 빌딩의 어두운 벽면만이 보일 뿐이다.

"2군사령관은 거사를 마치는 즉시 군복을 벗겠답니다. 개인택시 운전사가 되겠다는군요."

낮은 목소리로 이정훈이 말했다. 그는 얼굴에 부드러운 웃음을 띠우고 있었다.

"그럴 만한 사람이지요. 내 생각이지만 무사고 운전경력이 틀림없이 모자랄 테니 아마 일반택시 운전사가 될 겁니다."

"……."

"난 고려리아로 갈 겁니다. 그곳에 내가 일할 만한 데가 있겠습니까?"

김상철이 마침내 따라 웃었다.

"다 떠나면 되겠습니까? 이곳에 남아서 끝까지 책임을 지셔야지요."

8월 하순, 고려리아에 첫눈이 내린 날 오전이었다. 앞 범퍼에 꽂은 인공기를 펄럭이며 검정색 벤츠 한 대가 고려리아의 행정청으로 들어섰다. 고려리아의 북한 대표부 대표 서일이 행정청장을 공식 방문한 것이다. 그는 현관 앞에서 기다리고 있는 외무국 소속 직원의 안내를 받아 곧장 8층의 청장실로 들어섰다.

청장은 외무국장 유영현과 그를 맞이했는데 서일은 조금 찌푸린 표정이었다. 그리고 그것을 감추려고 하지 않는 것은 고려리아측의 결례(缺禮)를 지적하려는 모양이었다. 며칠 전 필리핀 대표부의 대표가 청장을 방문하였을 때 외무국 과장이 현관에서 맞이한 것을 알고 있었기 때문이다. 과장급이 현관에서 대표를 맞이한 것이 통례로 되어 있었던 것이다. 그러나 청장과 외무국장은 시치미를 떼고 있었다. 자리를 잡고 앉아 첫눈과 날씨 이야기를 마친 행정청장이 정색을 했다.

"올해도 북한은 흉작이라지요?"

"아닙니다. 풍년입니다."

서일이 머리까지 저었다.

"남조선의 허위보도를 보신 모양이군요. 올해도 대풍년입니다."

"그렇다면 쌀이 먹고도 남을 텐데요."

"남습니다."

"잘 되었습니다. 한국의 쌀대금 4억 달러를 우리가 책임졌는데 내년쯤에 드려도 되겠군요. 물론 이자는 드리지요."

그러자 서일이 눈을 치켜떴다. 이남호가 여러 번 만났지만 처음 보는 표정이었다. 얼굴을 굳히고 입술 끝을 가볍게 떨던 서일이 겨우 쉰 목소리를 내었다.

"안 됩니다. 도대체 이런 결례가 어디 있습니까? 우리 인민공화국을 뭘로 보고 이러시는 겁니까?"

"미룰 수가 없단 말씀이지요?"

"절대로 안 됩니다."

이남호가 천천히 머리를 끄덕였다.

"어쨌든 오늘은 그 일로 오시라고 한 것은 아니니까. 하지만 앞으로 북한 이주민을 받기도 어려울 것 같습니다."

서일이 어금니를 물었다. 오늘 청장과의 회담에서 그가 독촉할 사안이었다. 지금도 평양에서는 30만 명 가까운 이주 예정자를 대기시켜 놓고 기다리고 있는 것이다.

"한국의 투자이민이 쏟아져 들어오는 상황이라서요. 노동인력은 며칠 전 필리핀, 방글라데시, 몽고 대표들을 만나 얼마든지 공급받기로 했습니다."

신음소리 같은 헛기침을 한 서일이 이남호를 쏘아보았다.

"청장 각하, 어쨌든 쌀대금은 우리가 받아야 합니다. 고려리아가 나설 일이 아닙니다."

그러자 유영현과 서로 얼굴을 마주본 이남호가 얼굴에 웃음을 띠웠다.

"우리는 북한 정부에서 인정해 준 조정자 입장입니다. 우리는 지금 조정하고 있는 중이오."

"조정은 필요 없습니다. 그렇다면 우리는 남조선에서 직접 받겠습니다."

"그렇다면 우리가 필요 없다는 말씀이군요? 우리와 교류를 단절한다고 해석해도 될까요?"

어느덧 정색한 얼굴로 이남호가 말을 이었다.

"만일 우리가 북한과 국교를 단절한다고 합시다. 총독은 아마 당장이라도 그러실 것 같은데, 그 결과를 생각해 보셨습니까?"

이를 악문 서일은 그를 쏘아본 채 대답하지 않았다. 이남호가 의자에 등을 기대었다.

"그, 호위댄지 뭔지 군사 놀음하는 놈들을 무더기로 데려와 있는 데다 마약을 전국에 퍼뜨려서 마약 판 대금이 월간 수천만 달러씩 북한으로 송금된다고 들었소. 5만 근로자의 임금 30%가 또 송금되는데다가 사업장의 이익까지 합하면 연간 18억 달러 가량이 들어가지요. 자, 우리가 피땀 흘려 세워놓은 이 땅, 고려리아에서 당신들은 지금 무슨 일을 하고 있습니까?"

이제 이남호의 두 눈도 부릅떠져 있었다.

"우리가 한국 같은 줄 아시오? 고려리아가 당신들 손아귀에서 놀 줄 알았느냐 말이오. 그래, 결례를 다시 한 번 합시다, 난 외교 격식 같은 것은 모르는 사람이니까. 당신들은 강도단이오. 국가라고도 볼 수가 없어. 좀 부끄러운 줄이나 아시오, 양심이 있다면 말이오."

"말씀 다 하셨소?"

얼굴이 하얗게 된 서일이 눈을 부릅떴다.

"지금 우리 공화국에 선전포고를 하는 것과 마찬가지의 발언을 하셨소. 책임을 지셔야 될 거요."

"그대로 전해요. 그러라고 한 말이니까."

이남호가 유영현을 바라보았다.

"유 국장, 이제 당신이 말해요."

유영현이 자세를 바로 세웠다. 그는 한국에서 외무부 과장으로 정년퇴직한 사람이다. 그는 줄도, 요령도, 그렇다고 운도 따라주지 않아서 과장으로 퇴직을 했는데 이제는 고려리아의 외교통상부 장관이다. 그가 서류를 들더니 또박또박 읽었다.

"호위총국 출신 송무용 중장 이하 1257명은 오늘 저녁 6시까지 고려리아에서 철수할 것. 6시에 출발하도록 특별열차를 배정시켜 두었습니다."

그는 힐끗 서일을 바라보았다.

"돌아가실 때 명단을 가져가십시오. 만일 한 사람이라도 빠져있다면 고려리아 법에 의해 처벌하겠습니다."

"……"

"곧 아시겠지만 고려리아 경비군 5만이 총동원되었고 러시아 국경에는 2개 사단이 대기하고 있습니다. 만일 조금이라도 저항한다면 고려리아 내에 있는 북한측 모든 사업장은 문을 닫게 될 것이고, 5만 근로자는 해방을 시켜 줄 것입니다."

"……."

"둘째, 오늘 이 시각부터 마약 거래자는 현장에서 사살할 것입니다. 그리고 마약은 물론 그 대금까지 모두 압류할 작정입니다."

유영현이 서류를 내려놓자 이남호가 생각난 듯 말했다.

"그리고 남한의 쌀대금 4억 달러도 보류요. 그건 차후에 우리와 다시 상의하기로 합시다."

"배신당한 거요."

송무용은 이제 고하(高下)를 가리지 않았다. 벌겋게 상기된 얼굴로 막말을 했다가 경어로 되돌아오곤 했는데 정신이 없는 것은 다른 사람들도 마찬가지였다. 빌딩 밖에는 송무용이 대책 없이 불러 모은 2, 3백 명의 호위대가 웅성거리고 있어서 분위기는 더욱 혼란스러웠다. 송무용이 주먹으로 테이블을 쳤다.

"기껏 협조해 주었더니 이젠 남조선과 손을 잡고 우리 공화국을 내쫓는 거요. 당장에 행정청으로 치고 들어가서……."

"이것 보시오!"

이맛살을 찌푸린 서일이 버럭 소리쳤으므로 송무용이 놀란 듯 눈을 크게 떴다. 방 안이 순식간에 조용해졌다. 서일이 송무용에게 이렇게 대하는 것은 처음 있는 일이었다.

"동무 뜻대로 되는 일이 아니오. 평양에서 연락이 올 때까지 잠자코 있어요."

서일이 가져온 1257명의 명단에는 송무용을 포함한 호위대의 간부급 전원이 포함되어 있었다. 송무용이 상기된 얼굴로 이를 악물었다.

"우리 조직 중에 첩자가 있어. 그렇지 않고서야 이렇게 자세하게 골라낼 수가 없어."

그가 이제는 방 안에 모여 앉은 사내들에게로 칼끝을 돌렸다.

"배신자가 있어."

"중장 동지, 진정하시오."

그렇게 말한 것은 이금철이다. 그가 눈초리를 빳빳하게 세우고는 송무용을 바라보았다.

"이런 상황에서 내분을 일으키면 안 됩니다. 그리고 호위대원의 내부관리는 전적으로 중장 동지가 맡고 있었지, 우리는 아무도 모르고 있었습니다."

"그렇소."

박기환이 차가운 표정으로 송무용을 바라보았다.

"나도 조금 전에 이 상황을 지도자 동지께 직보했습니다. 중장 동지는 지시를 기다리시오."

오후 2시가 넘었다. 방 안에 모인 간부들은 두 시간이 넘도록 평양의 지시를 기다리며 앉아 있었다. 회의실에 모인 사내들은 십여 명이 넘었는데 모두 북한측의 간부들이었다. 바로 얼마 전까지만 해도 고려리아 정부와 북한은 밀착된 관계였던 것이다. 그들은 모두 침통한 표정들이었다. 고려리아 정부가 배신했다고 생각하는 자도 있을 것이다. 서일은 담배를 꺼내어 입에 물었다. 그 자신도 방심하고 있었던 것이다. 강미현은 김상철을 견제하기 위해서 북한 세력을 끌어들였지만 이제 김상철은 없다. 그리고 고려리아를 북남관계의 조정자로 내세워 남조선을 협공하려던 계획이 결국은 고려리아에 좋은 일만 시켜주고만 셈이 되었다. 그들은 남조선을 위협하여 투자이민을 대량으로 받아들이게 되자 가차 없이 이쪽에 등을 돌린 것이다. 지난번의 고려리아와 남조선과의 비밀회담 때부터 이 계획이 추진되어 왔던 것이 분명했다. 이제 고려리아는 남조선과 연합을 했다.

이윽고 벨이 울렸을 때는 2시 30분이었다. 서일이 튕기듯이 일어나 수화기를 귀에 대면서 부동자세를 취하자 사내들도 따라 일어섰다. 그는 한참 동안 대답소리만 연발하더니 이윽고 수화기를 내려놓았다. 방 안에 숨 막힐 듯한 정적이 흘러갔다. 누군가가 소리죽여 기침을 했다가 멈췄다. 서일이 입을 열었다.

"송 동무는 1257명 전원을 데리고 6시 열차에 타도록 하시오."

얼굴이 시멘트 벽돌처럼 굳어진 송무용은 뻣뻣하게 선 채 대답하지 않았다.

"고난 끝의 결과가 더 달다고 지도자 동지께서 말씀하셨소. 천하의 명언이오."

그는 지친 듯이 자리에 주저앉았다.

"자, 송 동무는 어서 준비하시오. 그리고 나머지 동무들은 각자 돌아가시도록."

간부들이 제각기 흩어져 방을 나갈 때 서일이 머리를 들었다.

"이금철 동무는 남으시오."

이금철이 그의 테이블 앞에 섰을 때는 방 안에 남은 사람은 그들 둘뿐이었다. 서일이 지친 얼굴로 그를 바라보았다.

"동무의 귀국은 보류되었소. 동무가 남아. 남은 조직들을 재정비 하라는 지도자 동지의 특별지시가 내렸소."

"……"

"동무는 고려리아 창립 초기부터 일해 온 터라 잘해낼 수 있으리라고 믿소."

"저 자식들은 온 지 몇 달 되지도 않았을 텐데 웬 짐이 저렇게 많아?"

이대각이 차창 밖을 내다보며 혼잣소리처럼 말했다.

"저놈은 돌아가서 술장사를 할 모양이군. 술병을 한 짐 짊어지고 가는 걸 보니."

"체크하는데 시간이 걸리겠는데요. 벌써 5시가 넘었습니다."

옆자리에 앉은 장동택이 시계를 내려다보았다. 그들은 고려역의 정문 옆쪽에 주차시킨 차 안에 앉아 있었다. 역 앞에는 10개 중대의 2000명 가까운 경비대원이 배치되어 있었는데 북한인들은 10여 개의 임시 테이블에 앉아 있는 경비대 간부들에게 확인을 받은 다음 특별열차로 보내지는 중이었다. 장동택이 무전기를 들고는 스위치를 켰다.

"난 보안국장이다. 송무용은 지금 어디쯤 왔나?"

"예, 지금 고속도로상에 있습니다. 10분쯤 후에는 역에 도착합니다."

직원의 목소리가 차 안을 울렸다. 대부분의 부하들은 역에 도착했는데 송무용과 몇 명의 간부급들이 늦는 것이다.

"이번에는 대북관계를 야무지게 처리했어. 총독이 아직 노망이 들지 않은 것 같아서 마음이 놓인다."

이대각이 말하자 장동택이 웃었다.

"솔직히 이런 때에 고려리아에 온 보람을 느낍니다. 외무국장은 서일과 헤어진 다음 방에 돌아와 울었답니다."

"울긴 왜 울어?"

"그 양반, 한국에서 외무부 과장일 때 판문점에서 열린 남북회담에 참석했었답니다. 말석에서 서울을 불바다로 만들겠다는 북한측의 공갈을 들은 사람입니다."

"그렇군."

"어쨌든 이번에 1257명을 족집게처럼 집어냈으니 서일의 간이 서늘해졌을 겁니다."

장동택이 말머리를 돌렸다. 그는 송무용과 호위대 전원의 인적사항을 변순태로부터 받은 것이다.

"당분간은 잠잠하겠지만 이대로 물러날 놈들이 아냐."

그 순간 두 대의 승용차가 그들의 차 옆을 스치고 지나가더니 역의 정문 앞에서 멈춰섰다. 잠시 후 차에서 내린 것은 송무용과 그의 측근들이다.

"남아 있는 놈들 중에서 거물급은 배웅 나오지 않았군요."

그들을 바라보던 장동택이 말했다.

"어쨌거나 저놈은 패자(敗者)입니다. 제 놈은 분하겠지만 말이지요."

이유미가 응접실에 들어섰을 때 김상철은 등을 보이고 창가에 서 있었다. 몸을 돌린 그의 얼굴에는 표정이 없다. 그녀는 들고 온 가방을 탁자 위로 올려놓았다.

"수표와 현금으로 섞어서 5억을 찾아왔어요."

소파에 앉은 이유미가 그를 올려다보았다. 저녁 7시경이었다. 이곳은 강남의 역삼동에 위치한 빌라였다. 이유미의 이름을 빌려 비어 있던 집에 세를 들어 입주한 것으로, 가구라고는 소파 한 조와 TV세트 하나뿐이다.

"김봉만 씨는 어디 갔나요?"

"심부름 보냈어."

그는 소파에 앉았다. 50평형 빌라였는데 가구가 없기 때문인지 더욱 크게 보였다.

"며칠 내로 고려리아에 돌아가야겠는데 비행기 편은 어려울 것 같고."

김상철이 이유미를 똑바로 바라보았다.

"중국을 거쳐서 들어가야 할 것 같아. 아무래도 이쪽은 감시가 덜할 테 니까."

"배편을 알아보지요. 내일 중으로 알아볼 수 있어요."

"밀항해야 되니까 여객선 스케줄을 알아볼 필요는 없어."

"그럼 화물선요?"

"아마, 선장과 직접 거래를 해야 되겠지."

이유미는 흰색 티셔츠에 바지 차림이었다. 목에 건 가는 금줄에 진주 알 하나가 달랑거리고 있었다.

"아직도 절 믿지 못하세요?"

불쑥 그녀가 물었으므로 김상철이 머리를 들었다. 시선이 마주치자 이 유미가 먼저 비꼈다.

"거래 관계가 있는 한은 믿을 수 있겠지, 지금처럼."

김상철이 혼잣소리처럼 말했다.

"하지만 당신한테 특별하게 기대하는 건 없어."

"……."

"사람들은 거의 비슷하단 이야기야. 내가 아는 어떤 사람은 의지가 아 주 강했는데도 고문을 당하자 동료들을 모두 불었어. 놈들은 자백제를 썼다고 하더군."

"……."

"하지만 한 사람의 이름은 끝까지 숨겼다는 거야. 약을 맞기 전에 끊임 없이 자기 자신에게 최면을 걸었다고 했어."

김상철이 자리에서 일어섰다.

"나도 그렇게 할 자신이 없는데 남에게 바란다는 건 억지야."

응접실의 구석으로 다가간 그가 양주병을 들고 돌아왔다. 잔도 없고 안주는 더욱 있을 리가 없다. 그는 병째로 양주를 서너 모금이나 마셨다.

손등으로 입가를 닦은 그가 이유미를 바라보았다.

"한국도, 고려리아도 이제는 애착이 가지 않아. 맹렬하게 살아왔던 내가 우스울 때도 있고, 그리고 기운이 떨어져."

다시 병을 쥔 그가 꿀꺽이며 술을 삼켰다. 더운 숨을 뱉은 그가 얼굴을 찡그리며 웃었다.

"적개심의 상대를 잃어서 그런 모양이야. 표적을 잃은 짐승처럼 그냥 허망하단 말이야."

민정길이 방에 들어서자 신형목이 머리를 들었다.

"이봐, 고광식이가 배신을 했어. 그놈은 가족을 데리고 고려리아로 들어가 버렸어."

신형목이 어금니를 악무는 시늉을 했다.

"심재택을 놓친 것이 아니라 풀어 준 거야. 김상철과 짜고서 말이다."

출근한지 얼마 되지 않은 아침 9시경이다. 앞자리에 앉은 민정길이 입맛을 다셨다.

"그렇다면 검찰과 경찰의 핵심이 모두 배신을 했군요."

"야단났다. 각하께 어떻게 보고를 해야 할지 난감해. 이건 국정원장이 알려준 일이야."

"국정원장이 각하께 직보하지는 못하겠지요. 이 사건은 어디까지나 수석님 지휘하에 있으니까요."

"그건 그렇지만."

"실장님께는 보고하셨습니까?"

"했어."

"그럼 그 선에서 놔두시지요. 실장님이 알아서 하실 것 아닙니까?"

말하자면 각하께 보고해서 직격탄을 맞지 말라는 뜻이다. 민정길은 40

대 초반으로 10년이 넘게 야당의 정치지망생으로 떠돌아다니다가 지난번의 대선 때 현 대통령의 선거 캠프에 참여하게 되었다. 그리고 그 공을 인정받아 안보수석의 보좌관이 된 사내였다. 그가 말을 이었다.

"사건을 심각하게 생각하실 건 없습니다. 당면해 있는 중대 사안이 얼마든지 있으니까요. 실장님께 다시 한 번 말씀을 드리시지요, 침소봉대하실 필요가 없습니다."

한동안 그를 바라보던 신형목이 머리를 끄덕였다.

"자네 말을 들으니 위로는 되지만 내가 책임을 진 일이 이렇게 되어서 말이야."

"어쨌든 심재택과 권준규가 주도한 정부 전복 기도는 무산이 되었습니다. 그것은 수석님의 공(功)이 올시다."

그러자 신형목이 쓴웃음을 지었다.

"공은 무슨, 쓸데없는 말로 분위기를 현혹시키지 마라."

말은 그랬지만 그의 분위기가 조금 누그러진 것이 눈에 띄었다.

"이봐, 9월 중순에 남북한 대표회의를 고려리아에서 열기로 했다."

신형목이 말머리를 돌렸다.

"참석자는 정동민 씨와 이 실장, 그리고 내가 될 거야."

"저도 갑니까?"

"수행원은 아직 결정하지 않았어."

다가올 대선에 대비한 남북한의 선거대책회의인 것이다. 8월의 쌀대금 문제를 고려리아에 떠맡기긴 했지만 어쨌든 북한과의 약속은 지킨 셈이다. 이제는 북한이 대선에 협조를 해야 할 차례였다.

"지난번에 정 후보님과 실장님이 가셨을 때 고려리아측과 어떤 합의를 하신 겁니까?"

민정길이 묻자 신형목이 머리를 저었다. 어느새 이맛살이 찌푸려져 있었다.

"글쎄, 그건 나도 몰라. 나하고는 상관없는 일인 모양이야."
"……."
"내가 할 일도 태산인데 상관없는 일까지 신경 쓸 여유는 없어."
"그렇지요."

한·고의 비밀회담 후에 고려리아는 북한에서 파견된 호위대를 대거 추방했던 것이다. 그것으로 이제까지 밀월을 유지해 오던 고·북의 관계가 일거에 냉랭해졌다. 9월 중순의 남북회담이 예정되어 있는 것만으로도 한국측은 성과라고 생각하는 분위기인 것이다.

"안 형, 야단났어, 이대로 가다가는 일이 날 거야."

박기동의 얼굴은 이미 술기운으로 달아올라 있었다. 서초동의 룸싸롱 안이다. 박기동은 안인석과 단 둘이 마주앉아 술을 마시는 중이었다.

"이젠 중소기업 인들뿐만이 아냐. 공무원, 의사, 학자에다 군인까지 고려리아로 몰려가고 있어."

덩달아서 그의 사업이 호황인 것은 말할 것도 없다. 그러나 박기동의 표정은 침울했다.

"언론은 일시적인 현상이네 어쩌네 하지만 선거 끝나면 나라가 폭삭 무너질 것만 같단 말이야."

"돈 좀 모았을 테니 떠나면 될 것 아니오? 다른 나라로 말입니다."

"고려리아 아니면 안 가. 그냥 이곳에 있든지."

박기동의 말에 안인석이 쓴웃음을 지었다.

"고려리아에 어떻게 간단 말이오? 추방당한 처지에."

"가능성이 있긴 한데. 김상철이 이곳에서 끝장나는 것, 그렇게 되면 나뿐만이 아니라 안 형도 해방이 되지."

"난 상관없으니 괜히 날 끌어들이지 말아요."

안인석이 양주를 한 모금 삼켰다. 양주가 큰 병으로 두 병째 비워지고 있는 중이다. 오늘은 안인석이 한잔 사겠다면서 박기동을 불러낸 것인데 지난번에는 박기동이 술을 샀다.

"나는 절대로 포기하지 않아. 두고보라고, 곧 고려리아에 갈 테니까."

술잔에 술을 채운 박기동이 건배하자는 듯 잔을 들었다.

"현 정세를 봐도 김상철이 발을 디딜 곳이 없어. 그놈의 운세는 끝났단 말이야."

술자리가 끝났을 때는 밤 10시 30분이 되어 있었다. 박기동과 헤어진 안인석은 곧장 택시를 타고 청담동의 아파트 앞에서 내렸다. 혼자 사는 몸이었지만 집 가까운 곳에 35평형 아파트를 얻어 두고 있었던 것이다. 늦은 밤이어서 아파트의 입구에는 인적이 드물었다. 8월 말의 서늘한 밤기운이 달아오른 얼굴에 부드럽게 닿았다.

"안 선생, 잠깐만."

뒤에서 부르는 소리에 안인석은 흠칫 놀라 몸을 돌렸다. 어둠 속에서 사내 한 명이 다가오고 있었다. 아파트의 정문 안이다. 희미한 가로등 빛을 받아 사내의 얼굴이 드러났다. 성(姓)만 알고 있는 고 씨였다. 그가 이를 드러내며 웃었다.

"꽤 기다리고 있었습니다."

"아니, 갑자기 웬일로."

안인석의 얼굴이 딱딱하게 굳어졌다. 사내가 그의 앞에 멈춰섰다.

"잠깐 저쪽으로 가십시다. 조용히 말씀드릴 것이 있어서."

아파트 근처의 카페 안이다. 손님이 두 테이블밖에 없는 카페 안은 조용했다. 구석 쪽의 테이블에 마주앉은 그들은 맥주와 마른안주를 시켰다. 고 씨가 안인석의 잔에 술을 따랐다.

"안 선생의 말씀대로 시바다 겐지를 밀고한 것은 이유미였소. 그 당시 이유미는 갑자기 출국했는데 시바다 일당이 몰살당한 다음에 귀국했습니다."

그가 사람 좋아 보이는 얼굴에 다시 웃음을 띠웠다.

"김상철에게 밀고한 것이지요. 안 선생의 추측이 맞았습니다."

맥주잔을 든 안인석이 서너 모금을 마시고 내려놓았다. 표정 없는 얼굴이었다.

"나만큼 그 여자를 잘 아는 사람이 없어요. 내가 말한 대로 시바다는 짐만 되었지 효용가치가 없었으니까."

고 씨가 테이블 위로 상반신을 굽혔다.

"그렇다면 이유미와 김상철이 지금도 연락하고 있을 가능성도 있지 않겠습니까?"

"그걸 왜 나한테 묻습니까?"

안인석의 이맛살이 찌푸려져 있었다.

"더 이상 날 개입시키지 말아요. 당신들 마음대로 일을 저질러 놓고서는."

"우리 마음대로라니요?"

고 씨가 눈을 껌뻑이며 그를 바라보았다.

"물론 박미정을 처리한 것은 우리의 작전입니다. 하지만 안 선생이 우리에게 협조한 것도 그러기를 바란 것 아니었습니까?"

"난 그렇게까지 할 줄은……."

"상상쯤은 했겠지요."

"……."

"죽이고 싶다는 상상 말이오."

술잔을 든 고 씨가 건배를 하자는 듯 앞으로 잔을 내밀고는 벌컥거리며 술을 삼켰다. 잔을 내려놓은 그가 손등으로 입가를 닦았다.

"어쨌든 그 일로 김상철은 한국 정부와 원수지간이 되었소. 시바다를 잡아 족쳤을 데니 그 일을 저지른 것은 한국 정부라는 것은 알게 되었겠지."

"……."

"한국 경찰이나 국정원은 이유미가 김상철과 내통한 것을 전혀 눈치 채지 못한 모양이야. 하긴 김상철에 의해서 추방당한 여자였으니까."

의자에 등을 기댄 그가 쓴웃음을 지었다.

"이제 안 선생을 찾아온 이유를 말씀드려야겠소."

그는 북한의 공작원이다. 김상철에 대한 원한은 있으나 행동은 물론 말도 표출하지 못하고 있는 안인석에게 접근했던 것이다. 그에게 한국에 와있던 박미정에 대한 모든 정보를 수집해 준 것은 안인석이었다. 그만큼 박미정과 그 주변에 대하여 잘 알고 있는 사람은 없는 것이다. 그리고 그것은 이유미에 대해서도 마찬가지였다.

흰색 벤츠는 경인고속도로를 달려가고 있었다. 깊은 밤이다. 차량의 통행이 뜸해져 있었으므로 이유미는 가속기를 밟아 차에 속력을 내었다. 옆자리에 앉은 김상철은 등받이에 온몸을 기대고는 앞쪽을 바라보고 있었다. 엔진소리가 희미하게 들릴 뿐 차 안은 조용했다. 인천에 다녀오는 길이었다. 이유미가 굳이 자신이 따라가겠다고 나서는 바람에 둘이서 떠난 것이다. 조금 전 고속도로 입구의 검문소를 지났는데 운전하는 이유미의 면허증만 체크한 경찰은 차를 통과시켰다. 부유층 남녀의 호사한 나들이로 생각한 모양이었다. 전혀 이유미답지 않은 행동이다. 발밑에 기관총을 내려놓고 있던 김상철은 경찰에게 태연하게 응대하는 이유미를 보자 조금 놀랐던 것이다. 김봉만을 데려왔다면 총격전이 일어났을지도 몰랐다. 이유미가 힐끗 김상철을 바라보았다.

"사흘 동안 집에 계시겠어요?"

"내일 누구 좀 만나고."

말을 얼버무린 김상철이 상반신을 그녀에게로 돌렸다. 반대 차선을 지나는 차의 불빛에 그녀의 얼굴이 환하게 드러났다가 지워졌다.

"조금 전에 내가 발각되었으면 어쩔 계획이었어?"

이유미가 이를 드러내고 웃었다.

"계획 없었어요."

"……"

"난생 처음으로."

쓴웃음을 지은 김상철이 다시 의자에 등을 기댔다.

나흘 후에 홍콩 화물선 해광호가 홍콩으로 떠난다. 그는 화물선 선장과 10만 달러에 계약을 했던 것이다. 새벽 1시가 되어가고 있었다. 앞쪽에 차가 밀리고 있었으므로 이유미는 속력을 줄였다.

"하지만 위험수당을 주시겠다면 받겠어요, 얼마든지."

김상철은 대답하지 않았다. 차 안에 정적이 흘렀고 불빛이 그들의 얼굴을 환하게 비쳤다가 사라졌다.

폭풍전야

　고려리아만큼 활기가 넘치는 국가는 세계 어느 곳에도 없을 것이다. 이주해 온 한인들은 2차 대전 후에 이스라엘로 들어간 유대인들과는 물론 입장이 다르다. 그러나 조선족과 고려인, 조센징에다 남한과 북한인으로 불렸던 모든 한인들에게 고려리아는 희망의 땅이었고 그것은 유대인들과 조금도 다르지 않았다.
　한인의 재통합이다. 역사에 기록되고 유물이 있는 땅도 중요하지만 더 중요한 것은 민족이다. 대륙의 끝에 밀려 끈질기게 혈통과 습관, 언어를 지켜 왔던 한인들인 것이다. 열강(列强)의 세력에 의해 국토가 찢겨져 국적이 바뀌었거나 또는 살기 위해서, 강압으로 타 국적이 되었던 그들이었다. 조국(祖國)은 민족을 지키지 못했던 것이다. 조상이 살았다는 땅으로 유대인들은 돌아왔지만 한인들은 새로운 조국을 이루려고 고려리아에 모였다고 봐도 되었다. 현재 인구 700만, 지금도 매일 수십 대의 비행기와 특별열차 편으로 이주민이 쏟아져 들어오는 중이다. 요즘의 이주민은 한국인이 대부분이었는데 이제까지의 이주민과는 전혀 유형이 다르다. 중소기업인을 중심으로 다양한 직업의 중산층 이민인 것이다. 거기에다 일확천금을 꿈꾸는 갖가지 유형의 사기꾼이 몰려와 있었다. 각종 환락시설은 한국보다 더 화려하고 규모가 큰데다가 도처에 널려 있는 것이 도박장이다. 기대에 부풀어 이민을 왔다가 사기를 당하거나 도박으로 가산을 탕진한 사람이 늘어나고 있었다.

오전 9시, 경비 본부장 이대각은 서류에서 시선을 들었다. 테이블 건너편에 앉은 사내는 보안국장 장동택이다.

"부동산 투기꾼과 폭력배가 발을 딛지 못하는 것만 해도 다행이다."

이대각이 찌푸린 얼굴로 입맛을 다셨다.

"그것 빼놓고는 나머지 범죄자가 다 몰려온 것 같군."

고려리아에 사유지는 없다. 모든 사업장은 행정청으로부터 대지를 임차 받는 형식으로 계약을 한데다가 부동산을 허가 없이 거래했을 경우에 행정청은 가차 없이 해당 부동산을 몰수했다. 폭력조직은 환경이 더욱 좋지 않았다. 한국에서 날리던 대구와 광주의 폭력조직이 한 달쯤 전 나름대로 치밀한 계획하에 고려리아에 거보(巨步)를 내디뎠었는데 열흘이 못가 간부급 십여 명이 총에 맞아 몰사했던 것이다. 김상철과 삼합회, 러시아 마피아에다 일본 야쿠자, 거기에다 북한의 세력이 제각기 기반을 쌓아둔 고려리아 땅이다. 이대각은 어느 쪽의 소행인지 깊게 수사하지 않았다. 혼비백산한 졸개들이 벌집처럼 구멍이 난 시체들과 함께 한국으로 돌아간 것으로 사건 수사를 종결했고 그것으로 한국의 폭력조직은 자취를 감췄던 것이다. 장동택이 입을 열었다.

"북한의 마약판매는 잠시 멈춰졌지만 그것을 포기할 놈들이 아닙니다. 더구나 북한계 이주민의 사업장 이탈이 심해져 가고 있어요. 특히 공장에서 말입니다."

"이 시체들도 아마 북한 사람들 같은데, 사업장을 이탈했다가 잡혀서 처형당한 것 같단 말이야."

이대각이 손끝으로 서류를 두드렸다.

"북한 감찰대가 한 짓이야."

밀입국자 숙소 근처에서 발견된 세 구의 시체를 말하는 것이다. 요즘 들어 신원불명의 피살자가 늘어나고 있었다.

"밀입국자 숙소 근처의 경비를 강화시키도록 하고, 그리고 이 사람, 수사 3과장 자리가 비었으니 3과장으로 임명을 하지."

서류 한 장을 들어 사인을 한 이대각이 그에게로 내밀었다.

"당신의 강력한 추천이니까 말이야."

"믿을 만한 사람입니다, 본부장님."

서류를 받은 장동택이 얼굴에 웃음을 띠웠다.

"능력도 뛰어나고요. 제가 잘 압니다."

자신의 방으로 돌아온 장동택은 인터폰을 눌러 대기실에서 기다리고 있던 오철진을 불러들였다. 곧 방에 들어선 오철진은 30대 후반쯤으로 보이는 건장한 체격의 사내였다.

"이봐, 자네 발령이 났어. 본부의 수사 3과장이야."

장동택이 테이블 앞에 선 그를 바라보며 웃었다.

"서장급이지. 어때? 직급이 나보다 낮다고 서운한 건 아니지?"

"천만의 말씀이십니다, 국장님."

부동자세로 선 오철진이 정중하게 말했다.

"그것만으로도 과분한 직책입니다. 모두 국장님의 덕택입니다. 잊지 않겠습니다."

"자네 능력을 충분히 발휘할 수 있을 거야, 이곳에서는. 전화위복으로 생각하라고."

오철진은 그와 국정원에서 같이 근무하던 동료였다. 한 달쯤 전에 국정원의 인원감축으로 해임된 그는 장동택에게 일자리를 부탁해 온 것이다. 그의 능력을 알고 있는 데다 고려리아의 경비대를 확장하는 중이었다. 시기가 적절하게 맞았던 것이다.

총독이 총독실로 강미현을 부른 것은 한 달여 만에 처음이었다. 관사에 같이 살고 있어서 총독과 아침저녁으로 자리를 함께 했지만 업무 이야기는 꺼내지도 않았던 것이다. 그리고 보름쯤 전에 총독의 아들이자 강미현의 부친인 고려그룹 회장 강용식이 고려리아에 와 있었다. 그녀는 아버지와 함께 있는 시간이 많았던 것이다. 총독실에는 행정청장 이남호와 강용식이 총독과 함께 앉아 있었다. 그녀가 자리 잡고 앉자 총독이 입을 열었다.

"한국의 경제는 말할 것도 없고 정권도 곧 파탄 상태가 될 것이다. 이대로 가면 새로운 대통령이 누가 되건 나라는 망한다."

그의 표정은 어두웠다.

"영문도 모르고 정부의 발표만을 믿고 있는 국민들이 불쌍하다. 만일 무슨 일이 일어난다면 책임질 놈은 한 놈도 나타나지 않을 거야. 모두 외국으로 도망칠 것이다."

그가 강용식에게로 머리를 돌렸다.

"강 회장이 말해."

강용식이 조그맣게 헛기침을 했다.

"대영그룹과 대한그룹, 그리고 제일그룹이 지금 고려리아로 자산을 옮겨오고 있어요. 이건 내가 서울에 있을 적에 그 그룹들의 회장과 만나 합의를 했습니다."

이남호가 놀란 듯 눈을 껌뻑이며 그를 바라보았다. 처음 듣는 말이었다. 강용식이 말을 이었다.

"현재 고려리아에 들어오는 자금의 약 30%가 그들의 자금입니다. 지금 원화 환율이 폭락하고 있는 이유가 그들이 대량으로 달러를 바꾸기 때문이오. 머지않아 원화 가치는 대폭락을 할 겁니다. 그렇게 되면 수출로 먹고 사는 한국은 무너집니다."

"한국 정부에서 단속을 할 텐데, 어떻게 자산을 옮겨온단 말입니까?"

이남호가 묻자 그는 쓴웃음을 지었다.

"기업 임원이나 심복들을 사직하게 하고 그들에게 기업 자금을 주어서 고려리아로 이주시키는 거요. 곧 한국 경제는 껍질만 남게 됩니다."

"……."

"철없는 노조에서는 지금도 임금투쟁으로 악을 쓰고 있는데 머지않아 모두 실업자 신세가 되겠지요."

그러자 총독이 말을 받았다.

"그 세 그룹은 재계순위 5위 안에 드는 그룹들이라 강 회장과 합의를 했지만 나머지 그룹들도 제각기 움직이고 있어. 그들끼리 연락이 된 모양이야."

그는 의자에 등을 기대었다.

"한국의 부동산 가격이 대폭락을 하고 있어. 정부는 서민을 위해 잘된 일이라고 어처구니없는 발표를 했는데 곧 은행이 망한다. 겨우 부동산 담보로 기업을 꾸려갔던 기업들도 쓰러질 것이고."

"그것, 야단이군요."

이남호가 말하자 총독이 머리를 끄덕였다.

"종합기획실에서 이미 대책을 세워 놓았다. 곧 한국의 이주민이 난민처럼 몰려들 테지만 투자이민 외에는 받지 않을 테니까. 지금 한국의 근로자가 받는 임금으로 이곳에서는 세 사람을 고용할 수가 있어."

총독이 강미현을 바라보았다.

"격변기다, 대단히 중요한 때야. 이러한 시기에 지휘체계에 혼선을 일으키거나 독자적인 행동을 하면 안 된다. 무슨 말인지 알겠느냐?"

엄격한 표정으로 그가 말하자 강미현이 머리를 숙였다.

"알겠습니다."

"그만큼 근신을 했으니 이젠 청장과 함께 한국의 그룹들이 고려리아에 기반을 잡는 것을 도와라. 그 일이 우선이다."

근신이 풀린 것이다. 긴장이 풀린 강미현은 어깨를 늘어뜨리고 가늘게 숨을 뱉었다.

"현재까지 작업장을 이탈한 반동은 273명이오. 지난달이 37명으로 제일 많습니다."

박기환이 방 안의 사내들을 둘러보았다. 북한 대표부의 대표실 안이다. 서일을 중심으로 장호성과 이금철, 최태호가 벌려앉아 묵묵히 그를 바라보고 있었다.

"어제도 세 명을 즉결처분했지만 작업장의 감독을 철저히 해야 됩니다. 앞으로는 연대책임을 지도록 할 테니까요."

박기환은 감찰대장으로 이제까지 송무웅의 휘하에 있었으나 지금은 조직을 맡은 이금철의 상위(上位)에 있게 되었다. 자금을 맡은 장호성을 제치고 서일 다음가는 제2인자가 된 것이다. 서일이 입을 열었다.

"호위대 병력은 돌아갔지만 우리의 세포조직은 그대로 살아 있어. 그것만 해도 다행이야."

그는 당으로부터 이번 사건에 대해서 호된 질책을 받았지만 평양으로 소환되거나 경질될 눈치는 보이지 않았다. 행정청과 특히 강미현과 돈독한 인간관계를 쌓아온 그와 필적할 만한 사람이 없었을 것이다.

"당분간 약품사업도 위축된 상황이니 사업장 영업을 더욱 적극적으로 추진해 나가도록 합시다."

서일이 부드러운 표정으로 말했다.

"더구나 이번 달에 북남 대표회의가 이곳에서 열릴 계획이야. 평양에서 오시는 분들의 경호문제도 있고 또 사업현황을 시찰하실지도 모르니 철저히 준비를 해두도록."

"어느 분이 오십니까?"

최태호가 묻자 그는 머리를 저었다.

"아직 미정이야. 하지만 날짜는 열흘 후인 9월 15일이야."

그가 쓴웃음을 지었다.

"남조선 대통령 선거의 대책회의가 열리는 게지, 북남의 대표가 모여서 말이야."

회의를 마친 박기환이 고려시 외곽에 위치한 100평형 단독주택에 도착했을 때는 오후 4시였다. 응접실에는 그의 아내와 딸이 외출복 차림으로 앉아 있었다.

"준비되었어?"

"옷가지만 대충 꾸렸어요."

30대 중반쯤으로 보이는 그의 아내는 미인이었는데 보천보 경음악단의 가수 출신이다. 박기환은 10살된 딸의 얼굴을 손바닥으로 가볍게 쓸었다. 어머니를 빼박은 듯한 깜찍한 용모의 아이였다.

"돈은 충분할 거야. 은행계좌하고 비밀번호는 외웠지?"

박기환이 묻자 아내가 보조개를 만들며 웃었다.

"당신도 참, 몇 번이나."

"비행기 갈아탈 때 조심하고."

시계를 내려다본 박기환이 자리에서 일어섰다.

"난 들를 데가 있어서 공항에 못 나간다. 도착하면 연락해."

"알았어요."

박기환이 허리를 굽히자 딸이 볼에 입술을 대었다. 그는 처자식을 스위스의 제네바로 보내는 것이다. 물론 당의 허가를 받은 딸의 유학이었다. 5살 때부터 어머니에게서 피아노를 배운 딸은 신동소리를 들어왔고 제네바의 국립음악학교에 학비 전액면제의 장학생으로 뽑힌 것이다. 박기환의 처 한정미는 음악단의 가수로 해외여행의 경험이 많은 여자였다. 집 밖까지 처자를 배웅한 박기환은 그들이 탄 차가 시야에서 사라지자 시계를 내려다보았다. 다시 시내로 돌아가야 할 시간이었다.

이한이 고려리아에 도착한 것은 부산을 떠난 지 일주일 만이었다. 김상철이 살아 있다는 소식은 고리키 호를 타고 오는 도중에 들었지만 다시 한국으로 가겠다면서 니호트카에 며칠간 머물고 있었던 것이다. 김상철이 직접 전화를 하지 않았다면 지금쯤 한국으로 밀항하고 있을지도 몰랐다.

오후 7시가 되어가고 있었다. 고구려호텔의 20층에서 엘리베이터를 내린 이한은 양탄자가 깔린 복도를 걸어 2021호실 앞에서 멈춰섰다. 잠깐 주위를 둘러본 그가 노크를 하자 곧 문이 열렸다. 그를 맞이한 사내는 박기환이다. 잠자코 옆으로 비켜선 그를 지나 이한은 방 안으로 들어섰다. 호위총국 출신 송무용이 고려리아 정부측의 기습적인 통고를 받고 북한으로 되돌아간 후에 박기환의 지위는 격상되어 있었다. 남은 조직을 관리하는 이금철을 감독하는 역할이 주어진 것이다. 그들은 탁자를 사이에 두고 마주 앉았다.

"내가 없는 사이에 여러 가지 사건이 일어난 모양인데, 박 선생이 많이 도와 주셨다고 들었습니다."

이한이 똑바로 박기환을 바라보았다. 송무용 이하 호위총국에서 파견된 호위대의 명단을 변순태에게 넘겨준 것은 박기환이다. 그는 들고 왔던 가죽가방을 탁자 위로 내려놓았다.

"10만 달러요. 형님이 드리라고 한 것이니까 받아주셨으면 좋겠습니다."

한동안 가방을 바라보던 박기환이 손을 뻗쳐 그것을 들었다. 의자 밑으로 가방을 내려놓은 그가 입을 열었다.

"김 사장께선 지금 서울에 계십니까?"

"그건 잘 모르겠는데요. 그런데 왜 묻습니까?"

"북조선 공작조가 남조선에 파견되었다는 말을 들어서."

"그래요?"

이한이 시큰둥한 얼굴로 그를 바라보았다. 새삼스러운 내용이 아닌 것이다. 그가 알기로도 북한의 관점에서 보면 간첩이나 이적행위를 하는 사람들이 한국에는 얼마든지 있다. 만일 북한 대학생들이 한국 학생들 같은 행동을 한다면 총살을 당하거나 잘되어야 정치범 수용소에서 굶어죽는다. 공작원을 새삼스럽게 파견하지 않아도 한국에는 얼마든지 공작원이 있는 것이다. 박기환도 그의 분위기를 읽은 모양이었다. 그가 목소리를 낮추었다.

"극비사항이라 나도 송무용한테서 겨우 들은 말이오. 그 공작조가 김 사장의 부인을 해친 것 같습니다."

"……."

"그놈들은 남조선 정치권 주위에서 대남공작을 하고 있어요. 부인을 해친 것도 아마 그 공작의 일부분일 겁니다."

이한의 얼굴이 나무토막처럼 굳어졌다.

"사실이오?"

"송무용은 공작조의 작전이 너무 경솔했다고 비판했습니다. 떠나기 전날에 들은 말이오. 치려면 본인을 쳐야지 가족을 친 건 비겁하다고 하더군요."

"……"

"하지만 그 자들은 칭찬을 들었다고 했습니다. 결론적으로 김 사장은 한국 정부와 고려리아에 씻을 수 없는 원한을 품게 되었으니까요. 그것이 본래 그들의 계획이었던 모양이오."

이한이 핏발 선 시선으로 그를 바라보았다.

"증거가 있습니까?"

기무사 참모장 현창복 준장은 스카이라운지 입구에 멈춰 서서 좌우를 둘러보았다. 밤 11시가 넘은 시간이었으나 라운지에는 손님들이 꽤 들어차 있었다.

"이봐, 여기야."

갑자기 옆쪽에서 부르는 소리에 그는 몸을 돌렸다. 벽 쪽의 테이블에서 사내 한 명이 손을 들어 보이고 있었다. 기무사령관 함종일 중장이다. 그도 현창복과 마찬가지로 양복 차림이었다. 다가간 그가 자리에 앉자 함종일이 양주병을 들어 잔에 술을 따랐다.

"우선 한잔 마셔."

함종일은 안보수석 신형목과 저녁을 먹고 퇴근하는 길이었다. 현창복이 보고할 것이 있다고 하자 먼저 와서 기다리고 있었던 것이다. 이미 전작(前酌)이 있었던 모양으로 그의 얼굴에는 취기가 있다. 위스키를 한 모금 삼킨 현창복이 그를 바라보았다.

"사령관님, 수경사가 조금 이상합니다."

"조금 이상해? 그런 표현이 어디 있어? 군기가 빠졌군 그래."

함종일이 이를 드러내며 웃었다.

"한국어 표현법을 더 연구해야 되겠어."

그러나 현창복은 표정을 풀지 않았다.

"요즘 들어 사령관과 여단장들의 회동 횟수가 부쩍 늘었습니다. 평시의 두 배 이상이고 세 번이나 사령관과 50여단장의 행적이 불명(不明)인 때가 있었습니다."

"나도 보고 받았어."

함종일이 의자에 등을 기대었다.

"대원각 안에서 오입한 모양이더군, 엊그제는 말이야."

"사령관이 오입한 건 처음 있는 일입니다."

"왜? 대령 땐 오입대장이었어."

"51여단장 전속부관이 통하는 놈인데요, 전종택이가 정권을 비난하는 발언을 했다는 겁니다. 휘하 연대장과 같이 있을 때랍니다."

"……."

"요즘 수경사의 분위기가 좋지 않습니다. 뭔가 조치를 내리셔야……."

"심증만 가지고는 곤란해."

이제 함종일의 표정도 굳어져 있었다. 술잔을 내려놓은 그가 현창복을 바라보았다.

"지난번 남북 간 비밀합의를 했다는 소문이 군 일부에 퍼져 있는 것은 사실이야. 하지만 이건 소문으로 그친다."

"……."

"열흘 후에 다시 고려리아에서 남북 간 대표회의가 열린다. 물론 비밀협상이지."

"……."

"그리고는 아마 획기적인 발표가 있을 거야. 이건 저녁때 안보수석한테서 들은 이야기다."

긴장한 현창복을 향해 그가 말을 이었다.
"감시는 철저히 하도록. 정책에 불평불만을 했다고 잡아갈 수는 없는 세상이니까."
"알겠습니다."
"수경사령관의 인맥은 내가 다 알아. 목줄을 쥐고 있는 것은 나야."
그는 다시 술잔을 쥐고는 마시자는 듯 잔을 앞으로 내밀었다.
"저도 군인이면 나도 그렇고 충성심의 강도도 비슷할 것이다. 다만 맡은 일이 다를 뿐이지."

다음 날 점심시간이었다. 국방부에 들러 장관에게 업무보고를 마친 최무섭은 차관과 함께 청사 근처의 일식집에 들렀다. 장성들의 단골식당이어서 테이블마다 장군들이 앉아 있다가 그들을 보고 인사를 했다.
"차관님, 전 잠깐 화장실에."
방에 들어서려던 최무섭이 말하자 차관이 머리를 끄덕였다. 그는 소장으로 예편했지만 최무섭의 8년 선배였다.
식당 안쪽의 화장실로 다가간 최무섭은 곧장 화장실의 옆쪽 문을 열고 들어섰다. 안은 주방 창고로 쓰이는 방이어서 야채류가 어지럽게 쌓여 있었다. 곧장 방을 가로지른 그는 반대편의 문을 열고 밖으로 나왔다. 그곳은 2층의 비상계단이었다. 언젠가 이곳에서 술에 취했을 때 화장실을 찾으려다 잘못 나온 경험이 있었던 것이다. 그가 3층의 계단으로 올라가자 벽에 기대 서 있던 사내가 몸을 돌렸다. 김상철이었다. 그는 피우던 담배를 시멘트 바닥 위에 버리더니 구둣발로 비벼 껐다.
"미안합니다, 기다리게 해서."
최무섭이 그의 앞에 다가섰다.
"이것, 간첩 접선하는 것 같아 스릴이 있군요."

"9월 15일에 고려시에서 다시 남북 간 비밀회담이 열립니다."

빠르게 말한 김상철이 그를 바라보았다.

"저도 오늘 아침에 연락을 받았습니다. 떠나기 전에 직접 말씀을 드려야 할 것 같아서."

"비밀회담이라. 이쪽 대표는 누굽니까?"

얼굴을 굳힌 최무섭이 묻자 김상철이 머리를 저었다.

"아직 모릅니다, 북한 쪽도. 하지만 거물급이 되겠지요. 북한은 이번 회담을 한국의 대통령 선거 대책회의라고 부르고 있더군요."

김상철이 힐끗 아래쪽을 바라보았다.

"제가 돌아가면 조금 더 자세한 내용을 알 수 있을 겁니다."

"고맙습니다, 김 사장."

최무섭이 김상철의 손을 쥐었다.

"위험을 무릅쓰고 이렇게 알려주셔서."

"이쯤은 아무것도 아닙니다, 사령관님."

계단에 발을 내린 김상철이 그에게로 머리를 숙였다.

"저도 숱한 고비를 겪으면서 지금까지 살아왔지요."

계단을 내려오면 빌딩의 후문이었다. 후문 앞은 차 한 대가 겨우 지날 수 있는 길이었고 앞쪽은 높은 시멘트벽에 가로막혀져 있다. 길가에 서 있던 김봉만이 다가왔다. 무표정한 얼굴이었다.

"어머나, 깜짝이야."

차에서 내린 이유미가 눈을 둥그렇게 뜨고는 앞에 선 사내를 바라보았다. 회사 앞의 주차장이었다. 점심을 마치고 회사에 들어가려던 그녀의 앞을 가로막듯 서 있는 사내는 윤태석으로 광고회사의 부장이다.

"갑자기 웬일이야?"

그녀가 묻자 윤태석이 턱으로 옆쪽을 가리켰다.

"잠깐 나하고 같이 가. 잠깐이면 돼."

신장이 185센티미터에 체중은 100킬로그램이 나간다는 거인이다. 체육학과를 나온 그는 유도가 3단에 태권도가 5단으로 광고회사에서 연예인의 매니저 역할도 겸하고 있었다. 그들은 회사 근처의 커피숍에 들어가 마주앉았다. 어깨를 편 윤태석이 실눈을 뜨고는 이유미를 내려다보았다. 회사의 광고문제로 그를 만났을 때 둘이는 순식간에 서로의 매력에 끌렸고 그날 밤에 몸을 섞었다. 시바다가 서울에 오기 전까지 거의 6개월 동안 둘이는 한몸처럼 붙어지냈던 것이다.

"왜 내 전화도 받지 않는 거야?"

윤태석이 거친 목소리로 물었다. 그는 이제 눈을 치켜뜨고 있었다.

"날 우습게 보는 거야?"

"태석 씨, 왜 이래?"

이맛살을 찌푸린 이유미가 주위를 둘러보았다.

"왜 소리치고 그래?"

이쪽에 신경 쓰는 사람은 없다.

"그럼 내가 가만히 있을 것 같았냐?"

그러자 주위의 테이블에서 이쪽을 힐끗거렸다. 윤태석이 으르렁대듯 말했다.

"너, 나 어떤 놈인지 알지?"

"……."

"이런 식으로 내가 당할 줄 알았다면 오산이다. 넌 여행사고 쥐뿔이고 끝장이야, 알았어?"

그가 손목시계를 내려다보는 시늉을 했다.

"오늘 저녁에 봐. 8시에 내 아파트로 오란 말이다, 알았어?"

윤태석은 나이 30세로 아직 미혼이다. 그가 결혼상대로 자신을 생각하고 있는 줄은 짐작하고 있었지만 이유미는 한 번도 그런 생각을 해본 적이 없다.

저녁 8시, 이유미가 서초동의 아파트 벨을 누르자 곧 문이 열렸다. 셔츠 차림의 윤태석이 넓은 가슴을 펴고는 그녀를 바라보았다.
"왔군."
그의 득의에 찬 표정이 순간 허물어졌는데 이유미의 뒤에 선 사내가 보였기 때문이다. 사내는 보통 키에 조금 우울한 표정이었다.
"누구야?"
문 앞에 아직도 서 있는 이유미에게 짜증난 듯 묻자 사내가 힐끗 시선을 들었다가 내렸다. 이유미가 사내를 바라보았다.
"이 사람이에요."
"잠깐 집에 들어가도 될까요? 말씀드릴 것이 있어서."
사내가 머리를 숙였다.
"잠깐이면 됩니다."
"당신이 누구냐고 물었어."
윤태석이 앞으로 바짝 다가서자 사내의 얼굴은 가슴에 닿았다. 한 손으로 들어 올릴 수도 있는 것이다.
"어윽!"
그 순간 윤태석은 목 안으로부터 야릇한 비명소리를 내며 허리를 구부렸다. 사내에게 무릎으로 사타구니를 찍힌 것이다. 그 다음 순간 사내의 발길이 날아 턱을 쳐올렸으므로 털컥 소리와 함께 그의 목이 뒤로 젖혀졌다. 큰 대자로 뒤로 넘어진 윤태석의 옆구리를 다시 구둣발로 찍듯이 차면서 김봉만이 이유미를 돌아보았다.

"밖에서 기다리시지요."

얼굴이 하얗게 된 이유미가 서둘러 밖에서 문을 닫았다. 이런 일이 일어날 줄은 예상하지 못한 모양이었다. 김봉만은 온몸을 웅크리고 누워 신음소리를 뱉는 윤태석의 앞에 섰다. 어느 사이에 그는 소음기가 끼워진 긴 권총을 꺼내들고 있었다.

"일어나 앉아라."

낮은 목소리로 말했으나 윤태석은 알아들었다. 입가로 피를 흘리면서 아직도 머리를 건들거리고 있었지만 그는 겨우 소파 위에 몸을 얹었다. 그의 시선은 김봉만이 쥐고 있는 권총에서 한순간도 떠나지 않는다. 김봉만이 그의 시선을 보더니 얼굴에 웃음을 띠우고는 권총을 혁대 사이로 찔러 넣었다.

"난 야쿠자다. 이유미는 내 보스의 여자야."

두 다리를 벌리고 선 김봉만이 부드럽게 말했다.

"넌 보스의 여자를 협박했어."

그 순간 벌떡 일어선 윤태석이 탁자를 김봉만의 앞으로 들어 던졌다. 그리고는 아수라처럼 달려들었는데 몸을 날려 피한 김봉만에게 다리가 걸려 요란한 소리를 내며 넘어졌다. 그러나 몸을 젖혀 일어나려던 윤태석은 한쪽 귀가 섬뜩한 것이 느껴졌다. 그리고 그 다음 순간 화끈한 통증이 왔다. 무의식중에 한 손을 귀에 대며 일어나려던 그는 앞에 서 있는 김봉만을 바라보았다.

"어!"

비명인지 놀람인지도 모를 소리가 그의 입에서 저절로 터져나왔다. 김봉만은 어느새 빼들었는지 한 손에 단도를 들고 다른 손에는 그의 한쪽 귀를 쥐고 있었던 것이다.

"아이고."

이를 악문 그가 다시 두 팔을 벌리며 달려드는 순간 김봉만이 와락 다가왔다. 그리고는 칼날이 번뜩이더니 다른 쪽 귀가 섬뜩 했다.

"아이고!"

이젠 공포의 외침이다. 두 팔을 벌리고 선 윤태석은 난생 처음으로 느끼는 공포감으로 움직이지도 못한 채 부들부들 떨었다.

"다음은 네 코다."

귀 두 짝을 발 밑에 던진 김봉만이 피 묻은 손가락을 들어 그의 코를 가리켰다.

"그리고 다음은 네 연장."

김봉만의 손가락이 윤태석의 사타구니로 내려갔다.

"튀어나온 것은 모조리 잘라 죽일 테다."

김봉만이 번쩍 몸을 날려 다가왔으므로 윤태석이 무의식중에 손과 발을 휘저었으나 어느 사이에 그는 뒤로 돌았다가 다시 앞에 나타났다. 비틀거리던 윤태석의 손이 저도 모르게 코를 덮었다. 두 눈이 찢어질 듯 치켜떠져 있었다.

"이번에는 머리를 베었어."

김봉만이 한움큼 잘라 움켜쥐고 있던 머리칼을 윤태석의 얼굴에 뿌렸다.

"돼지 같은 놈, 무릎을 꿇어라."

그러자 부들거리던 윤태석이 응접실 바닥에 털썩 무릎을 꿇었다. 양쪽 귀에서 흘러내린 피가 온몸을 적신 데다 한쪽 머리까지 하얗게 베어진 그의 모습은 처참했다. 김봉만이 소파에 앉아 무표정한 얼굴로 그를 바라보았다.

"바지를 벗어."

"아이고 형님."

윤태석의 눈에서 눈물이 흘러나왔다.
"형님, 살려주십시오."

잠시 후, 아파트를 나온 김봉만은 주차장에서 기다리는 이유미에게로 다가갔다. 처음처럼 깔끔한 옷차림에 여전히 무표정한 얼굴이었다. 그들은 이유미가 운전하는 차로 곧 그 자리를 떠났다. 영동의 번화한 대로로 들어서자 이유미가 김봉만에게 물었다.
"저, 혹시 무슨 일이 생기진 않겠죠?"
김봉만이 머리를 끄덕였다.
"예, 아무 일도 없을 겁니다."
잠시 정적이 흐른 후에 이유미가 다시 입을 열었다.
"저, 김 사장님도 이 일을 알고 계세요?"
그녀는 김봉만에게만 연락을 했던 것이다. 김봉만이 힐끗 시선을 주었으나 이유미는 앞쪽을 바라본 채 기다렸다.
"아직 모르고 계십니다만 보고드릴 작정이었지요."
"……."
"내가 모시는 분이니까요."
"……."
"하지만 원하신다면 보고 드리지 않겠습니다."
이유미가 가늘게 숨을 내쉬었다.
"그렇게 해주세요, 그저요."

대통령 선거에 대비하여 야권은 역사적인 대통합을 이루었고 단일후보로 국민당의 이대현을 선출했지만 그렇다고 야권 양당이 완전 화합을 이룬 것은 아니었다. 겉으로는 일사 분란한 진군을 외치고 있었으나 아직도 이해관계에 얽힌 내분은 계속되고 있었다. 대선이 넉 달도 안 남은 시기였다. 언론은 온통 대선에 대한 보도뿐이었고 경제문제는 장미 빛 청사진만 펼쳐보였는데 물론 정부의 발표와 정부측 조사기관의 자료에 기인한 것이었다. 그것은 현 정권과 여권 후보인 정동민의 프리미엄이다. 야당이 현재의 경제공황 상태를 매일처럼 외치고 있었지만 아직 국민들의 피부에 와 닿는 상황이 아니었다. 고려리아로의 이주민이 폭주하는 데 반비례해서 집과 땅값이 30% 가량 하락한 것이 우선 서민들을 기쁘게 했다. 거대한 부동산을 소유한 재벌기업과 부동산 소개업자가 앉아서 재산의 30%를 잃은 데다 그것을 담보로 잡은 은행이 사색(死色)을 띠고 있었지만 나설 시기가 아니었다. 부도가 났거나 폐업 직전의 중소기업들이 대부분 고려리아로 몰려간 바람에 실업률에도 변동이 없었고 물가도 그대로인 것이다. 고려리아와의 자연스런 경제연합이라고 정부는 선전하고 있었는데 그것은 사실처럼 보였다. 한국에는 고부가가치 품목의 생산시설이 경제의 중심이 되고 고려리아는 자원을 바탕으로 한 저부가가치 품목을 맡는다. 실제로 환경부는 폐수를 많이 내거나 환경오염의 가능성이 많은 중소기업들에게 고려리아로의 이주를 권장하고 있는 형편이었다. 고려리아가 원하건 말건 간에 고려리아 경제는 한국 경제의 일부분이다. 주시장도 한국이고 자금원도 한국이다. 정부의 고려리아관(觀)이 그것이었다.

여당의 대선후보 정동민이 주창하는 정책은 안정된 정국과 균형 있는 경제발전이었다. 지난번 어선과 어부들을 북한으로부터 송환받음으로써 대북협상의 능력을 보인 데다 북한의 도발적 행동이 눈에 띄게 줄어들어 있다는 것도 그 증표(證票)가 될 것이었다. 그러나 이대현의 추격도 만만치가 않았다. 야당은 현 상황을 국가의 위기라고 단정 짓고 있었다. 정치권의 부패와 무능이 외세에 끌려 다니게만 만들어 국가의 자존과 기능을 말살시켰고 그 한 예가 지금까지 50억 달러가 넘는 자금을 북한에 쏟아 붓고 있는 것이다. 정권은 북한의 위협에 속절없이 굴복하고는 그것을 선린과 동포애로 위장하여 국민을 기만하고 있다고 했다. 그리고 경제는 이미 파탄이다. 3D 현장을 기피해 온 한국의 노동인력이 그나마 중소기업의 고려리아로의 대탈출로 대량 실업자 사태를 만들 것이라고 경고하고 있었다. 선거 직후에 물가폭등과 경제공황 사태가 일어난다는 것이다. 이대현은 현 정권의 독선과 위선에 싫증이 난 중산지식층의 지지를 받고 있었다. 그러나 그것은 정치와 외교 등 정치권에 대한 반응이지 경제정책에 대한 것은 아니다. 대다수의 국민들은 이대현의 경제정책 비판이 비판을 위한 비판이라고 믿고 있었다.

이대현은 여의도 당사의 총재실에서 사무총장 김상식과 마주앉았다. 김상식은 선대위원장을 겸하고 있는 그의 심복이다. 60대 초반으로 이대현보다 나이가 서너 살 아래인 그는 흰 머리에다 얼굴의 주름이 많아 오히려 나이가 더 들어보였다. 벽시계는 오후 6시를 가리키고 있었다.

"이봐, 고려리아에서 남북 간 비밀회담이 열릴 예정이다. 이건 믿을 만한 정보야."

반쯤 탁자 위로 허리를 숙인 이대현이 말하자 김상식이 퍼뜩 눈을 치켜떴다.

"아니, 언제 말입니까?"

이대현이 도청을 염려하는 듯 방 안을 둘러보았다. 지난주에 도청장치가 되어 있나를 샅샅이 조사는 시켜두었지만 안심이 안 되는 눈치였다.

"9월 15일로 날짜를 잡았다는 거야. 한국 대표는 정동민과 이태준, 그리고 신형목이다."

"도대체 무슨 회의지요?"

"북한 대표는 아직 미정이야. 하지만 고려리아에서는 한국의 대통령 선거 대책회의라고 하는 모양이야."

이대현이 쓴웃음을 지었다.

"북한 쪽에 그렇게 소문이 났다고 했어."

"누가 말씀입니까?"

"김상철이."

김상식이 눈을 껌벅이며 그를 바라보았다.

"김상철을 만나셨습니까?"

"건너 들었어."

"……."

"지난번에 고려리아에서 남북한이 작성한 비밀합의서도 보았어. 쌀 100만 톤을 대선 전 11월에 준다는 치욕적인 내용이었어."

"……."

"하지만 언론에 터뜨릴 수가 없었다. 정부에서 잡아들이고 있었으니까. 국정원장 권준규가 갑자기 물러난 이유도 그것이야. 지금도 언론인들은 감시를 받고 있어."

검경과 국정원, 기무사 등 사법과 정보기관들을 완전히 장악하고 있는 현 정권이다. 더욱이 언론사 노조에도 집권층의 끄나풀이 심어져 있어서 재야투쟁이라는 단어가 사라진 지 오래였다.

김상식이 목구멍으로 앓는 소리를 냈다.

"선거 대책회의가 틀림없을 것 같군요, 총재님. 이러고 있다간 우린 죽습니다."

"……."

"북한 놈들이 정동민과 손발을 맞춘다면 선거는 하나마나란 말씀입니다."

야당의 선거대책 본부장인 그는 여권의 행위에 대한 정당성을 따지는 것보다도 우선 염두에 떠오른 것이 선거였고 그 결과인 것이다.

테헤란로의 양식당 파코는 바닷가재 요리로 이름난 곳이었다. 10층 빌딩의 1, 2층을 차지한 식당은 규모도 컸지만 내부 장식도 운치가 있어서 음식 맛은 둘째로 치는 단골 고객들이 많았다. 지하 주차장에 차를 주차시킨 이유미가 식당에 들어섰을 때는 정확히 7시 정각이었다. 안면이 있는 지배인이 그녀에게로 다가왔다.
"기다리고 계십니다."
식당 안은 아직 이른 시간인데도 테이블이 반쯤 차 있었다. 지배인은 벽 쪽 테이블에 앉아 있는 김상철에게로 그녀를 안내했다. 그는 이미 맥주를 시켜놓고 마시는 중이었다.
"식당 분위기가 좋군."
자리에 앉은 이유미를 향해 그가 말했다. 출발이 내일 밤으로 다가온 저녁이다. 김상철이 저녁이나 같이 하자는 전화를 해온 것은 오후 3시경이었다. 여행사 사장들과 저녁약속이 되어 있던 이유미는 그들에게 참석하지 못하는 이유를 일일이 설명하는데 30분이 넘게 걸렸다. 김상철의 저녁초대는 뜻밖이었던 것이다.
자신의 잔에 맥주를 채운 이유미가 잔을 들었다.
"무사히 귀국하시길 바라겠어요."
김상철이 가볍게 머리를 끄덕였다.
"고마워, 여러 가지로."
주문한 요리가 날라져 왔으므로 그들은 잠자코 식사를 했다. 안쪽의 스테이지에서 피아노 반주에 맞춰 동남아계 여자가 노래를 부르고 있었다. 맑은 목청에 가벼운 곡조의 노래였는데 식당 안의 분위기에 맞았다.
"인천만 무사히 빠져나가면 되죠?"

포크를 든 채 이유미가 문득 물었다. 시선이 부딪히자 짙은 속눈썹이 두어 번 닫혀졌다 열렸다.

"그쪽은 좀 나을 거야."

"미리 연락은 해두셨어요?"

"그런 걱정은 안 해도 돼."

말을 잘랐던 김상철이 힐끗 시선을 주더니 포도주잔을 쥐었다.

"유미 씨한테 또 부탁할 일이 하나 있어."

"말씀하세요."

"경주에 조기욱 외과라는 병원이 있는데 그 사람 앞으로 돈을 보내주면 돼."

"그럴께요."

"나하고 봉만이는 은행에 갈 형편이 못되어서 그래."

"염려마세요."

"김봉만이 보냈다고 하면 알 거야. 내가 연락은 할 테니까."

머리를 끄덕인 이유미가 그를 바라보았다.

"완이는 외할머니 하고 같이 있을 건가요?"

김상철이 잠자코 있자 그녀가 시선을 내렸다.

"미안해요. 그냥 걱정이 되어서."

"친척 중에 여자란 외할머니뿐이어서."

"……"

"엊그제 겨우 통화를 했어, 외할머니 하고."

"……"

"염려 말라고 하시더군."

그들이 식당을 나왔을 때는 밤 9시 가 되어갈 무렵이었다. 엘리베이터에 탄 그들은 지하 주차장으로 내려섰다. 주차장은 지하 2층이다. 엘리베이터에서 내린 손님은 그들 둘뿐이었는데 갑자기 김상철이 이유미의 허리를 낚아채며 옆쪽의 벽에 붙어 섰다. 깜짝 놀란 이유미가 무의식중에 두 손을 김상철의 가슴에 대며 그의 얼굴을 올려다보았다.

"조용히."

낮은 목소리로 그가 말했다. 주차장은 조용했고 조금 어두웠다. 100평쯤 되어 보이는 지하실 안에는 20여 대의 차가 세워져 있었지만 인적이 없다. 이윽고 김상철이 이유미의 허리를 감은 팔을 떼었다. 그리고 그제야 이유미는 그가 한 손에 기다란 권총을 빼들고 있는 것을 보았다. 얼굴이 달아오른 그녀는 벽에 등을 붙이고 섰다. 그들이 선 곳은 엘리베이터의 바로 옆쪽의 벽 모서리였다. 그 순간 엘리베이터가 작동하는 진동음이 들려왔다.

손님들이 내려오는 것이다. 김상철이 이유미를 돌아보았다.

"움직이지 마."

이유미가 머리를 끄덕였을 때 엘리베이터 문이 열리면서 두 사내가 밖으로 나왔다. 이쪽에서는 그들의 뒷모습만 보였는데 김상철이 한 걸음 앞으로 나섰다. 사내들은 주위를 두리번거리고 있었다.

"누굴 찾는 거냐?"

김상철의 목소리가 지하실을 울렸다. 그 순간 이유미는 두 사내가 펄쩍 뛰듯이 뒤로 몸을 돌리는 것을 보았다. 그들은 좌우로 갈라서면서 제각기 몸을 비틀고 구부렸다. 민첩한 몸놀림이었다. 그때였다.

"퍽, 퍽, 퍽."

김상철이 쥔 총에서 지하실을 무겁게 울리는 발사음이 연속해서 들렸다. 사내들은 이미 손에 권총을 빼내들고 있었는데 그중 한 명이 엎어지면서 시멘트 바닥을 향해 방아쇠를 당겼다.

"타앙!"

그리고는 그만이다. 두 사내는 쓰러져서 움직이지 않았다. 그때 주차장의 입구에서 검은 그림자 하나가 뛰어 들어왔다.

"사장님!"

김봉만의 목소리였다.

김상철이 이유미를 돌아보았다.

"자, 어서 떠나자."

숨을 헐떡이며 달려온 김봉만이 그의 앞에 섰다.

"한 놈은 잡아 차 안에 두었습니다. 나머지 세 놈은 죽여 없앴습니다."

그는 쓰러진 사내들을 힐끗 바라보았다.

"밖은 이상 없습니다."

그들은 곧 차를 몰고 주차장을 나왔다. 이유미가 정신을 차리지 못했으므로 김상철이 그녀의 차를 운전하고 있었다.

이유미가 파코로 약속장소를 정하자 김상철과 김봉만은 미리 도착해서 준비하고 있었던 것이다. 지금까지 이유미와 이런 식으로 만난 적은 없다. 오늘의 저녁약속은 미행자를 끌어들이기 위한 수단이었다. 주차장이 습격하기에는 안성맞춤의 장소로 보였으므로 김봉만은 습격자를 역습하려고 차 안에서 기다렸던 것이다. 무참한 살해현장을 두 눈으로 목격한 이유미는 질린 듯 앞쪽에 시선을 준 채 몸을 굳히고 있었다. 이곳은 한국이다. 고려리아처럼 총격전이 일어날 수가 없는 곳이었다.

차가 테헤란로를 벗어나자 그때까지 잠자코 있던 김상철이 옆자리의 이유미를 바라보았다.

"놈들이 누군지는 곧 알게 될 거야."

이유미는 눈만 깜박이며 대답하지 않았다.

"놈들은 유미 씨를 미행해 왔는데 그건 날 만날지도 모른다고 생각했기 때문이지."

"……."

"대부분의 사람들이 이유미는 고려리아에서 김상철에게 추방을 당해 원한이 있는 것으로만 알고 있지. 우리가 이제 협조하는 사이가 되었다는 것을 아는 사람은 얼마 되지 않아."

길이 뚫렸으므로 그는 차에 속력을 내었다.

"일본 정보국과 또 하나 있지. 나와 이유미를 잘 알고 있는 놈, 그리고 그놈이 연관된 조직일지도 모른다."

사내는 30대 초반쯤으로 보였다. 각진 얼굴에 피부가 검었고 건장한 체격이었다. 용인에 위치한 이유미의 별장 안이다. 사내를 데리고 역삼동의 빌라나 이유미의 청담동 아파트로 갈 수가 없었으므로 그들은 밤길을 달려 이곳에 도착한 것이다. 두 손과 발목을 묶인 사내는 응접실의 소파에 앉혀졌지만 당당한 태도였다. 이유미는 자리를 피하려는 듯 안방으로 들어갔으므로 응접실에는 그들 셋뿐이다. 이윽고 자리에 앉은 김상철이 사내를 향해 입을 열었다.

"재일동포의 여권을 갖고 있는 걸 보니 일본에서 온 것 같은데, 신분과 목적을 말해라. 말한다면 제 삼국으로 떠나게 해주겠다."

그는 힐끗 김봉만을 바라보았다.

"말 안 한다면 할 수 없다. 죽여서 버려라. 이놈 아니더라도 말할 놈이 있으니까."

김봉만이 그에게로 한 걸음 다가섰다.

"넌 북한 공작원이지, 그렇지?"

던지듯 그렇게 묻자 사내가 어깨를 펴고 그를 올려다보았다.

"정말 날 돌려보내 주겠소?"

"정직하게 말한다면."

"살려준다고 어떻게 보장합니까?"

"못 믿어도 할 수 없다. 네가 알아서 판단하는 수밖에."

"……."

"말해."

사내가 결심한 듯 입을 열었다.

"그렇소. 난 북조선 공작원이오."

"다섯 명 모두 재일교포인데 조총련계입니다. 조금 전에 일본 경시청에서 신원확인이 되었습니다."

서태영이 테이블 앞으로 바짝 붙어 섰다.

"이놈들은 다른 곳에서 살해되고 나서 고수부지로 옮겨진 것 같습니다."

머리를 끄덕인 이근복이 서류를 넘겨보았다. 다섯 명의 시체를 실은 승합차가 고수부지에서 발견된 것은 어젯밤이었다. 모두 총상을 입은데다가 재일동포이다. 검경에 비상이 걸린 것은 말할 것도 없고 이미 방송뉴스는 시간마다 속보를 전하는 중이었다.

"총기를 휴대하고 있는 것이 심상치 않아. 도대체 이놈들이 그곳에서 무얼 하고 있었을까?"

이맛살을 찌푸린 이근복이 서류에서 시선을 들었다.

"그리고 살해한 놈들은 누구야?"

"경찰에서는 조직 간의 싸움으로 보고 있습니다만."

"그래야 파장이 적을 테니까."

이근복이 의자에 등을 기대었다.

"청와대에서도 긴장하고 있더구먼."

곧 남북회담이 열리는 것이다. 정부에서는 이 사건이 정치적인 문제로 비약되기를 바라지 않을 것은 뻔했다.

"각하께서도 K작전에 신경을 많이 쓰고 계셔. 특히 보안에 주의해야 돼."

이근복이 그제야 턱으로 앉으라는 시늉을 했으므로 서태영은 의자를 당겨 앉았다.

"이상 없이 진행되고 있습니다. 현재 추세로 나간다면 대선 전에는 조직이 완전히 갖춰질 수 있을 것 같은데요."

국정원의 자금은 물론 인력이 집중적으로 투입되고 있는 것이다. 고려리아의 여타 조직이 사업장을 중심으로 성장하는 음성조직이라면 K작전으로 추진하는 한국 조직은 고려리아의 행정청은 물론이고 경비대와 공장, 사업장에 이르기까지 인력을 침투시키고 자금을 쏟아 붓고 있었다.

"중점을 둬야 할 곳은 경비대야. 그곳만 장악하면 일은 훨씬 쉬워져."

"국정원 출신이라면 장동택이 나서서 자리를 만들어 줍니다."

서태영이 얼굴에 웃음을 띠웠다.

"더구나 지금 경비대를 확장하는 중이라서요. 중간간부급으로 이미 14명이 들어가 있습니다."

그 시간에 청와대 안보수석 신형목은 민정길 보좌관과 마주앉아 있었다. 그도 출근하자마자 민정길을 부른 것이다.

"이봐, 일본 대사관측 반응은 어때?"

"아직 노코멘트입니다. 그들도 상황을 조사하고 있는 것 같습니다."

민정길이 입맛을 다셨다.

"하지만 북한측이 어떤 반응을 보일지 염려가 되는데요. 남북 회담 전이라 말씀입니다."

"우리 정부가 한 짓도 아닌데 뭘."

말은 그렇게 했지만 신형목의 표정도 어두웠다. 그도 한국측 대표단의 일원으로 고려리아에 가게 되어 있었던 것이다.

"어쨌든 이 사건이 정치적으로 연결되어서는 안 돼. 언론을 특히 조심하도록 해."

이미 경찰에는 주의를 주었지만 언론이 책임 없는 추측기사를 흘릴 수도 있는 것이다. 이것은 그야말로 증거도 없는 데다 원인 또한 알 수 없는 수수께끼 같은 사건이었다.

"알겠습니다, 그럼."

자리에서 일어난 민정길이 서두르며 사무실을 나가자 신형목은 의자에 등을 기댔다. 조총련계 사내 다섯 명이 제각기 총기를 휴대한 채 사살된 것이다. 옛날 같으면 안보문제로 얼마든지 연결시킬 수가 있는 사건이었다.

수경사령관 최무섭이 여의도의 일식집 동경에 들어섰을 때는 정확히 12시 30분이었다. 지배인의 안내를 받아 안쪽의 방으로 들어서자 기무사령관 함종일이 웃음 띤 얼굴로 그를 맞이했다.

"어서 오시오, 최 선배. 갑자기 밥을 사겠다니 뭐 좋은 일이라도 있어?"

최무섭이 싱긋 웃었다. 함종일은 육사 2년 후배였지만 말을 올렸다 내렸다 제 맘대로 했는데 물론 악의는 없었다. 진급이 늦었던 최무섭이라 함종일보다 계급이 낮았던 적도 있었던 것이다. 다다미방에 마주앉은 그들은 물론 군복 차림이었다. 제각기 근무 중에 식사 외출을 나온 것이다. 주문한 생선회와 매운탕이 나올 때까지 그들은 이런저런 이야기를 나눴는데 건성이었다. 이윽고 음식이 놓이고 한두 점 고기를 씹고 났을 때 최무섭이 입을 열었다.

"이봐, 단도직입적으로 말하지. 어젯밤에 사살된 다섯 놈 말이야, 그놈들은 북한 공작원들이다."

그는 옆에 놓인 서류봉투를 들어 함종일의 무릎 옆으로 밀어 놓았다.

"그 속에 녹음테이프가 있어. 한 놈이 잡혔는데 자백한 내용이다."

"한 놈이라니? 그리고 누구한테 잡혔는데?"

눈을 치켜뜬 함종일이 묻자 최무섭이 그를 똑바로 바라보았다.

"죽은 놈들의 일당이야. 그리고 놈들을 사살한 건 김상철이다."

"김상철이라면 고려리아의."

"그렇지, 지금 정부에서 눈을 까뒤집고 잡으려고 하는 자다."

함종일이 서류봉투를 들었다. 그러나 날카로운 시선은 최무섭에게로 향해져 있다.

"그 자가 왜 당신한테 이걸 보냈지?"

"아마 내가 제일 말이 통할 것같이 보인 모양이다."

"이봐요. 지금 농담할 상황이 아냐."

함종일이 자리를 고쳐 앉았다.

"어떻게 그 자를 알게 된 거요?"

"그것보다 테이프 내용이 중요하단 말이다, 이 사람아. 듣고 나서 이야기해도 늦지 않다."

이제 최무섭의 얼굴도 딱딱해져 있었다.

"국가의 위기다. 김상철은 고려리아에 수천 명의 정보원을 가진 거물이고 북한의 경쟁상대야. 이제야 겨우 그가 왜 한국 정부에 쫓기는지를 알게 됐지만 대북관계에 있어서는 우리의 우군이다."

"……"

"그 봉투 안에 지난번 남북 간 비밀회담이 열렸을 때 작성한 비밀합의서 사본도 들어 있어. 나도 읽었는데 김상철이 그것을 쥐고 있어서 정부로부터 쫓겼던 모양이야."

"비밀합의서?"

목소리를 낮춘 함종일이 방 안을 둘러보는 시늉을 하더니 거칠게 봉투를 뜯었다. 합의서 사본을 꺼낸 그가 내용을 읽는 동안 방 안에서는 정적이 흘렀다. 최무섭이 젓가락을 들어 생선회를 뒤적거리다가 입맛을 다시더니 내려놓았다. 이윽고 함종일이 머리를 들었다.

"이것도 김상철이 보내왔단 말이오?"

"집 앞 가게에 맡겨 놓았더군. 전화 감청을 했다면 보고가 되었을 텐데, 오늘 아침에 난데없이 전화가 걸려왔으니까."

"……"

"왜 하필 나한테 보냈는지는 나도 알 수가 없어, 날 함정에 빠뜨리려고 했는지 어쩐지도."

"……"

"하지만 이걸 받고 보니 그냥 둘 수가 있나? 비겁하게 버릴 수도 없고 말이야."

"어린애 같은 수작 말아요, 당신."

"어쨌든 난 비겁한 사내는 아니야."

최무섭이 굳은 얼굴로 그를 바라보았다.

"이제 나도 알게 되었으니 그 테이프나 들어보고 내 처리를 해."

흰색 벤츠는 톨게이트를 지나 올림픽대로를 달리고 있었다. 저녁 8시 30분이었다. 차들이 밀리고 있었으므로 이유미는 초조한 듯 여러 번 시계를 내려다보았다. 차가 다시 속력을 내자 옆자리의 김상철이 이유미에게로 머리를 돌렸다.

"아무래도 당신이 위험할 것 같은데. 지금 남아 있는 북한 공작원들도 있고."

"……."

"당신을 미행해 왔다가 당했다는 건 놈들도 알고 있을 테고, 아마 당신과 내가 손발을 맞췄다고 생각할 거야."

앞쪽을 바라본 채 이유미는 대답하지 않았는데 그의 말에 공감한다는 표시였다.

"당분간 고려리아에 가 있는 것이 어때? 내일 아침 첫 비행기로 말이야. 그곳에서 회사 일을 봐도 될 것이고."

"가겠어요."

이유미가 짧게 말했다.

"내일 아침에 경주로 돈 보내고 나서 바로."

"내가 고려리아로 연락할 테니까."

의자에 등을 기댄 김상철이 어두운 앞쪽으로 시선을 주었다. 안인석이 박미정의 살해에 협력했다는 것은 사실로 드러났다. 어젯밤에 사내는 모든 것을 자백했던 것이다. 안인석은 박미정에 대한 모든 정보를 넘겨주었는데 그중에는 김영환의 목장 위치도 포함되어 있었다. 뒷좌석에 앉아 있던 김봉만이 앞쪽으로 상반신을 숙였다.

"안인석은 멀리 도망치지 못했습니다. 겁이 나서 외국에는 나가지 못했을 테니 국내에 있을 텐데요."

조용한 차 안에 그의 말소리가 울렸다.

"몇 사람만 보내면 금방 찾을 수 있을 겁니다, 사장님."

그러자 김상철이 머리를 저었다.

"내버려 둬라. 내가 직접 처리할 테니."

아침에 김봉만이 안인석을 찾아 나섰지만 그는 집에도 없었고 병원에도 출근하지 않았다. 공작원들이 사살당한 것을 알자 재빠르게 몸을 감춘 것이다. 그들이 인천 남쪽의 조그만 어촌에 도착했을 때는 밤 11시가 되어가고 있었다. 차에서 내린 김봉만이 서둘러 포구 쪽으로 다가갔다. 짙은 어둠에 잠긴 포구는 인적이 없었고 서너 채의 가게와 민가에서 흘러나온 불빛이 바다 위로 몇 줄기 뻗쳐 있었다. 습기를 띤 바람이 옷자락을 날리며 스치고 지나갔으므로 이유미는 어깨를 움츠렸다. 뒤쪽의 국도에서 차량의 엔진소리가 희미하게 들려오고 있었다.

"차라리 앞장서서 그놈이 그 일을 했다면 덜 미울 텐데."

포구를 향해 선 김상철이 혼잣말처럼 말했다. 차를 등지고 나란히 선 이유미는 잠자코 입을 열지 않았다.

"거친 세상을 살아가기엔 너무 약한 놈이었어. 그리고 내가 옆에 있었다는 것도 그놈에겐 불행이었던 모양이야."

"……"

"그놈은 모든 것을 남의 탓으로 돌리겠지, 책임도 지지 않고. 그리고 어떻게든 상처를 받지 않으려고 했어."

"……"

"내 손으로 죽이겠어, 그놈은."

앞쪽의 어둠 속에서 어른거리는 물체가 보이더니 곧 김봉만이 모습을 드러냈다.

"사장님, 보트가 와 있습니다."

김상철이 이유미에게로 몸을 돌렸다.

"고마웠어. 그럼 고려리아에서 만나."

"몸조심 하세요."

그러자 김상철이 쓴웃음을 지었다.

"그래야지, 그래야 내가 당신한테 말한 약속을 지킬 수 있지."

K공작

　밤길을 달려 고려시 외곽의 유흥가에 도착한 이금철의 앞으로 기다리고 있던 부하들이 다가왔다. 이곳은 싸구려 유흥가로 주로 밀입국자나 마약중독자가 찾는 곳이었다.
　"저 집입니다, 위원장님."
　부하 한 명이 가리킨 곳은 길가의 허름한 선술집이다. 북쪽으로 향하는 도로가에 제멋대로 세워진 이곳의 건물들은 머지않아 철거되고 아파트가 들어설 것이다. 무허가 유흥업소들이어서 전기는 끌어다 쓰고 있지만 보안등도 없는 으스스한 곳이다. 밤 12시가 넘은 시간이었다. 그들이 선술집 안으로 들어서자 모여 있던 사내들이 비켜섰다.
　"어서 오시오."
　안쪽에 앉아 있던 박기환이 아는 체를 했다. 그는 이금철의 지위가 격상되자 자연스럽게 존댓말로 대하고 있다. 그러나 감찰권을 쥔 박기환의 서열이 아직도 빠르다. 그에게로 다가간 이금철이 주위를 둘러보았다. 선술집 안에는 손님이 한 사람도 없는 대신 모두 그의 부하들과 감찰대, 그리고 탈주자들로 채워져 있었다. 벽에 붙어선 5명의 남자와 2명의 여자가 붙잡힌 탈주자들이었다. 그들은 이곳의 유흥업소에서 일하다가 감찰대에 잡힌 것이다. 선술집 안은 조용했다. 30평쯤 되는 홀에 모인 사람들은 20여 명이 넘었지만 모두 긴장하고 있었다. 곧 공개처형이 시작 되는 것이다. 이금철이 옆자리에 앉자 박기환이 들고 있던 서류를 바라보았다.

"안금옥."

그가 부르는 소리에 왼쪽 끝에 서 있던 조그만 몸매의 여자가 머리를 들었다.

"동무는 할 말이 있나?"

늦게 도착했으므로 그 여자가 마지막 순서인 모양이었다.

"할 말이 있어요."

또렷한 목소리로 여자가 말했으므로 실내가 조금 술렁거렸다. 이금철도 눈썹을 모으고는 흐린 불빛 아래 서 있는 여자를 바라보았다. 스물대여섯쯤의 나이에 눈이 또렷했고 몸매는 가늘다.

그녀가 말을 이었다.

"월급의 3할을 떼고, 거기에다 갖가지 명목으로 다시 3, 4할을 떼면 나머지 돈으로 어떻게 살란 말입니까? 차라리 공화국에서 이꼴 저꼴 안 보고 사는 것이 속이 편했습니다."

"저런 망할년이."

박기환이 으르렁대듯 말했으나 그녀는 이미 죽기로 마음먹은 모양이었다. 그녀의 목소리가 다시 선술집을 울렸다.

"우리야 재수 없어서 잡혔지만 머지않아 다 도망칠 겁니다. 당신들은 인민의 피를 빨아먹는 거머리야요. 공산당은 없어져야 한단……."

그녀가 말을 마치기도 전에 이금철이 쏜 총알이 심장에 박혔다. 여자는 털썩 무릎을 꿇더니 앞으로 엎어졌다.

"썩은 자본주의가 가장 먼저 옮기는 병이 바로 개인주의요. 저년은 이미 조국과 동포를 버린 년이오."

박기환이 머리를 끄덕였다.

"지도자 동지의 은혜도 배신한 년이오."

그들이 선술집을 나왔을 때는 새벽 1시가 되어 있었다. 며칠 전에는 첫눈이 내렸고 밤 기온은 뚝 떨어져 빙점을 오르내리는 9월 초순이었다. 박기환은 이금철과 함께 차에 올라 사무실로 향했다. 일곱 명 모두를 즉결 처형한 끝이라 차 안의 분위기는 무거웠다. 이윽고 박기환이 입을 열었다.

"남조선 이주민들이 급속하게 조직을 갖추고 있어요. 그리고 그 자들은 행정청과 경비대의 지원을 받는 것 같소."

이금철이 머리를 끄덕였다. 공단에 입주한 공장들과 도시로 진출한 각종 기업들이 각각 친목 조직식으로 조직을 결성해 나가고 있는 것이다. 김상철도 한국 이주민을 대상으로 조직을 확장하고 있었지만 주로 유흥업소에 진출한 한국인이 대상이다.

"당연한 일이지요. 아무래도 행정청은 남조선 쪽과 가까울 테니까."

"투자이민이니 대우를 받겠지요. 하지만 행정청이 노조결성을 금지시킨 건 불법이오. 강력히 항의해야 됩니다."

북한의 이주민은 대부분이 한국 기업의 고용인으로 취업되어 있었다. 그러나 행정청이 노조결성을 금지시킨 바람에 노동자의 권리를 보장받지 못하고 있는 것이다. 그러나 상대가 한국이 아닌 고려리아이다. 한국 같으면 무력시위를 한두 번만 하면 될 일이었지만 이곳에서 그랬다가는 모조리 쫓겨날 판이었다.

최희은은 고려리아가 처음이었다. 강미현이 유일하게 마음을 털어놓는 친구인 그녀는 그동안 꽤 이름 있는 화가가 되어 있었는데 고려리아를 방문한 것은 어제였다. 아침 10시경, 고구려호텔에 묵고 있는 최희은을 찾아간 강미현은 모처럼 밝은 얼굴로 그녀와 이야기를 나누는 중이다. 객실의 창밖으로 오염되지 않은 푸른 하늘과 고려시의 웅장한 전경이 펼쳐져 있었다.

"이 거대한 땅, 하긴 이곳의 지배자가 되는 것도 나쁘지 않겠다."

창밖에 시선을 준 채 최희은이 말했다.

"어제의 동지가 오늘은 적이 되는 치열한 상황도 이해가 되고."

그녀가 강미현을 바라보았다.

"너, 정말 김상철을 죽이려고 했어?"

"당연하지. 그 자는 지금도 고려리아의 암적 존재야. 배경에는 러시아가 있으니 정부를 전복시키고 지배자가 되어도 하자가 없어."

강미현의 얼굴이 어느덧 딱딱해졌다.

"그 사람의 아내가 죽은 건 나하곤 아무 상관이 없어. 그건 사고사야."

"……."

"지금도 그 사람은 내가 시켰다고 믿고 있을지도 몰라."

최희은이 그녀의 얼굴을 찬찬히 들여다보았다.

"너도 한때는 그 사람을 사랑했었는데, 그렇지?"

쓴웃음을 지은 강미현이 시선을 비꼈다.

"얘, 쑥스럽다."

"물론 보통 남녀의 애증과는 차이가 있겠지만 너희 둘의 현실이……."

"무슨 얘기 하려는 거야?"

"현실적인 얘기."

"……."

"네가 그러지 않았다면 다시 결합할 가능성도 있었겠는데."

"내가 기계 부속품이냐? 없어지면 맞춰 넣게?"

강미현이 눈썹을 치켜세웠다.

"말 함부로 하지 마. 그건 모욕이야. 나나 그 사람 모두한테."

"모욕은 무슨."

이제는 최희은이 싸늘한 표정을 지었다.

"순리(順理)를 거스른 것도 아닌데, 물론 전제는 있겠지만."

의자에 등을 기댄 최희은이 팔짱을 꼈다.

"김상철에 대한 네 행동이 너무 원리적이야. 조금도 감정을 개입시키지 않았던 것이 오히려 이상해."

"그만 하라니까, 그 궤변."

"그래, 그만 하자."

최희은이 길게 숨을 뱉었다.

"네가 전과는 다른 입장일 테니까."

사무실에 들어선 강미현의 뒤로 박태현이 따라 들어왔다.

"보좌관님, 중소기업 협의회장이 기다리고 있습니다만."

"들어오시라고 해요."

최희은과의 이야기가 길어진 바람에 기다리게 한 것이다. 곧 박태현과 함께 들어선 협의회장 홍석규는 40대 후반쯤으로 건장한 체격의 사내였다. 그는 고려리아에 진출한 한국의 3000여 개 중소기업을 대표하는 사람이었다. 일주일 전에 열린 총회에서 그는 고려리아 최초로 4년 임기의 민선 중소기업 협의회장이 된 것이다.

"어서 오세요, 회장님."

그와는 구면이었으므로 강미현이 반갑게 맞이했다.

"기다리시게 해서 죄송합니다."

"아니, 천만에요."

자리에 앉은 홍석규가 부드럽게 웃었다. 그는 민선 단체장이었지만 중소기업 대표로 정부의 정책에 참여할 수가 있다.

"바쁘신데 용건을 말씀드리지요. 상공 국장에게도 협조요청을 했는데 현재 고려리아 진출 중소기업의 인력난이 심합니다. 필요 인원의 6, 70%밖에 충원되지 못하고 있습니다."

그가 말을 이었다.

"러시아와 중국계 고용인이 반 이상인데 그나마 이주제한을 하고 있어서 중소기업들이 인력난을 겪고 있습니다."

알고 있는 일이었으므로 강미현이 머리를 끄덕였다.

"곧 채워질 테니 걱정하지 마세요. 정부도 대책을 세워 두고 있으니까요."

"상공 국장은 아직 대책이 없다고 하던데요?"

"우선 중국계와 러시아계 이주민 규제를 풀 작정이에요."

"북한 이주민은 중소기업 대부분이 기피하고 있습니다. 현 상황에서는 중국계와 러시아계 고용인이 더 낫습니다."

"그건 정부도 알고 있어요."

북한 고용인들이 대표부에 임금의 30%를 바치고 갖가지 명목으로 돈을 갹출 당한다는 것은 이미 알려진 사실이다. 그런 이유 때문인지 북한계 고용인은 작업 능률이 떨어지는데다가 도주사건도 자주 일어나고 있는 것이다. 홍석규가 방을 나가자 박태현이 입을 열었다. 그는 비서실 소속의 행정보좌관으로 강미현의 심복이다.

"대영그룹은 그대로 김상철과의 유대 관계를 유지할 모양입니다. 요즘 북쪽 지방에 건설하는 리조트센터에도 김상철의 부하들이 가 있습니다."

"내버려 둬요. 그 사람들이야 항상 양다리를 걸치는 성격이니까."

강미현이 자르듯 말했다.

"김상철만 없어지면 자연스럽게 균형이 잡히게 돼요. 한국계 조직이 서너 개로 나눠질 것이고. 물론 홍석규 같은 자도 하나의 세력권을 만들겠지."

얼굴에 웃음을 띤 그녀가 의자에 등을 기댔다.

"한국인은 예로부터 붕당(朋黨)을 좋아하는 전통이 있어서."

오전 내내 총독은 기분이 좋지 않았다. 아침에는 북한계 남녀의 피살체가 7구나 발견된 데다가 북한 대표부의 서일 대표가 행정청장을 방문하여 각 사업장의 노조결성을 강력하게 요구한 때문이었다. 헬리콥터 안이다. 러시아의 공격용 헬기인 Ml-24하인드형을 개조한 그의 전용기는 쏜살같이 평원 위를 날고 있었다. 창밖을 내려다보던 총독이 머리를 들었다.

"한국이나 북한이나 모두 문제가 많은 정권이다. 하나는 국민을 기만하고 다른 하나는 마치 국민을 제 소유물로 여기는군."

앞쪽에 마주보고 앉은 이남호에게 하는 말이다.

"한민족의 역사에 나와 있는 독재와 부패, 관리들의 횡포와 사색당쟁 등 모든 치부가 지금 양쪽 한국에서 전부 드러나 있어."

방음장치가 되어 있었지만 2300마력의 엔진 두 개가 뿜어내는 진동음이 기내를 울리고 있었다. 총독이 소리치듯 말을 이었다.

"정권뿐만이 아니다. 제아무리 정권의 거짓치레와 세뇌에 눌렸다손 치더라도 한쪽은 사치와 허영, 유흥에 빠져 망국병이 들고, 다른 한쪽은 스스로 담합하여 압제를 뿌리치지 못하는 양쪽 국민들도 책임이 있어."

이남호가 가볍게 헛기침을 했다.

"그래서 고려리아를 세우신 것 아닙니까? 고려리아는 흩어진 한인들을 모은다는 대의도 있지만 새로운 한국을 건설하겠다고도 하셨습니다. 그리고 그렇게 만들고 계십니다, 총독 각하."

"균형이 맞지 않아. 한국의 투자이민이 너무 급작스럽게 증가하는데 반비례해서 북한 이주민을 억제하다 보니까 말이야."

총독이 입맛을 다셨다. 9월 초순인 현재까지 이주한 한국인은 40만 명이 넘었다. 한 달 사이에 10만 명이 늘어난 것이다. 그리고 그들은 중소기업가이거나 자금을 가져온 투자이민들이다. 노동인력이 턱없이 부족한 상황인 데다가 유흥가에는 물 쓰듯 돈을 뿌리는 한국인들이 몰려들고 있었다. 덕분에 고려리아의 재정은 든든해 졌지만 조선족과 고려인, 북한인들의 소외감은 커질 수밖에 없다. 더구나 한국인들 중에서는 우월의식을 내보이는 자들이 많았으므로 그들에 대한 반감이 쌓여가는 중이었다. 헬기가 조금 옆으로 기울더니 하강하기 시작했다. 아래쪽으로 거대한 유정의 모습이 보였다. 이곳에는 1만 명의 직원이 근무하고 있었는데 조선족과 고려인이 반이었고 나머지는 타국적이다. 중국과 러시아에서 건너온 그들은 근면하고 성실해서 고려리아 건설의 일등공신 들이었다. 그들 중에는 이미 기업체를 운영하는 사람들이 많았고 고급인력으로 빠르게 성장하는 중이다. 총독의 얼굴은 아직도 펴지지 않았다. 남북한 양쪽의 한인이 언제나 그의 골치를 썩이는 것이다.

이한이 돌아왔을 때 제일 기뻐한 사람은 동연교가 될 것이다. 물론 그레고리나 변순태 등도 반겼지만 이 여자처럼 눈물바람으로 그를 맞이하지는 않았다. 동연교는 이제 자연스럽게 이한의 여자 행세를 하고 있었다. 한국말도 열심히 배워서 지금은 간단한 말은 하고 듣는다.

"전화 왔어요."

하고 동연교가 한국말로 했을 때는 밤 10시가 조금 지났을 때였다. 동연교의 얼굴은 새침해져 있었다. 이한이 수화기를 들었다.

"여보세요."

"저, 이유미입니다."

이유미의 맑은 목소리를 듣자 이한이 머리를 들었다.

"아, 기다리고 있었습니다. 난 사흘 전에 오실 줄 알고."

"일본에 들렀다가 왔어요."

"걱정 했습니다. 지금 어디 계시오?"

"퍼시픽 호텔에 있어요. 1421호실."

"알았습니다. 말씀 들었으니 이젠 걱정 마시고."

"그런데 오셨나요?"

김상철을 묻는 것이다. 이한이 옆에 선 동연교를 힐끗 올려다보았다.

"아직, 하지만 곧."

"알았습니다."

수화기를 내려놓자 동연교가 바짝 다가섰다. 가는 허리에서 엉덩이로 흐르는 부드러운 곡선이 바로 눈앞이다.

"누구예요?"

"넌 몰라도 돼."

"그 여자를 기다리고 있었어요?"

"……."

"당신 애인인가요?"

소파에서 일어선 이한이 갑자기 손을 휘둘러 동연교의 뺨을 쳤다.

"당장에 꺼져."

비틀거리던 동연교가 바로 서더니 눈물이 가득한 눈으로 그를 바라보았다.

"알고나 있으려고."

"꺼져, 이년아."

눈을 치켜뜬 이한이 그녀를 노려보았다. 그가 옷을 갈아입고 나왔을 때 동연교는 아직도 응접실의 그 자리에 서 있었다. 한쪽 볼에 붉게 손바닥 자국이 났고 얼굴은 눈물범벅이다. 스치고 지나는 것 같던 그가 문득 그녀의 앞에서 멈춰섰다.

"형님의 친구다, 그 여자는."

그는 잇새로 으르렁대듯 말했다.

"서울에서 형님을 도와 준 여자란 말이다."

"……"

"요사스런 중국 년 같으니, 조선 남자를 뭘로 보고 그 따위 수작이야?"

"잘못했어요."

동연교가 두 손으로 얼굴을 가렸다.

"앞으로 안 그럴게요."

"믿고 살든지 아니면 꺼져."

"믿을게요."

어깨를 편 이한이 응접실을 나서자 동연교가 서둘러 따라 나왔다. 어느덧 그녀의 두 눈이 또랑또랑해져 있었다.

이한의 차가 멈춰선 곳은 고려시에서 남쪽으로 30킬로미터쯤 떨어진 고속도로 갓길이다. 고속도로 위를 가끔씩 차량들이 맹렬한 속력으로 달려가고 있을 뿐 갓길에 세워진 차량은 앞쪽의 한 대 뿐이었다. 차에서 나온 이한이 앞 차로 다가가 운전석 옆자리로 들어가 앉았다. 차 안은 어두웠으나 스쳐 지나는 차량의 불빛에 잠깐 박기환의 얼굴이 드러났다.

"알고 계시겠지, 물론."

이한이 선뜻 입을 열었다.

"이유미가 퍼시픽호텔에 투숙한 것 말이오."

"1421호실이더군."

핸들에 두 손을 올려놓은 박기환이 어두운 앞쪽을 바라보았다.

"오늘밤 안에 집행해야 할 테니까 미리 손을 써두시오. 내버려 둘 수는 없는 노릇이오."

"지금쯤은 옮겼을 거요, 형님 저택으로."

박기환이 천천히 머리를 끄덕였다.

"그곳이 안전하겠지. 아마 평양에서도 내가 손을 못 대는 걸 이해 할 거요."

"당신들의 공작조는 이제 서울을 떠났습니까?"

"그건 나도 모릅니다. 하지만 여섯 명이 몰사했으니 충격이 컸을 거요."

박기환이 이한에게로 머리를 돌렸다.

"김 사장이 오면 전쟁이 일어나겠군, 그렇지 않습니까? 우리하고 말이오."

"……."

"평양에서도 우리한테 비상대기 지시를 내렸어요. 그들도 이제 김 사장이 부인 사건의 내막을 알고 있다는 걸 믿습니다."

담배를 꺼내어 입에 문 박기환이 라이터를 켜자 찌푸린 얼굴이 드러났다.

"나만큼 북조선 지도층의 내막을 알고 있는 자도 드물지. 그래서 환멸이 온 거요."

그는 담배연기를 앞쪽 창으로 내뿜었다.

"며칠 전에도 도망자 일곱 명을 처형했소. 내 손으로도 셋을 죽였지. 이금철이 먼저 쏘더구먼."

"……."

"북조선은 절대로 체제를 바꾸지 않을 거요. 이주민을 그대로 놓아주면 금방 남조선 자본주의에 물든다는 것을 알고 있으니까. 그땐 재산만 빼앗긴 심정이 될 테니까 말이오."

그가 문득 쓴웃음을 지었다.

"남조선의 부자들이 여기서도 방탕한 놀음을 시작하고 있더구먼. 그리고 그들의 배후에 국정원이 공작을 하고 있다는 정보가 있소. 하긴 남조선도 잠자코 있을 리가 없지."

그가 차에 시동을 걸었다.

"우리는 처음부터 예상하고 있었소. 이곳에서 북남전쟁이 일어날 것이라고 말이오."

다음 날 아침 서일의 집무실에는 장호성과 박기환, 이금철 등 북한측 간부급이 모여 앉았다.

"총독은 한마디로 거절했어. 작업장에서 노조결성을 한다면 즉시 작업장을 폐쇄하겠다는 거요."

서일이 쓴웃음을 지었다.

"이제 공식적인 조직은 가망이 없으니 당 세포조직을 강화시키는 수밖에."

고려리아 건립 초창기에 주로 북한계 조선족과 고려인을 중심으로 만들어졌던 노조는 북한 세력이 부침을 거듭하는 동안 해체되어 버렸던 것이다. 이제 북한측에 충성 서약서를 쓰고 고려리아에 들어온 한인들 중 그 서약을 지키는 사람은 드물었다. 이금철이 입을 열었다.

"성금문제에 대해서는 지시가 없습니까? 저는 그것이 시급하다고 생각합니다만."

그러자 장호성이 머리를 들었다.

"성금을 감할 수는 없어요. 다만 세포조직에서 걷는 돈을 최대한 줄이라고 지시하겠소."

그가 고려리아를 총괄하는 북한측 자금책임자인 것이다.

"더구나 요즘은 송금액이 급격히 줄어든 상황이오. 성금은 손댈 수 없습니다."

한 달에 2000만 달러가 넘게 송금되던 마약 판매대금이 그 10분의 1 가량으로 줄어든 것을 말하는 것이다. 장호성이 박기환에게로 머리를 돌렸다.

"제15공단처럼 당원들로부터 허위명목으로 돈을 걷어 착복한 놈들이 더 있을지도 모릅니다. 그런 놈들을 잡아 족쳐야 됩니다."

책임이 은근히 감찰대에게로 넘겨져 왔으므로 박기환이 이맛살을 찌푸렸다. 15공단의 세포책임자 두 명을 며칠 전에 공개처형했던 것이다.

"그런 놈들은 가차 없이 즉결처분을 하겠지만 성금을 시도 때도 없이 거두는 것도 문제요. 성금의 종류도 다섯 개가 되었다가 많을 때는 열 개도 되니 놈들이 그런 장난을 하는 겁니다."

"아니, 박 소장은 무슨 소리를 하는 거요? 그게 어디 내 탓이오?"

장호성이 얼굴을 붉히며 그를 노려보았다. 32호실 소속의 두 거물이 이렇게 부딪친 것은 처음 있는 일이었다. 입맛을 다신 박기환이 그의 시선을 피했다.

"동지 탓이라고 말하지 않았습니다. 본부의 행정담당이 미숙했기 때문일 겁니다."

붙어서 득 될 것이 없었으므로 장호성도 머리를 돌리자 한동안 방 안에 정적이 흘렀다. 한국에서 수십만 명의 투자이민이 쏟아져 들어오는 중이었고 유흥사업장의 경기는 사상 최고를 기록하고 있었다. 올해의 관광객은 벌써 500만 명을 돌파했는데 정부의 발표만으로도 관광수입이 75억 달러였다. 그러나 이쪽은 송금액이 줄어들고 도망자가 늘어나는 데다 횡령범까지 생기는 상황이다. 더구나 중소기업들이 북한 고용인을 기피하는 현상까지 보인다는 것을 그들 모두는 알고 있었다.

회의를 마친 이금철이 고려타운의 코즈모프 바에 들어섰을 때는 오후 1시가 되어가고 있었다. 코즈모프 바는 타운의 인구가 2, 3000명에 불과했을 적에 북한이 지은 고려리아 최초의 영업장이다. 지금 타운의 인구는 70만이 넘었고 코즈모프 바도 3층의 시멘트 건물로 바뀌어졌다. 5년 만의 눈부신 발전이다.

밀실에 앉아 있던 최태호가 그를 보더니 자리에서 일어섰다. 말쑥한 양복 차림이다.

"무슨 일 있습니까?"

최태호가 잠자코 앉는 이금철을 바라보았다.

"안색이 좋지 않으신데."

"넌 지금 몇 명이나 데리고 있어?"

불쑥 이금철이 묻자 그가 눈을 둥그렇게 떴다.

"누굴 말씀입니까?"

"도망자들 말이야."

"……"

"바른대로 말해. 며칠 전에 총살시킨 일곱 명 중에서 몇 명은 틀림없이 네 가게에서 일하고 있었어."

이윽고 최태호가 시선을 비꼈다. 그의 가게 중의 하나가 처형 장소에서 100미터도 떨어져 있지 않았던 것이다.

"본래 고문이라도 해서 고용주까지 처벌할 계획이었는데 내가 달려가 먼저 총질을 한 것이다. 그 자들 입에서 네 이름이 나올까봐서 말이야. 자, 말해. 도망자를 몇 놈이나 쓰고 있어?"

"40명쯤 됩니다."

어깨를 편 최태호가 그를 똑바로 바라보았다.

"위원장 동지가 쏘아죽인 일곱 명 중에서 여자 하나 남자 셋이 제가 데리고 있던 자들이었지요."

그러자 이금철이 쓴웃음을 지었다.

"나는 넷이야. 나머지는 박기환이 쏘았다."

"……."

"넌 역적이다. 널 비호하는 나도 마찬가지이고. 넌 공화국을 배신한 놈이야."

이금철의 기세가 사나웠으므로 최태호는 눈을 껌벅이며 입을 열지 않았다.

"네가 마약을 팔건 계집장사를 하건 난 내버려 두기로 했었다. 넌 조국을 위해 고려리아에서 공을 세웠으니 그만한 대가는 받아도 될 것이라는 생각이었는데."

이금철이 다시 그를 노려보았다.

"네놈은 이제 세포조직을 부수고 있어. 도망자를 고용해서 치부를 하고, 아니, 빼내오는지도 모르지. 이제는 널 용서할 수가 없다."

"……."

"하지만 너와의 오랜 교분을 생각해서 기회를 주겠다. 네가 벌어놓은 돈을 가지고 이곳을 떠나라. 기간은 사흘을 준다. 그렇지 않으면 널 감찰대에 넘기겠다."

"……."

"결정을 해. 나한테 말하란 말이다, 지금."

"임금의 6할을 가져가는 건 강도보다 더한 짓이오, 위원장 동지."

"조국에는 굶주리는 동포가 있어. 그리고 나머지 4할로도 배불리 먹어."

버럭 소리친 이금철이 상반신을 세웠다.

"네가 감히 누구를 강도라고 하는 거냐?"

"굶는 동포를 우리가 왜 먹입니까? 그렇다면 돈 많은 남조선 동포는 왜 우리를 그렇게 무시합니까?"

"닥쳐!"

"조선족과 고려인은 제각기 가게 주인이 되고 회사 사장이 되는데 왜 우리 북조선 동포만 이럽니까?"

이제는 얼굴이 하얗게 된 이금철이 그를 노려보았으나 최태호가 말을 이었다.

"고려리아는 모든 한인 동포가 모인 곳 아닙니까? 공화국에서 아무리 철저하게 교육을 받고 왔더라도 눈과 귀를 막을 수는 없습니다. 이러면 안 됩니다, 위원장 동지."

"떠나지 않겠단 말이냐?"

"예, 위원장 동지."

"그렇다면 당장 감찰대에 넘기겠다."

"그렇다면 먼저 계산하실 것이 있습니다."

시선을 내린 최태호가 낮은 목소리로 말했다.

"5만 달러가 들었습니다."

"……."

"지난번 위원장 동지가 평양으로 소환 결정이 났다가 취소된 이유를 말씀드리지요. 그것은 제가 감찰대장 박기환 동지에게 5만 달러를 주었기 때문입니다."

"……."

"물어보셔도 상관없습니다, 위원장 동지. 이제 조금 이해가 가십니까?"

강미현이 김상철의 저택에 서울에서 온 이유미가 묵고 있다는 것을 알게 된 것은 오후 4시경이었다. 그것을 알려준 사람은 박태현이다.

"공항에 조회를 해봤더니 어젯밤에 일본에서 도착했더군요. 관광객이 많아서 공항 경비대는 모르고 지나친 것 같습니다."

테이블 앞에 선 그가 조심스럽게 말했다. 설령 알았다고 해도 이유미는 범법자가 아니다. 강미현은 시바다 겐지의 배후세력이었고 이유미는 그의 정부였으니 우호적인 관계라고 볼 수도 있다. 오히려 그녀를 고려리아에서 추방시킨 김상철이 적대적 관계인 것이다. 박태현이 머리를 한쪽으로 기울였다. 이유미의 동향을 알려온 것은 타운에 있던 그의 정보원이다. 경비본부는 아는지 모르는지 문제 삼지도 않고 있었다.

"오전에는 이한이 저택에 들렀고 오후에는 그 여자가 경호원 네 명을 대동하고 타운에 나와 쇼핑을 하고 돌아갔습니다."

박태현이 말하자 강미현은 자리에서 일어섰다. 창가로 다가간 그녀는 그림자가 짙어져 가는 도시를 내려다보았다.

"내버려 둬요, 무슨 짓을 하든."

"예. 그리고 잊었습니다만, 오전에 그 여자가 김상철의 부인 묘소에 들렀다고 합니다."

"……."

"꽃을 놓았다는군요."

행정청을 나온 강미현이 최희은을 만난 것은 저녁 6시경이었다. 그녀는 내일 서울로 귀국할 예정이었다. 그들은 호텔의 스카이라운지에서 술을 곁들인 식사를 했다. 식사에 거의 손을 대지 않은 강미현이 포도주잔을 들며 말했다.

"나도 인간이야, 여자라고. 왜 감정이 없겠어?"

혼잣소리처럼 말하자 최희은이 얼굴에 웃음을 띠웠다.

"그걸 들어줄 친구가 네 앞에 있어."

"내가 꼭 이래야 하나 하는 생각이 한두 번 든 게 아니었어."

"당연하지. 네 자존심을 내가 알아."

한 모금 술을 삼킨 강미현이 그녀를 똑바로 바라보았다.

"난 버림받았다는 생각이 들었다. 그것, 얼마나 처참하고 분한 줄 알기나 하니? 내가 보통여자처럼, 삼류 연속극처럼 그 꼴이 되었다는 것이."

"그렇겠지."

"정신을 차리고 보니 어제의 약혼자가 하룻밤 사이에 적이 되어 있었어. 현실적인 내 미래에 대해서 말이야."

"잘 된 거지, 아마 김상철이 그 여자와 멀리 떠났다면 넌 정신도 늦게 차렸을 테니까. 너도 알지? 내가 어렸을 때 그 자식이 프랑스로 떠났던 것. 그때 난 상대가 없어서 무지하게 먹기만 했다."

"……"

"넌 다행히 네 눈앞에 상대가 있었고 이를 악물고 일을 한 거야. 고려리아의 미래를 위해서, 그 장애물인 김상철을 제거하려는 일을."

"……"

"그리고 번번이 갈등에 싸였겠지. 이것이 진정 고려리아를 위한 감정인가? 아니면 원한인가? 그러면서 합리화도 시켰을 것이고."

"지금도 난 그 남자를 가슴에 두고 있는가 보다. 이제 결코 이룰 수 없는 관계인데도 말이야."

식탁 위로 시선을 내린 강미현이 입 끝을 비틀면서 웃었다.

"시바다의 정부였던 이유미라는 여자가 지금 그 사람의 저택에 들어가 있어. 수없이 남자를 바꾼 요부지만 아름다운 여자야. 그 이야기를 들었을 때 난 가슴이 막혔어."

정색을 한 최희은이 천천히 머리를 끄덕였다.

"이제 한 단계 지난 거야. 조금 더 있으면 그 감정도 둔해지고 이야깃거리만 늘어나게 될 것이다. 그 남자 주변 이야기, 그리고 더 지나면 그 남자 이야기에 흥이 나게 될 것이고 그리고 나서 천천히 흥이 떨어지다가 결국은 겨우 이름만 기억하게 된단다."

"얘는 꼭 제 이야기만."

강미현이 쓴웃음을 지었으나 조금 가벼워진 표정이었다.

"너하고는 상황도 입장도 다르단 말이다, 이것아."

"알아."

정색을 한 최희은이 눈을 크게 떴다.

"이쪽 분위기가 변화무쌍하다는 것과, 미래는 아무도 예측할 수 없다는 것도 알아."

의자에 등을 기댄 최희은이 술잔을 들었다.

"그리고 네가 조금 개운해진 것도 안다, 이것아."

짧은 여름 동안 자라났던 잔디는 이미 노랗게 시들었고 아래쪽 평원 위에는 흰 눈이 덮여 있었다. 차가운 바람이 스치고 지나자 묘비 앞에 꽂힌 꽃송이들이 흔들렸다. 박미정은 대리석 묘비 밑으로 2미터쯤의 깊이에 묻혀 있었다. 한국식 봉분이 아니라 지면을 평탄하게 다듬은 유럽식이다. 주위가 어두워져 가고 있었으므로 잔글씨는 보이지 않았지만 한글로 파인 박미정의 이름은 뚜렷했다.

묘비 앞에 선 김상철의 다섯 걸음쯤 뒤쪽으로 이한과 그레고리, 변순태 등 십여 명의 사내들이 서 있었는데 주위에는 조금 전보다 거칠어 진 바람소리만 들려 올 뿐이다. 이윽고 김상철이 몸을 돌리자 굳어졌던 사내들의 대열이 흐트러졌다. 이제 그들은 김상철을 중심으로 반원형의 진(陣)을 만들고는 저택으로 다가갔다.

이미 저택의 경비초소에는 불이 켜져 있었고 활짝 열린 정문의 양쪽에는 경호원들이 도열해 있다. 고려리아에 김상철이 도착한 것은 한 시간 전이다. 하바롭스크에서 헬기편으로 날아왔던 것이다. 두 달 가깝게 고려리아를 떠나 있었던 김상철이다. 조선족과 고려인이 대부분인 경호원들은 한결같이 무섭게 긴장한 표정들이었다. 원진(圓陣)의 말석을 따라가던 김봉만은 억누르고 있던 숨을 길게 내뱉었다. 이렇게 기다리는 부하들에게 김상철을 무사히 모시고 왔다는 성취감도 있다. 하지만 그보다 더 큰 감동은 이 분위기의 일원이 되었다는 것이다. 그의 짧은 일생에서 이런 느낌은 처음이었다.

이유미는 2층의 창가에서 저택으로 다가오는 일군(一群)의 사내들을 바라보며 서 있었다. 발아래의 현관에도 집안일을 하는 십여 명의 남녀가 도열해 있는 것이 보였다. 모두 굳어진 태도인데다 입을 여는 사람도 없다. 김상철의 일행이 가까워졌으므로 이유미는 커튼 자락에 몸을 숨겼다. 자신은 외인(外人)인 것이다.

밤 11시가 되어가고 있었다. 인사차 왔던 사업장의 대표들과 간부급 부하들도 대부분 돌아갔고 응접실에 남은 사람은 그레고리와 이한, 변순태 등 세 사람이다. 탁자 위에 보드카와 안주접시가 놓이자 그레고리가 먼저 잔에 술을 따르더니 한 모금에 삼켰다.

"북한측이 긴장하고 있을 겁니다, 보스."

그가 수염에 묻은 술 방울을 닦으며 김상철을 바라보았다.

"며칠 전에는 최태호가 이금철에게 쓸데없는 소리를 해서 상황이 조금 복잡합니다."

무슨 소리냐는 듯 김상철이 머리를 들자 변순태가 입을 열었다.

"최태호가 박기환에게 뇌물을 줬다고 이금철한테 말했다는 겁니다."

최태호한테서 들은 그날 밤의 상황을 변순태는 조리있게 이야기 했다.

"최태호는 어쩔 수 없었다지만 이금철이 박기환을 고발할 가능성이 있습니다."

"박기환은 알고 있나?"

김상철이 묻자 이한이 머리를 끄덕였다.

"제가 만나 이야기해 주었습니다."

물론 최태호는 박기환이 이쪽에 정보를 팔고 있는지를 모른다. 그것은 박기환이 요구했기 때문이기도 하지만 이쪽에서도 편리한 점이 있었기 때문이다. 그레고리가 다시 술잔을 들었다.

"한국의 졸부들이 몰려든 바람에 사업장의 매상이 50% 가량이 늘어났습니다. 고급 소비재의 판매량이 두 배가 되었고……."

그러자 변순태가 헛기침을 했다.

"북한 고용인들은 사업장을 이탈하는 횟수가 늘어나고 있습니다, 사장님. 이유야 어떻든 간에 고려리아에서 남북한 양쪽 국민은 문제입니다."

"고려리아의 기초를 세운 것은 러시아와 중국에서 건너온 고려인과 조선족이야. 지금도 가장 중심을 잡은 고려리아의 국민이고."

그렇게 말한 것은 이한이다. 고려인 출신의 그가 힐끗 김상철 바라보았다.

"한쪽은 조이고, 한쪽은 풀어서 고려리아 국민을 만들어야 돼. 그렇지 않습니까, 형님?"

그날 밤 자정 무렵, 고려시의 산토스 클럽에서 홍양근 사장은 친구 두 명과 함께 술을 마시고 있었다. 40대 중반의 그들 세 사내는 한국에서 이주해 온 지 아직 두 달이 못되었지만 이미 제각기 사업장을 차린 사장님들이었다.

서울에서 사채업을 하던 홍양근은 고려타운에 금융회사를 차렸는데 장사가 잘 되었다. 고려리아는 사채업도 허용하고 있었으므로 그는 이제 엄연한 금융회사의 사장님이다. 그의 앞에 앉은 고 사장과 한 사장은 각각 한국에서 셔츠공장과 전기기구 제작회사를 운영하다가 고려리아로 이주해 온 사람들로 행정청의 지원을 받아 공장을 가동시킨지 얼마 되지 않았다.

"이봐, 나가는데 얼마냐?"

홍양근이 옆에 앉은 여자의 어깨를 끌어당겼다. 그들은 밀실에 앉아 있었는데 제각기 여자들을 끼고 있었다. 20대 중반쯤의 그의 파트너는 갸름한 얼굴형의 미인이었다. 그녀가 잠자코 있었으므로 홍양근은 어깨 위에 놓인 손으로 젖가슴을 움켜쥐었다. 이미 양주를 세 병이 넘게 마신 참이어서 취기가 올라 있었다.

"얼마 주면 돼?"

"전 2차 안 나가요."

그러자 세 사내가 소리내어 웃었다.

"별년 다 보겠네. 하긴 고려리아는 별난 곳이지. 갖가지 경험을 할 수가 있고."

다른 두 사내에 비하면 홍양근이 이런 곳의 출입이 많은 편이다. 이한

관할의 산토스클럽은 일류급 클럽으로 그가 단골로 다니는 곳이었다.

"너, 중국에서 온 조선족이라고 했지?"

젖가슴을 움켜쥔 채 그가 묻자 여자는 머리를 끄덕였다.

"예, 선생님."

"2차 한 번도 안 나갔단 말이냐?"

"예, 한 번도."

"얼마 주면 나가겠어? 1000달러 줄까?"

방 안이 조용해졌다. 고려리아의 여자 값이 타지역에 비해서 비싸기는 했지만 1000달러면 두 배가 넘는 금액이다. 이제는 인구가 많아지면서 여자의 비율이 상대적으로 높아져 가격이 떨어지는 중이었다.

"어때? 나갈 테냐?"

"죄송합니다, 선생님."

"뭐 이런 년이 다 있어?"

여자에게서 손을 뗀 홍양근이 눈과 입을 벌리고는 어이없다는 표정을 했다.

"그곳에 내 연장만 꽂지 않았을 뿐이지 만질 곳은 다 만졌다. 너하고는 이미 한 것이나 마찬가지여, 이 갈보년아."

홍양근이 와락 여자를 옆쪽으로 밀었다.

"난 너 같은 년은 질색이야. 이런 년이 밖에 나가면 요조숙녀 행세를 하지. 다만 연장만 꽂히지 않았으면서."

앞쪽의 사내들이 피식거리며 웃었으나 경색된 분위기 때문인지 여자들은 굳은 표정이었다.

"꺼져, 이 위선자 같은 년."

홍양근이 소리치자 잠자코 일어선 여자는 밖으로 나갔다.

"어이, 한잔씩 돌리자고. 신경들 쓰지 말어."

술병을 든 홍양근이 사내들을 바라보며 웃었다. 다시 분위기가 부드러워졌을 때 노크소리가 들리더니 지배인이 들어섰다.
"사장님, 얘가 마음에 들지 않으십니까?"
건장한 체격의 지배인은 반쯤 허리를 숙이고 있었다.
"다른 애로 보낼까요?"
"이봐, 이리 와봐."
홍양근이 지배인을 옆자리에 앉혔다. 그리고는 지갑을 꺼내더니 100달러짜리 지폐 서너 장을 빼내어 그에게 건네주었다.

 그로부터 두 시간 후인 새벽 2시경에 이한은 산토스 클럽 4층에 있는 방에 서 있었다. 그의 뒤에는 대여섯 명의 부하들이 문을 가로막듯 몰려 섰고 벽 쪽에 붙어 선 사내는 산토스 지배인이다. 이한이 찌푸린 얼굴로 다시 침대 위를 바라보았다. 온통 피칠을 한 침대 위에 반듯하게 누운 사내는 홍양근이었다. 그의 가슴에는 아직도 커다란 식칼이 꽂혀져 있었는데 커다랗게 치켜뜬 눈에는 이미 생기가 없다. 이한이 지배인에게로 몸을 돌렸다.
"그년은 어디 있어?"
퍼뜩 놀란 지배인이 몸을 세웠다.
"예, 클럽 지하실에 잡아놓았습니다."
홍양근에게 칼을 꽂고 도망치다가 잡혀 온 것이다. 입맛을 다신 이한이 지배인에게로 한 걸음 다가가 섰다. 그는 서울 영등포 출신으로 영등포에서 룸싸롱 지배인을 지냈다는 사내였다.
"경비대에 신고를 해라. 덮어 둘 수는 없는 일이야."
"예, 사장님."
"여자는 내 차에 실어."

"예?"

놀란 듯 지배인이 다시 묻자 이한이 이맛살을 찌푸렸다.

"여자는 도망친 것으로 하란 말이다. 인상착의도 그대로 말하고, 사업장에서 도망친 북한 여자라고 사실대로 말해. 알아들었어?"

"예, 사장님."

"조선족이나 고려인으로 둘러댈 필요도 없다. 도망친 북한 여자를 고용한 것이 문제될 건 없어."

잠시 후에 이한의 승용차는 고려시의 12차선 도로를 총알처럼 달려가고 있었다. 뒷좌석에 앉은 그의 옆에 남자용 반코트로 몸을 감싼 채 불안한 듯 웅크리고 있는 여자가 살인녀이다. 차가 고려시를 벗어나자 이한이 여자에게로 머리를 돌렸다.

"네 이름이 뭐야?"

"정순미입니다."

조금 가늘었지만 차 안의 사내들은 모두 알아들었다.

"너, 내가 누군지 알아?"

"압니다."

"고향이 어디야?"

"평안북도 정주입니다."

"몇 살이야?"

"스물다섯입니다."

"남편 있어?"

"없습니다."

"사업장에서 왜 도망쳤어?"

"돈 벌려고 도망쳤습니다."

"이런 식으로 말이냐?"

"……."

"죽은 놈한테서 빼앗은 지갑은 어디 있어?"

"빼앗지 않았습니다."

여자가 이한을 똑바로 바라보았다.

"저는 그런 여자가 아닙니다, 사장님."

입맛을 다신 이한이 의자에 등을 기대었다.

"네년은 그놈을 칼로 찍고 지갑을 빼내 도망치다가 경비원들한테 잡혔다. 잡힐 때 네년 옷에는 피가 묻어 있었어."

"그래요, 제가 죽였습니다."

여자가 소리치듯 말했으므로 이한이 그녀를 쏘아보았다. 여자가 말을 이었다.

"지배인이 싫다는 저를 억지로 끌고 방으로 올라갔습니다. 그래서 잠시 물을 먹겠다고 클럽 주방에 들어가 칼을 넣어갔지요. 처음부터 죽일 생각은 없었습니다. 차라리 제가 죽으려고 했어요."

"……."

"방에서 남자가 심하게 대하기에 찔렀습니다. 그리고는 도망쳐 나왔어요."

"……."

"자는데 1000달러나 준다고 했어도 거절했어요. 그랬더니 술 마시다 저를 쫓아냈어요. 같이 술 마신 사람들도 다 알아요."

여자가 손바닥으로 얼굴을 가렸다.

"그런 제가 돈을 훔치려고 사람을 죽이다니요. 그냥 그 남자가 싫어서 그랬을 뿐입니다. 절대로 저는……."

"지배인은 네가 남자 방에 들어갔을 때 어디 있었어?"

"계단 아래에서 감시하고 있었어요. 저는 뛰어내려오다가 그를 만났습니다."

"그때 잡혔나?"

"아닙니다. 가방 가지고 거리로 나왔다가 경비원들이 제 옷의 피를 보고는."

이한이 앞좌석으로 머리를 돌렸다.

"지배인 그놈을 잡아 족치라고 해라."

부하가 서둘러 전화기를 들자 이한이 혼잣말을 했다.

"어쨌든 남북한 양쪽 연놈들이 말썽이야, 이곳은."

눈발이 휘날리는 날씨였다. 하늘은 잔뜩 흐려 쏟아질 것 같았다. 오전 10시 30분경, 총독은 접견실에서 고려리아 주재 미국 대표부의 레니 브라운 대표와 회견하는 중이다. 참석인원은 총독과 행정청장 이남호, 브라운 등 셋이었다. 브라운이 입을 열었다.

"각하, 미합중국 대통령은 고려리아와의 우호증진을 원하고 있습니다. 그래서 고려리아 대표부를 대사관으로 승격시킬 것도 고려하고 계십니다."

이남호의 통역을 들은 총독이 머리를 끄덕였다.

"세계의 초강대국인 미국의 대사관이 있다는 건 곧 그 나라의 존재가치를 인정받았다는 뜻이지. 좋은 현상이군."

브라운은 영사 시절을 한국에서 보낸 한국통이다. 국무성의 보좌관을 지내다가 고려리아로 부임한 지 6개월이 조금 넘었다. 이남호로부터 말을 전해 듣자 브라운이 얼굴에 주름을 만들며 웃었다.

"특히 경제 협력을 강화시켜야 할 필요가 있습니다, 각하. 고려리아의 생산품 주시장이 미국인 데다가 올해만 해도 미국 관광객이 이곳에 100만 명 가깝게 다녀갔지요."

"그렇지. 돈 좀 뿌리고 갔지."

이남호가 비슷하게 통역을 하자 총독이 이맛살을 찌푸렸다. 그도 영어는 말하고 듣는 것이다. 하지만 언제부터인가 그는 영어는 말할 것도 없고 일본어까지도 직접 말하지 않게 되었다. 그것이 유리한 점이 많았던 것이다. 그는 조금 급한 성격이어서 통역을 통해 말하면 생각할 시간을 갖게 되기 때문에 실수가 줄어든다.

그리고 품위도 지켜지는 것이다. 브라운이 말을 이었다.

"각하, 미국은 고려리아가 남북한 어느 한쪽에도 치우치지 않는 자주국(自主國)이 되기를 바라고 있습니다."

"만일 그렇게 되지 않는다면 미국과 일본, 거기에다 중국까지 불안해할 테니까, 균형을 깨면 안 되겠지."

총독이 이남호의 통역을 귀를 세우고 듣더니 다시 말했다.

"고려리아는 또한 미국, 일본, 중국의 어느 한쪽에도 치우치지 않을 것이라고 말해. 그렇지, 미국이 남북한 양쪽은 가지고 놀고 있지만 고려리아는 통하지 않을 것이라고."

"예. 하지만 각하, 잠시 기다리셨다가 그 말씀을 하시는 것이 낫지 않겠습니까?"

"하긴 그렇다."

총독이 이쪽을 바라보는 브라운을 향해 얼굴에 웃음을 띠웠다.

"내가 피해의식이 남아 있는가 보다."

그러자 브라운이 자리를 고쳐 앉았다.

"각하, 남북한과 고려리아는 이제 한민족이 중심이 된 삼국으로 나뉘어졌습니다. 따라서 한민족의 우방인 미국 정부는 삼국의 평등과 질서에 대해서 도움을 드릴 책임이 있습니다."

브라운이 말을 이었다.

"이미 남북한 양국은 미국 정부와 우호조약을 맺었고 중재자 역할을 맡겼습니다. 그래서 고려리아 정부도 미국 정부에게 같은 역할을 맡겨주시는 것이 삼국관계에 도움이 될 것 같습니다만."

이남호의 통역이 끝나자 총독이 커다랗게 머리부터 끄덕였다.

그의 반응을 본 브라운이 얼굴에 미소를 짓자 총독이 입을 열었다.

"고려해 보겠다고 말해라."

이남호의 말이 끝나기를 기다렸다가 그가 다시 말을 이었다.

"당연한 일이라고도. 미국이 보증을 해준다면 믿을 만하지."

회담이 끝나고 이남호가 만족한 표정의 브라운을 배웅하고 돌아왔을 때 총독은 뒷짐을 진 자세로 창가에 서 있었다. 머리를 돌린 총독이 그를 바라보았다. 조금 전과는 전혀 다른 딱딱한 표정이다.

"중재 역할을 맡겠다고? 남북한을 인질로 잡고 있다고 우리를 만만하게 보는 모양인데, 이놈들이."

이남호가 입맛을 다셨다.

"남북한 양쪽은 이미 미국 정부에게 중재자 역할을 맡겼다고 하지 않습니까? 앞으로 남북한 문제에는 미국이 우리에게 끼어들 것 같은데요."

"원수로다."

어금니를 문 총독이 머리를 좌우로 저었다.

"한반도를 갈라놓은 놈들이나, 갈라진 땅덩이에서 치고받기만 하다가 인질이 된 놈들이나 모두 원수로다."

"하지만 아까 말씀은 잘 하셨습니다. 그렇게 보내신 것 말씀입니다."

"뜻대로 되지는 않을 것이다."

몸을 돌린 총독이 창틀에 기대섰다.

"고려리아는 다르다. 나는 이제야말로 한민족의 진면목을 보여줄 테다."

총독이 문득 이남호를 바라보았다.
"김상철이 돌아왔다던데, 지금 어디에 있나?"

총독으로부터 만나자는 연락이 왔을 때 제일 강하게 반발한 사람은 물론 이한이다. 그는 이것이 틀림없는 함정이라고 했다. 끌어들여서 제거할 작정이라는 것이다.
"거절하십시오. 총독이 일을 벌이면 그것으로 끝입니다."
그레고리도 이한과 같은 생각이었다.
"보스, 총독이 꼭 할 이야기가 있다면 보스의 저택으로 오라고 하십시오. 그래야 정상이오."
김상철의 저택 안이다. 응접실에 둘러앉은 그들은 모두 격앙된 분위기였다. 강미현이 수단과 방법을 가리지 않고 김상철을 제거하려고 했던 것이 바로 엊그제이다. 그것에 대한 해명도 없이 총독은 일방적으로 만나자는 연락을 해온 것이니 그들의 반응은 당연했다.
"행정청장이 신변안전을 보장했어."
김상철이 그들을 둘러보았다.
"경비 본부장도 염려하지 말라고 했어."
"강미현이가 또 해결사를 사서 숨겨 놓았을 수도 있습니다."
이한이 다시 나섰다.
"형님이 총독과 만나시는 동안 강미현을 나한테 인질로 맡기라고 하십시오."
"쓸데없는 소리."
이맛살을 찌푸린 김상철이 그를 쏘아보았다.
"내가 총독을 잘 알아. 필요에 따라 적도 되었다가 동지도 되는 성격이지만 비겁한 사람이 아니야."

그가 응접실에 모인 사내들을 둘러보았다.

"고려리아 주변의 상황이 심각하고 내부도 어지러운 때야. 이럴 때 날 불러들여 제거해서 득 될 것이 없을 거야."

그레고리가 머리를 끄덕였다.

"알겠습니다, 보스. 그렇다면 우리가 밖에서 기다리지요. 시간이 되어서도 보스가 나오지 않는다면 쳐들어가겠소."

"그럴 필요도 없어."

"보스가 중요하지만 조직도 중요합니다. 만일 보스한테 문제가 생긴다면 고려리아 조직은 사분오열이오. 삼합회와 마피아, 야쿠자에게 좋은 일만 시켜 줄 겁니다."

그레고리가 옆에 앉은 이한과 변순태, 양성훈 등을 둘러보는 시늉을 했다.

"제각기 독립들을 시켜 놓아서 저마다 대장이니 보스가 없다면 우린 금방 남이 될 거요."

"이 털보가 지금 무슨 소리를 하는 거야?"

그레고리는 반농담으로 한 소리였는데 이한이 버럭 성질을 냈다.

"지금 농담할 상황이야? 당신 한국말 자랑하는 거야?"

그러자 이제까지 잠자코 앉아 있던 양성훈이 입을 열었다.

"한국계 이주민이 집단화하고 있습니다. 제각기 업종별로 교섭단체를 꾸미고 단체장을 내세우는데 이것이 조직화되면 정부가 곤란해질 우려가 있습니다."

그는 국정원 출신으로 김상철의 조직정비를 책임지고 있는 사람이다. 40대 후반으로 방 안의 사람들 중 제일 연장자였으므로 모두 그에게로 시선을 주었다.

"고려리아 정부로서는 그들의 조직화가 생산성이나 행정 관리에 편리하기 때문에 견제할 구실이 없지요. 이것은 새로운 유형의 조직입니다. 난 총독이 이 문제를 거론할 것 같습니다만."

"새로운 한국 조직이란 말이오?"

이한이 묻자 그는 머리를 끄덕였다.

"그들을 견제할 사람으로 사장님이 적격이지요. 그들이 뿌리를 내리면 한국식 모든 병폐가 일어날 가능성이 있으니까."

"양 선생이 잘 말해 주셨어."

김상철이 입을 열었다.

"조금 전에도 말했지만 고려리아 내부 상황도 시시각각 변한다. 지금은 강미현의 행동에 시비를 가릴 상황이 아니야."

그는 머리를 들어 말석에 앉아 있는 김봉만을 바라보았다.

"나는 봉만이만 데리고 간다. 물론 회담장에는 나 혼자 들어 갈 것이고."

김상철이 총독 저택을 방문한 것은 처음이다. 총독도 자신의 저택에서는 거의 손님을 만나지 않았는데 오늘은 김상철을 비밀리에 부른 것이다. 바람이 그치고 눈이 쌓이기 시작하는 밤 10시 경이다. 이번에도 이남호가 동석을 해서 인사가 끝난 다음 셋에서 소파에 정삼각의 구도로 앉았다. 물론 정점은 총독이다. 전혀 예기치 않았던 총독의 호출이었으므로 김상철은 긴장하고 있었다. 이윽고 총독이 턱을 들고는 김상철을 바라보았다.

"이건 나와 너와의 극비회동이야. 말이 새어나갈 염려는 안 해도 되겠지?"

"그건 염려하실 것 없습니다, 각하."

총독이 머리를 끄덕였다.

"그, 부인 사고 이야기를 들었어. 대단히 불행한 사건이야."

"……"

"파란이 많은 인생이지만 잘 버티고 있구나. 훌륭하다."

탁자 위의 녹차 잔을 쥔 총독이 한 모금을 마시고는 내려놓았다.

"한국 정부와 관계가 좋지 않은 모양인데, 네가 여러 가지 혐의로 수배되어 있다고 들었다. 한국 정부에서 널 인도해 달라는 협조요청이 왔어."

김상철이 잠자코 시선을 내렸다. 그것은 당연한 일이었지만 이제까지 고려리아 정부에서 그런 요청에 응한 적은 없다. 총독이 김상철을 똑바로 바라보았다.

"북한 이주민을 대량으로 받을 생각이다. 한동안 북한계를 받지 않았더니 남북한 주민의 균형이 맞지가 않아. 노동력도 턱없이 부족하고."

"……"

"네가 필요하다. 경비대장으로는 북한의 세포조직을 통제하기 어려워. 네가 북한 조직에 필적하는 중도(中道)조직을 확장해 줘야겠다."

고려리아 개척 초창기의 구도가 다시 재현되는 것이다.

김상철이 머리를 들었다.

"알겠습니다, 각하. 조직을 확장하겠습니다."

"요즘 들어 한국 이주민을 중심으로 여러 기업단체가 급격하게 늘어나고 있어. 그 자들은 대부분이 고려리아의 설립정신이 없는 타락한 현실 도피자들이야. 나는 고려리아가 그런 인간들에게 오염되는 것을 바라지 않는다."

"그럼 그쪽도 제가 조직을 만들란 말씀입니까?"

"너도 무슨 단체장을 맡는 것이 낫겠다. 말하자면 행정청과 업무협의를 할 수 있는 입장이 되라는 거야."

"그렇게 하겠습니다, 각하."

이남호가 가볍게 헛기침을 하고는 의자에 등을 기댔다. 조금 긴장이 풀린 것이다. 그는 총독과 함께 수십 년 동안 수백 건의 대협상(大協商)에 참여했지만 이런 경우는 처음이었다. 갑자기 총독이 김상철을 찾았을 때부터 그에게는 놀람과 긴장의 연속이었다. 김상철이 선뜻 호출에 응한 것도 놀라웠고 마주앉은 둘은 지난 이야기는 꺼내지도 않는다. 총독이 이남호에게로 머리를 돌렸다.

"청장도 알아들었지?"

"예, 각하. 알아들었습니다."

퍼뜩 이남호가 상체를 세우자 총독이 만족한 듯 머리를 끄덕였다.

"우린 다시 옛날로 돌아간 거야. 김상철이 주민의 분위기를 일신시킬 것이다."

김상철이 돌아가자 이남호가 정색을 했다.

"각하, 각하의 의도에는 공감하고 있습니다만 대안을 김상철로 하신다는 것이……."

"당연하지."

의자에 등을 기댄 총독이 눈시울을 더욱 늘어뜨리며 웃었다.

"몇 십 년을 함께 지냈으면서 아직도 날 모른단 말이냐? 김상철보다 나은 대안이 어디 있단 말이냐?"

"예, 그거야, 하지만……."

"중도세력, 즉 고려리아 중심의 한인세력을 결집시킬 인물로는 김상철만한 놈이 없다."

"예, 하지만……."

"그 사이에도 부쩍 성장했더군. 이젠 대인의 풍모를 갖추었다."

"……."

"앞으로 자네와 내가 그놈을 자주 만나게 될 것이다. 또 그렇게 되어야 하고."

한동안 총독을 바라보던 이남호가 이윽고 머리를 끄덕였다. 이런 일에 감정을 개입시켜 생각하면 실마리가 풀리지 않는 것이다.

긴급상황

고려리아에 도착한 북한측 협상 대표는 하준일이다. 당 정치국원이자 부총리 겸 당비서, 거기에다 대외연락부장을 맡고 있는 그는 한때 서열 20위 권 밖으로까지 밀려 났다가 지금은 예전과 비슷한 서열 5위로 김정일의 신임을 되찾고 있었다. 반백의 머리에 날카로운 눈매의 하준일은 기가 센 인물이다. 미국과의 경수로 회담에서 강경 일변도의 자세로 나가도록 교섭단을 배후 지휘한 것도 그였고 그것이 성공적인 결과를 얻자 김정일의 신임이 더욱 두터워졌던 것이다. 저녁 무렵, 하준일은 대표부의 회의실에서 서일 이하 간부들과 함께 회의를 주재했다. 도착한 지 두 시간도 안 되었지만 내일 아침에는 남북한 대표회담이 열리는 것이다. 하준일이 테이블 좌우에 둘러앉은 사내들을 하나씩 바라보았다. 자신과 권위에 찬 표정이다.

"내일 회의에는 고려리아측을 참석시킬 이유가 없지. 회의장소야 그들이 제공하겠지만 말이오."

하준일이 얼굴에 웃음을 띠웠다.

"고려리아측도 이미 알고 있을 거요."

회담 5일 전에 북한은 대표단의 구성원을 한국측에 통보해 주면서 이번에는 고려리아측을 참석시키지 않겠다고 했던 것이다.

서일이 조심스럽게 입을 열었다.

"하지만 부총리 동지, 회담 후에 총독을 만나시는 것이 나을 것 같습니다만. 부총리 동지께서 이곳에 오신 것도 알고 있으니만치."

"당연히 만나야지. 왜냐하면 북남회담을 마치고 고려리아와의 회담을 할 작정으로 왔으니까."

커다랗게 머리를 끄덕인 그가 좌우를 둘러보았다.

"고려리아와의 관계가 가장 중요하다고 지도자 동지께서도 여러 번 말씀하셨소. 결코 지난번과 같은 일이 일어나서는 안 됩니다."

그의 시선이 부딪혀 온 순간 이금철이 입을 열었다.

"부총리 동지, 현재 이주민의 사업장 이탈사건이 증가되고 있습니다. 또한 사업장에서도 공화국 이주민의 고용을 기피하고 있는 실정입니다. 저는 공화국의 고려리아 정책이 전면적으로 수정되어야 한다고 생각합니다."

갑자기 회의실 안에 무거운 정적이 덮여졌다. 파격적인 발언인 것이다. 정책은 지도자 동지가 결정하여 시달한다. 이것은 지도자에 대한 비판으로 볼 수도 있다. 하준일의 얼굴도 딱딱하게 굳어져 있었다. 한동안 이금철을 바라보던 하준일이 입을 열었다.

"이 동무, 그것은 사업장 관리를 맡은 이 동무의 책임도 있소. 보다 강력한 세포조직이 형성되었다면 이탈자가 발생하지 않았을 거요."

그는 얼굴을 부드럽게 폈다.

"고려리아는 자본주의 세상이지. 우리도 이미 예상은 하고 있었소. 자본주의에 물든 반동들이 일부분 이탈할 것을 말이오. 보다 조직을 강화시키고 처벌을 엄격하게 해야 합니다."

회의가 끝나 계단을 내려가는 이금철에게 박기환이 다가왔다.
"이 동무, 타운으로 가실 거면 같이 갑시다."
하준일과 서일 등은 대표실로 들어 간 모양이었다. 그들은 박기환의 벤츠를 타고 대표부를 나왔다. 밖은 이미 어두워져 있었다. 대로에 들어선 차가 속력을 내었을 때 박기환이 입을 열었다.
"동무, 가만있어도 될 걸 왜 문제를 만드는 거요? 누가 동무에게 반동들의 사업장 이탈 책임을 묻습디까?"
"……."
"평양에선 알면서도 고칠 수 없는 모양이오. 감히 지도자 동지께 나서서 말할 사람이 없겠지. 저 하준일 동지도 마찬가지요."
박기환이 입맛을 다셨다.
"생각해 보시오. 지도자의 은혜로 고려리아에 보내지면서 갖은 충성의 서약까지 한 이주민들이오. 그들은 성금을 내겠다고 서약도 했소. 거기에다 실제로 임금의 3, 4할만 갖고도 공화국에서보다 몇 배는 더 나은 생활을 합니다."
"……."
"최태호가 동무의 소환을 막기 위해서 나에게 5만 달러를 주었는데 그것 때문은 아니오."
소리를 죽여 말한 박기환이 얼굴에 웃음을 띠웠다.
"그 돈을 장 동지에게 주려다가 명목이 생각나지 않아서 갖고만 있습니다. 만일 사실대로 말했다가는 최 동무는 말할 것도 없고 이 동무까지 중형을 받을 것 같아서."
"……."

"최 동무도 고려리아에 우리 공화국이 기반을 굳히는 데 한몫을 한 사람이오. 그래서 나는 입을 다물기로 한 거요."

김상철의 저택에서 리조트 시티의 빌라로 숙소를 옮긴 이유미는 요즘 바쁘게 지내고 있었다. 전에 운영했던 두 개의 사업장을 되찾은데다가 그랜드 여행사의 고려리아 지사를 대폭 확장시키는 작업을 하고 있는 것이다. 고려시 상가에 위치한 그랜드 여행사는 서울의 본사보다도 규모가 컸다. 이한이 관리하는 7층 빌딩의 위쪽 3개 층을 무료로 사용하고 있었는데 아래쪽 4개 층은 백화점이다. 고려리아에 도착한 지 열흘 만에 이렇듯 일이 빨리 진행된 이유는 말할 것도 없이 김상철이 도와주었기 때문이다. 그와는 저택에 있는 이틀 동안 몇 번 얼굴만 보았을 뿐이지만 이한과 변순태가 적극 도와주었고 중간 역할을 해준 것은 김봉만이다.

오늘도 저녁 늦게까지 사무실에 앉아 있던 이유미는 김봉만이 들어서자 웃음을 띠웠다. 이한이나 변순태 등은 무섭고 차가웠지만 이 사내와는 시바다 시절부터 인연이 있는 것이다. 비록 표정 없는 얼굴에 필요한 말만 하더라도 김봉만이 믿음직했다.

"사장님께선 조금 더 기다리는 것이 낳겠다고 하셨습니다. 서울은 아직 안심할 수 없다고 하시던데요."

테이블 앞에 선 그가 말하자 이유미가 가볍게 한숨을 뱉었다.

"알겠어요. 그럼 더 있죠 뭐."

"필요하신 것 있습니까?"

"아뇨, 충분해요."

본사 업무도 이곳에서 결재하고 있었으므로 사업에 지장도 없다. 그녀가 서울에 가려던 이유는 부동산을 정리하기 위해서였던 것이다. 이유미가 마악 몸을 돌리려는 김봉만을 불러 세웠다.

"저, 안인석 씨는 어떻게 되었어요?"

"찾고 있습니다."

김봉만이 힐끗 그녀에게 시선을 주었다.

"곧 잡힐 겁니다."

"요즘 사장님 바쁘세요?"

"예, 전하실 말씀 있습니까?"

"시간 나시면 제가 뵙고 싶다고 전해 주세요."

머리를 끄덕인 김봉만이 방을 나가자 그녀는 의자에 등을 기댔다. 문득 근래에 들어 술도 잘 마시지 않았고 남자를 가깝게 해 본 지도 꽤 오래되었다는 생각이 떠올랐으므로 이유미는 쓴웃음을 지었다. 그리고 전혀 그러고 싶지도 않았던 것이다. 친구들과 남자들에 둘러싸여 있으면서도 외로움을 자주 느꼈고 그것을 쾌락으로 채워 왔다. 자신에게 친구는 물론이고 남자 또한 순간의 쾌락이나 욕망을 채워 주는 도구에 불과했다는 것을 그녀는 잘 알고 있었다.

김상철로부터 전화가 걸려온 것은 이유미가 빌라로 돌아온 후인 밤 10시 경이었다.

"요즘 바빠서 찾아가지도 못했는데, 무슨 일이야?"

"안인석이 갈 만한 데를 제가 대부분 알아요, 그래서."

"……"

"아직 못 찾았다고 들어서요."

"그럼 내일쯤 만나지. 내가 찾아갈 테니까."

김상철이 부드럽게 말했다.

"그리고 밤에 카지노나 클럽에 놀러가지 그래? 직원들을 데려가든지. 이곳은 안심해도 좋으니까."

"그럴게요."

수화기를 내려놓은 이유미는 자리에서 일어났다. 갑자기 술이 마시고 싶어졌던 것이다.

다음 날 아침, 오리엔트호텔의 특실에서 남북한 대표회담이 개최되었다. 물론 비밀회의여서 호텔 종업원들도 회담이 열리는 것을 모르고 있다. 특실은 응접실과 회의실, 침실 등이 딸린 50평이 넘는 규모여서 회의장으로 넉넉했다. 나란히 붙은 특실 세 개를 빌려 양쪽 각 방은 남북한의 수행원이 각각 사용하고 가운데 방이 회의장이다.

10시가 되자 가운데 방 응접실에 남북한 대표들이 마주보며 앉았는데 이번에는 고려리아의 참관석은 없다. 그래서 세 명씩 나란히 앉은 대표단의 면면은 남쪽이 대통령 비서실장 이태준, 여당 대통령 후보 정동민, 그리고 안보수석 신형목의 순이었고 북쪽은 고려리아 대표부 대표 서일, 부총리 하준일, 당비서 오만규였다. 인사를 나누고 잠시 어색한 침묵이 흐른 다음 먼저 입을 연 사내는 하준일이었다.

"지난번 합의내용이 새나갔는데 아무래도 이번 일에는 기밀을 지켜야 할 것 같아서."

그는 한국측 대표들을 향해 웃어보였다.

"될 수 있는 한 인원을 줄이는 것도 기밀보장의 한 방법이지요."

한국 대표 정동민이 따라 웃었다.

"그렇습니다. 우리는 한국에 합의서 사본이 돌아다니는 바람에 애를 먹었습니다."

"그건 우리 책임이 아닙니다."

하준일이 부드러운 표정으로 그를 바라보았다.

"고려리아나 남조선 중에서 흘러 나왔을 겁니다."

잠자코 입을 다문 정동민을 향해 그가 말을 이었다.

"그리고 약속한 양곡대금을 고려리아에 떠맡기셨는데, 우선 그 문제부터 해결하고 넘어갑시다."

"아니, 고려리아는 북한과 해결했다고 하던데요. 11월에 지불하기로."

"그렇습니다. 하지만 대금은 남조선에서 직접 받겠습니다. 고려리아는 조정자 역할을 이용하여 횡포를 부리고 있어요. 다시 말하면 남조선과 고려리아가 연합해서 우리 공화국을 골탕 먹이고 있습니다."

이제 하준일의 얼굴은 딱딱해졌고 회의장의 분위기도 굳어져 갔다.

"양곡대금을 10월까지 직접 주시오. 본래 8월이었던 것을 두 달 연장시킨 것입니다."

합의서에는 11월이었던 것을 어부를 송환시켜 주면서 8월로 당겼던 것이다. 그것이 10월로 늦춰졌으니 따지고 보면 한 달 당겨진 셈이다. 한국측 대표들이 서로 얼굴을 마주보았다. 이미 예상을 하고 있었던지 무덤덤한 표정들이었다. 이태준이 헛기침을 했다.

"드리기로 약속한 것이니 드려야지요. 우리도 준비는 하고 있으니까요. 10월이 되었건 11월이 되었건 선거 전에는 확실히 드립니다."

"10월이오, 비서실장 동지."

"그런 식으로 말씀하지 마십시오."

부드러운 말투였으나 이런 식의 발언이 한국측에서 나온 적은 드물다. 서일이 긴장한 듯 두 눈을 크게 떴고 하준일은 머리를 조금 뒤로 젖혔다. 이태준이 말을 이었다.

"조금 전에 합의서 문제가 나왔었는데 어디에서 유출되었건 간에 우리는 곤란한 상황에 빠져 있습니다. 그래서 협조를 바라는 것이오. 어려울 때 서로 도와야 하지 않습니까?"

"잘 알고 계실 텐데."

하준일이 낮은 목소리로 말했지만 잘 들렸다.

"선택은 우리가 한다는 걸 말이오. 양곡대금은 다른 곳에서 받을 수도 있단 말입니다."

"……."

"이 일을 미국이 모르고 있다고 생각하시오? 그들은 단지 전쟁만 일어나지 않도록 억제하고 있을 뿐이오. 하지만 필요에 따라 대전까지 우리가 점령해도 내버려 둘 겁니다."

"이것 보시오."

하고 정동민이 입을 열었으나 이미 기세가 꺾여 있었다.

"그, 전쟁 이야기는 그만둡시다. 우선 쌀대금 문제를 해결하고 차근차근히."

반복된 일이다. 언제부터인지는 몰라도 남북대화는 꼭 이런 식으로 진행되어 왔던 것이다.

"안녕하십니까?"

다가온 사내는 양쪽 어깨에 별을 네 개씩 붙인 제2군사령관 한기영이었다.

"어어, 한 장군 아니시오?"

이대현은 그를 국회에서 두어 번 만난 적이 있었고 미국 대사 터너의 관저에서 무슨 파티인가가 열렸을 때도 이야기를 나누었다. 대구공항의 비행기 안이었다. 대령 계급장을 붙인 장교 한 명만을 대동한 한기영이 탑승하자 그들이 마지막 손님이었는지 비행기가 움직이기 시작했다.

"대구에 웬일이십니까?"

서둘러 자리에 앉으면서 한기영이 물었다. 그들의 좌석은 앞 열이었는데 이대현은 통로 건너편에 비서실장 전상국과 나란히 앉아 있었다.

"지구당 위원장 모임이 있었소."

"요즘 바쁘시겠습니다."

"내가 선거 운동하러 다니는 건 아니오."

웃음 띤 얼굴로 이대현이 말하자 한기영이 따라 웃었다. 비행기가 활주로를 달려 고공으로 솟아오르는 동안 기내는 조용해졌다. 아침 첫 비행기여서인지 좌석은 반도 차지 않았고 특히 앞 열에는 그들 네 사람뿐이었다. 비행기가 수평상태로 돌아가자 이대현이 통로 건너편의 한기영에게로 상반신을 숙였다.

"얼마 전만 해도 야당 당수가 있으면 장군들은 자리를 피하든지 비행기에서 내렸을 텐데 세상이 변하기는 한 모양이오."

"글쎄요."

한기영이 흰 이를 드러내며 활짝 웃었다.

"크게 변한 건 없습니다. 조금 세련되었을 뿐이지요."

그는 턱으로 뒤쪽 열을 가리켰다.

"저기 뒷좌석에 신사복을 입은 친구가 기무사 대령입니다. 지금 귀를 곤두세우고 있겠지요."

"허어, 그렇군."

말은 그렇게 했지만 이대현은 그쪽으로 머리를 돌리지도 않았다.

"저 사람 놀랐겠소."

"신경쓰실 필요는 없습니다."

한기영도 업무차 대구에 들렀다가 돌아가는 길이다. 고공에 성층운이 많이 낀 날씨여서 비행기는 가끔씩 뚝 떨어져 내렸으나 그들은 김포에 착륙할 때까지 세상 이야기를 주고받았다.

그로부터 한 시간 후, 국정원장 이근복은 서태영으로부터 보고를 받고 있었다.

"이대현 총재는 예약도 하지 않고 출발 40분 전에 공항으로 나와 탑승했습니다. 오전 11시에 긴급 당무회의를 소집 했더군요."

서태영이 말을 이었다.

"그들의 대화내용은 파악할 수 없었습니다, 원장님."

비행기 안에는 이대현을 감시하는 국정원 요원도 탑승하고 있었던 것이다. 이근복이 입맛을 다셨다.

"이거, 우연 같지만 꽤 찜찜하군. 한기영과 비행기를 같이 타다니."

"이 총재는 본래 10시 30분 비행기를 탈 예정이었습니다. 그런데 대구지역 지구당 위원장 회의를 밤늦게까지 하고나더니……."

지구당 위원장 회의의 분위기는 이미 파악되어 있었다. 이대현은 대구지역에서 승산이 없는 것이다. 위원장들의 심각한 보고가 그를 다급하게 만든 모양이었다.

"기무사에 연락을 해봐."

이근복이 턱으로 전화기를 가리켰다.

"한기영은 기무사가 파악하고 있을 테니 그쪽 사정을 알아보라고."

사령부 식당에서 점심을 마친 수경사령관 최무섭 중장은 안병석 참모장과 함께 연병장에 나와 서 있었다. 연병장에서는 병사들이 축구에 열중하고 있었는데 수준은 엉망이었다. 헛발질을 자주 했고 공이 라인 밖으로 자주 나왔다.

"민간인 대안으로는 이대현 씨밖에 없어. 적어도 그는 현 정권이나 정동민 같이 부패하지는 않았다."

연병장을 바라보며 최무섭이 말했다.

"이제 이대현이 승낙했으니 앞으로의 일들은 우리 손에 달려있다."

공이 그들 앞으로 굴러오자 축구를 하던 병사들이 긴장을 했다. 그 순간 옆쪽에 떨어져 서 있던 전속부관 박 소령이 달려와 멋진 솜씨로 공을 차 돌려보냈다.

"정동민이 하준일과 어떤 비밀합의를 했는가를 알아내는 것으로 우리 일은 반 이상이 끝난다."

앞쪽을 바라보며 최무섭이 말하자 안병석이 옆으로 바짝 다가섰다.

"지난번 비밀합의서 공개는 시기가 늦을까요?"

"시기도 그렇지만 정부측에서 안전장치를 단단히 해놓았어. 고려리아로 망명한 대검의 고 차장 말을 들으면 정부에서 합의서를 조작품으로 공개하려고까지 했다니까."

"이번에도 김상철이 빼내 주었으면 좋겠습니다만."

"이번에는 고려리아도 참석시키지 않은 남북 단독 비밀회담이야. 더구나 지난번의 전철도 있으니 아예 합의서를 작성하지 않았을지도 모른다."

점심시간이 끝나자 축구시합도 끝났으므로 그들은 몸을 돌렸다. 이미 수경사 예하 부대장들은 물론 수도권의 2개 정예사단장까지 합류를 맹세한 상황이다. 남북 간의 비밀합의서를 본 그들은 수치심과 굴욕감으로 치를 떨었고 배신감으로 선뜻 거사에 응했던 것이다. 본부 건물로 다가가던 그들은 현관 앞에 서 있는 장교를 보았다. 기무사의 파견대장 백 대령이다. 그는 최무섭을 향해 절도 있는 동작으로 경례를 하고는 얼굴에 웃음을 띠웠다.

"운동하기 좋은 계절입니다, 사령관님."

"안 형, 이렇게 지내실 것 없이 같이 북으로 갑시다. 그렇다고 평양에서 사시라는 건 아니오."

강영택이 부드러운 목소리로 말했다. 그는 얼굴도 미남이었고 목소리도 굵은 바리톤이다. 밝은색 양복을 맵시 있게 차려 입은 그는 대성자동차의 영업 소장이었다.

"곧 해외로 나가실 수가 있습니다. 해외에서 사셔도 돼요. 우리 보호를 받고 말입니다."

유성의 한적한 카페 안이었다. 저녁 무렵이어서 술 마시기에는 이른 시간이었으므로 손님은 그들 두 사람뿐이다.

"안 형, 이러고만 계실 수도 없지 않습니까? 솔직히 한국에서 우리 능력은 한계가 있고 말입니다."

"……."

"지금도 서울의 병원이나 안 형 아파트는 감시를 받고 있어요. 김상철이 어떤 놈인가는 알고 계시지 않습니까?"

고정간첩인 강영택은 30대 중반으로 번듯한 직장에 처자식이 있는 엄연한 대한민국 국민이다. 그는 대학 시절에 운동권에도 뛰어들지 않았으므로 그의 기록은 깨끗했고 국정원나 대공 관계기관의 주의인물에 들어 있지도 않다. 안인석이 머리를 들었다.

양주 몇 잔에 이미 눈가가 붉게 달아올라 있었다.

"김상철이 정말 나를 노립니까?"

"안 형은 참 순진하시오."

서너 번 혀를 찬 강영택이 테이블 위로 상반신을 굽혔다.

"파코 식당에 투입되었던 여섯 명 대원 중에 한 놈이 아직도 실종상태요. 그것이 뭘 의미하는가 하면 그놈이 잡혀서 제가 알고 있는 것을 모조리 털어 놓았다는 것입니다."

그는 빈 카페 안을 둘러보았다.

"그날 밤에 안 형이 피하지 않았다면 이렇게 앉아 술을 마실 수도 없었을 거요."

"난 미국으로 갈 겁니다."

결심한 듯 안인석이 말하자 강영택이 눈을 껌뻑이며 그를 바라보았다.

"미국으로 말입니까?"

"친척도 있으니 그곳에 눌러 살 거요."

"뭐, 꼭 안 형이 그렇게 하신다면."

그들이 카페를 나왔을 때는 밤 9시가 되어 있었다. 유흥가가 붐비는 시간이다.

"자, 그럼."

거리에 나서자 이쪽을 향해 머리를 끄덕여 보이는 강영택의 뒤로 서너 명의 사내가 다가오고 있었다. 안인석의 시선을 의식한 강영택이 반쯤 몸을 돌렸을 때는 이미 사내들이 뒤에 서 있었다.

"당신들, 잠깐 봅시다."

사내 두 명이 재빠르게 강영택의 양쪽 팔을 끼었고 다른 한 명은 안인석의 어깨 위로 손을 얹었다.

"당신들 누구야?"

강영택이 소리쳐 말하고는 어깨를 흔들었으나 두 팔은 빠지지 않았다. 잘생긴 그의 얼굴이 흉하게 일그러지는 것을 보는 순간 안인석의 두 다리에는 힘이 풀렸다.

안인석은 머리를 저었다. 온몸에서 땀이 흘러내리고 있었으나 두 팔이 뒤쪽으로 묶여져서 얼굴의 땀도 닦을 수가 없다. 지하실 안이었다. 열 평쯤 되는 방 안에는 세 사내가 제각기 앉고 서서 그를 바라보고 있었는데 그들은 잠시 입을 열지 않았다. 강영택은 다른 방으로 끌려갔으므로 이 방의 주인공은 자신이다.

"이 새끼 고춧가루나 멕여."

철제 의자에 앉아 있던 사내가 억양 없는 목소리로 말하자 사내 한 명이 구석에서 주전자를 들고 다가왔다. 그는 안인석의 머리칼을 한 손으로 움켜쥐더니 와락 뒤로 젖혔다.

"잠깐만요, 잠깐만요."

안인석이 천장을 향해 부르짖었다.

"무엇이든 물어만 보십시오."

그러나 곧 코와 입으로 물이 쏟아져 들어왔으므로 그는 몸부림을 쳤다. 사내 한 명이 다가와 그의 어깨를 눌렀다. 고춧가루를 섞은 물이다. 가슴이 터질 듯이 부풀어 올랐고 숨이 막혔으며 눈과 코가 찢어질 것만 같은 고통으로 안인석은 비명을 질렀다. 이윽고 사내가 손을 떼자 그는 의자와 함께 바닥으로 쓰러졌다.

"이 새끼는 보기보다도 더 여리구만."

의자의 사내가 느긋해진 얼굴로 안인석을 내려다보았다.

"자, 이제 일어나서 이야기를 해보실까?"

대통령 선거가 3개월도 남지 않은 9월 하순, 고려리아로의 이민은 70만 명을 돌파하여 올해 안에만 100만이 넘을 예상이었다. 대다수 언론은 새로운 영토를 찾는 대이동, 또는 새로운 한국의 개척 등 고려리아와 한국의 동질성을 강조하면서 오히려 이주현상을 정당시하였으나 일부는 대탈출(Exodus), 붕괴 등의 표현을 썼고 난파선의 쥐떼와 비유하여 싸잡아 양쪽을 공격하는 언론도 있었다. 그러나 한국의 경제지표는 거의 변동이 없었고 수출도 그대로였다. 땅값이 폭락한 여파로 은행금리가 높아졌고 대출이 까다로워졌지만 정부는 강력하게 단속하여 대처해 나갔다. 시장물가 단속도 마찬가지였다. 투자액을 제한하지 않은 까닭에 정부가 계산한 수치로 약 300억 달러, 한화로 24조억 원 가량의 현금이 빠져나갔으나 아직 경제계에 겉으로 크게 드러난 현상은 보이지 않았다. 정부가 전력을 다해 대처하고 있기 때문이다. 그러나 정부의 대책과 통제, 또는 언론의 보도만으로 사회 분위기를 바꿀 수는 없는 것이다. 우선 광범위하게 퍼져나간 사회의 냉소현상이 그것이다. 중산지식층에서 시작된 이 현상은 이제 서민들에게까지 번져 있었는데 정치와 정권에 대한 불신에서 기인한 것이었다. 이는 곧 정치와 정권, 나아가 국가와 국민에 대한 무관심 현상이다. 양쪽의 선거 관계자들은 이번의 대통령 선거가 사상 최저의 투표율을 기록할지도 모른다는 것에는 같은 의견이었다.

청와대의 안보수석보좌관 민정길이 집에 도착했을 때는 밤 10시가 되어 있었다. 오늘도 안보수석실에서 늦게까지 일을 하고 나온 참이다. 그는 서초동의 아파트에 살고 있었는데 이웃 주민들은 그가 시청의 꽤 높은 자리에 있는 공무원인 줄로만 안다.

"그럼 편히 쉬십시오."

경호실 소속의 운전사 미스터 정이 인사를 하고는 차를 몰고 떠나자 그는 아파트의 현관 계단을 올랐다. 가을밤의 서늘한 대기가 피부에 닿았고 화단의 풀냄새가 싱그럽게 맡아졌으므로 그는 깊게 숨을 들이마셨다. 조용하고 쾌적한 환경의 아파트였다. 경비실은 비어 있었다. 민정길이 엘리베이터 앞에 섰을 때 뒤쪽에서 인기척이 났다. 사내 두 명이 다가오고 있었다.

"민정길 씨, 잠깐 봅시다."

사내 하나가 그렇게 말하고는 어깨에 손을 얹었으므로 민정길이 와락 눈을 치켜뜨고는 사내의 손을 잡아 내렸다.

"너희들 누구야?"

목소리가 컸으므로 아파트의 현관을 울렸다. 그러나 주위에는 그들 셋뿐이다.

"이 새끼가 아직도 정신을 못 차렸네."

사내가 어이없다는 표정을 한 순간 민정길은 뒤통수에 거센 충격을 받고는 휘청거렸다. 다시 한 번 충격이 왔을 때 그는 털썩 한쪽 무릎을 꿇고 현관 바닥에 주저앉았다. 그는 사내 한 명이 자신의 겨드랑이에 두 팔을 끼워 들어 올리는 것을 느꼈지만 몸은 이미 말을 듣지 않았다.

"순순히 따라왔으면 너도 좋고 우리도 이 고생을 안 할 거 아니냐, 이 개자식아."

그러나 그의 다리를 들어 올린 사내가 투덜거리는 말소리가 또렷하게 들렸다.

"이 새끼, 되게 무겁군 그래."

잠시 후에 그의 귀가를 기다리던 이영주 여사는 청와대에서 걸려온 전화를 받았다.

"안보수석실의 장서기관입니다."

처음 듣는 목소리였지만 수석실의 서기관이 누구인지 이 여사는 알지 못한다.

"보좌관님이 오늘 기밀작업이 있습니다. 그래서 저한테 대신 연락해 달라고 해서요."

"아, 그러세요. 조금 전에는 돌아오는 중이라고 하셔서 기다리고 있었는데."

"긴급한 일이 있어서요."

"알겠습니다, 고맙습니다."

상냥하게 인사한 이영주는 수화기를 내려놓았다. 밤 10시 30분이 되어 있었다.

삼성동의 사무실에 들어선 백석호 대령은 기다리고 있던 현창복 준장

앞자리에 앉았다. 그들은 모두 사복 차림인 데다가 사무실도 일반회사 분위기였다. 이곳이 기무사의 강남지역 안가(安家)인 것이다. 호주머니에서 구겨진 손수건을 꺼낸 백석호가 얼굴의 기름기를 닦았다.

"술좌석이 꽤 길어졌습니다. 수경사령관하고 5군단장이 오입까지 하는 바람에."

이맛살을 찌푸린 그가 바짝 다가앉았다.

"이번 회동은 내용이 없습니다. 그저 술 먹고 오입한 것뿐입니다."

"참석자는 셋이었어?"

"넷이었습니다. 수경사령관, 제5군단장, 거기에다 참모장 둘까지."

"최중장이 요즘 자주 모이는데."

"제가 어제 올린 보고서에도 기록해 두었지만 A급 상황입니다."

백석호는 기무사의 수경사 파견대장이다. 수경사 지휘관들의 일거수일투족을 감시, 보고할 책임이 있는 그에게 요즘은 대단히 분주한 나날이었다. 수경사 지휘관들의 모호한 회동, 몇 시간씩의 잠적이 계속되고 있었던 것이다. A급 상황은 특, A, B, C의 네 등급으로 나눠진 지휘관 동향 분석에서 두 번째로 위험한 상황이다. 특급은 쿠데타 모의가 적발되었을 때이고 A급은 그보다 한 등급 아래지만 가능성이 있는 상황이다. 지휘관급은 B등급 이상이 되었을 경우 별도로 분류하여 감시를 받는다. 현창복이 머리를 끄덕였다.

"사령관도 이미 알고 계시니까 곧 조처가 있겠지."

"이젠 노골적으로 만난단 말씀입니다. 얼마 전만 해도 사격장에서 이야기를 하거나 연병장에서 쑥덕거렸는데 요즘은 공공연히 술집이나 음식점에서 모입니다."

"……."

"지휘관실에 도청장치가 있다는 걸 알고 있어서 지휘관실에서 나누는

249

대화는 꼬투리 잡을 것이 없습니다."

지휘관 치고 자신의 집무실에 도청장치가 설치되어 있다는 것을 모르는 사람은 없다. 모두 알면서도 모른 척하고 있는 것이다.

"말이 새어나가지 않도록 조심해."

현창복이 정색을 하자 백석호가 머리를 끄덕였다.

"그건 염려하실 것 없습니다. 분담하여 감시를 하기 때문에 자료를 집합, 평가하는 건 저 뿐이니까요."

"최 중장이 장악력은 있나? 부하 여단장들을 말이야. 빈 통이 소리만 크다고 그 사람은 그런 스타일로 알려져 있는데."

"장악력이 있습니다."

백석호가 자신 있게 말했다.

"저도 군 생활을 20년 가깝게 해서 상관을 보는 부하들의 눈빛만 봐도 부대 분위기를 압니다. 최 중장은 휘하의 부대를 철저히 장악하고 있습니다."

"위험 인물이군."

"그렇습니다, 참모장님."

육사 출신의 백석호는 그야말로 직분에 충실하고 그것이 국가에 충성하는 것이라고 믿는 철저한 군인이다. 그가 다시 다짐하듯 말했다.

"위험 인물입니다, 참모장님."

그 시간에 청와대에서는 대통령이 국정원장 이근복과 독대하고 있었다. 창밖은 맑은 가을햇살이 비치는 화창한 날씨였지만 그들의 표정은 어두웠다.

"북한이 고려리아를 배제한 남북 간 회담을 고집한 걸 보면 쌀대금 문제 때문인 것 같습니다."

이근복이 낮은 목소리로 말했다.

"북한은 고려리아에 압력을 행사할 입장이 못되니 대신 우리를 추궁하겠지요."

"이 실장이 예상은 하고 갔어."

피로한 듯 대통령이 의자 등받이에 머리를 기댔다. 국정원장 이근복이 청와대의 대북정책에 깊숙이 간여하게 된 것은 최근의 일이다. 고려리아의 K공작을 주도하여 수행하고 있었지만 대북 비밀협상에 대해서는 기밀유지 차원에서 다소 소외되었던 그였다. 그러나 신형목이 관리하던 검경의 핵심 실무자가 반역을 했고 그것을 그가 잡아내었다. 이제 그는 대북정책에 있어서도 대통령과 독대하는 입장이 된 것이다.

"각하, 여론이 좋지 않습니다. 지난번 비밀합의서가 시중에 돌아다닌다는 정보가 있습니다."

이근복이 조심스럽게 입을 열었다.

"고려리아의 김상철이가 유포시킨 것 같습니다."

"그 자는 고려리아로 돌아갔다면서?"

"예, 각하."

대통령이 입맛을 다셨다.

"도대체 경찰은 뭘 하고 있었는지, 원."

"……"

"어쨌든 그런 소문은 곧 걷히게 될 거야. 선거 전에는 온갖 루머가 떠도는 법이니까."

몇 십 년 전에는 야당의 대선후보가 공산당으로 몰린 적도 있었는데 선거가 끝나자 유야무야 되었다. 야당 후보가 선거에서 졌기 때문인데 다시 4년 후의 대선 때 그 후보가 나서자 또 공산당 시비가 일었다. 선거용 시비이고 루머이다. 선거에 지면 끝없이 루머에 시달리지만 이기면 모든 누명을 벗는다. 대통령이 상반신을 세우고는 이근복을 바라보았다.

"쌀대금은 잘 해결될 것이고, 그런데 고려리아 사업은 어때?"

이른바 K공작이다.

"빠르게 진행되고 있습니다, 각하. 이미 행정청과 경비대, 각 정부투자기관에 상당수가 자리를 잡았고 민간투자단체는 거의 대부분 우리가 주도하고 있습니다."

그의 목소리에 열기가 묻어 있다.

"고려리아의 한국화에는 모두 사명감을 갖고 있습니다, 각하. 총독이 독자적인 한인국가를 표방하여 남북한을 경원시하고 있지만 뿌리는 한국입니다. 곧 이상과 현실의 차이를 알게 될 것입니다."

이것은 곧 대통령의 주장인 것이다. 대통령은 기업인으로 북쪽의 대륙에 새로운 한인령(領)을 세운 강 총독을 이상주의자로밖에 보지 않았다. 국가를 통치하는 일은 기업경영과 다르다. 너무 맑은 물에는 고기가 살지 못하는 법이다. 그는 이태준으로부터 뇌물 몇 천 달러를 받았다고 총살을 시켰다는 고려리아 정부의 실정을 보고받고는 확신이 섰던 것이다. 현재 고려리아 행정부나 민간단체의 간부 대부분이 한국계 이주민이다. 고려리아는 어쩔 수 없이 고급인력을 한국계로 채울 수밖에 없는 실정이었다. 대통령이 천천히 머리를 끄덕였다.

"우선 당면문제는 12월의 대선이야. 그리고 지금 고려리아에서 열리는 회의 내용이 중요하다고. 고려리아 통치는 대선이 끝나고 나하고 정 대표가 같이해야 될 일이지 물론 정 대표가 당선이 돼야겠지만."

회의장 안에는 담배연기가 자욱했으므로 신형목이 일어나 창문을 조금 열었다. 북한측 세 명이 담배를 계속 피워대고 있는 것이다. 쌀대금 문제에 대한 양측의 합의가 마악 끝난 참이었다.

재떨이에 담배를 비벼 끈 하준일이 정동민을 바라보았다.

"남조선의 정세를 보면 자주(自主)를 부르짖는 이대현 씨가 차츰 인기를 얻고 있는 모양입니다. 현 정권과 그 뒤를 이을 정 선생께선 조금 밀리는 것 같던데."

"글쎄, 선거야 투표함을 열어봐야 아는 겁니다. 그리고 선거 전략이라는 것이 대개가 이기고 보자는 발상으로 만든 것이어서."

말은 그렇게 했지만 정동민의 안색은 밝지 않았다. 민간 조사기관 세 곳을 시켜서 조사한 결과로는 두 곳이 3~5% 차이로 이대현의 당선을 예측했고 한 곳은 자신의 1% 우위였다. 그가 말을 이었다.

"그 자들은 특별한 대안도 없이 대북관계에 대한 비판이나 하면서 국민들의 자존심을 건드려 표를 모으고 있어요. 하지만 대다수의 중산층은 안정을 바랍니다. 야당이 외치는 변화나 자주외교 등이 현실성이 없고 위험한 발상이라는 걸 잘 알아요."

하준일이 머리를 끄덕였다.

"미국도 마찬가지 생각입니다. 평양 대표부의 미국 대표도 이대현의 사상이 위험하다고 합니다."

"나도 미국 대사 터너 씨와 이야기를 한 적이 있어요."

그들은 서로의 얼굴을 마주보며 웃었다. 그러자 이태준이 헛기침을 했다.

"이렇게 뜻을 맞춰 일을 추진한다면 얼마나 좋습니까?"

부드러운 표정으로 그가 말을 이었다.

"이건 모두 남북한 국민들의 평화와 안정을 위한 일이지요. 그렇지 않습니까?"

"비밀은 지켜주겠다. 그것은 도리야."

쓴웃음을 지은 총독이 앞에 앉은 이남호와 강미현을 바라보았다. 오후 4시가 되어가고 있었지만 오리엔트 호텔에서는 아직도 회의가 계속되고 있는 것이다.

"이번에 우리를 배제시킨 것에 연연할 필요는 없어. 별로 도움이 될 만한 일도 아닐 테니까."

"한국의 대선 대책회의라고 하더군요."

이남호가 총독의 말을 받았다.

"지난번의 비밀합의서 누출사건도 있겠다. 이번에는 보안에 꽤 신경을 쓰는 모양입니다."

"북한의 제의로 우리가 참관인이 되었었는데 이번에도 북한의 주장으로 우리가 제외되었을 것이다."

"그렇습니다. 북한은 호위대 추방에다 이주민의 입국금지 조처로 감정이 상해 있는 상황입니다. 저희들은 기껏 호의를 베풀었는데 보상을 받지 못했다고 생각할 것입니다. 이번에 우리를 제외시킨 것은 당연합니다."

머리를 끄덕인 총독이 강미현에게로 머리를 돌렸다.

"한국 이주민들이 폭주해 오는 바람에 사회질서가 많이 문란해졌다. 경비대의 보고에 의하면 범죄의 종류가 갑자기 두 배로 증가했다는 거야. 그 대부분이 한국에서 넘어온 것이다."

잠시 말을 멈춘 그가 입맛을 다셨다.

"투자이민이랍시고 와서는 흥청거리는 놈들을 몰아낼 수도 없는 노릇이고, 사회를 안정시키려면 산업기반부터 단단해야 돼. 그래야 떠도는 돈이 바닥에 깔린다."

"단체장들을 만나보았는데 제일 문제는 노동력 부족이었어요."

"곧 채워진다."

"북한계 고용원들의 능률이 낮고 이탈자가 많아서 불평을 하고 있었어요."

"김상철이를 만나보아라."

그러자 강미현이 놀란 듯 머리를 들었다. 시선이 마주치자 총독이 이맛살을 찌푸렸다.

"왜? 무슨 문제가 있느냐?"

"무슨 일로 만납니까?"

"김상철이 그쪽으로도 조직을 확장할 것이다. 한국에서 이주해 온 기업체를 대상으로 말이다."

"……."

"너도 알다시피 이주 기업체들이 급속히 단체로 모이고 있어. 각 단체별 시장개척이나 권익보호에는 이점이 있겠지만 이것들이 모이면 상공국이 힘들어져."

강미현도 알고 있는 일이다. 종합기획실의 보고에 의하면 한국을 주(主)시장으로 하는 한국 기업들은 한국 정부의 영향을 받을 수밖에 없다. 가장 간단한 일로 고려리아로의 원부자재 반출을 억제하거나 또는 한국으로의 제품 반입을 통제한다면 고려리아의 한국계 기업은 금방 망하게 되는 것이다. 총독이 말을 이었다.

"물론 사업체의 기반을 굳힌 다음 시장을 개척해야 되겠지만 우선 각 단체들의 한국색(色)을 경계해야 돼. 그래서 김상철의 조직력이 필요한 거야."

"……."

"만나서 상의해라, 네 일이니까."

자르듯 말한 총독이 이남호에게로 머리를 돌렸다.

"자, 그럼 유전 생산량 이야기를 듣자."

"안인석은 제주도에 외가 쪽으로 친척이 있어요. 대학 시절에 그곳에 자주 갔었는데."

이유미가 힐끗 김상철을 바라보았다.

"알고 계세요?"

"알고 있었어."

포크를 내려놓은 김상철이 물잔을 쥐었다.

"나도 이유미 씨만큼 그놈을 알아. 뭔가 귀찮아지고 짜증이 날 때 그놈이 도망가던 곳이야."

"……."

"언젠가는 당신하고 둘이서 그곳으로 간 것도 알지."

고려시 교외의 해산물 레스토랑이다. 바이칼 호에서 공수해 온 생선인 오무리가 맛이 있기로 소문이 난 집이어서 바깥 식당은 만원이었다. 유리창 밖으로 지평선 위에 걸쳐진 저녁 해가 보였다. 눈에 덮인 평원에는 이미 그림자가 덮여졌고 붉은 석양의 빛줄기도 점점 줄어들고 있는 중이다. 오무리는 맛이 있었으므로 이유미는 접시를 깨끗이 비웠다. 서울의 양식당 파코에서도 같이 식사를 했지만 이렇게 안정된 분위기는 아니었던 것이다. 김상철이 생각난 듯 말했다.

"관광회사를 차리는 것이 어때? 내가 지원해 줄 테니까."

그는 이유미의 눈을 똑바로 바라보았다.

"여행사와 관광회사를 같이 운영하는 것이 낫지 않을까?"

얼굴이 달아오른 이유미가 시선을 내렸다. 생각은 하고 있었지만 막대한 자금이 드는 사업이어서 추진할 엄두도 내지 못했던 것이다. 고려리아의 관광사업은 황금사업이다. 올해만 해도 벌써 관광객이 500만 명에 육박하고 있고 내년에는 700만 명의 목표를 1000만 명으로 수정할 정도인 것이다.

"그레고리의 운송회사에서 우선 차량을 지원해 줄 수 있을 것이고, 그리고 나머지는 한 사장과 상의를 하면 될 거야."

한 사장이란 그의 경제고문 한영석을 말하는 것이다. 모스크바 태생의 고려인인 그는 40대 후반으로 러시아 정부 내의 유일한 고려인 관리였었다. 고려리아로 이주해 온 그는 고려리아 정부의 고위직 제의를 마다하고 김상철의 경제고문이 된 것이다. 이유미가 머리를 들었다. 그의 조직이 지원해 준다면 당장에 고려리아 굴지의 관광회사가 된다.

"고맙습니다, 상의해 보겠어요."

"지분은 반반이야."

"그것도 과분해요."

상기된 얼굴로 그녀가 웃었다.

"너무 기뻐요. 꼭 해보고 싶었던 사업이었지만 자금이 원체 부족해서 생각도 못했는데."

"나도 당신의 능력이 필요했어. 서로 잘 된 것이지."

김상철이 창 쪽으로 시선을 돌렸다.

"안인석은 지금 대전에 있어. 조그만 아파트를 가명으로 빌려 놓고 매일을 술에 취해 사는 모양인데."

"……."

"밖에도 잘 나오지 않는 모양이야."

이제 어둠이 짙어져 가는 창밖을 바라보며 김상철이 쓴웃음을 지었다.

"앞으로 나한테 그놈 이야기는 할 필요 없어. 당신이 그놈한테 감정이 있는 것도 아닐 테니까."

"……."

"내가 알아서 처리하겠어."

갑자기 이유미가 소리 없이 웃었으므로 김상철이 눈을 껌벅이며 그녀를 바라보았다. 그녀가 입을 열었다.

"이용만 당하고 살았다는 그 사람의 이야기가 맞는 것 같네요. 그 사람 이야기를 핑계로 만나자고 했으니까."

"이제 동업자관계가 될 테니 자주 만나게 되겠지."

김상철이 손목시계를 들여다보았다. 저녁 8시가 되어가고 있었다.

다음 날은 아침부터 눈발이 휘날렸다. 기온도 영하로 떨어져 있어서 총독의 접견실에 들어선 하준일과 서일은 모피 슈바 차림이었다. 외투를 받아든 직원이 물러가고 접견실에 둘이 남게 되자 하준일이 서일을 바라보았다.

"부국장급이 우리 영접을 한 걸 보면 지난번보다는 나은가?"

지난번에 서일이 청장을 방문했을 때 외무국 평직원이 현관에서 맞이한 것을 말하는 것이다. 대표부의 대표는 외무국의 과장이 현관에서 맞이하는 것이 통례였다. 그러나 지금은 그보다 한 단계 위의 부국장이었지만 하준일은 못마땅한 기색이었다. 서일이 마악 입을 열적에 문이 열리더니 총독과 행정청장 이남호가 들어섰으므로 그들은 자리에서 일어섰다.

"각하, 이분은 저희 공화국의 부총리이신 하준일 동지십니다."

서일이 예의바르게 소개를 하자 총독이 얼굴에 웃음을 띠웠다.

"반갑습니다. 말씀 많이 들었소."

"각하, 뵙게 되어서 영광입니다."

하준일이 공손한 자세로 총독의 손을 잡았다. 20년이 넘는 연륜의 차이도 있었지만 고려리아 총독은 일국의 국가 원수급이다.

인사를 마친 그들은 자리에 앉았다. 하준일이 김정일 지도자의 안부를 전했고 총독이 화답하면서 접견의 분위기는 부드러워졌다. 날씨 이야기를 마친 다음 하준일이 정색을 했다.

"각하, 어제 남조선과의 회담을 성공리에 마쳤습니다. 모두 각하께서 여러 가지로 배려해 주신 덕분입니다."

"다행이오. 한 시간 후에 한국 대표와도 면담이 있어요. 기쁜 소식을 두 번 듣게 되겠습니다."

서일이 힐끗 이남호를 바라보았다. 그는 한국보다 먼저 총독 면담일정을 잡으려고 이남호에게 매달렸던 것이다. 녹차 잔을 든 총독이 하준일을 바라보았다.

"부총리께서는 한국뿐만 아니라 고려리아 문제도 책임지고 계신다던데, 맞습니까?"

"예, 그렇습니다, 각하."

"책임이 크시겠소."

"막중합니다, 각하."

하준일은 남북한 회담내용을 말하려 들지 않았고 이쪽도 관심을 보이지 않았으므로 부드러운 분위기로 대화가 계속되었다. 이윽고 하준일이 본론을 꺼내었다.

"각하, 이것은 저희 지도자 동지께서 여쭙는 말씀입니다만 북조선 노동자의 고려리아 이주계획을 알고 싶습니다."

"……"

"저희 공화국 노동자들은 고려리아 발전에 이바지할 모든 준비를 갖추고 있습니다, 각하."

그러자 총독이 이남호에게로 머리를 돌렸다.

"청장이 말씀드려."

이남호가 상체를 세웠다.

"현재 고려리아에 이주해 온 북한 노동자의 생산능력이 매우 낮아요.

그래서 사업주들이 고용하기를 기피하는데다가 이탈자가 많습니다. 이 사실을 알고 계십니까?"

"금시초문입니다만."

놀란 듯 하준일이 눈을 크게 떴다.

"그 말씀이 사실이라면 심각한 문제입니다. 제가 즉시 사실을 확인한 다음 조처하지요."

"……."

"앞으로 결코 그런 일은 발생하지 않을 것입니다."

"추가 이주민 문제를 거론할 상황이 아닌 것 같습니다. 현재 이주해 온 사람들도 문제인 실정이라."

"……."

"지난번에 내가 여기 계신 서 대표께 말씀드린 상황을 들으셨을 줄 믿습니다. 뭐, 쉽게 말하면 고려리아는 한국과 다른 나라지요. 그리고 동족이라고 해서 무조건 받아들이지도 않습니다."

굳은 표정의 하준일이 천천히 머리를 끄덕였다.

"모두 들었습니다."

"고려리아는 남북한 문제에 관계할 생각이 없습니다. 지난번에는 북한측의 제의에 참관자 입장이 되었지만 그러다 보니 남북한 양국의 어렵고 귀찮은 일만 맡게 되더군요."

이남호가 목소리를 부드럽게 했다.

"어제처럼 남북문제는 양국이 해결하시지요. 그리고 장소도 구태여 고려리아로 하실 것 없습니다. 비밀회담을 하시려면 앞으로는 제 삼국으로 가 주십시오."

한 시간 후, 같은 장소에 방문객만 세 사람이 바뀌어졌는데 그들은 물론 정동민과 이태준, 신형목이다. 비슷한 인사말과 날씨이야기, 거기에다 덕분에 회담을 성공리에 마쳤다는 공치사도 비슷하게 끝이 났다. 또한 세 사람 모두가 밝은 표정이다. 그러나 정동민의 자세를 보면 전에 만났을 때보다 뻣뻣한 분위기를 풍기고 있었다. 이것은 요즘 들어 심해진 정동민의 처신으로 내년이면 대통령이 된다는 의식 때문이다. 물론 하준일과의 회담 때에는 그런 의식이 나타나진 않았다. 정동민은 특별한 용건이 있어서 온 것이 아니라는 듯 채 20분이 지나지 않았을 때 자세를 바로 잡더니 말했다.

"각하, 한국 정부는 10월 초부터 고려리아에 대표부를 두기로 했습니다. 아직도 정부 일각에서는 고려리아와 한국을 동국(同國)시하는 경향이 있지만 현실에 따라야 할 것 같아서요."

그는 얼굴을 펴고 웃었다.

"곧 고려리아 정부에 공문이 올 것입니다. 각하께서 배려해 주셨으면 합니다."

총독이 잠자코 머리를 끄덕였고 이남호는 헛기침을 했다. 대표부 설치는 당연한 일이었던 것이다. 물론 고려리아와 한국의 뿌리는 같다. 가장 교류가 활발한 국가가 한국이었고 지도층의 대부분이 모두 한국 출신인 것이다. 한국 정부의 관료들에게 고려리아가 한국의 속국이라는 의식이 사라진 것은 최근의 일이었다.

이남호가 입을 열었다.

"한국 정부의 요청이면 검토해 보지요. 하긴 한국 이주민이 쏟아져 들어오면서 범죄 발생률이 배 이상 늘었습니다. 대책을 협의할 대표부가 있는 것이 서로 편리하겠지요."

한국이 고려리아를 동등한 국가로 공식 인정한 것이다. 총독은 내색하지 않았으나 이남호는 득의의 표정을 짓고 있었다.

"박기환을 제거해야겠다."

길가에 선 이금철이 말하자 최태호가 퍼뜩 머리를 들었다.

"아니, 위원장님. 도대체 왜."

"우리 공화국에는 도움이 안 되는 놈이다."

"……."

"돈을 먹고 날 구제해 주었다니."

이금철이 쓴웃음을 지었다. 그들은 타운의 대동강클럽 앞길에 나란히 서 있었다. 밤 12시가 넘어 있었지만 클럽 안은 손님들로 가득 차 있었고 밖으로까지 홀의 소음이 흘러나왔다.

"감찰대장이라는 작자가 썩은 것은 심장이 썩는 것과 같아."

"위원장 동지, 돈은 내가 주었습니다."

눈발이 한두 점씩 얼굴에 묻었으나 최태호는 아랑곳하지 않고 한 걸음 다가섰다.

"그것도 위원장 동지를 소환시키지 않으려고 말이오."

"동무는 상관없어. 큰 사업에 별로 영향을 끼치지 않는 입장이니까."

이금철이 주위를 둘러보았다. 클럽의 현관 주위에 서 있던 대여섯 명의 사내가 그와 시선을 맞추었다. 그의 경호원들이다.

"위원장 동지, 그렇게 되면 내가 다칩니다. 위원장 동지는 말할 것도 없고, 모두 처벌을 받는단 말이오."

이제 다급해진 최태호가 눈을 치켜뜨자 이금철이 머리를 저었다.

"병신같이 공개하지는 않겠어. 내가 생각해 둔 방법이 있다."

"위원장 동지, 우리한테는 박기환이 감찰대장으로 있는 것이 낫습니다. 그 자가 없어진다면 어차피 새로운 감찰대장이 올 것이고, 그렇게 되면 나는 물론이고 동지도 위험하게 됩니다."

최태호가 그를 쏘아보았다.

"저를 생각해서라도 다시 한 번 생각해 주십시오."

옷자락에 묻은 눈을 털어낸 이금철이 그의 시선을 받았다.

"동무를 생각해서 이렇게 말하는 거야."

"……."

"김상철도 마찬가지겠지만 나도 고려리아를 개척했다는 보람이 있었어. 북조선 인민의 새로운 땅으로 만들겠다는 희망이 있었다고. 그것을 이룩하는 데 목숨을 바치려고 했다."

취객 서너 명이 뒤쪽으로 지나갔으므로 그는 잠시 말을 멈추었다.

"당에서 본다면 박기환이나 동무나 똑같은 반역자다. 뇌물을 먹고 일처리를 한 감찰대장이나 자본주의에 물들어 술집과 색싯집을 만들고 마약을 암매하고 고리대금을 하는 조직 관리인이나 말이야."

"……."

"난 이런 상황에서 살아갈 수 없어."

"새로운 감찰대장한테 내가 또 뇌물을 주고 내 사업의 입막음을 할지도 모릅니다."

"그땐 너도 내 손에 죽는다."

"……."

"그래서 옛 의리를 생각해서 말해 주는 거야. 동무가 날 구제하려고 뇌물까지 쓴 신세를 갚으려고 말하는 것이다."

"……."

"동무도 이제 어지간히 재산을 모았을 테니 정리하고 떠나는 것이 나을 거야. 새로운 감찰대장이 와서 업무파악을 하려면 시간이 좀 걸릴 테지. 동무는 시간이 그만큼은 있는 셈이다."

대통령의 꿈

"이번에는 아홉 명이 잡혔답니다."

수화기를 손에 쥔 조진철이 박기환을 바라보았다.

"남자 여섯에 여자 셋이라는데요."

밤 10시가 조금 못 된 시간이었다. 사무실 안은 금방 긴장으로 굳어졌고 부하들의 시선이 일제히 박기환에게로 모아졌다. 9명이면 이제까지 도망자 체포 사례에 비춰 한 번에 제일 많이 잡은 것이다. 오늘의 위치는 타운 변두리의 밀입국자 숙소 근처였다.

자리에서 일어선 박기환이 서랍에 넣어둔 리볼버를 꺼내어 혁대 사이에 찔렀다.

"내가 갈 테니 기다리라고 해."

"예, 대장님."

사무실을 나서는 박기환의 뒤를 10여 명의 부하들이 따라나섰다. 모두 그의 경호원들로 500여 명의 고려리아 감찰대원 중에서 즉결처분을 할 권한을 가진 것은 그들뿐이다. 사무실 빌딩을 나서던 박기환이 문득 몸을 돌려 바짝 뒤를 따르는 부하들을 바라보았다.

"모두 갈 건 없다. 몇 명만 가면 돼."

그는 앞장선 조진철에게 말했다.

"대여섯 명만 데리고 간다."

"예, 대장님."

조진철은 그가 평양에서부터 함께 생활해 온 심복이다.

"떠들썩하게 나서면 안 된다. 각기 분산해서 출발하도록."

깊은 밤이었다. 타운은 급속도로 팽창되고 있었다. 6년 전에는 십자형 도로를 만들어 놓고 동서남북의 네거리로 구분해서 인구 2000명의 개척마을이었던 곳이다. 그러나 6년이 지난 지금은 인구 70만이 넘어 곧 100만이 되어 가는 대도시였다. 타운의 주위는 사방이 대평원이었으므로 종이 위에 물이 번지듯이 도시가 확장되어 간다. 불법으로 세워진 밀입국자 숙소가 헐리고 그 자리에 번듯한 아파트가 들어서는 현상이 일 년에도 서너 차례씩 반복되는 것이다.

타운 서쪽 변두리의 샛길로 한 대의 승용차가 들어선 것은 밤 11시 40분이었다. 이곳은 시멘트 가건물들이 반쯤 헐린데다가 그 옆으로 5층 아파트 단지의 공사가 반쯤 건설된 어수선한 분위기의 거주지였다. 아직 헐리지 않은 가건물에는 사람들이 거주하고 있었는데 음식점과 술집, 이발소와 잡화가게 등 필요한 건 모두 갖추고 있다.

승용차는 주거지역을 지나 폐허처럼 부서진 거리를 돌아 이윽고 아파트 공사장 안으로 들어섰다. 공사장 안은 칠흑같이 어두웠고 자재가 어지럽게 쌓여져 있었으므로 승용차는 조심스럽게 한쪽 구석으로 다가가 멈춰섰다. 앞쪽에는 현장사무실이 보였지만 문 앞의 희미한 보안등 한 개만 켜져 있을 뿐 사무실의 불은 꺼져 있었다. 차에서 내린 것은 두 사내였다. 승용차의 불을 껐으므로 그들은 곧 어둠 속으로 사라졌다. 그로부터 10분쯤 후에 다시 아파트의 입구로 들어서는 차량의 불빛이 보였다. 승용차는 두 대였다. 거침없이 다가오던 승용차들은 곧 속력을 줄이더니 천천히 현장사무실로 다가갔다. 차들이 사무실 앞에서 마악 멈춰선 순간이다.

"쾅."

밤하늘을 울리는 폭음과 함께 왼쪽 승용차가 불덩이를 내뿜으며 폭발했다. 차체가 번쩍 들리면서 옆으로 누웠고 그 다음 순간 옆쪽 승용차는 내부가 폭발했다. 산산조각이 된 차체가 불기둥과 함께 밤하늘로 솟아올랐다. 미처 차 문을 열 틈도 없었던 순식간에 일어난 일이었다. 그러자 다시 폭음이 일어나면서 첫 승용차의 내부가 폭발했다. 이제 현장사무실 앞은 타오르는 불길로 환하게 밝혀져 있었다. 갑자기 공사장의 구석에서 엔진소리가 들려왔다. 그리고는 승용차 한 대가 불길 속에서 잠깐 모습을 드러내더니 곧장 공사장의 입구로 달려 나갔다. 뒤쪽 미등이 잠깐 짧게 비치더니 곧 어둠 속으로 모습을 감추었다.

잠시 후에 산산조각이 난 오른쪽 승용차 안에서 불덩어리 하나가 차 밖으로 1미터쯤 굴러 나왔다가 멈췄다. 사람이다. 구른 것이 아니라 기어 나와 죽은 것이다.

이금철이 박기환의 폭사 소식을 들은 것은 그로부터 30분쯤 후인 자정 무렵이다. 본부 사무실에 앉아 있던 그는 자리를 차고 일어섰다.

"폭발 사고라고?"

수화기를 귀에 댄 그가 소리쳐 묻자 당황한 부하가 서둘러 대답했다.

"예, 그런데 그것이 수류탄인지 미사일인지 아직 모릅니다. 차체가 산산조각이 나 있어서."

이미 다른 라인으로 소식을 들은 부하들이 방 안으로 몰려들어 왔다.

"사망자는 몇 명이야?"

"대장 동무를 포함해서 칠팔 명쯤."

"도대체 왜 그곳에 간 거야?"

"감찰대원 이야기를 들으면 도망자 아홉 명을 잡았다는 보고를 받고 나갔다는 겁니다."

"누구한테?"

"그건 모릅니다. 함께 타고 간 조진철 동무가 전화를 받았다고 했습니다."

수화기를 내려놓은 이금철이 하얗게 굳어진 얼굴로 부하들을 둘러보았다.

"감찰대장 동무가 폭사했다."

"……."

"이건 선전포고를 한 것이다."

"누가 말씀입니까?"

부하 한 명이 묻자 이금철은 눈을 껌벅이며 그를 바라보았다.

"도처에 적이다."

그리고는 버럭 소리쳤다.

"비상이다! 모든 조직원을 비상대기 시켜라!"

부하들이 몸을 돌리자 그가 다시 소리쳤다.

"각 사업장 경계를 철저히 해라. 그리고 이 사건은 별도 지시가 있을 때까지 비밀이다!"

이것은 엄청난 사건이다. 부하들이 앞을 다투며 사무실을 나가자 이금철은 수화기를 들었다. 우선 서일에게 보고해야만 하는 것이다.

"시체는 모두 여섯 구입니다. 하지만 모두 형체를 알아볼 수가 없어서 신원파악은 어렵겠습니다."

타운의 서부 경비서장이 다가와 말했다.

"수류탄을 던진 것 같습니다, 국장님."

아직도 대기 속에서 고기 탄내가 맡아지고 있었으므로 장동택은 고여 있던 침을 뱉었다. 현장 주위는 대낮같이 불을 밝혔고 십여 대의 경비대 차량과 구급차가 세워진 사이를 경비대원들이 분주하게 움직이고 있었다. 새벽 1시 30분이었다.

자다 말고 헬기를 타고 날아온 장동택은 아무래도 예감이 좋지 않았다. 근래에 들어 살인과 피살사건은 자주 있었지만 이런 식의 폭사사건은 없었던 것이다.

"이봐, 목격자는 아직 없나?"

그가 묻자 경비서장이 머리를 저었다.

"민가하고도 꽤 떨어진 곳이고, 이곳은 밤에 사람 출입이 없는 곳입니다. 지금 차량 번호판을 조회중이니 그 결과는 곧 나오겠지요."

사람들을 헤치고 오철진이 다가왔다. 이번에 경비본부의 수사 3과장으로 임명된, 국정원 시절에 장동택의 동료였던 사내이다.

"국장님, 차들은 조선무역 소속입니다."

그 순간 장동택이 긴장으로 몸을 굳혔다.

"그리고 한 대가 박기환의 전용차인 것 같습니다."

"박기환?"

장동택이 눈을 둥그렇게 떴다.

"그렇다면 저 중에서."

"박기환의 시체가 끼여 있을 가능성이 있지요."

"그렇다면 누가."

그러다가 다시 침을 뱉은 장동택이 오철진을 바라보았다.

"북한측 동향을 철저히 감시하도록, 지금 즉시 말이야."

"알겠습니다, 국장님."

"이것, 심상치 않다. 본부로 돌아가자."

박기환은 감찰대장으로 북한측 실력자 중의 한 명이다. 북한 세력이 가만히 당하고만 있을 리가 없는 것이다. 그 시간에 북한 대표부 안에서는 긴급회의가 열리고 있었다. 참석자는 서일과 장호성, 이금철 외에 이번에 남북회담 때 하준일과 함께 왔던 오만규였다.

"함정에 빠진 것입니다. 아홉 명의 도망자를 체포했다는 감찰대원은 없습니다."

이금철이 주위의 사내들을 둘러보았다.

"감찰대와 원한이 있는 자들 아니면 다른 조직에서 함정을 팠을지도 모릅니다."

방 안의 분위기는 침통했다. 이제까지 조직원들 사이의 살육전은 많았지만 거물급이 당한 적은 없었던 것이다.

서일이 머리를 들었다.

"지난번 이한의 부하 두 명이 당한 일로 이한이 이를 갈았다고 들었는데, 의심이 가는 곳은 그쪽이야."

그는 피로한 듯 손가락으로 눈썹 사이를 눌렀다.

"이한 같으면 충분히 그렇게 할 놈이야."

"내 생각은 다릅니다."

그렇게 말한 것은 장호성이다. 그와 박기환은 서로 업무는 달랐지만 같은 32호실 소속이다. 그의 표정은 격앙되어 있었다.

"이한은 김상철의 지시가 없으면 그런 짓을 못합니다. 만일 증거가 드러나면 전쟁이 일어날 텐데 지금 상황에서 김상철이 그런 모험을 할리가 없어요."

그러자 한동안 방 안에 무거운 정적이 덮여졌다. 모두 김상철의 현재 상황을 알고 있는 것이다. 한국에서 돌아온 후에 그는 한국 기업을 대상으로 적극적으로 세확장에 나서고 있었다. 대영을 비롯한 대기업은 말할 것도 없고 일반 사업체에도 세를 뻗치는 것이다. 그는 이미 생산업체의 업종별 단체장 중에서 10여 개의 단체장을 자신의 인맥으로 박아놓았다. 이것은 고려리아 정부에 대한 정면 도전이었다. 이제까지 전면에 나서지 않았던 그가 단체장들을 장악하면서 고려리아의 전면에 나서고 있는 것이다. 이런 상황에서 북한을 기습할 리가 없다는 장호성의 말에 일리가 있었다. 오만규가 헛기침을 했으므로 시선이 그쪽으로 모였다. 그는 40대 초반으로 해사한 용모의 사내였다. 이제까지 당조직 지도부에서 당조직 사업지도만 담당하다가 이번에 당조직부 비서로 승격을 했다. 조직 지도부의 총비서가 김정일이니 그의 최측근인 셈이다.

"장 동무의 말도 일리가 있지만 내 생각엔 김상철의 소행인 것 같소."

카랑카랑한 목소리로 그가 말을 이었다.

"김상철은 자신의 아내가 남조선에서 교통사고로 죽은 것이 우리가 한 짓으로 알고 있소."

그는 얼굴에 쓴웃음을 지었다.

"그 자는 서울에서 우리 공작원 여섯을 살해했습니다."

"……"

"시바다의 일당을 몰살시켜 비행기를 관으로 삼아 이곳으로 보낸 놈이오. 그놈이 원한을 아직 다 풀지 못했을 거요."

"……"

"그놈과 우리 공화국은 이미 전쟁을 시작한 것이지. 박기환 동무를 누가 살해했건 간에 말이오."

고려타운에서 서쪽으로 50킬로미터쯤 국도를 따라 달리면 고복동 마을이 나온다. 국도변에 있는 휴게소 비슷한 마을인데 고복동이라고 마을 이름을 붙인 이유는 고려인인 그가 도로공사 중에 사고로 죽었기 때문이다. 일제시대에 성씨 없는 사람이 성(姓)을 만들 듯이 30여 호의 마을이 생기자 행정청의 건설국에서는 고복동 마을이라고 지도에 적었다. 새벽 3시, 모두 깊은 잠에 빠져 있던 마을 주민들은 대부분 잠에서 깨어나 있었다. 그것은 마을에서 200미터도 떨어지지 않은 곳에 헬리콥터 한 대가 내려앉았기 때문이다. 깊은 밤이다. 가끔씩 한두 대의 차량이 평원에 가로 뻗은 국도 위를 맹렬한 속도로 달려가고 있었다. 김상철이 박기환에게로 머리를 돌렸다.

"고려리아는 곧 안정이 될 겁니다. 그때 다시 뵙기로 하지요."

"글쎄요, 난 이미 죽은 사람이 돼놔서."

평원 위에 선 그들은 앞쪽의 헬리콥터로 시선을 주었다. 엷은 터빈 엔진 소리를 내며 회전하는 프로펠러 바람으로 그들의 옷자락이 펄럭였다.

"하지만 고려리아가 그리울 겁니다. 늙어서 돌아올지도 모르지요."

그는 힐끗 김상철을 바라보았다.

"우선 처자를 다른 곳으로 옮겨야겠습니다. 딸아이가 학비를 전액 면제받는다고 거짓말을 했더니 겨우 보내주더만요."

"필요하신 것 있으면 언제든지 저한테……."

"충분합니다."

그는 들고 있던 가방을 들어보였다.

"이만하면 외국에서도 평생을 먹고 삽니다. 또 미리 보낸 돈도 있고."

앞쪽에서 검은 그림자가 어른거리더니 사내 한 명이 다가왔다.

"대장 동지, 출발 준비가 되었습니다."

그의 심복인 조진철이다.

"그럼 안녕히 계십시오."

박기환이 그의 손을 잡았다.

"살아 있다면 언제든 만나게 되겠지요."

돌아오는 차 안이다. 한동안 말없이 앉아 있던 이한이 불쑥 머리를 들었다.

"저 살리고 죄 없는 부하들을 폭사시키다니. 저놈, 잔인무도한 놈입니다."

놀란 듯 앞자리의 김봉만이 몸을 굳혔으나 머리를 돌리지는 않았다.

"내버려 두었다면 이금철이하고 둘 중 하나가 죽든지 살든지 했을 텐데요. 두 놈 다 죽어도 우리한테 손해될 건 없지 않습니까?"

그들은 이금철의 계획을 박기환에게 알려주었던 것이다. 물론 그것은 최태호로부터 얻은 정보이다. 어젯밤의 폭사사건은 박기환이 심복 조진철과 함께 만든 작품이었다. 공사장에 먼저 간 그들이 부하들을 폭사시킨 것이다.

"북한 놈은 박기환이를 우리가 죽였다고 할지 모른단 말입니다. 형님, 저놈이 저지른 짓을 우리가 뒤집어쓸지도 모릅니다."

김상철이 이한을 바라보았다.

"나는 박기환과 약속을 했다. 잔소리 마라."

자르듯 말하자 이한은 입을 열지 않았다.

"이번에 고려리아에 온 오만규란 자가 실세다. 그놈이 대남공작을 주도하고 있었어."

혼잣소리처럼 그가 말했다.

"박기환은 그 자가 이번의 남북 합의내용을 알고 있다고 했다."

"그렇다면 한국의 사건도 그놈이 한 짓이란 말입니까?"

이한이 잠자코 있는 김상철을 힐끗 바라보았다.

"그럼 잘 되었습니다. 제 발로 와 주었으니 말입니다."

남북 간 비밀합의 내용이 어떤 것인지는 애초부터 관심이 없던 이한이다. 오만규가 대남공작의 지휘자였고 박미정을 해친 장본인이라는 것에 어느덧 다른 감정은 모두 사라졌다. 긴 밤이었다. 승용차는 타운을 향해 속력을 내어 달려가고 있었다.

민정길이 실종된 지 이틀이 지나자 전국의 경찰청에 특별수사 지시가 내려왔고 전담반이 편성되었다. 그러나 청와대의 지시로 철저하게 언론을 통제했으므로 일반 국민은 모르는 사건이다. 오전 10시경, 대통령의 집무실에 불려온 비서실장 이태준과 안보수석 신형목의 표정은 어두웠다. 특히 신형목은 온몸이 나무토막처럼 굳어져 있다.

"그 사람이 어디까지 알고 있나?"

대통령이 물었으므로 신형목은 머리를 들었다.

"예, 보안에 주의했기 때문에 남북합의에 대해서는 일절 말하지 않았습니다."

"그러면 K공작에 대해서는 어때?"

"그건 국정원 주관으로 되어 있어서 세부내역은 모릅니다."

"윤곽은 알고 있겠구면."

입맛을 다신 대통령이 이태준을 바라보았다.

"국정원장은 납치당했을 가능성이 많다던데, 그날 밤 상황으로 봐도."

이태준이 머리를 끄덕였다.

"예, 각하. 여러 가지 가능성이 있다고 저도 들었습니다."

그리고 대책도 들은 것이다. 그것은 대통령도 마찬가지인 모양으로 테이블 위의 서류를 펼쳤다. 화제를 바꾸겠다는 표시였다.

"고려리아의 초대 대표는 이 실장이야. 당신의 책임이 커."

대통령이 말하자 이태준이 머리를 숙였다.

"사명감을 갖고 떠나겠습니다."

"내가 모든 지원을 아끼지 않을 테니까."

"염려하지 마십시오, 각하."

그들이 주고받는 말을 들으며 신형목은 굳어진 얼굴로 어금니를 물었다. 자신은 소외되어 있었던 것이다. 이태준은 이미 대통령과 사전 합의가 되어 있는 모양이었는데 자신은 지금 처음 안 것이다. 그것은 관리의 실책이 연달아 일어났기 때문일 것이다. 자신이 직접 관리하던 대검과 경찰의 실무책임자가 차례로 배신을 했고 이제는 보좌관마저 실종상태가 되었다. 대통령이 자신을 불신하고 있는 것은 당연한 일일지도 몰랐다.

대통령이 신형목에게 머리를 돌렸다.

"선거가 내일 모레인데 실장이 고려리아 대표부를 맡고 떠나게 되었어. 그래서 당신이 실장을 맡아줘야겠는데."

얼굴을 굳힌 신형목이 침을 삼켰다.

"각하, 저는 여러 가지로……."

"왜, 삼 개월 실장은 싫은가?"

"아닙니다. 그보다도 제가 자격이……."

"당신만한 자격을 가진 사람이 어디 있어? 여기 있는 이 실장도 당신을 후임으로 추천했어. 어때? 맡아주겠지?"

신형목이 머리를 숙였다.

"모자랍니다만 제가 성의껏."

"어려운 때야. 남북 간 관계에 대선이 눈앞에 있고, 거기에다 우리는 고려리아 준비도 해야 될 테니까."

고려리아 준비란 K작전이다. 대통령의 전폭적인 지원 아래 추진 중인이 작전의 목적은 고려리아의 한국화이다. 비록 러시아의 임차령(領)이어서 국가통합은 안 될지언정 경제와 정치통합으로 한국의 새로운 장(場)을 연다. 대통령의 꿈은 그것의 초대 영수(領袖)가 되는 것이었다.

기무사 참모장 현창복 준장이 방에 들어서자 테이블에 앉아 있던 두 명의 대령이 일어섰다. 시청 앞 프린스호텔의 스위트룸이다.

"조 대령, 오랜만이야."

현창복이 반가운 듯 손을 내밀자 떡 벌어진 어깨의 대령이 잠자코 그의 손을 잡았다. 오후 3시가 조금 넘은 시간이었다. 자리에 앉은 현창복은 담배를 꺼내어 입에 물었다. 그의 앞에 앉은 조기성 대령은 수경사 예하 제51공수여단의 참모장이다. 현창복이 조기성의 옆에 앉은 백석호 대령에게로 시선을 돌렸다. 그는 기무사의 수경사 파견대장이다.

"그래, 심각한 사건이야?"

웃는 얼굴로 묻는 것은 잔뜩 긴장하고 있는 조기성을 의식한 행동이다. 그러나 백석호는 따라 웃지 않았다.

"중대사건입니다, 참모장님."

백석호와 조기성은 육사 동기생으로 현창복의 5기 후배였다. 그들은 내년에 장군 진급이 예정된 전도가 양양한 장교들이다. 이제 웃음기가 사라진 얼굴로 현창복이 조기성을 바라보았다. 이윽고 조기성이 결심한 듯 입을 열었다.

"여단장의 동태가 심상치 않습니다."

"구체적으로."

"아무래도 쿠데타 같습니다."

현창복이 그때까지 물고 있던 담배에 불을 붙였다. 이미 백석호로부터 전화상으로 내용을 대충 보고는 받은 터이다.

"그 거사에 자네도 끼었나?"

"예, 분위기에 밀려 어쩔 수 없었습니다."

"수경사령관이 지휘하고 있지?"

"그렇습니다. 제50, 51, 52, 포병단 모두 합류해 있습니다."

이제 조기성은 긴장이 조금 풀렸는지 술술 털어놓았다.

"각 여단장은 물론 참모장, 그리고 사령부의 참모들은 이미 거사에 가담하기로 약속을 받은 것이 확실합니다. 저희 여단에서도 핵심 참모와 연대장급 두 명은 거사를 결의했습니다."

"거사 동기는?"

"현 정권의 매국적 행위지요. 여단장은 우리에게 남북 간 비밀합의서 사본을 보여주었습니다. 이대로 두었다가는 곧 나라까지 넘길 것이라는 데 반대하는 사람이 없었습니다."

"귀관도 보았어?"

"물론이지요."

"거사일은?"

"아직 미정입니다."

"동조세력은?"

"수경사 소속 외에는 모릅니다."

현창복이 담배를 재떨이에 비벼 껐다.

"귀관도 물론 약속을 했겠지?"

"분위기에 밀렸지요. 반대하면 살아남지 못할 분위기였습니다."

"증거로 삼을 것이 뭐가 있겠나?"

"증거는 없습니다. 구두로 회의를 했고 서면으로 남긴 것도 없습니다."

머리를 끄덕인 현창복이 그를 바라보았다.

"참고로, 귀관이 이탈한 이유는?"

"군이 정치에 개입하면 안 된다고 믿고 있기 때문입니다."

"······."

"동기가 어떻든 군사반란입니다. 성공하든 실패든 그 일원이 되기가 싫었습니다. 그뿐입니다."

다시 머리를 끄덕인 현창복이 힐끗 백석호를 바라보았다. 테이블 위의 소형 녹음기에 손을 올려놓고 있던 백석호가 그의 시선을 받자 스위치를 껐다.

"잘 알았어, 조 대령. 이렇게 말해 줘서 고맙군 그래."

의자에 등을 기댄 현창복이 길게 숨을 뱉었다.

"우리도 분위기를 알고 있었어, 그동안."

국정원장 이근복은 방에 들어서는 기무사령관 함종일을 보자 자리에서 일어섰다.

"요즘 바쁘신 모양이오."

"바쁜 때 아닙니까?"

국정원장의 집무실이다. 청와대를 나온 함종일이 곧장 국정원으로 달려온 것이다. 함종일이 청와대에서 대통령과 독대하고 나왔다는 것을 알고 있는 이근복이다. 그들은 테이블을 사이에 두고 마주 앉았다.

"그래, 갑자기 무슨 일입니까?"

이근복이 탐색하듯이 함종일의 얼굴을 바라보았다. 군민(軍民)을 대표하는 정보기관의 수장(首長)들이다. 주머니를 뒤져 담배를 꺼내 문 함종일이 느린 동작으로 불을 붙였다.

"군의 동향에 대해서 각하께 보고를 드리고 나온 길입니다."

"요즘 분위기가 좋지 않아요. 갖은 루머가 떠돌고 지휘관의 모임이 잦습니다."

"나도 대강은 알고 있었어요. 2군사령관 사건 이후로 신경을 좀 썼습니다."

2군사령관 한기영과 야당후보 이대현이 비행기 안에서 조우한 사건을 말하는 것이다.

"CIA에서도 한국군의 동향에 대해서 주시하고 있는 모양입디다."

"각하께 보고 드렸습니다."

함종일이 입맛을 다셨다.

"수경사의 지휘관들을 중심으로 모임이 잦아요. 지금 파악하고 있는 중입니다."

"지금이 어떤 세상이라고."

의자에 등을 기댄 이근복이 쓴웃음을 지었다.

"설마 그렇게까지 세상물정을 모르지는 않겠지."

"글쎄, 나로선 그냥 흘려 넘길 일이 아니어서, 어떤 조그만 일이라도 말이오."

자리를 고쳐 앉은 함종일이 그를 바라보았다.

"CIA의 입장은 어떻습니까? 그들이 어떤 정보를 갖고 있는지 알고 싶은데."

"어제 한국 책임자인 포스터를 만났는데 한국군의 동향에 대해서 미 육군 정보국과 검토를 했던 모양이오."

"……"

"비밀합의서가 누출되었다면 일부 군을 움직이게 할 가능성은 있지만 성공할 확률은 제로요. 미군이 제동을 걸 것이고 곧 북한군이 움직일 테니까."

함종일이 머리를 끄덕였다.

"나도 미 8군 정보국장 맥스웰한테 듣기는 했습니다. 하지만 북한군이 정말 움직일까요? 그렇다면 전쟁인데."

"움직일 거요."

이근복이 자신 있게 말했다.

"그들에겐 그야말로 천재일우의 기회이지. 미국의 암묵적 지원하에 한국을 위협하게 될 테니까."

"설마, 그렇게까지야."

"현 상황에서의 쿠데타군은 남북한의 평화공존 체제를 깨뜨리는 집단으로 매도당할 거요. 설령 쿠데타군이 서울을 점령했다손 치더라도 며칠 못 갑니다. 예전에는 북한에게 남침 기회를 줄까 봐서 전방의 부대가 꼼짝을 못했지만 지금은 반대요. 휴전선을 북한군에게 맡기고 전방부대가 몰려올 겁니다."

함종일이 쓴웃음을 지었다.

"그 말을 들으니 남북한 군대는 이미 통일이 되었습니다, 그래."

"사령관도 군인이시니 조금 말하기 뭣하지만 동서냉전이 끝나고 나서 남북한의 군대가 미국한테 무슨 의미가 있겠습니까? 이제 남북한 양국이 미국과 수교를 하고 매달려 있는 상황에 말이오."

"……."

"미국이 우려하는 것은 한반도에 반미정권이 나타나는 것이지. 쿠데타군은 분명히 반미정권을 지지할 테니까. 자주국방, 외교의 자주권 등을 외칠 테니까 말이오."

"그거야 모르는 사람이 어디 있습니까? 세상 사람들이 다 아는 사실인데."

그러자 이근복이 정색을 했다.

"군에 어떤 음모가 있기는 합니까?"

"각하께 보고 드렸더니 원장님과 같이 공조하라고 하셔서."

다시 담배 한 대를 꺼내 문 함종일이 라이터를 켜 불을 붙였다.
"어려운 시기니까 말입니다."

창밖으로 고려시의 야경이 보였다. 대평원 위에 건설된 도시여서 불빛으로 지평선이 만들어져 있었는데 서쪽 지평선 위쪽으로 반원형의 붉은 기운이 밤하늘을 밝힌 부분이 고려타운이다. 고구려호텔 26층의 스카이라운지에 마련된 밀실 안이었다. 창가에 서 있던 김상철은 손목시계를 내려다보았다. 밤 10시 5분 전이다. 그가 다시 창밖으로 머리를 돌렸을 때 문에서 노크소리가 들리더니 문이 열렸다. 강미현이 들어서고 있었다. 어두운색 투피스 차림으로 화장기가 없는 얼굴에는 표정이 없다.
방 안에는 장방형의 테이블 주위로 대여섯 개의 의자가 놓여 있었는데 그녀는 잠자코 한쪽 의자에 앉았다. 시선을 마주치려고 하지도 않는다. 오후에 그는 총독 비서실을 통해 만나자는 연락을 했던 것이다. 김상철은 앞쪽 의자에 앉았다. 그들은 아직 인사말은커녕 한마디 말도 나누지 않았다. 김상철이 그녀를 바라보았다.
"청장께 상의드릴 일이 있다고 했더니 강미현 씨를 만나라고 해서."
"……."
"한국에서 온 사업자들이 급속하게 단체를 만들고 있는 것은 마치 우리가 조직을 형성하는 것과 같은 양상이오. 아니 그보다 더 영향력이 크다고 볼 수가 있지."
"……."
"K공작이라고 들어본 일 있습니까? 이건 청와대가 지시한 공작이오. 며칠 전에야 그 사실이 확인되었습니다."
강미현이 시선을 들었다.
"어떤 내용인데요?"

"구체적인 내용은 모릅니다. 다만 청와대가 전폭적인 지원을 하고 있다는 것과, 고려리아의 한국 출신 사업자들의 단체가 그것과 관계가 있다는 것 정도밖에, 공작의 주관부서는 한국의 국정원요."

"목적이 뭘까요?"

"한국의 투자이민이 증가될수록 한국 경제와 더욱더 밀착될 거요. 내 경제자문은 그것을 염려했습니다."

"……."

"이주해 온 사업자들의 주 시장은 한국이거든. 그리고 그들은 대부분의 원부자재를 한국에서 공급받습니다. 이런 유형의 사업장이 많을수록 한국 경제에 종속될 우려가 있다고 했습니다."

"그렇다고 총독께서 이주민 제한을 하지는 않으실 거예요. 그건 이미 종합기획실에서 예상했던 일입니다."

"K공작에 대해서도 말이오?"

"지난번에 정동민이 총독께 경제통합을 하자고 제의한 적이 있었어요. 아마 그 공작인 것 같습니다."

"……."

"총독께 말씀 드리겠어요. 그런데 누구한테서 들은 정보라고 하지요?"

"믿을 만한 곳이라고 하시오. 그렇게 말씀드려도 믿으실 겁니다. 내가 거짓말할 이유가 없으니까."

"……."

"예전에 우재환을 내세운 한국계 조직과는 양상이 다릅니다. 우재환은 나를 제거하기 위해서 당신이 양성한 조직이었을 뿐이지만 이건 고려리아를 상대로 한 한국의 공작이오."

그 순간 시선이 부딪쳤으나 강미현은 비켜나지 않았다. 김상철이 다시 말을 이었다.

"그 자들은 이미 유흥업계에도 진출해서 행동력도 갖춰가고 있어요. 이제 거기에다 당신 같은 행정청의 실력자만 배후에 있다면 고려리아의 경제계를 장악하는 것은 쉬운 일이오."

"……."

"또한 한국계 이민이 100만 명 가깝게 되어가고 있어요. 그들은 이미 행정부 관리들의 6할 이상을 차지하고 있습니다. 무슨 말인지 이해가 가실 거요."

강미현이 머리를 끄덕였다.

"총독께 보고하겠어요."

한국 내부에서 군세력이 준동하고 있다는 이야기는 할 필요가 없었으므로 김상철은 잠자코 그녀를 바라보았다. 물론 한국의 쿠데타가 성공하면 고려리아의 K공작은 뿌리가 흔들릴 것이다.

"그런데 지난번 사건, 정말 유감으로 생각합니다. 가슴 아팠어요."

시선을 내린 강미현이 또렷한 목소리로 말했다.

"받아들이실지 알 수 없지만 꼭 말씀드리고 싶었습니다."

한동안 그녀를 바라보던 김상철이 입을 열었다.

"북한측의 배후에 안인석이 있었어요. 북한은 당신이나 한국정부에 혐의가 돌아갈 줄로 믿었고, 고려리아와 한국을 상대로 내가 전쟁을 치르기를 원했겠지."

"……."

"하긴 지금 나는 남북한을 상대로 하고 있지요. 무엇을 위한 것인지는 알 수 없지만."

주석궁의 집무실에는 김정일을 중심으로 하준일과 무력부장겸 정치국 상임위원 오득렬, 국가안전보위부장 백학림, 외교부장 김영남의 순으로 좌우로 벌려앉아 있었다. 오후 5시경으로 창밖의 정원에는 그림자가 반쯤 덮여졌지만 담장 위쪽의 하늘은 구름 한 점 없이 맑았다. 평양의 하늘에는 스모그 현상이 없다.

"탈북자가 증가하고 있습니다. 국경 지방에서는 돈을 받고 탈북 안내를 하는 무리들도 있다는 겁니다."

하준일이 힐끗 오득렬과 백학림을 바라보았다. 국경감시는 그 두 사람이 책임지고 있는 것이다.

"고려리아의 서일 동무가 보고한 내용을 보면 고려리아에 밀입국한 탈북자가 대략 5000에서 1만 명까지라고 합니다, 지도자 동지."

그러자 입맛을 다신 김정일이 의자에 등을 기대고는 하준일을 바라보았다.

"남조선은 K공작을 착착 진행시키고 있는 상황에 우린 감찰대장이 수류탄에 맞아 죽었소. 이주민이 동결된 데다가 송금액은 줄어들고, 이러다간 고려리아가 남조선 수중에 들겠어."

자신이 언급한 국내문제를 무시하고 고려리아 내부문제를 꺼내자 하준일의 얼굴이 금방 굳어졌다. 김정일이 말을 이었다.

"지난번처럼 고려리아 정부에 한국측의 음모를 알려주는 것이 낫지 않을까?"

"K공작의 구체적인 증거가 없습니다, 지도자 동지. 서일 동무가 몇 번 행정청장을 만나 이야기를 했지만 모함하지 말라는 핀잔만 들었습니다."

김정일이 이맛살을 찌푸렸다. 지난번에는 김상철과 밀착되어 있는 국정원의 세력을 강미현에게 알려주었었다. 그 결과 한국의 국정원이 된서리를 맞았지만 김상철의 조직은 아직도 건재한 것이다. 잠자코 있던 백학림이 입을 열었다.

"지도자 동지, 이주문제만 해결된다면 탈북자는 감소될 것입니다. 현재로써는 그 방법이 최선입니다."

오득렬이 동의한다는 듯 커다랗게 머리를 끄덕였다.

"그것밖에는 방법이 없지요. 그리고 고려리아 내부의 조직을 강화시키고, 지난번 같은 사건이 다시는 일어나지 않도록 해야 됩니다."

말은 쉽지만 총독으로부터 이주민을 받지 못하겠다는 이유를 직접 들은 하준일이다. 그가 오득렬을 바라보았다.

"부장 동지는 내부사정을 모르고 하시는 말씀이오. 우리 공화국 이주민은 작업능률이 떨어지고 작업장 이탈이 많아서 사업자들이 기피하고 있습니다."

"반동을 골라 보낸 동무의 책임이지."

이번에는 백학림이 하준일을 쏘아보며 말했다.

"이주민을 선정한 것도 동무의 소관이었소. 탈북자 운운해서 주제를 흐리려고 하지 마시오. 지금은 탈북해서 고려리아로 들어가는 반동이 문제가 아니라 고려리아 내부의 관리가 문제요."

방 안에 잠시 무거운 정적이 덮여졌다. 경제가 연 7년째 마이너스 성장을 계속하고 있는데다가 8년째의 흉년으로 남조선의 은밀한 지원과 미국과 일본의 식량공급으로 지탱해 가고 있는 형편이다. 그들에게 고려리아는 현상을 탈피할 가장 확실한 길이었다. 고려리아에 100만 명만 이주시켜 그들의 성금을 받는다면 국가 경제는 단숨에 흑자로 전환될 수가 있는 것이다. 그것은 일차적 계획이었고 제 이차는 고려리아의 북한화이다.

그러나 한국이 곧 대표부를 설치 할 예정이고 대표에는 청와대 비서실장 이태준이 임명되어 있다. 한국도 고려리아에 적극적으로 접근하고 있는 것이다. 이윽고 김정일이 머리를 들었다.

"성금 비율을 3할로 줄이도록 하는 것이 어떻겠소? 능률이 떨어지고 이탈자가 증가하는 것은 아무래도 그 문제 때문인 것 같은데."

좌우를 둘러본 그의 시선을 아무도 받지 않았다.

"현실에 맞는 방법으로 맞춰갑시다. 충성심만 강요하면 반발할 가능성이 많습니다. 일단은 성금을 낮춰봅시다."

하준일이 소리죽여 숨을 뱉었다. 만일에 자신이 그 이야기를 꺼냈다가는 자본주의의 썩은 물이 번졌다든가 은혜를 망각한 배은망덕한 반동을 옹호하고 있다든가 하는 격렬한 비판을 받았을 것이다. 그리고 실제로도 그렇다. 임금의 4할만 받더라도 그들은 배불리 먹고 이곳보다 두 배는 더 풍족한 생활을 한다. 충성서약과 성금서약까지 하고 나간 놈들이다. 불평불만에 빠져 능률을 떨어뜨리고 사업장에서 이탈하는 놈들은 그저 반동으로 즉결처분을 해버리는 것이 유일한 방법이다. 성금 액수를 줄인다는 것은 반동의 세력에 굴복하거나 동조한다는 의미밖에 없었던 것이다.

김정일이 분위기를 부드럽게 하려는 듯 그들을 둘러보며 웃었다.

"이달 안에 쌀대금 4억 달러가 들어옵니다. 남조선 동무들도 다급한 모양이오. 선거 때문에 말이오."

고려리아에 한국 대표부가 공식 출범한 것은 10월 3일이다. 행정청에서 5킬로미터밖에 떨어지지 않은 대로상의 10층 빌딩 전체가 대한민국 대표부 건물이었다. 대표부에는 한국에서 파견된 공식 직원만 해도 200명이 넘었으니 고려리아에 주재하고 있는 60여 개국의 외교사절 중 최대 규모였다. 이태준이 대통령의 신임장을 총독에게 제청하고 돌아온 날 오후, 10월 중순으로 눈보라가 휘몰아치는 날씨였다. 직원의 안내를 받아 대표의 집무실에 들어선 홍석규를 보자 이태준이 반갑게 그를 맞이했다.

"어서 오시오, 홍 회장."

"오랜만입니다, 실장님."

"실장은 무슨, 이젠 대표야."

홍석규는 고려리아 진출 한국 중소기업협의회 회장이다. 자리에 앉은 홍석규가 방 안을 둘러보았다.

"한 달도 안 되는 사이에 잘 해놓으셨습니다."

"한국에서 데려온 실내장식업체에 맡겼어. 빨리 하는 건 도가 트인 사람들 아닌가."

그들은 고려리아에 오기 전에 한국에서 여러 번 만난 사이였다. 문득 이태준이 생각난 듯 얼굴에 웃음을 띠웠다.

"도청방지장치가 완벽하게 돼 있어. 건물검사도 깨끗하게 했고. 마음 놓고 말해도 돼요, 홍 회장."

"김상철이 견제하고 있어요. 놈은 한국 이주민을 대상으로 갖가지 단체를 조직하고 있는데 이젠 노골적으로 우리를 견제합니다."

홍석규가 목소리를 낮추었다.

"혹시 그놈이 우리의 계획을 알고 있는 것이 아닐까요?"

"눈치를 챘을지도 모르지."

이태준이 쓴웃음을 지었다.

"그놈과 제일 먼저 부딪치리라고 예상하고 있었어."

"행정청에선 그놈을 그냥 내버려 둘 계획입니까?"

"그럴 리가 있나? 쉽게 풀릴 원한관계가 아니야. 당신은 걱정하지 않아도 돼요. 우리가 알아서 처리할 테니까."

그가 테이블 위에 놓인 인터폰을 눌렀다.

"내가 소개해 줄 사람이 있어."

잠시 후에 노크소리가 들리더니 40대 중반쯤의 건장한 사내가 들어섰다. 눈매가 날카롭고 얇은 입술을 꽉 다물고 있다.

"앞으로 이 사람이 어려운 일을 해결해 줄 거요, 홍 회장."

이태준이 사내를 바라보며 말했다.

"경호실의 차장으로 있던 최웅택 씨요. 지금은 대표부의 상황 실장을 맡고 있지."

인사를 마친 최웅택이 자리에 앉자 홍석규에게 대뜸 물었다.

"혹시 김상철 때문에 행동에 제약을 받고 계시지는 않습니까?"

"그렇습니다. 지금 마침 이 대표께 그 말씀을 드리던 중인데."

"김상철은 전직 국정원 요원들을 고용해서 조직을 강화시켜 왔지요. 한국인을 중심으로 기반을 굳히려는 우리가 그놈의 장애물이 된 것은 당연합니다."

"……"

"현재 우리의 최대 적은 북한도, 고려리아 내부의 적대세력도 아닙니다. 그것은 김상철이오. 그놈은 반정부세력과도 동조하고 있었습니다."

최웅택이 테이블에 상반신을 바짝 붙였다.

"이제까지는 운이 좋았던 놈이지요. 하지만 운이 항상 좋으리라는 법은 없습니다."

"K공작은 경제공작일 뿐이야. 한국 대표부가 진두지휘를 하겠지만 너도 알다시피 경제는 정치권의 밥이야. 총독이 너무나도 잘 알고 있을 것이다, 겪어보았으니까."

술잔을 든 이대각이 붉어진 얼굴로 김상철을 바라보았다.

"경제를 장악하여 고려리아를 손아귀에 넣는다는 발상은 한국 대통령의 탁상공론으로 그칠 거야. 신경 쓰지 말어."

"고려시와 타운에 한국 출신 건달들이 부쩍 늘었습니다. 한국에서 내로라하는 건달들이 대부분 몰려와 있어요."

"알고 있어."

한 모금에 보드카를 삼킨 이대각이 이를 드러내며 웃었다.

"조사를 해보았더니 십여 개의 조직에 3, 400백 명이 들어와 있더구먼. 제각기 사업자금을 단단히 챙겨들고 말이야. 어쨌든 그놈들도 투자이민이다. 그놈들이라고 사업을 못하게 할 수는 없지."

그들은 리조트 시티 안의 파라다이스클럽에 앉아 있었다. 밀실이어서 밖의 소음은 전혀 들리지 않는다. 오랜만의 술좌석인 때문인지 이대각은 혼자 보드카를 한 병 가깝게 비웠다. 이대각이 그에게로 술잔을 내밀었다.

"모두 파악해 놓고 있어. 건달들뿐만 아니라 한국 출신으로 단체장을 맡은 놈들 모두를 말이야. 이젠 경비대도 7만 명이다. 최신 무기와 첨단 장비를 갖춘 막강한 병력이야. 그까짓 속이 들여다보이는 공작에 고려리아가 넘어가지 않아."

"총독이 든든해 하시겠습니다."

"이젠 날 믿는 눈치야. 너하고 총독의 사이가 나아지고 나서는."

이대각이 턱을 들고 웃었다.

"네 덕분에 내가 바람을 많이 탄다."

"내가 믿을 사람은 형님뿐이오."

"나도 그렇다니깐 그러네, 이자식이."

술잔을 든 이대각이 건배를 하자는 듯 앞으로 내밀었다. 한 모금에 잔을 비운 그들은 서로의 얼굴을 마주보았다.

"형님, 제 처를 살해한 건 북한 공작원들이었습니다."

김상철이 말하자 이대각이 순식간에 얼굴을 굳혔다.

"북한 공작원이라니?"

이제까지 그에게 한국에서의 이야기를 한 적이 없었던 것이다. 이대각은 김상철의 이야기가 끝나자 천천히 머리를 끄덕였다.

"그랬었군. 그래서 네가 총독과 화해를 했군."

"북한 쪽은 이제 내가 그 사실을 알고 있다는 것을 압니다."

"이제 타협의 여지가 없군, 북한과는."

"한국 쪽도 마찬가지요."

"네가 비밀합의서를 유출시켰기 때문이지. 그건 도대체 어디서 빼낸 거야? 설마……."

"유 청장님은 아니오."

술이 깬 얼굴로 이대각이 입맛을 다셨다.

"넌 남북한을 적으로 삼은 돈키호테 같은 놈이다."

"우습게도 그것도 본의가 아니었습니다."

김상철이 쓴웃음을 지었다.

"한국과는 심재택 씨의 애국심에 끌려들어간 바람에 그렇게 되었고 북한과는 강미현의 공작과, 북한과 안인석의 합작 작전이 그렇게 만든 거요."

잔에 술을 채운 그는 한 모금에 삼켰다.

"이젠 나도 세상을 조금 압니다. 오늘의 적이 내일 동지가 된다고 해도 놀라지 않아요."

머리를 든 그가 이대각을 쏘아보았다.

"고려리아에 대한 애착이 없었다면 견디지 못했을지도 모릅니다, 여러 번이나."

"……"

"돌아갈 땅이 있다는 것, 그곳에서 죽어야겠다는 생각만으로 견딘 적이 한두 번이 아니었으니까요, 형님."

파라다이스클럽은 스키장이 내려다보이는 낮은 구릉 위에 세워져 있었다. 주위의 경관이 좋은 데다 일류 시설을 갖춘 곳이어서 단골손님들이 많았는데 대부분이 한국 출신들이었다. 11시가 가깝게 되자 들어오는 손님보다 하나둘씩 나가는 손님이 많아졌지만 클럽 앞쪽의 주차장에는 아직도 승용차가 가득했다. 정만석은 슈바의 주머니에 두 손을 찔러 넣고는 주차장의 어둠 속에 나무 둥치처럼 서 있었다. 그는 김상철의 경호원으로 주차장을 감시하고 있는 것이다. 옆쪽에서 자동차의 전조등이 비치더니 클럽 앞으로 두 대의 승용차가 다가왔다.

"서울 놈들인 모양이다."

어느새 옆으로 다가와 선 이필수가 말했다. 그는 정만석과 한팀이었다. 그들은 한국인을 서울 놈으로 북한인을 평양 놈으로 부르는 고려인 출신이었다. 클럽의 현관에 서 있던 종업원들이 금방 차에서 내린 대여섯 명의 사내들을 2층의 클럽으로 안내해 가는 것이 보였다.

"서울 놈들 돈 쓰는 걸 보면 무섭다. 클럽 아가씨들의 팁이 한 달 사이에 두 배로 뛴 것도 모두 서울 놈들 때문이다."

이필수가 사내들을 바라보며 말했다.

"그런데 죠튼 클럽의 지배인한테서 들었는데 돈 잘 쓰는 서울 놈 집으로 외상값을 받으러 갔더니 마누라가 거지꼴을 하고 있더라는 거야. 지배인 놈은 그후부터 서울 놈들이 사람같이 보이지도 않는다고 했다."

호주머니에 든 무전기가 신호음을 내었으므로 정만석은 서둘러 꺼내 들었다.

"정만석입니다."

"차 준비시켜라, 5분 후에 나오신다."

김상철보다 무서운 김봉만의 목소리였다.

"예, 형님."

정만석이 이필수를 바라보았다.

"야, 차들 대기시켜라. 5분 후에 나오신다."

그들은 서둘러 주차장 한쪽으로 다가갔다. 나란히 세워진 세대의 승용차 안에는 운전사들이 대기하고 있는 것이다. 잠들어 있는 운전사들을 소리쳐 깨운 정만석은 승용차의 뒤를 따라 클럽의 현관으로 다가갔다. 이미 현관 주위에는 서너 명의 동료들이 모여 서 있었다. 세 대의 승용차가 현관 앞에 나란히 멈춰섰을 때 검정색 승용차 한 대가 주차장에서 나오더니 앞쪽에 멈췄다. 경비 본부장 이대각의 승용차였다. 승용차의 앞좌석에서 내린 사내 두 명이 차 옆에 붙어 서서 본부장을 맞이할 채비를 했다. 경비대 요원들이다. 정만석은 이필수와 함께 차에 등을 대고는 주차장을 향해 섰다. 뒤쪽에서 부산한 발자국소리가 났으므로 반쯤 몸을 돌린 그는 이대각이 차로 다가오는 것을 보았다. 그가 곧장 차 안으로 들어가자 대형 승용차는 요란한 엔진음을 내며 아래쪽으로 달려 내려갔다. 그 뒤를 경비대의 호위차량이 따른다. 그러자 현관을 나오는 김상철의 모습이 보였으므로 정만석은 몸을 돌렸다. 주차장이 다시 시야에 들어왔다.

"저택으로 가실까요?"

김봉만의 말소리가 뒤쪽에서 들렸을 때 정만석은 주차장 건너편의 어둠 속에서 흰 빛이 번쩍이는 것을 보았다. 그리고 그의 시선 끝으로 이필수가 무릎을 꿇으며 주저앉는 것이 보였다. 눈을 치켜뜬 그가 마악 한 걸음 이필수 쪽으로 다가갔을 때였다. 어깨에 거센 충격을 받은 그는 차체에 등을 부딪치면서 소리쳤다.

"저격이다! 앞쪽 주차장!"

자신의 고함소리가 밤하늘을 울리는 것을 제 귀로 들은 정만석의 머리칼이 곤두섰다. 그는 성한 손으로 허리춤에 꽂은 권총을 빼들고는 길 건너편의 주차장을 향해 두 발자국을 달려가다가 길바닥에 쓰러졌다. 뒤쪽에서 김봉만의 고함소리가 들리더니 차가 떠나는 것을 알 수 있었다. 그리고 대여섯 명의 동료가 미친 듯이 자신을 뛰어넘어 앞쪽으로 달려 나갔다. 정만석은 누군가가 자신의 어깨를 잡고 뒤집는 것을 느꼈다. 그 순간 그는 길게 숨을 내쉬면서 눈을 감았다.

접견실에 앉은 서일과 오만규는 조금 불편한 기색이었다. 벽시계는 오전 10시 40분을 가리키고 있었으니 총독은 예정시간보다 10분이 늦은 것이다. 오만규가 서일에게로 머리를 돌렸다.
"면담 약속은 10시 30분 맞지요?"
소곤거리듯 물었을 때 문이 열리더니 총독과 행정청장이 들어섰으므로 그들은 자리에서 일어섰다. 짙은 색 양복 차림의 총독은 건강한 모습이었다. 인사를 마친 그들이 자리에 앉자 총독이 이남호를 돌아보았다.
"그, 보좌관을 불러."
"예, 각하."
이남호가 인터폰을 누르고 낮게 말하자 곧 강미현이 들어섰다. 그들에게 가볍게 머리를 숙여 보인 그녀는 이남호의 옆자리에 앉았다.
"앞으로 북한 이주민 관계는 여기 있는 강보좌관이 맡을 겁니다. 그래서 참석시킨 거요."
이남호가 말했다. 강미현이 다시 공식석상에 나타나게 된 것이다.
10월 현재 고려리아의 인구는 750만 명에 이르렀고 고려인과 조선족 등 한인의 인구는 350만 명이었다. 그중에서 남한의 이주민이 80만을 차지했는데 몇 달 사이에 급격히 증가한 것이다. 그러나 북한의 이주민은 밀입국자를 포함하여 10만도 되지 않는다. 총독이 서일에게로 시선을 돌렸다.
"그래 서 대표, 용건이 무엇이오?"

"예, 각하. 저희 지도자 동지의 말씀을 전하려고 왔습니다."

서일이 상반신을 똑바로 세웠다.

"저희 공화국 출신의 이주민이 생산능력이 떨어지고 이탈자가 많은 이유는 적응력이 부족하기 때문입니다. 그래서 적응력이 강한 인민을 선발할 계획입니다. 앞으로는 그런 사례가 결코 재발하지 않을 것이라는 말씀이 계셨습니다."

"……."

"각하, 인력이 부족한 고려리아 정부에서 중국은 물론 러시아와 파키스탄, 방글라데시 등의 이주민을 받을 계획인 것으로 알고 있습니다. 고려해 주셨으면 합니다."

총독이 무표정한 얼굴로 서일을 바라보았다.

"서 대표, 한국에서 쌀대금을 받으셨소?"

그러자 당황한 서일이 오만규와 시선을 마주쳤다.

"각하, 그것은 제가 잘 모르는 일입니다."

"그렇군."

의자에 등을 기댄 총독이 입맛을 다셨다.

"난 정치와 외교는 거의 문외한이지만 계산은 빠르지. 한국 이주민은 온갖 쓰레기까지 섞여서 오지만 엄청난 자금을 들여오고 있어요. 이제 체로 거르는 작업이 끝나면 고려리아에 큰 득이 될 거요."

"……."

"그런데 북한은 인력을 보낸답시고 훈련된 병정을 보내지를 않나, 나중에는 이주민을 보내놓고는 그 사람들의 임금을 6할이나 떼어가지를 않나. 이런 상황에서 어떻게 북한 이주민을 받으란 말이오? 당신들은 고려리아에 득이 안 됩니다, 서 대표."

"각하."

하고 나선 것은 오만규이다. 그가 굳어진 얼굴로 말을 이었다.

"성금을 대폭 줄이기로 했습니다. 물론 성금은 인민들이 진심에서 우러난 충정으로 자진 납부하는 것이었습니다만 그것도 줄이라는 지도자 동지의 지시가 계셨습니다."

그러자 이남호가 물었다.

"몇 할로 줄였습니까?"

"그건 말씀드릴 수 없습니다."

"사업장에서 북한 근로자들이 성금 뗀 액수만큼 일을 안 한다는 이야기를 들어 보신 적 있습니까?"

"……."

"5할을 떼면 반밖에 일을 안 한다고 해요. 그러면서 고용자한테 우린 받는 만큼만 일한다고 한답니다."

"그런 일이 있을 리가 없습니다."

오만규의 얼굴이 굴욕감으로 하얗게 변했다.

"절대로 그럴 리가 없습니다."

"선생하고는 이야기를 못하겠소."

의자에 등을 기댄 이남호가 입을 다물었다. 서일은 총독에게로 시선을 돌렸다. 늙은 너구리는 조는 듯 반쯤 눈을 감고 앉아 있었는데 입을 열 기색이 없다. 늙은 너구리는 지도자가 그를 부를 때의 별명이었다. 결렬이다. 예상은 하고 있었지만 서일은 소리죽여 숨을 뱉었다. 장사도 그렇지만 외교도 줄 것이 있어야 받는다. 이쪽은 내보일 것이 없는 것이다.

"잠깐만 보실까요."

뒤에서 부르는 소리에 그들은 머리만을 돌렸다. 사내 하나가 서둘러 다가오고 있었다. 행정청의 2층 로비에서 마악 에스컬레이터를 타려던 서일과 오만규는 걸음을 멈췄다. 사내가 그들 앞에 섰다.

"총독 보좌관께서 잠깐 뵙자고 하십니다."

보좌관이 여럿이었지만 대표부의 대표를 부를 사람은 강미현 뿐이다.

강미현은 웃음 띤 얼굴로 그들을 맞이했다. 고려시가 내려다보이는 쾌적한 분위기의 집무실이었다. 그들이 자리를 잡고 앉자 강미현이 부드러운 목소리로 입을 열었다.

"총독께서 왜 북한 이주민을 거부하는지 아시지요?"

눈만 껌뻑이는 그들을 향해 그녀가 말을 이었다.

"지난번 오리엔트호텔에서 남북회담이 열렸을 때 고려리아를 배제시키지 않았다면 이런 일은 없었을 텐데요. 총독께선 고려리아가 남북한의 놀이터가 되었다고 화를 내셨습니다."

"그건."

서일이 입을 열었다가 다시 닫았다. 강미현과는 김상철을 제거하기 위해 손발을 맞춰본 적도 있다. 강미현이 다시 얼굴에 웃음을 띠웠다.

"어떻게 보면 정확한 표현이지요. 남북한은 제각기 고려리아를 이용하고 있으니까요. 그리고 청장 말씀대로 북한은 내놓을 것이 없습니다."

"방법이 없겠습니까?"

격식을 무시하고 그가 물었다. 상대방이 강미현인데다 다급하기도 했다. 그리고 그녀가 방으로 부른 것에 일말의 기대가 있었던 것이다.

"방법만 말씀해 주시면 최선을 다하지요."

"찾아보도록 하겠어요."

강미현이 똑바로 그를 바라보았다.

"하지만 이젠 암살사건 같은 것으로 사회의 분위기를 흐리면 안 됩니다. 어젯밤의 김상철에 대한 저격사건으로 총독은 무척 화를 내셨어요."

서일이 머리부터 저었다.

"우리와는 상관없는 일입니다, 보좌관님."

"우리도 걱정하고 있습니다."

말을 받은 것은 오만규였다.

"협의가 우리에게 넘어올 것이 뻔한 일이라서요. 우리 소행이 아닙니다."

강미현이 천천히 머리를 끄덕였다.

"원체, 적이 많은 사람이니까요, 그 사람은."

쿠데타 |

　당조직 지도부 비서 직책을 겸하고 있는 오만규는 고려리아에 머물면서 실질적인 제 일인자가 되어 있었다. 명목으로 서일 대표를 내세웠으나 그는 감찰대는 물론 이금철의 조직과 자금담당 장호성까지 장악한 것이다. 당조직 지도부 비서는 군은 물론 보위부, 사회안전부 등 국가 주요 기관에 대한 감시, 통제, 인사업무를 수행하는 직책이다. 당서열도 오만규가 서일보다 높았으므로 고려리아의 북한 조직을 그가 통제하는 것은 당연한 일이었다. 저녁 무렵, 대표부 안에 있는 오만규의 집무실에 불려 간 최태호는 턱을 들고 있었지만 긴장했다. 오만규는 해사한 용모의 사내였는데 흰 얼굴에 입술이 엷다. 그는 테이블 앞에 선 최태호를 바라보며 얼굴에 웃음을 띠웠다.
　"동무는 이금철 동무와 함께 고려리아의 개척 당시부터 일해 왔다고 들었소."
　"예, 비서 동지, 그렇습니다."
　최태호의 조심스러운 대답을 들은 그가 머리를 끄덕였다.

"동무는 창립공신이나 마찬가지요. 우리 공화국의 기반이 이곳에서 이만큼이라도 닦여져 있는 것은 모두 동무 같은 애국자의 덕분입니다."

"아니올시다, 비서 동지. 모두 경애하는 지도자 동지의 가르침으로……."

"우리 그런 형식적인 말은 하지 맙시다."

웃는 얼굴로 오만규가 손을 저었다.

"거기 앉으시오, 최 동무."

최태호는 테이블 앞에 놓인 의자에 앉았으나 아직 긴장을 푼 것이 아니다.

변화가 무쌍해서 내일 일을 예측할 수 없는 권력의 세계였는데다 이쪽은 뒤까지 구린 것이다. 오만규가 부드러운 표정으로 그를 바라보았다.

"동무가 사업장 관리를 맡아줘야겠소. 이금철 동무를 대신해서 말이오. 동무는 이제부터 고려리아의 모든 사업장을 관리하게 됩니다."

놀란 표정으로 눈만 껌벅이는 최태호를 향해 그가 다시 웃었다.

"이금철 동무는 당의 조직을 맡게 될 거요. 조직 관리는 모두 이동무의 책임이지."

그야말로 바라던 자리였으므로 최태호는 침을 삼켰다. 이금철이 조직, 자신은 관리, 장호성은 자금을 맡는 이상적인 인사조처인 것이다.

"어떻소? 맡아주겠소?"

"감사합니다, 비서 동지."

"당연한 인사요."

오만규가 테이블 위의 서류를 들추더니 머리를 들었다.

"곧 지도자 동지로부터 격려문이 올 거요. 기대하시오."

격려문을 받는다는 것은 훈장 이상의 가치가 있었고 그것은 곧 신임장이나 마찬가지였다. 고급 당원은 사무실에 격려문을 액자에 걸어놓는 것으로 신임을 과시하는 것이다. 들뜬 마음으로 오만규의 방을 나온 최태호가 타운의 코즈모프 클럽에 들어섰을 때는 오후 7시가 되어 있었다. 클럽의 지배인 권동호가 사무실로 따라 들어서며 말했다.

"사장 동지, 조금 전에 시내에서 전화가 왔습니다."

권동호는 그의 심복이다. 해주 출신의 그는 최태호와 고려리아 개척 당시부터 함께 지내온 사이로 이미 타운의 고려인 명의로 식당과 꽤 큰 잡화점을 운영하고 있었다. 모두 최태호가 떼어준 몫이다. 최태호가 이맛살을 찌푸리며 그를 바라보았다. 시내에서 전화가 왔다는 것은 변순태로부터 연락이 왔다는 것이다. 권동호가 그에게 바짝 다가섰다.

"급하다고 하는데요, 사장 동지."

같은 배를 탄 입장이라 권동호의 목소리는 은밀했다. 머리를 끄덕인 최태호는 벽시계를 올려다보았다. 어두워지면 나갈 작정인 것이다.

타운 외각의 무허가 주택들은 대개 1년 안에 철거되고, 살고 있던 불법 체류자들도 제각기 이주민 아파트를 얻어 나간다. 하지만 10개월의 겨울 동안 추위를 견디려면 무허가 주택이라고 어설프게 지어서는 안 된다. 무허가 주택 전문 건설업체들이 지은 조립식 시멘트 건물들은 단단했고 영하 40도의 추위도 너끈하게 견딜 수가 있었다. 최태호는 무허가 주택지역의 골목을 한참이나 걷더니 이윽고 허름한 시멘트 건물 앞에서 멈춰섰다. 보안등도 켜 있지 않은 골목 안은 어두웠지만 벽에 붙어 서 있는 사내 두 명이 보였다. 머리 쪽의 흰 면이 이쪽을 향하고 있는 걸 보면 이쪽을 주시하고 있는 것이다. 통나무 대문을 두어 번 두드리자 곧 안에서 문이 열렸고 희미한 천장의 전구 아래 있는 두 사내가 드러났다. 문을 열어준 사내가 곧 밖으로 나갔으므로 방 안에는 그들 셋뿐이었다.

"어서 오시오."

자리에서 엉거주춤 엉덩이를 드는 시늉을 했다가 내린 사내는 변순태이다. 그 옆에 앉았던 사내는 예의바르게 일어났는데 처음 보는 얼굴이었다.

"서로 인사하시지. 이쪽은 우리 사장님의 비서실장인 김봉만 씨요."

사내가 무표정한 얼굴로 머리만 끄덕였으므로 최태호는 그냥 자리에 앉았다.

"무슨 일이오?"

분위기가 어색했으므로 최태호가 먼저 물었다.

"최 사장 부하로 박동기라는 자가 있지요?"

변순태가 되묻자 최태호의 이맛살이 찌푸려졌다.

"그렇소. 하지만……."

박동기는 일주일 전에 색싯집의 금고를 털어 도망친 것이다. 그는 조선족으로 연변에 노모가 있다고 했으니 아마 그쪽으로 갔을 것이었다.

"그놈이 국경에서 경비대에 잡혔소."

"……."

"불심검문에서 주머니에 돈이 3만 달러 가깝게 들어 있는 것이 발견되자 경비본부로 압송이 되었소."

"……."

"그놈은 그 돈을 사업장에서 모은 돈이라고 했는데 어느 사업장이냐고 추궁했더니 당신의 사업장이라고 자백한 거요."

이미 굳어져 가고 있던 최태호의 얼굴에 핏기마저 가셔졌다.

변순태가 탁자 위로 상반신을 기울였다.

"경비본부의 정보원을 통해서 우리도 조금 전에야 알게 된 거요. 경비본부는 사실 확인을 한다고 북한 대표부에 연락을 했소. 북한 대표부 직원이 그놈을 만났고."

"……."

"당신의 사업장이 탄로난 것 같소."

"이것 야단났는데."

저도 모르게 튀어나온 말이었지만 최태호는 이미 자제할 힘을 잃고 있었다.

"그렇다면 놈은 그것을 알고 있으면서."

일목요연하게 오만규의 갑작스런 호출과 격려, 그리고 승진과 격려문의 내용이 드러난 것이다. 놈은 이쪽의 눈치를 보려고 부른 것이고 지금 증거확보에 혈안이 되어 있을 것이다. 최태호가 초점 없는 시선으로 변순태와 김봉만을 번갈아 바라보았다.

"망명해야겠소."

"우리가 조금 손을 썼습니다."

그렇게 말한 것은 김봉만이다.

"이제 더 이상 북한 대표부는 그놈을 면담하지 못할 거요. 경비 본부에서 막을 테니까."

"하지만."

"오만규가 어디까지 알고 있느냐가 문제요."

"그놈은 이미 날 처형시키려고 작정을 했소. 난 압니다."

최태호가 머리를 흔들었다.

"이미 늦었소."

"포기는 나중에 해도 늦지 않아요."

김봉만이 똑바로 그를 바라보았다.

"사내가 그런 배짱도 없소? 뒤에서 우리가 받쳐준다는데. 이제까지 이룬 사업장들이 아깝지도 않소?"

오만규가 고려시 외곽의 을밀대 식당을 나왔을 때는 밤 10시 30분이 되어 있었다. 짙은 어둠 속을 흐르는 바람을 타고 한두 점씩 눈발이 날리는 날씨였다. 술기운으로 달아오른 피부가 기분 좋게 식혀졌으므로 그는 현관 앞에 서서 좌우를 둘러보았다. 식당은 북한의 조직에서 관리하는 사업장 중의 하나로 종업원은 물론 경비원도 조직원이다. 7, 8명의 경호원이 주춤거리며 그의 눈치를 보고 있었으므로 그는 느린 걸음으로 대기하고 있던 차에 올랐다. 을밀대식당은 대표부에서 가깝기도 했지만 음식 맛이 좋았으므로 특별한 약속이 없는 한 그는 이곳에서 식사를 한다. 운전석 옆자리로 경호원이 오르자 승용차는 곧 출발했다. 뒤를 경호 차량이 따르고 있다. 차가 대로를 달려가기 시작했을 때 그는 수화기를 들었다.

"별일 없나?"

"이상 없습니다, 동지."

이상(異常)을 기다리고 있던 그는 이맛살을 찌푸렸다.

"난 감찰대 본부에서 기다리고 있겠다. 그쪽으로 연락하도록."

"예, 비서 동지."

수화기를 내려놓은 그는 힐끗 앞자리의 부하에게로 시선을 주었다.

"동무, 감찰대 2개 조를 비상 대기시켜라. 도망자 수색작전이라고 해."

누가 최태호와 한통속인지 아직 알 수 없었으므로 작전은 극비리에 수행되어야만 했다. 경비본부에 잡혀 있는 사내가 최태호의 개인영업장 고용원이었다는 사실이 그에게는 엄청난 충격이었다. 최태호는 20명 가까운 여자를 고용한 색싯집 사장이었던 것이다. 그러나 그 이상의 정보는 얻지 못했는데 경비본부가 갑자기 면담을 금지시켰기 때문이다. 오만규는 어금니를 물었다. 서일을 제외한 간부급 전원에게 감시를 붙인 한편으로 그들의 뒷조사를 하고 있는 중이다. 비밀합의서의 유출에도 의혹이 있었는데다 간부급들이 호사생활을 하고 있다는 소문도 있었다. 그는 이번 기회에 고려리아의 북한 조직 내부에 대대적인 숙청작업을 벌일 작정이었다. 신호에 걸린 차가 멈췄으므로 그는 창밖을 바라보았다. 고려시의 중심부로 향하는 사거리였다. 그는 문득 앞쪽의 경호원을 바라보았다. 감찰대의 대위급 간부로 그의 경호책임자였다.

"지난번 감찰대장을 해친 것이 김상철이 아닐지도 모른다."

몸을 돌린 대위가 그를 바라보았다. 30대 초반으로 육중한 체격의 사내였다.

"그렇다면 누구란 말씀입니까?"

"최태호가 제 비리를 은폐하려고 했을지도 모른다."

신호가 풀리자 승용차는 속력을 내었다. 대위의 얼굴이 긴장으로 굳어졌다.

"그럴 가능성도 있겠습니다, 비서 동지."

"평양에서 곧 감찰대가 대폭 증원될 것이다. 지난번 호위대는 너무 소문만 요란하게 내었어. 송무용, 그 사람이 본래 허세가 심한 사람이야."

그는 못마땅한 듯 혀를 찼다.

"허세만 부리다가 고려리아 정부의 과녁이 되어서 쫓겨난 거야."

창밖으로 시선을 돌린 오만규가 이맛살을 찌푸렸다.

"왜 이 길로 가는 거야?"

그 순간 대위가 상반신을 와락 돌리더니 권총의 총구로 오만규의 얼굴을 겨누었다.

"이젠 닥치고 있으라우."

"아니, 이놈이."

얼굴이 하얗게 질리도록 놀랐으나 오만규는 눈을 부릅떴다.

"이놈이 감히."

"이 새끼, 한 번만 더 입을 놀렸다가는 골로 보내버리겠어."
"……."
"운전사 쳐다볼 것 없다, 내 동료니까. 그리고 경호차는 내가 대표부로 돌려보냈어. 네가 오입한다고 했다."
"이놈이."
"이 새끼, 닥치라니까."
사내가 권총을 휘둘러 손잡이로 관자놀이를 쳤으므로 오만규는 옆으로 쓰러졌다. 차가 속력을 내며 달리는 것이 진동으로 느껴지고 있었다.

방 안으로 들어선 김상철을 본 오만규는 눈을 치켜떴다. 그는 의자에 앉아 있었는데 손발이 묶이지도 않았다. 김상철은 그의 앞에 놓인 의자에 앉았다. 고려시 외곽에 위치한 창고 건물의 사무실 안이었다. 20평쯤 되는 사무실에 대여섯 개의 책상과 의자는 모두 한쪽으로 치워졌고 그들 주위에는 이한과 변순태, 최태호, 김봉만 등이 서 있었다. 김상철이 입을 열었다.
"넌 내가 누군지 아는가?"
"김상철이, 네 사진을 보았다."
대뜸 대답한 오만규가 엷은 입술을 부풀리며 웃었다.
"난 살아 돌아가긴 틀린 모양이군."
"네가 순순히 입을 열리라고는 생각하지 않았다."
주머니에서 담배를 꺼낸 김상철이 그에게로 내밀었다.
"그저 없앨 계획이었는데 내가 조금 시간을 낸 것이지."
그는 오만규가 입에 문 담배에 불을 붙여 주었다.
"네가 내 처의 살해를 지시한 장본인인가?"
그러나 담배연기를 길게 내뿜은 오만규는 쓴웃음만 지었다. 김상철이 빼들었던 담배를 다시 갑 속에 집어넣었다.

"어떠냐, 흥정을 하는 것이? 먼저 내 조건을 말할 테니 우선 듣기나 하고 결정을 해라."

"……."

"북한 이주민 30만 명을 받게 해주지. 아마 내일 당장이라도 총독 보좌관과 합의서를 작성할 수 있을 것이다."

퍼뜩 시선을 든 오만규가 코웃음을 쳤으나 대꾸는 않는다.

"한 달 안에 30만 명을 이주시킬 수도 있어. 이쪽의 기숙사가 준비된다면 말이야."

"……."

"내 원한을 잊겠다. 이미 지난 일, 피값은 충분히 받았고 주모자를 찾는다는 것도 이젠 별로 의미가 없다."

"……."

"네 당면 목표가 이주민문제일 텐데. 네 조국을 위해서도 말이야, 어때? 이제 내 요구사항을 말해 줄까?"

오만규가 입에 물었던 담배를 떼더니 재를 털었다. 김상철이 내처 말했다.

"지난 9월 15일에 남북한이 합의한 내역을 말해라. 네가 말한다고 북한이 망하지는 않을 테니까, 남한이야 물론 혼란스럽겠지만. 넌 시치미를 떼고 있으면 되고. 고려리아에 이주민이 대량으로 넘어올 텐데 그 와중에 북한이 남쪽까지 신경 쓴다면 분수도 모르는 짓이야."

"이주민 30만이라."

입을 연 오만규가 이를 드러내며 웃었다.

"마치 총독이나 되는 것처럼 말하는군."

"내가 한국의 K공작을 막도록 되어 있어."

퍼뜩 시선을 든 오만규를 향해 그가 말을 이었다.

"K공작의 목적이 고려리아의 한국화라는 건 너도 알 것이다. 엄청난 자금과 인력이 단기간에 쏟아지는 사이로 공작이 급진전되고 있지. 그 책임자까지 대표 자격으로 고려리아에 와 있어."

"……."

"그 K공작을 저지시키기에 북한의 인력이 적당하다는 생각이야. 균형을 맞추겠다는 뜻이다."

"……."

"내가 추진하면 받는다. 하지만 행정청에서는 받을 수가 없을 것이다. 왜냐하면 이미 K공작의 조직원들이 도처에 박혀 있어서 방해를 할 테니까. 며칠 전에는 어느 놈이 날 저격해서 내 부하 둘이 죽었다. 너희 짓이 아니라면 뻔한 일이지."

"도대체 북남간의 합의사항을 알아서 뭘 하려는 거냐?"

오만규가 한걸음 나간 발언을 하자 이한이 답답한 듯 긴 숨소리를 냈다.

"그걸 터뜨려서 정권을 뒤집겠다는 거냐?"

"그건 말할 수 없어."

의자에 등을 기댄 김상철이 그를 똑바로 바라보았다.

"네가 국가 차원으로 계산을 하건 어쩌건 네 자유다. 말하고 내일부터 영웅이 되어 미래를 생각하며 살든지 아니면 이 자리에서 죽어 시체로 끌려 나가든지 택해라."

그러자 이한이 테이블 위에 걸쳤던 엉덩이를 떼더니 손바닥을 여러 번 마주치며 오만규를 바라보았다. 처리는 내가 하겠다는 표시였다.

"준비기간이 길수록 위험도가 높아진다는 사실을 알아야지."

한기영이 지휘봉으로 탁자를 내리쳤다.

"타이밍이라는 건 우리 스스로 만들어야 리듬이 붙는다. 외세의 바람만 무작정하고 기다릴 순 없단 말이야."

"사령관님, 우린 정권을 탈취하려고 거사하려는 건 아니지 않습니까?"

부드러운 목소리로 최무섭이 말하자 한기영이 기가 막힌다는 듯 입을 벌렸다.

"허, 이 사람 보게. 이 사람 정신연령이 왜 이 모양이야? 제아무리 의도가 순수하더라도 쿠데타는 쿠데타야. 그리고 실패하면 역적으로 역사에 남는단 말이야."

"역사 생각을 하시다니, 저보다는 멀리 보시는군요."

한기영이 다시 지휘봉으로 탁자를 내리쳤다.

"농담하지 마라!"

서울 근교의 야외 갈비집이었다. 오후 4시로 어중간한 시간이어서 바깥에 나와 앉은 손님은 그들 둘뿐이다. 서늘한 바람이 정자 안을 스치고 지나면서 두어 잎의 나뭇잎이 떨어졌다. 최무섭이 입을 열었다.

"이제 시기가 되었습니다. 거사 일을 정해야 할 일만 남았습니다."

"준비는 그만하면 되었어. 미군과 일부 야전군에 대한 대응책도 몇 단계씩 마련해 놓았고. 짧은 기간에 일어나서 모으는 전략이 차라리 낫다."

제2군사령관인 한기영 대장을 지휘관으로 한 거사군은 수도권 지역의 수도방위사령부 휘하 전 부대와 지원부대를 합해 3개 보병사단과 2개 기갑사단, 그리고 3개 공수특전단 및 1개 포병여단으로 구성되어 있었다. 한기영은 휘하의 10여 개 사단 중에서 2개 사단만 거사에 동원시킬 계획이었고 나머지 사단에는 비밀로 했다. 계획이 새나가면 그날로 끝장인 것이다. 안채 바깥에서 자동차의 엔진소리가 들려왔으므로 한기영이 정색을 했다. 긴장하고 있는 것이다. 안채의 홀에는 그들의 부관이 지키고 앉아 있을 터인데 그곳이 잠시 어수선해지더니 곧 바깥 쪽 문이 열리며 함종일이 나타났다. 그의 뒤를 따르는 사내는 기무사 참모장 현창복이다.

"여기들 계시구면."

오후의 가을햇살을 받으며 다가오던 그가 흰 이를 드러내면서 웃었다.

"쿠데타 모의하시느라 식사도 안 하시고."

얼굴을 하얗게 굳힌 한기영이 눈을 부릅뜨고 그를 노려보았다. 그리고는 문득 최무섭에게로 시선을 주었다가 악물었던 어금니를 풀었다. 최무섭이 싱글싱글 웃고 있었던 것이다. 정자 밑에 선 함종일이 보기 좋게 경례를 했다.

"제가 좀 늦었습니다."

현창복도 절도 있게 경례를 하고는 군화 끈을 푼다.

"이봐, 어떻게 된 거야?"

이제 얼굴이 상기된 한기영이 최무섭을 향해 눈을 부릅떴다.

"기무사령관도 합류했습니다."

소주잔을 든 최무섭이 턱으로 군화 끈을 풀고 있는 함종일의 등을 가리켰다.

"그래서 제가 조금 여유가 있는 것처럼 보이셨을 겁니다."

"그럼 나한테도 말해야지."

한기영이 목소리를 높였으나 화난 것 같지는 않았다. 함종일과 현창복이 각자 앞으로 다가앉았다.

"모르고 계셨던 것이 나았습니다. 그리고 앞으로도 거사일까지 우리는 비밀로 해주십시오."

정색을 한 함종일이 말했다.

"지휘관급에서 벌써 밀고자가 둘이나 나왔습니다. 다행히 우리에게

왔으니 망정이지 우리가 가담해 있다는 것을 알면 다른 곳으로 갈 테니까요."

"둘이나 나왔다고?"

한기영이 눈을 치켜뜨자 최무섭이 입맛을 다셨다.

"모두 안가에 감금시켜 두었습니다."

"국정원이 CIA와 자주 접촉하고 있습니다. 그들은 군의 동향에 대해서 예민해져 있어요."

함종일이 말을 이었다.

"수경사가 흔들리고 있다는 것을 각하께 보고했을 겁니다. 나도 미리 수경사의 동향을 슬쩍 짚고 갔지만 곧 인사조치가 있을 것 같습니다."

"그렇다면 결행이다."

한기영이 결연하게 말하자 함종일이 머리를 끄덕였다.

"마침 고려리아에서도 고급 정보가 와 있습니다. 결행해야 됩니다."

10월 하순이어서 대선이 두 달도 남지 않은 시기였으므로 세상은 선거 열풍에 휩싸여 있다고 해도 과언이 아니었다. 정부가 내놓는 갖가지 조치와 공약, 통계발표가 모두 급조된 것에다. 신빙성이 부족하고, 선거가 끝나면 대부분이 없어지리라는 것을 뻔히 알면서도 신문과 방송을 보고 들으며 가슴을 두근대는 게 서민이다. 선거 전에 속고 속이는 것에 서로 이골들이 난 까닭에 이제는 선거 때면 으레 그러는 것으로 알고 있는 사람들도 많은 것이다.

여당의 대선후보 정동민은 눈 코 뜰 새 없는 나날을 보내고 있었다. 법정 선거기일이 아직 한 달이나 남아 있었지만 이미 피를 말리는 싸움이 시작되어 있는 것이다. 대한민국 헌정사상 처음으로 야당에 정권이 넘어갈지 모른다는 위기의식이 작용했는지 여권도 똘똘 뭉쳐 있었다. 오늘도 당사에 일찍 출근한 정동민은 우선 선대본부장을 비롯한 각 시도별 위원장과의 대책회의를 마치고 집무실로 돌아왔다. 이틀마다 실시하는 다섯 개의 여론조사 결과는 이제 네 곳이 5포인트 가량 우세를 보였고 한 곳은 1포인트 우세였다. 열흘 전보다 3포인트 이상 나아진 판세였다. 자리에 앉은 그에게 비서실장 박세호가 다가와 섰다.

"대표님, 국정원장이 기다리고 있습니다만."

"어, 내가 기다리게 했군 그래."

정동민이 놀란 시늉을 했다. 박세호가 나간 지 얼마 안 되어 국정원장 이근복이 들어섰다.

"바쁘시군요."

"회의가 늦게 끝나서 미안해요, 이 원장."

"아닙니다."

자리를 잡고 앉자 이근복이 정색을 했다.

"대표님, 군인들의 동태가 심상치 않습니다. 특히 수경사 지휘관들을 중심으로."

"나도 각하께 갔다가 얼핏 들었는데."

정동민의 얼굴도 찌푸려졌다.

"기무사에서 대충 보고를 받으셨다고 합디다. 그래서 곧 인사조치가 있을 거요."

"그렇습니까?"

"증거도 없이 소문만으로 지휘관들을 경질하는 마당이라 조금 신경이 쓰이는가 봅니다. 곧 국방 장관과 방법을 찾겠지요."

머리를 끄덕인 이근복이 입을 열었다.

"CIA에서 군부의 쿠데타 가능성을 통보해 와서 말입니다. 물론 그들도 증거를 잡고 있지 않지만."

"나도 비서실장한테서 그 내용을 들었어요. 그 사람들 가끔 하는 짓이지."

정동민이 의자에 등을 기대었다.

"지금 세상에 쿠데타라니, 솔직히 현실감이 없어요. 비밀합의서가 새 나가서 일부 군인들이 흥분했는지는 모르지만 말이오."

"그렇긴 합니다."

"하지만 매사에 대비해야 하니까 의심가고 불안한 구석은 미리 청소를 해놓는 게 낫지. 내일 아침에 각하께 서두르라고 다시 건의하겠소."

"그렇게 하시는 것이……."

"기무사가 철저히 감시하고 있다고 들었어요. 이 원장이 걱정하시지 않아도 될 겁니다."

이제 정동민의 권위는 대통령과 필적할 만큼 상승되어 있었다. 자연스러운 권력의 이동이다. 대통령이 지는 해라면 정동민은 떠오르는 태양이었다. 정부 각료들은 솔선해서 업무와 상황보고를 해왔는데 하는 쪽이나 받는 쪽이나 모두 자연스러운 분위기가 되어 있는 것이다.

10월 27일 밤 10시 50분, 상황실에 들어선 최무섭 중장은 일제히 자리에서 일어선 참모들을 둘러보았다. 그의 시선이 참모장 안병석과 마주쳤다. 넓은 상황실에서는 기침소리 하나 들리지 않는다.

"출동 준비."

"예, 출동 준비."

안병석이 복창을 하자 방 안은 금방 갖가지의 소음으로 뒤덮였다. 예하 부대에 출동 준비 명령을 내리는 고함소리와 누군가를 꾸짖는 소리, 문이 열리고 닫히면서 참모와 부관들이 서둘러 오고 갔다. 기무사의 파견대장 백석호 대령이 최무섭에게로 다가왔다. 긴장으로 굳어진 얼굴이다.

"사령관님, 이제 노출되었습니다. 우리가 아무리 막아도 10분 안에 정보가 올라갈 겁니다."

"알고 있어."

"1시간 동안에 이미 방어라인이 형성됩니다."

"그건 예상하고 있던 일이야."

때려붙이듯이 말한 최무섭이 백석호를 노려보았다.

"앞으로의 1시간은 너희들에게 달려 있어."

안병석이 서둘러 다가왔다. 눈을 치켜뜨고 있었으므로 얼굴에서 눈만 보인다.

"현재까지 이상 없습니다."

제2군사령관 한기영 대장은 상황실에 둘러앉은 참모들을 바라보았다.

"2군 예하의 제8, 12 두 개의 기갑사단과 34보병사단에 출동 준비 지시를 내렸다. 2군에서는 이 3개 사단만 거사군에 투입된다."

10여 명의 참모들은 대부분이 장성이었는데 그중 반수 가량이 거사계획을 모르고 있었던 것이다. 긴장으로 굳어져서 숨소리조차 들리지 않는 상황실에 그의 말소리가 다시 울렸다.

"기밀을 지키기 위해서 일부 참모하고만 작전계획을 세웠다. 이 난국(難局)을 무력으로 해결한다는 것에 반대하는 자는 구태여 가담시키지 않겠다. 다만……."

그는 말석에 앉은 기무사의 2군사령부 파견대장 정인철 대령을 힐끗 바라 보았다.

"거사의 방해가 되지 않도록 기무사의 보호를 받도록 해라. 우리가 실패하면 충분히 변명거리가 될 것이다."

그러자 정인철이 자리에서 일어섰다.

"24시간 안에 승부가 납니다. 반대하시는 분은 일어서 주십시오. 저희가 24시간 동안 책임지고 보호해 드리겠습니다. 승부가 어떻게 나건 내일밤 이 시간에는 돌아가게 해드리겠습니다."

방 안에 잠시 정적이 흘렀다. 그러나 일어나는 사람은 없다. 이윽고 한기영이 조그맣게 머리를 끄덕였다.

"고맙다, 그럼 참모장."

"예, 사령관님."

참모장 이영복 중장이 어깨를 펴고 그를 바라보았다.

"그럼 진행하겠습니다."

참모들이 자리에서 일어섰다. 제2군은 4개 군단의 15개 사단을 지휘하는 막강한 야전군이다. 거사군에 3개 사단을 투입시켰지만 나머지 군단장과 사단장들은 아직 영문을 모르고 있다. 그들은 이제 국방부와 합참으로부터 강력한 지시와 회유 또는 위협을 받게 될 것이었다. 한기영에게로 전속부관 이길재 대령이 서둘러 다가왔다. 그의 뒤를 정인철이 따르고 있다.

"사령관님, 참모총장의 전화입니다."

그는 이길재가 내민 무선전화기를 받아 쥐었다.

"한기영입니다."

"사령관, 거긴 별일 없습니까?"

참모총장 박동현 대장은 한기영과 육사 동기생이다. 그는 온건한 성격에 대인관계가 뛰어났고 대통령과 동향이었다. 현 정권이 집권한 5년 동안 그는 승승장구하여 참모총장이 된 지 1년째가 되었다.

"별일이라니요? 그게 무슨 말입니까?"

"수경사가 출동 준비를 하고 있어요. 이놈들, 쿠데타를 일으킬 모양이오."

"……."

"헌병대에서 제보가 왔습니다. 기무사는 모르고 있었다는데 이건 도무지."

"총장, 지금 어디에 계십니까?"

"난 지금 합참본부로 가는 중입니다."

"제가 알아보겠습니다."

"거긴 별일 없지요?"

"별일 없습니다."

전화기를 건네준 한기영이 이길재와 정인철을 바라보았다.

"참모총장이 수경사가 움직인다는 것을 알았다. 헌병대에서 제보한 모양이다."

"헌병대가."

정인철이 쓴웃음을 지었다.

"참모총장은 어디 있습니까?"

"합참본부로 가는 중이야."

"저희들 예상보다 조금 빠르군요. 비상연락망이 잘 짜여져 있습니다."

손목시계를 내려다본 정인철이 자리에서 일어섰다. 참모들을 감시해야만 하는 것이다.

"직원들을 비상소집 해. 나도 곧 나간다."

버럭 고함을 친 국정원장 이근복은 소파에서 몸을 일으켰다. 옆에 앉아 있던 아내가 눈을 둥그렇게 뜨고는 그를 바라보았다.

"실탄까지 지급하고 있다면 이건 분명하다. 11시 정각이라고 했나?"

"예, 그렇습니다."

서태영의 목소리도 다급했다.

"사령부 안에는 참모 전원이 모여 있는 데다 예하 각 부대에 1시간 안에 출동 준비를 끝내라고 했습니다."

"알았다. 우선 청와대에 보고를……."

수화기를 내려놓은 이근복은 다시 아내를 바라보았다.

"무슨 일 있어요?"

아내가 기다렸다는 듯 묻자 그는 머리를 젓고는 다시 수화기를 들었다. 다행히 비서실장 신형목은 집에 있었다.

"실장님, 야단났습니다. 각하께 보고를 드려야겠는데, 아무래도 쿠데타인 것 같습니다."

신형목은 놀란 듯 대답조차 하지 않았으므로 그가 말을 이었다.

"수경사가 출동 준비를 하고 있어요. 이건 수경사 내부에 침투시킨 확실한 정보원이 알려준 정봅니다."

"수경사가."

신형목이 목이 잠긴 듯 헛기침을 하더니 내처 물었다.

"분명히 쿠데타 같습니까?"

"계획에도 없는 출동이오. 실탄을 지급하고, 예하 각 부대가 11시에 출동 준비를 시켜 12시에 출동할 예정입니다."

"이것, 야단났군."

"각하께 보고해 주시오. 서둘러야 합니다. 나는 지금 본부로 갑니다."

수화기를 던지듯 내려놓은 이근복이 무언가를 자꾸 묻는 아내에게 신경질을 내며 차에 올랐을 때는 11시 20분이었다. 운전사와 경호원 한 명이 항상 대기하고 있었으므로 뒷좌석에 오른 그는 소리치듯 말했다.

"본부로 가자, 서둘러!"

그의 차가 마악 골목길을 빠져나오려는 순간 승용차 한 대가 골목길의 앞쪽을 지나다가 멈춰 섰으므로 운전사는 전조등을 번쩍이며 신호를 보냈다. 비켜나라는 표시였다. 평시에는 차 두 대가 비켜 지날 수 있는 길이 밤에는 길가에 차들을 주차시키는 바람에 좁아진 것이다. 운전사가 다시 불을 번쩍였을 때 이근복은 멈춰선 승용차의 옆쪽으로 다가선 사내들을 보았다. 놀란 그가 몸을 굳힌 순간 운전석의 문이 바깥쪽에서 열리면서 한 사내가 손에 든 물체로 운전사의 얼굴을 내리쳤다. 그 순간 운전사가 가속기를 밟았는지 차는 옆쪽에 주차된 차량을 들이받고는 멈춰섰다. 어둠 속에서 차의 양 옆으로 다가온 사내들은 모두 4명이나 되었다. 그들은 권총을 쥐고 있었으므로 경호원은 손을 쓸 엄두도 내지 못하고 차 안에서 손부터 들었다.

"너희들 누구야?"

이근복이 커다랗게 소리치자 사내 하나가 그의 멱살을 움켜쥐더니 차에서 끌어내렸다.

"그건 알아서 뭐 해, 이 자식아."

대통령이 상황을 보고받은 것은 11시 20분이 조금 넘었을 때였다. 비서실장 신형목이 당황한 듯한 목소리로 상황을 설명 했는데 꼭 대안을 갖추고 보고하던 그가 이번에는 횡설수설을 했다.

그러자 놀랐던 대통령의 가슴이 조금 진정이 되었다.

"기무사령관은?"

대통령의 첫 물음이다. 군이 쿠데타를 일으켰다면 당연히 기무사령관이 먼저 보고를 해야 하는데 국정원장이 비서실장을 통해 보고해 온 것이다. 대통령이 다그치듯 다시 물었다.

"기무사령관은 도대체 뭘 하는 거야?"

"각하, 아직 연락이 없습니다."

"연락해 보았나?"

"예. 하지만 연락도 안 됩니다."

"이런 답답한."

수화기를 던지듯이 내려놓자마자 요란하게 벨이 울렸으므로 그는 다시 들었다.

"뭔가?"

"각하, 국방 장관 장석호입니다."

"그래, 도대체 어떻게 된 거요? 수경사 전 부대가 출동 준비를 하고 있다는데 기무사는 모르고 있었나?"

쏘아붙이듯이 말하자 장석호는 당황한 듯 더듬거렸다.

"그, 그것이, 각하, 지금 파악 중입니다."

"수경사의 쿠데타는 확실한가?"

"예, 각하. 서울 북방의 제8, 12 이 개 기갑사단과 34보병사단까지 합류가 된 것 같습니다."

대통령의 얼굴이 나무토막처럼 굳어졌다.

"그놈들은 어디 소속이오?"

"예, 그 부대는 한기영 대장이 사령관으로 있는 제2군 소속입니다."

"한기영 대장?"

"예, 각하. 한기영이 수경사의 최무섭과 공모한 것 같습니다."

"카튼 대장과는 연락을 했소? 미군도 알고 있을 것 아니오?"

"예, 각하. 물론 알고 있을 것입니다."

"지금 즉시 비상 국무회의를 소집시키시오. 그리고 쿠데타가 확실하다면 장관이 주관하여 군을 장악하시오."

"예, 각하. 그래서 지금 합참본부로 가고 있는 중입니다."

"카튼 대장과 긴밀히 협조하도록 하고."

"예. 이미 각 군사령관을 비상 소집시켰습니다. 우선 합참본부를 임시

사령부로 삼고 비상체제로 돌입시켜야 할 것 같습니다."

"당장 그렇게 하시오."

수화기를 내려놓자 앞에 서 있던 총무수석실의 비서관이 다른 수화기를 내밀었다.

"각하, 당대표의 전화가……."

"누구?"

눈을 치켜뜬 대통령이 묻자 비서관이 손을 조금 움츠렸다.

"예, 정동민 대표의 전화가 왔습니다."

"나중에 하라고 해."

뱉듯이 말한 대통령이 자리에서 일어섰다. 우선 옷부터 갈아입을 생각이 난 것이다.

국방 장관 장석호와 참모총장 박동현은 거의 동시에 합참본부의 지하 벙커에 들어섰다. 11시 35분이었다. 상황실에는 이미 20여 명의 장군들이 모여 있었는데 합참의장 고창규 대장과 1군 사령관 정익훈 대장, 참모차장 서윤섭 대장의 얼굴도 보였다. 서울 지역에 있는 주요 지휘관들이 거의 모인 셈이었다.

"2군 휘하의 제8, 12기갑사단과 제34보병사단이 쿠데타군으로 판명되었습니다. 그자들은 지금 출동 준비 중입니다."

참모차장 서윤섭이 소리치듯 말하자 장석호가 주위를 둘러보았다.

"기무사령관은 어디 있소?"

그러자 잠깐 동안 상황실이 조용해졌다.

"아무래도 쿠데타에 가담한 것 같습니다."

입을 연 것은 합참의장 고창규였다.

"연락이 안 됩니다."

"함종일, 이놈이."

"수경사 예하 전 부대가 출동 준비를 갖추고 있어요. 대응책이 시급합니다."

그들은 상황실의 원탁에 둘러앉았다. 국방 장관이 먼저 입을 열었다.

"카튼 대장은 어디에 있소?"

"미 8군 사령부에 있습니다."

합참의장이 원탁 위의 지도를 손끝으로 가리켰다.

"수경사의 제51, 52공수여단 측방에 미 제2사단의 2개 연대가 있습니다. 그중 1개 연대는 기갑연대입니다. 이들을 움직이면 수경사의 서울 진입이 좌절됩니다."

"카튼한테 연락을 했어요?"

"했습니다. 한미 연합군에 비상대기 지시를 내리긴 했지만 아직……."

짧게 숨을 내쉰 국방 장관이 지도에 시선을 주었다.

"시간이 촉박해요. 기다릴 순 없소. 작전명령을 내리시오. 이건 대통령 각하의 지시요."

그러자 참모차장이 지휘봉 끝으로 지도 위를 짚었다.

"반란군의 예상 진로는 이쪽 네 곳입니다. 참모들이 검토한 결과 전방의 2개 사단을 뒤로 물려 수경사군의 배후를 압박하고 파주와 의정부의 제21, 26사단으로 진로를 봉쇄하는 것이 최선책 입니다."

시간을 다투는 일이다. 국방 장관 장석호가 머리를 끄덕이자 장군들은 일제히 자리를 차고 일어섰다. 참모총장 박동현이 장석호에게로 다가와 섰다.

"북한군의 동향을 경계해야 합니다. 전방은 움직이지 말아야 할 텐데요."

"철책선을 비우는 건 아니니까, 각하께선 북한은 신경 쓰지 않아도 된다고 하셨소."

"그게 무슨 말씀입니까?"

"글쎄, 낸들 압니까?"

상황실은 소란스러웠다. 몇 사람은 전화통을 쥐고 악을 쓰듯 지시를 했고 누군가는 상대방을 애타게 부르고 있다. 이제는 합참의장 고창규가 다가왔다.

"장관님, 제2군의 한기영이 주모자인 것 같습니다."

"그런 것 같군."

"진압군이 제 시간에 움직여야 할 텐데 걱정입니다. 그래서 말씀인데 지휘부를 옮기는 것이 어떻겠습니까?"

"이곳을 말이오?"

"그렇습니다. 대통령 각하를 모시고 수원쯤으로. 연합사측에서도 그것이 낫다고 합니다만."

"카튼이 말이오?"

"그렇습니다."

"……."

"연합사 부사령관 오성문 대장이 지금 그와 함께 있습니다."

올리버 카튼 대장은 수화기를 내려놓고는 테이블 건너편의 오성문 대장을 바라보았다.

"우선 한국군으로 그 자들을 막읍시다."

"장군, 그렇다면 합동참모본부로 자리를 옮깁시다. 아니면 이곳으로 지휘부를 삼든지. 저쪽에는 국방 장관까지 한국군 지휘부가 모두 모여 있어요."

"난 코프란의 전화를 기다려야 됩니다."

월터 코프란 대장은 미국의 합참의장이다. 카튼이 테이블 위에 두 다리를 올려놓자 군화바닥이 온통 드러났다.
"우선 맥스웰을 참모본부에 보냈으니 긴밀하게 연락이 될 거요."
"장군, 상황이 발생했는데 본국의 지시를 받아야 할 이유는 뭐요? 한미 방위조약에 의하면 전시나 유사시에는 연합군 사령관이 즉시 한미 양국군을 지휘해서 대처하기로 되어 있지 않습니까?"
"당신과 마찬가지로 나도 우리 합중국의 대통령 지시를 받아야 돼요. 한 시간만 기다립시다. 각하께서는 지금 회의 중이시니까."
"……."
"조금 전에 맥스웰이 알려왔는데 제21, 26 이 개 사단으로 서울의 진입로 두 곳을 봉쇄할 작정인 것 같소. 전방의 9, 13사단을 뒤로 물려서 수경사군의 배후를 치고, 좋은 작전이요."
"미 2사단의 2개 연대가 수경사의 측면에 있습니다, 거리도 가장 가깝고. 그들을 움직여 주시오."
"불가능한 일이오."
"아니, 왜?"
"전투병력 반 이상이 휴가나 외박을 나가 있어요. 내일 오전쯤에야 준비가 될 것 같소."
"……."
"코프란은 북한에도 메시지를 보낼 거요. 준동하지 말라고 말이오. 장군, 무슨 뜻인지 아시겠소?"
오성문이 다시 짧고 숨은 숨을 뱉었다. 미군의 존재가치를 상기시켜 주는 것이다. 미군이 주둔하고 있는 것만으로 북한의 침공에 대한 저지 효과가 있어 왔다. 그리고 현 상황에서 한국 정부가 가장 두려워하는 결과가 그것인 것이다.

"춘천의 제41, 45사단을 서울로 진입시키는 것도 반란군의 제어 효과가 있을 텐데. 반란군측 제12기갑사단의 측방을 위협할 수가 있소."

생각난 듯 카튼이 말하자 오성문이 어금니를 물었다. 제12기갑 사단의 지근거리에는 미 제51기갑연대가 배치되어 있었던 것이다.

21사단장 유철 소장은 제3사관학교 출신이었지만 한 번도 진급에 누락된 적이 없는 인물이다. 그는 야전군의 꽃인 사단장에 오르기까지 전방근무를 벗어난 적이 없었으므로 서울 지리도 잘 모른다. 제1군사령관 정익훈 대장으로부터 직통전화가 걸려왔을 때 그는 파주의 술집에서 부하들하고 술을 마시던 중이었다. 부관이 건네준 무전기를 귀에 대자 사령관이 대뜸 말했다.

"쿠데타가 발생했다. 수경사 병력과 제8, 12기갑사단, 그리고 34사단이다."

유철이 무전기를 움켜쥔 채 숨을 죽였고 앞자리에 앉아 있던 부하들이 그의 기색을 보고는 몸을 굳혔다.

"명령이다. 제21사단은 지금 즉시 출동하여 B와 C지점의 서울 진입로를 막아라."

"예, 사령관님."

"내 명령 외에는 들을 것 없다. 난 지금 장관과 합참의장, 총장과 함께 합참본부에 있다."

"알겠습니다."

유철이 술상을 박차고 일어서자 술상이 기울면서 상 위의 집기들이 쓰러졌다.

"즉시 부대로 간다."

그가 소리치듯 말하자 부하들이 몸을 솟구쳐 일어섰다.

"비상이다, 부대 전원 출동 준비!"

"21사단이 B와 C진입로를 봉쇄할 것입니다."

방에 들어선 기무사 참모장 현창복이 말하자 방 안의 시선이 모두 그에게로 모아졌다.

"26사단은 D지점의 진입로를 막으라는 지시를 받았으니 잘못하면 기갑사단들은 움직이질 못하겠군."

최무섭이 함종일을 바라보았다. 수경사의 사령관실 안이었다. 출동 준비를 갖춰가고 있는 밖의 소음이 방 안에까지 들려오고 있었다. 사령부 직속의 전차중대가 캐터필러 소리를 요란하게 울리면서 연병장에 집결하는 중이었고 병사들이 발맞추어 구보로 달리고 있다. 기무사령관 함종일은 상황이 시작되자 간부들과 함께 수경사로 옮겨와 있었는데 이미 대비를 해놓은 터여서 정보는 빈틈없이 전달되는 중이다.

"글쎄, 두고 봅시다."

함종일이 벽시계를 올려다보았다. 11시 40분이 되어가고 있었다. 상황이 시작된지 정확히 40분이다.

"이만하면 한국군의 위기대처 능력도 수준급이오. 벌써 1군 사령관이 합참본부에 들어가 진압군의 출동 명령을 내렸으니."

그가 말하자 최무섭이 머리를 끄덕였다.

"국방 장관은 벌써 대통령의 승인을 받았어. 진압군을 지휘하라는."

"미군도 비상소집을 시켰지만 아직 움직일 기색을 보이지 않습니다."

현창복의 말에 그들은 입을 다물었다. 미군이 움직이면 상황이 어렵게 되는 것이다.

11시 50분, 이태원의 합동참모본부 정문 초소 앞에 경찰 순찰차와 호송버스 3대가 멈춰 서자 곧 쪽문을 열고 헌병 두 명이 다가왔다. 철문은 굳게 닫혀져 있는 데다 안쪽에서는 10여 명의 헌병이 완전무장을 한 채 이쪽을 바라보고 있다. 경감 계급장을 단 경찰 간부와 2명의 경찰이 차에서 내리자 헌병 상사가 퉁명스럽게 물었다.

"무슨 일입니까?"

"연락 못 받았소?"

경감이 대뜸 그렇게 되묻자 상사가 이맛살을 찌푸렸다.

"무슨 연락 말이오?"

"난 용산경찰서 경비과장이오. 경찰청장의 지시로 합동참모본부를 경비하러 온 거요."

"경찰이 왜?"

"이 양반이 아직 뭘 모르시는데, 당신 상급자는 어디 있소?"

그때 대위 계급장을 단 장교가 쪽문을 열고 밖으로 나왔다.

"왜 그러십니까?"

"경찰청장의 지시로 이곳을 경비하러 온 거요. 아마 안에 계신 분들은 알고 계실 테니 연락을 해주시오."

잠깐 동안 경감을 바라보던 대위가 머리를 끄덕였다. 바로 그 순간이다. 정문과 거의 가로로 세워져 있던 호송차의 한쪽 방석망이 일제히 젖혀지면서 총구가 드러났고 요란한 총성이 밤하늘을 울렸다. 철문 안팎에 서 있던 10여 명의 헌병들이 거의 응사 한번 하지 못하고 쓰러지자 호송차에서 병사들이 쏟아지듯 뛰쳐내렸다. 그들은 쪽문을 통해 안으로 뛰어 들어갔고 일부는 철문을 열었다. 순식간에 일어난 일이다. 합동참모본부의 건물은 정문에서 100미터쯤 안쪽에 위치하고 있었는데 건물의 3층 옥상에는 두 정의 기관포가 배치되어 있었다. 기관포 사수들이 정문의 소란에 놀라 총구를 겨눈 순간 흰 섬광이 빛처럼 다가오더니 폭발했다. 그것은 옆쪽의 담장에서 발사된 로켓포였다. 다른 한쪽의 기관포 사수는 옆쪽 포좌의 폭발에도 동요하지 않고 돌진해 오는 버스를 향해 기관포를 쏘았다. 버스 한 대가 옆쪽으로 기울더니 이윽고 배를 보이며 엎어졌을 때 그도 폭발음과 함께 몸이 하늘로 솟구치는 것을 느꼈다.

"생포하라!"

K-1기관총을 두 손으로 움켜쥔 채 달리며 최석동이 악을 쓰듯 소리쳤다. 이미 사전에 충분한 예행연습까지 마쳐 두었고 귀에 못이 박이도록 일러둔 소리였다. 살상을 최소한으로 한다. 국군끼리의 교전은 될 수 있는 한 피하고 지휘관급은 생포해야만 하는 것이다.

총성이 울리자 상황실 안은 찬물을 끼얹은 듯 조용해졌다. 그 순간 폭발음이 났고 천장의 형광등이 흔들거리면서 벽에 걸린 지도의 한쪽이 떨어졌다.

"무슨 일이야?"

누군가가 소리치듯 물었으나 대답하는 사람은 없다. 다시 총성이 요란하게 났고 폭음이 들리면서 형광등 한 개가 상황실 바닥으로 떨어져 박살이 났다. 그 순간 장교 한 명이 상황실로 뛰어들어 왔다.

"반란군의 습격입니다!"

"벌써 이곳까지."

얼굴을 하얗게 굳힌 참모총장 박동현이 혼잣소리처럼 말했다.

"병력은 얼마나 돼?"

합참의장 고창규가 소리쳐 묻자 소령 계급장을 붙인 장교가 초점 없는 시선으로 그를 바라보았다.

"버스를 몰고 들어왔습니다. 정확한 숫자는……."

참모본부의 경비대는 헌병 1개 중대였는데 3개 조로 나뉘어 근무하므로 경비병력은 4, 50명 정도일 것이다. 밖에서 총성이 요란하게 들리더니

325

곧 문이 거칠게 열리면서 공수부대 복장의 병사들이 뛰어 들어왔다. 모두 K-1 기관총을 겨눈 살벌한 기세였다.

"이놈, 최무섭이."

국방 장관 장석호가 이를 갈았다.

"손을 들라는 말은 안 하겠습니다."

앞장선 사내는 대령 계급장을 붙인 장교였다. 그는 총탄에 스쳤는지 한쪽 팔에서 피를 흘리고 있었으나 다른 손으로 K-1 기관총을 움켜쥐고 있었다. 그의 굵은 음성이 다시 상황실을 울렸다.

"무장해제하겠습니다. 반항하시면 사살합니다."

병사들이 소장과 중장, 대장들의 혁대에 찬 권총을 거칠게 뽑아내는 동안 반항하는 사람은 나오지 않았다.

"너, 최석동이 아니냐?"

1군사령관 정익훈 대장이 대령에게로 몸을 돌렸다.

"너 이놈, 감히 네가."

"자, 모두 자리에 앉으시오. 지금 이 순간부터 이곳은 육군 대령 최석동이 지휘합니다."

힐끗 정익훈에게 시선을 준 최석동이 버럭 소리쳤다.

"추태를 보이지 마시고 지시에 따르시오!"

"무엇이? 모두 포로가 되었어?"

대통령이 벌떡 자리에서 일어섰다가 주춤거리더니 다시 앉았다. 벽시계는 12시 10분을 가리키고 있었다.

"각하, 아무래도 이곳을 피하시는 것이……."

그의 앞에 선 신형목은 넥타이도 매지 않은데다 머리도 헝클어진 어수선한 차림이었다.

"시간이 급합니다. 각하께선 오산의 미군 기지로 거처를 옮기시는 것이 낫겠다고 카튼이 전해왔습니다."

"카튼은 뭘 하고 있어?"

"아직도 8군 사령부 안에 있습니다."

군 지휘부와 연락이 끊겨 반란군의 동향도 모르고 있는 상황이다.

"각하, 준비하십시오."

신형목의 옆에 서 있던 정동민이 한 걸음 다가섰다. 그는 눈을 부릅뜨고 있었는데 초점이 일정치가 않았다.

"우선 각하께서 건재하셔야만 합니다. 미군기지 안에서 진압군을 지휘할 지휘관을 임명하셔야 할 것이고."

"각하, 헬기를 대기시켜 놓았습니다."

잇달아서 신형목이 말하자 대통령이 이윽고 머리를 끄덕였다.

"그럼 집사람하고, 식구들만 데리고."

신형목이 시계를 내려다보았다.

"20분쯤 후에 헬기가 출발하도록 하겠습니다."

방을 나온 그들은 곧장 본관 건물로 뛰듯이 들어섰다.

"철수한다, 오산의 미군기지로."

회의실에 들어서자마자 신형목이 소리쳤다.

"짐을 꾸릴 시간이 없어! 모두 차량 편으로 지금 즉시 출발해, 어서!"

초조하게 그를 기다리고 있던 수석비서관들이 튕기듯이 자리에서 일어섰다. 서둘러 방을 나서는 수석들을 헤치고 경호실장이 다가왔다. 그는 50대 중반으로 경호실에서 뼈를 굳힌 사내였다. 이맛살을 찌푸린 그가 신형목의 앞에 섰다.

"오산엔 뭐 하러 갑니까?"

"무슨 말씀이오?"

신형목이 어이없다는 표정으로 그를 바라보았다.

"오산에 뭐 하러 가다니?"

"오산에서 뭘 하실 거냐고 물은 거요?"

"군을 다시 재정비하기 위해서 안전한 곳으로 옮기는 거요."

"미군 기지가 안전하단 말씀이오?"

"그렇소. 연합군 사령관도 그렇게 제의했고, 각하께서도 동의하셨소."

몸을 돌린 신형목이 금고를 열고 서류뭉치를 꺼내었다. 잠시 그의 뒷모습을 바라보던 경호실장 장태규가 입을 열었다.

"그렇다면 각하의 신변경호 1개 팀을 보내지요. 난 청와대를 지키겠소."

"알아서 하시오."

뒤도 돌아보지 않고 신형목이 말하자 그는 몸을 돌렸다. 서류를 가방에 담은 신형목이 몸을 돌렸을 때 장태규의 모습은 이미 보이지 않았다.

그 시간에 정동민은 비서실장실의 옆방인 보좌관실에서 수화기를 귀에 대고 있었다.

"그래, 지금 당장, 통장하고 도장만 가지고. 그래, 금고에 있는 것들만 챙겨. 애들한테도 연락을 해."

그는 힐끗 빈 방 안을 둘러보았다.

"기사한테는 절대 이야기하면 안 돼. 라디오도 켜지 말고 가란 말이야. 무슨 말인지 알겠지? 가방 한 개만 들고 가. 서둘러, 어서!"

그가 마악 수화기를 내려놓았을 때 가방을 든 신형목이 들어섰다.

"댁에 전화하신 거요?"

그렇게 묻는 신형목의 태도는 바로 어제 오후의 그와는 판이하게 달랐다.

"무슨 소리. 야전 지휘관들과 연락이라도 해보려고 했던 거요."
이맛살을 찌푸린 정동민이 말하자 그는 입술 끝을 올리며 웃었다.
"말이 먹힐까요? 이 상황에서 말이오."

누가 반역자인가?

　미 8군사령관 겸 한미 연합군 사령관인 올리버 카튼 대장은 한미 연합군 사령부 안의 사령관실에 앉아 있었다. 그는 차기 합참의장의 유망한 후보로 프랜든 대통령으로부터 신임을 받는 군인 중의 하나였다. 커피잔을 내려놓은 그가 시선을 들어 탁자 건너편의 제임스 터너 미국 대사를 바라보았다.
　"제임스, 상황은 끝났소. 진압군의 지휘부가 모조리 포로가 된데다가 대통령이 오산으로 도망쳤으니, 이제 우리 공군기를 타고 미국으로 날아가는 것만 남은 셈이지."
　"한심하군. 우리측 제의를 그렇게 쉽게 받아들인 것은 정말 뜻밖이오."
　터너는 한국에 부임한 지 4년이 넘어 역대 미국 대사 중 최장수 기록을 세우는 중이었다. 미국의 남북한 동시수교와 남북관계의 미묘한 사안들을 이제까지 성공적으로 처리해 온 터여서 그만큼 미련도 많은 것이다. 머리를 끄덕인 카튼이 말했다.
　"하지만 군 정보국은 한기영이나 최무섭이 정권을 잡더라도 한반도의 정세가 변할 가능성은 없다고 했소."

"CIA의 분석도 비슷합니다. 다만 대북 강경자세로 긴장이 심해지겠지만 말이오."

"평양이 의외로 조용한데. 그 흔한 비상경계령 하나 내리지도 않았고 시위성 병력 이동도 없었다니까."

의자에 등을 기댄 터너가 쓴웃음을 지었다.

"한국 대통령이 배신감을 느꼈겠지만 쓸데없는 모험을 할 리는 없지."

카튼이 시계를 내려다보았다.

"제임스, 쇼타임이오."

사령관실에서 나온 카튼이 상황실로 들어서자 부사령관 오성문 대장을 비롯한 사령부의 간부들이 그를 맞이했다. 모두의 얼굴에는 긴장감이 배어져 있었는데 특히 오성문의 표정은 침통했다.

자리에 앉은 그를 향해 먼저 입을 연 것도 오성문이다.

"장군, 지휘부를 잃은 진압군이 명령을 기다리고 있습니다. 이제라도 연합사에서 나서도 늦지 않습니다."

카튼이 잠시 좌우 양쪽으로 벌려앉은 장군들을 바라보았다. 다행히 합참본부에 없었거나 부대에 있었던 한국군의 고급 장성들이 서너 명 끼여 앉아 있는 것이 보였다. 지금 이 순간에도 전방과 후방의 지휘관들은 혁명군의 진중으로 끊임없이 가담하는 중이었으니 이곳으로 달려온 장군들은 강골(強骨)이다.

"연합사령부는 당분간 사태를 주시하기로 결정을 했습니다. 이것은 한반도의 평화와 안정을 바라는 미국 정부의 정책입니다."

카튼이 오성문을 똑바로 바라보았다.

"장군의 국가원수에 대한 충성심은 이해할 수 있지만 한미 양국군이 혁명군과 전쟁을 치른다면 그 결과가 어떻게 되겠소? 미국은 북한과도 방위조약을 맺어놓은 상황이오. 그렇다면 북한군까지 끌어들여 혁명군을 치게 될지도 모릅니다."

어금니를 문 오성문이 시선을 떼지 않았으므로 카튼은 자연스럽게 주위의 장군들을 둘러보았다.

"대통령이 오산에 도착하면 곧 비상 국무회의를 주관하실 거요. 그곳에서 결정이 나면 연합사는 최선을 다해 도울 겁니다."

"장군, 지금 반란군은 서울로 진입해 오고 있습니다."

소리치듯 그렇게 말한 것은 육본의 작전참모부장 배세윤 중장이다. 어젯밤 상황이 발발하자 대전에서 헬기로 날아온 그는 하마터면 점령된 합참본부에 내릴 뻔했다가 근처의 미 8군 기지로 방향을 틀었던 것이다. 그가 말을 이었다.

"지금 행동을 취하지 않으면 끝장입니다. 사령관께서도 알고 계시지 않습니까?"

"무엇이 끝장입니까?"

앞쪽에 앉아 있던 사령부의 정보국장 맥스웰 준장이 부드러운 목소리로 물었다.

"장군은 현 정권과 조국 둘 중에서 어느 것이 끝장나는 게 낫다고 생각하십니까?"

12시 30분, 김포가도에 들어선 100여 대의 트럭은 시속 80킬로미터의 속력으로 질주하고 있었다. 트럭에는 완전무장을 한 보병들이 타고 있었는데 제34사단의 병력이다. 이미 수경사의 5개 부대는 제각기 검문소를 돌파하여 서울 시내에 진입했고 2개 기갑 사단은 뒤를 따르는 중이었다. 기다란 대열의 중간쯤을 달리고 있는 트럭 안이다. 덮개를 씌운 뒤칸에는 완전무장의 병사들이 서로 마주보며 앉아 있었다. 모두 자신들의 처해진 입장을 알고 있는 것이다. 이정구 병장은 끝 쪽의 나무의자에 앉아 있었는데 옆에 앉은 사내가 소대 선임하사 고필수 상사이다. 그는 고필수의 귀에 입을 대었다.

"선임하사님, 우리가 쿠데타군이 된 거 아니오?"

고필수가 잠자코 있는 것은 그렇다는 뜻이었으므로 그는 입맛을 다셨다.

"제대 말년에 쿠데타라니, 이거 제대 연장되는 거 아뇨?"

"시끄러 이 자식아."

고필수는 40대 중반의 거한이었지만 이정구와는 사이가 좋다. 그는 어둠 속에서 이정구를 향해 눈을 흘겼다.

"살아나가려면 잠자코 시키는 대로나 해. 이젠 열외가 되었다가는 총살이다."

무심코 뱉은 말이었지만 이정구는 섬뜩한 느낌이 들었는지 대꾸하지 않았다. 내친김이라고 생각한 고필수가 머리를 들었다.

"모두 들어."

트럭은 소음도 컸고 진동이 심했지만 주위의 병사들은 이미 그들의 말을 들었을 터였다. 어둠 속에서 희게 보이는 얼굴들이 모두 그에게로 향해졌다.

"나도 조금 전에야 중대장님한테서 이야기를 들었다. 우린 혁명군이다."

잠시 말을 멈췄던 그가 소리치듯 말을 이었다.

"우리 중대는 청와대로 간다. 너희들은 나와 소대장님 명령만 따르면 된다. 알아들었어?"

몇 사람이 어눌한 목소리로 대답했지만 다른 때 같았으면 벼락같이

'다시'를 외칠 고필수가 입을 다물었다. 얼마 전 예기치 않은 사고로 보직을 박탈당했다가 강등되어 소대 선임하사로 복귀한 그는 말주변도 없고 학력도 짧았지만 군대 밥을 25년이나 먹은 고참이다. 병사는 애국심과 충성심으로 싸우는 것이 아니다. 월남전 때 따이한이 용맹을 떨친 것은 각 소대, 각 분대원이 전우애로 뭉쳤기 때문인 것이라고 들었다. 그는 어두운 트럭 안을 둘러보았다. 이놈들은 이 조직에서 이탈하기보다는 차라리 상대방과 전투를 벌이게 될 것이었다. 그것이 군대의 생리인 것이다.

"청와대라구? 제기, 청와대 경호원들하고 전쟁을 하겠구먼."

이정구가 혼잣소리처럼 말했지만 대부분의 병사들은 모두 들었다. 그리고 그것은 이제 당연한 일이었다.

그 시간에 최무섭은 성산대교를 마악 넘어선 참이었다. 그가 타고 있는 지프 앞으로 세 대의 APC장갑차가 길을 뚫어 나갔고 뒤쪽으로는 제50공수여단 병력을 실은 100여 대의 트럭이 따르고 있다. 평균 시속 60킬로미터가 넘는 속력이어서 도로 위의 차량들은 대열의 위세에 질색을 하며 비켜섰다. 신호도 무시한 진군이다. 뒷좌석에 타고 있던 참모장 안병석이 귀에서 무전기를 떼었다.

"제2대대는 여의도로 빠졌습니다, 사령관님."

그의 목소리는 활기에 차 있었다.

"그리고 51여단은 불광동을 지나고 있습니다."

진압군의 지휘부가 전원 포로가 된 지 한 시간이 되어가고 있었다. 지휘부가 실종된 진압군은 거의 대부분이 원대에서 대기상태로 있거나 되돌아갔다. 그들은 이제 거사군의 승리를 내다보고 있는 것이다.

"함 중장은 도착했나?"

차의 소음이 컸으므로 그가 소리치듯 묻자 안병석이 상체를 앞쪽으로 기울였다.

"아마 지금쯤 도착했을 겁니다. 우리보다 10분쯤 먼저 출발했으니까요."

그의 말대로 기무사령관 함종일 중장은 1개 대대의 공수여단 병력을 이끌고 합동참모본부의 정문 안으로 들어서는 중이었다. 정문 앞에 널려 있던 시체와 뒤집혀진 버스는 이미 최석동 대령의 지시로 말끔하게 청소가 된 상태였으므로 한 시간 전의 흔적은 보이지 않았다. 차에서 내린 그는 최석동의 안내를 받아 상황실로 들어섰다. 그 순간 상황실에 가득 차 있던 장군들이 일제히 말을 멈추고 그를 바라보았다. 잠깐 동안 숨소리도 들리지 않을 만큼 정적이 흘렀다. 뒷짐을 지고 턱을 조금 앞으로 내민 자세로 선 함종일은 천천히 주위를 둘러보았다.

"여러분, 혁명은 성공했습니다."

그의 말소리가 시멘트벽에 부딪혀 울렸다.

"대통령은 처자식과 함께 헬기를 타고 오산의 미 공군 기지로 도망쳤습니다."

"……"

"우리는 오늘 아침 뉴스로 현 정권과 북한과의 비밀합의 내용, 정부가 그동안 북한에 비밀리에 보낸 자금내역, 그리고 다가올 대선에서 여당후보를 당선시키기 위해 대통령이 북한과 어떤 음모를 꾸몄는가를 샅샅이 폭로할 것입니다. 우리 군은 물론 국민은 매국노의 수하가 되어 있었습니다."

장군들은 기침소리 한번 내지 않고 그를 바라보고 있었다.

"이 나라는 썩었습니다. 그것을 알면서도 모른 척 산다는 것은 비겁한 인생이요, 악(惡)과 타협하고 살면서 정의를 외치고 일어나는 자를 누가 매도할 수 있단 말이오?"

함종일의 얼굴이 붉게 상기되었다.

"이제 여러분의 도움이 필요합니다. 인연과 연륜을 떠나 군인으로 나서주시오. 하루빨리 정국을 안정시킬 일이 남았습니다."

"그렇다면 나 혼자서라도 치고 내려갈 겁니다."

무전기를 귀에 댄 유철이 소리쳤다.

"연합사령관의 명령만 내려주시오."

"유 소장, 이봐, 진정하고 내 말 들어."

유철과 통화하는 사람은 오성문 대장이다. 그가 달래듯이 말했다.

"혼자서 나선다고 될 일이 아니다. 그리고 이건 연합사령관이 결정할 문제가 아니야."

"그렇다면 대통령 각하의 직접명령을 받겠습니다."

"곧 국무회의가 열릴 테니까, 오산에서. 그때까지 기다려."

"반란군은 이미 서울에 진입했는데 뭘 기다린단 말이오?"

"이봐, 말 들어!"

이제 오성문도 맞받아 소리쳤다.

"인마, 그러다간 애꿎은 부하들만 당한단 말이다. 내가 다시 지시할 때까지 기다려!"

"최무섭이를 내가 치겠소."

그리고는 무전기를 부실 듯이 내려놓자 앞에 서 있던 참모장이 한 걸음 다가왔다.

"사단장님, 26사단은 병사들의 군장을 풀고 취침시켰습니다."

그러자 유철이 눈을 부릅떴다. 26사단은 의정부의 보병사단으로 그들과 같이 진압군이 되어 출동했던 부대였다. 그러나 진압군의 지휘부가 괴멸되자 다시 원대로 돌아와 명령을 기다리고 있었던 것이다.

"취침시켰다고?"

"예. 그리고 사단장은 참모장을 그들에게 보냈다고 합니다."

"그들이라니?"

"반란군 말입니다."

충성의 맹세를 하기 위해 보낸 것이다.

"이 배신자 놈, 반역자에게 붙었구나."

이를 악문 유철에게 전속부관이 무전기를 들고 다가왔다.

"사단장님, 수경사령관의 전화입니다."

상황실 안이 갑자기 조용해졌다. 낚아채듯 무전기를 받아든 유철이 송화구에 대고 소리쳤다.

"나, 유철이오."

"유 소장, 나야, 최무섭이야."

"당신, 지금이 어느 때라고 쿠데타야?"

그러자 수화기를 타고 최무섭의 웃음소리가 들렸다.

"유 소장, 성격은 여전하군."

"날 회유할 생각은 마라. 난 진압군이 되어서 죽을 테니까."

"회유하는 것이 아니다. 상황이 끝났다는 말을 해주려고. 그리고 너와 나는 적이 아니야."

최무섭의 말투가 엄격해졌다.

"난 국가를 위해서 일어났고 내 나름대로 명분이 있다. 그리고 네 충성심도 존중한다. 이제 그것을 새로운 국가에 바치도록 해."

"너희들이 주도하는 국가에 내 충성을 바칠 수는 없다."

고함치듯 말하자 분위기에 질린 듯 참모 서너 명이 상황실을 빠져나갔다.

"내 부대는 끝까지 통치권자와 국가에 충성했다는 것으로 만족해."

"유 소장, 진심으로 널 아끼는 마음에서 말하는 거야. 부대를 참모에게 맡기고 서울로 올라와."

"싫다, 이 역적 놈아."

부관에게 무전기를 던져준 유철이 시계를 올려다보았다. 새벽 1시 30분이 되어가고 있었다. 최무섭의 말대로 이미 상황은 끝난 것이나 마찬가지였다. 대통령은 오산의 미 공군 기지로 피신했고, 군의 주요 지휘관 대부분이 포로가 되어 있다. 거의 저항을 받지도 않고 수경사의 전 부대와 3개 사단 병력이 서울로 진입해 있는 데다 처음부터 지휘선이 되어 있어야 할 한미연합사는 침묵을 지키고 있는 것이다.

"사단장님, 눈을 좀 붙이시지요."

참모장이 말하자 그는 머리를 저었다. 사단 예하 3개 연대 병력이 아직도 군장을 풀지도 않고 뜬눈으로 대기하고 있는 상황이다. 사단장인 자신만 눈을 붙일 수가 없는 것이다.

갑자기 문이 열렸으므로 그는 머리를 들었다. 작전참모가 서둘러 들어서고 있었다.

"사단장님, 61연대와 62연대가……."

"어쨌단 말이야?"

참모장이 대신 소리쳐 묻자 참모는 손바닥으로 이마의 땀을 닦았다.

"저쪽으로 돌아섰습니다."

"……."

"연대장 이하 참모들이 혁명군에 동참하겠다고 선언했습니다. 제가 지금 연대 참모로부터 직접 통고를 받았습니다."

입을 굳게 악문 유철을 힐끗 바라본 참모장이 탁자 위에 놓인 전화기를 쥐었다가 천천히 내려놓았다. 참모가 낮은 목소리로 말을 이었다.

"제63연대와는 연락이 안 됩니다. 그래서 사람을 보낼까 합니다만."

그러자 유철이 머리를 들었다.

"놔둬라. 그리고 당신들은 모두 나가, 나가서 쉬어. 난 이곳에 있을 테니까. 대통령 각하의 회의가 끝날 때까지 기다릴 테다."

프레스센터 근처의 삼호빌딩 6층 사무실에 모인 사람들은 모두 열 명 가깝게 되었다. 새벽 2시가 되어가고 있었다. 대한일보의 전(前) 편집국장 이정훈은 사내들의 한껏 달아오른 분위기에 가슴이 벅차올랐다. 이것은 단순한 특종보도가 아니었고 쿠데타를 정당화시키려는 술책도 아니다. 집권층이 얼마나 국민을 기만해 왔는가를 보여주는 것이고 더러운 권력욕으로 국민과 국가가 거래대상이 되었다는 것을 만천하에 알리는 일인 것이다.

"지금 들어 온 보고로는 혁명군이 청와대와 정부 각 기관, 언론사와 육군본부를 장악했습니다."

좌중을 둘러보며 이정훈이 말했다.

"물론 오늘 아침 뉴스에는 혁명군의 거사 동기와 이유가 상세히 발표될 것이지만 언론사에 대한 자료공급은 내가 합니다."

좌중에 모인 사내들은 시내 각 일간지의 주필이나 편집국장급 간부들이다.

"혁명군은 앞으로 한 달여의 기간 동안 대한민국의 기틀을 다시 세우고 새로운 대통령의 선거가 끝나는 즉시 해체됩니다. 그 점을 꼭 명기시켜주시오."

일간지의 편집국장 한 명이 손을 들었다.

"군(軍)으로 돌아간다고 할까요? 여기 자료에는 해체 후의 주동자급들의 거취가 나와 있지 않은데."

"군으로는 돌아가지 않습니다. 그렇다고 정계에 들어서는 것도 아니오."

이정훈이 쓴웃음을 지었다.

"각기 생업에 종사할 겁니다."

조간신문의 마감은 이미 지났으니 호외를 찍어야 할 판이다. 국장들이 서둘러 자리를 떠나자 빈 사무실에 남은 사람은 이정훈과 백근수 둘뿐이었다.

"국장님, 그동안 고생하셨습니다."

백근수가 새삼스럽게 인사를 했다. 그동안 이정훈은 처자식도 만나지 못한 채 백근수 애인의 아파트에서 기거해 왔던 것이다.

"자네 덕분에 살았어."

"무슨 말씀입니까? 저도 보람이 있었습니다."

여러 개의 변수가 깔려 있어서 한 시간 전까지도 마음을 놓지 못했던 것이다. 그러나 합참본부에 모여 있던 진압군의 지휘부를 기습하여 체포함으로써 작전에 서광이 비치었다. 미군은 출동을 더욱 망설이게 되었고 그것이 대통령의 탈출로 이어진 것이다. 그들이 사무실을 나서자 문밖에 지켜 서 있던 기무사의 장교가 눈으로 인사를 했다. 그는 사복 차림이었는데 1개 분대의 부하들과 함께 이정훈의 경호를 맡고 있었다.

"국장님도 이제 VIP가 되셨습니다."

엘리베이터로 다가가며 백근수가 낮게 말했다.

"혹시 정계에 진출할 생각이 없으십니까? 장관 자리는 이미 따놓은 것 같은데요."

새벽 2시 30분, 오산의 미 공군 기지 사령부의 회의실에서 대한민국 정부의 비상 각료회의가 열렸다. 10평 남짓한 방 안의 사령관석에는 대통령이 앉아 있었는데 좌우로 둘러앉은 사람들은 여덟 명밖에 되지 않는다. 총무처 장관이 점검을 한 결과 반란군한테 잡힌 국방 장관을 제외한 비상 각료회의의 27명 정원에서 참석 한 각료는 6명이었다. 당대표 정동민과 비서실장 신형목이 두 자리를 차지하고 있는 것이다. 나머지 21명 중에서 현재 오는 중이라고 연락해 온 각료가 4명, 연락을 받고도 행방을 알 수 없는 각료가 10여 명이 되었다. 한 시간 전까지만 해도 쉴 새 없이 이어지던 비행기의 이착륙 폭음이 2시가 넘어서부터는 부쩍 줄어들고 있었다. 이제는 가끔씩 내리기만 하는 것이다. 대통령이 충혈된 눈으로 각료들을 돌아보았다.

"반란군이 국정원도 접수했다니 원장도 여기 못 오겠구먼."

지금 국정원장이 문제가 아니었으므로 각료들은 대답을 하지 않았다. 국정원뿐만이 아니다. 반란군은 모든 정부기관과 언론기관을 접수했고 진압군은 흔적조차 사라졌다. 더구나 한미 연합군사령관 올리버 카튼 대장은 조금 전에 대통령의 전화를 받자 미국 대통령의 지시로 움직일 수 없다는 것을 분명히 밝혔던 것이다. 대통령이 신형목에게로 머리를 돌렸다.

"그, 한기영 대장하고 연락을 할 수 없을까?"

"한기영 말씀입니까?"

신형목이 앞쪽에 앉은 국무총리와 외교통상부 장관을 바라보았다. 난감한 표정이 그대로 얼굴에 드러나 있다.

"각하, 무슨 말씀을 하시려고."

신형목이 주저하며 묻자 대통령이 어깨를 폈다.

"공식적으로 정권을 넘겨줄 생각이야. 5·16 때처럼 혁명위원회를 세운다면 그곳에 정권을 이양하겠어."

"……"

"그 자들도 떳떳하게 받게 될 테니 명분도 설 테고."

"각하."

옆쪽에 앉아 있던 통상 장관 진양근이 대통령을 똑바로 바라보았다.

"조금 전에 각 일간지의 기자들한테서 이곳으로 전화가 왔습니다."

"……."

"그들은 오늘 아침에 남북 간의 비밀합의서 사본을 호외로 찍어 뿌릴 예정이고 지난번에 다시 비밀합의 한 쌀 백만 톤의 대금을 각 기업에서 강제 모금한 비용에서 빼내 주었다는 것도 발표할 예정입니다. 거기에다 북한측과 여당의 대선후보를 당선시키기 위하여 만든 계획까지 폭로합니다."

눈을 치켜뜬 대통령을 향해 진양근이 어깨를 폈다.

"각하, 그것이 사실이라면 각하께서는 반역죄로……."

"닥쳐!"

대통령이 손바닥으로 테이블을 내리쳤다. 그의 얼굴은 붉게 상기되었고 두 눈은 무섭게 치켜떠져 있었다.

"어디다 대고 감히. 국가 간의 합의는 비밀이 비일비재하거늘, 그리고 그것은 반란군이 명분을 세우려는 조작이야."

"해외 계좌를 통해 4억 달러가 북한측 계좌로 이체되었다는 것은 저뿐만이 아니라 통산부, 재경원의 간부들도 다 압니다."

진양근도 지지 않았다.

"다른 사람들은 모두 도망쳤지만 저는 각하께 마지막 직언을 드리고 각료로서 각하를 바르게 보필하지 못한 책임을 지려고 이곳에 왔습니다. 각하, 모든 것을 털어놓으시고 공정한 심판을 받으십시오."

이제는 얼굴이 하얗게 질린 대통령이 반쯤 벌린 입술 끝을 떨고만 있을 때 신형목이 나섰다.

"통상 장관, 지금은 그런 말씀을 할 때가 아니오. 복잡 미묘한 대북관계를 몇 마디 말로 표현할 수가 없단 말씀입니다. 그리고 심판은 역사와 국민이 내리는 것이지 반란군의 무력 앞에서 받을 수는 없습니다."

그러자 방 안에는 어색하고 무거운 침묵이 잠시 흘렀다. 비행기의 폭음이 들리더니 타이어의 마찰음이 날카롭게 났다. 이윽고 대통령이 테이블을 내려본 채 입을 열었다.

"나머지 장관들이 올 때까지 기다리지. 그리고 터너 대사도 온다고 했으니 그때까지."

그러나 제임스 터너 주한 미국 대사는 대사관의 응접실에서 혁명군의 총수인 한기영 2군사령관과 마주앉아 있었다. 한기영의 옆면을 바라보며 앉은 사내는 주한 미군 사령관이자 한미 연합군 사령관인 올리버 카튼 대장이다.

"장군, 모처럼 정착된 한반도의 안정과 평화가 깨뜨려지지 않게 주의해 주시오. 우리 미국 대통령 각하께서는 그것을 염려하고 계셨습니다."

터너가 부드럽게 말하자 한기영이 머리를 끄덕였다.

"잘 알고 있습니다, 대사."

"북한 정부도 긴장하고 있습니다. 왜냐하면 이제까지 원만한 관계가 이어져 왔기 때문에."

"그렇지요."

"그런데 혁명군은 한국 정부의 대북관계를 비판하실 모양인데 그것이 북한을 자극하지 않을까요?"

그러자 한기영이 얼굴에 웃음을 띠웠다. 머리를 돌린 그가 옆쪽의 카튼을 바라보았다.

"장군, 나는 외교적 표현에는 익숙하지 못해서 그러는데……."

그는 어깨를 펴고 턱을 조금 들었다.

"대사 말씀은 북쪽을 자극하면 북쪽 군인들이 치고 내려온다는 말씀입니까?"

"글쎄요."

카튼이 쓴웃음을 지었다.

"관계가 불편해진다는 표현 같습니다만."

"상관없습니다."

부러지게 말한 한기영이 대사를 바라보았다.

"앞으로는 우리 어선 한 척을 나포하면 우리는 북한 어선 두 척을 가져 올 것이고 비무장지대에서 총격을 하면 그 진지를 대포로 박살낼 것이오."

"……."

"외국에서 한국인을 1명 납치해 가면 우린 사람을 풀어서 10명을 납치해 올 겁니다."

한기영이 다시 카튼에게로 머리를 돌렸다.

"장군께선 잘 아실 겁니다. 그 자들이 과연 우리 한국을 침공할 수 있을 것 같습니까?"

입맛을 다신 카튼이 시선을 돌리자 그가 말을 이었다.

"천만의 말씀이오. 한국군의 능력과 장비면 일주일 안에 북한을 점령할 수가 있어요. 우리 국민은 이제까지 나약한 정부와 북한의 기만전술에 속아 북한군을 과대 포장한 상태로 보아 왔던 겁니다."

"장군."

터너가 입을 열었으나 한기영이 내처 말을 이었다.

"하지만 우린 도발하지도, 미국의 한반도 평화정책을 위배하지도 않겠습니다. 이것은 혁명군 사령관으로 약속드릴 수가 있습니다. 나는 이 말씀을 전해드리려고 찾아온 것입니다."

터너와 카튼이 서로 얼굴을 마주보더니 이윽고 거의 동시에 머리를 끄덕였다.

"좋습니다. 그럼 대통령 선거 때까지 거국내각을 수립하시겠다고?"

터너가 묻자 한기영이 길게 숨을 내뱉었다.

"그렇습니다. 그동안에 한국의 위상을 바로 세울 작정입니다. 특히 대북관계에 대해서 말입니다."

그날 아침 거리마다 하얗게 뿌려진 각 신문사의 호외는 군부 쿠데타의 소식이었다. 이미 아침 5시부터 정규방송을 중단하고 쿠데타 뉴스가 발표되고 있는 중이다. 혁명군은 혁명군 사령부의 포고 제1호로 전국에 계엄을 선포했으며 각 지역 계엄군 사령관을 임명했다. 혁명군 사령관은 육군 대장 한기영이었고, 그는 혁명위원회의 위원장을 겸임했다. 혁명위원회는 이른바 국가의 최고 통치기구로써 군과 민이 반반씩 섞인 50명 정도의 인원으로 구성되었는데 최무섭과 함종일은 각각 군의 직책을 겸임하면서 부위원장을 맡았다. 입법, 사법, 행정부를 그대로 운용하면서 혁명위원회가 통제하도록 만든 것이다.

혁명일 아침의 화제는 물론 혁명군의 거사 동기였다. TV와 방송에서도 보도되었지만 신문의 호외에는 남북 간 비밀합의서가 그대로 프린트되어 있었는데다 조공을 바치듯이, 그것도 비밀로 100만 톤이라는 엄청난 양을 주었고, 그 방법도 정부자금, 또는 기업에서 강제 모금했다는 사실이 입증된 것이다. 더구나 여당후보를 당선시키기 위해서 북한이 선거 10일 전에 비무장지대로 군대를 내보낸다는 것이다. 남북관계가 극도로 악화되었을 때 대통령은 김정일에게 남북한 대표회담을 제의하여 정동민을 대표로 내보낸다. 선거 3일 전에 정동민은 평양에서 역사적인 남북한 평화협정에 대한 공동발표를 한다는 것이 그들의 각본이었다.

뉴스와 신문을 듣고 본 국민들 중에서 분개하지 않는 사람이 없었으므로 혁명군에 대한 거부반응은 거의 보이지도 않았다. 더구나 비밀합의서 누출을 은폐하기 위해서 국정원장을 비롯한 언론인들을 탄압한 집권층이다. 언론은 혁명군에 호의적이었다. 더구나 혁명위원회는 언론을 검열하지도 않는 것이다. 그런데도 자진해서 혁명의 필연성을 강조한 언론사도 생겨났다.

오전 9시, 과천의 종합청사에 위치한 혁명위원회 건물 안이다. 마악 회의를 끝낸 최무섭이 인사차 방문한 전방의 지휘관들과 집무실에 들어섰을 때 따라 들어선 부관이 그에게 귓속말을 했다. 한동안 머리를 끄덕이며 부관의 말을 듣던 그가 허리를 펴고는 장군들에게 자리를 권했다.

"조금 전에 대통령이 가족과 함께 한국을 떠났소."

그는 몸을 굳힌 장군들을 둘러보며 쓰게 웃었다.

"목적지는 하와이오. 대선후보 정동민과 비서실장 신형목이 동행이오. 정동민도 서울의 가족을 오산으로 불러들여 같이 떠났다고 합니다."

한국에서 혁명이 일어났다는 소식이 고려리아에 전해진 것은 그날 아침이었다. 한국과 거의 동시에 TV와 라디오를 통해 보도된 것이다.

"한국 대표부는 정문을 닫고 외부인의 출입을 금지시키고 있습니다."

조금 전에 시내의 한국 대표부 앞을 지나온 김봉만이 말했다.

"한국으로 거는 전화가 폭주하고 있다는데요."

사무실의 창가에 서 있는 김상철이 머리를 끄덕였다. 한국계 이주민이 80만 명이 넘는 것이다. 고국에 친지와 친척의 안부를 묻는 것은 당연한 일이었다.

"한국계 단체장들의 반응은 어떠냐?"

"예, 아침부터 홍석규의 사무실에 모여 있습니다."

김봉만이 그에게로 한 걸음 다가가 섰다.

"사장님, 이젠 한국에 들어가실 수가 있지 않겠습니까?"

"그렇게 되었다."

그러나 쿠데타가 이렇게 빨리 일어날 줄은 예상하지 못했던 것이다. 오만규로부터 남북 간의 대선 대책을 듣고 그것을 최무섭에게 전해준 지 일주일 만이었다.

사무실을 나온 그가 행정청에 들어가 강미현을 만났을 때는 오전 10시 30분이었다. 집무실에 마주앉은 김상철이 입을 열었다.

"한국계 단체들이 한국 정부의 조종을 받고 있었다는 증거가 곧 잡힐 것 같습니다. 아무래도 고려리아도 곧 진통을 한번 겪어야 될 모양이오."

잠자코 있는 강미현을 향해 그가 말을 이었다.

"한국 정부는 전복되었는데 그들이 뿌린 싹이 이곳에서 자라게 내버려 둘 수는 없지."

"증거가 잡힐 것 같다고 말씀하셨는데 어떤 증거 말입니까?"

"K공작을 주관했던 국정원장이 혁명군에 체포되었어요. 그로부터 K공작 전모에 대해 자백을 받게 될 거요."

머리를 한쪽으로 기울인 강미현이 그를 바라보았다.

"혁명군이 고려리아를 위해 그 일을 해줄까요?"

"해줄 거요."

"……."

"나도 조금 혁명에 가담했으니까."

"그러셨군요."

그에게로 시선을 준 채 강미현이 조그맣게 머리를 끄덕였다.

"당신이 한국 정부를 쓰러뜨린 사람 중의 하나군요."

고려리아 북한 대표부의 서일 이하 간부들은 한국의 쿠데타 소식을 일반 시민보다 몇 시간 빨리 들었을 뿐으로 자세한 내막은 물론 알지 못하고 있었다. 아침 뉴스로 쿠데타의 전모가 밝혀졌을 때 그제야 평양에서 연거푸 지시가 내려온 걸 보면 그쪽도 마찬가지인 모양이었다. 어쨌든 그들 모두에게 혁명군의 발표 내용은 충격적이었다. 남북한의 비밀합의와 쌀 제공, 대선문제에 이르기까지 그들은 북한을 음모와 협박의 원흉으로 매도했던 것이다. 근세에 들어 한국 정부가 이처럼 공격적인 어휘로 통렬하게 북한을 공격한 것은 처음이었다.

점심때가 되어 갈 무렵 서일의 집무실에 오만규가 들어섰다. 대표부의 다른 직원들과 마찬가지로 그도 조금 흥분된 기색이었다.

"대표 동지, 남조선 혁명군 놈들이 북남간의 합의내용을 알고 있는 이유를 알았소."

그는 털썩 테이블 건너편의 의자에 앉았다.

"조금 전에 평양에서 연락을 받았습니다. 남조선은 국정원장 이근복이 모든 것을 자백했다고 발표했다는 거요."

서일이 머리를 끄덕였다.

"국정원장은 도망치지 못했던 모양이군."

"혁명군이 대통령이나 비서실장 등은 도망치도록 내버려 두었다고 표현하는 것이 정확할 거요."

오만규는 사흘 전에 강미현을 단독으로 면담하여 30만 명의 북한 이주민을 받아들인다는 약속을 받아내었다. 그 다음 날 행정청은 북한 대표부에 공식서한을 보내 강미현의 약속을 확인해 주었으므로 대표부는 물론 평양이 개가를 부른 것이다. 물론 모두가 오만규의 성공이 시기가 맞았거나 운이 좋아서 그렇게 된 것이라고 믿었지만 그는 지도자로부터 직통전화로 칭찬을 받는 영예를 누렸다. 오만규가 말을 이었다.

"남조선이 호전적으로 나오지만 허장성세요. 하지만 평양에서는 북남 관계가 당분간 긴장상태로 변할 것이라고 보고 있습니다."

"당연한 일이지요."

서일이 머리를 끄덕였다.

"그리고 그만큼 우리 공화국과 지도자 동지의 고려리아에 대한 기대가 더 커졌소. 이제 이주민이 30만 명이나 오게 될 테니 모두 분발해야 합니다."

대표부를 나온 오만규가 시내 변두리에 위치한 금강산식당에 들어섰을 때는 12시 30분이었다. 지배인의 안내를 받아 창가의 테이블에 앉았을 때 안쪽의 자리에 앉아있던 최태호가 다가왔다. 그는 거침없이 오만규를 마주보고 앉았다.

"비서 동지, 타운 외곽의 수색작업을 중지시켜 주십시오. 그곳에 내 사업장이 있습니다."

시선이 마주치자 그는 이를 드러내며 웃었다.

"그 사업장의 주인이 최태호라는 것이 드러나면 비서 동지 입장이 곤란하게 되실 것 같아서요."

"동무는 내 약점을 잡고 있다고 생각하는 모양이군."

낮은 목소리로 오만규가 말하자 그가 머리를 끄덕였다.

"그렇습니다. 오늘 아침 뉴스를 보았더니 동지가 제공한 정보가 모두 혁명군 쪽에 전해져 있더군요."

"……"

"난 동지의 모든 행동을 기록해 놓았습니다. 만일 내게 무슨 일이 생기면 그 기록은 즉시 당에 보내질 것이고, 그리고 김상철 씨도 가만있지 않겠지요."

"……"

"저한테는 부끄러워하실 것 없습니다. 앞으로 간부회의에도 참석하게 해주십시오."

자리에서 일어선 최태호가 정중하게 머리를 숙였다.

"그럼 그렇게 알고 가겠습니다."

한국에 혁명이 일어났다는 뉴스에 제일 기뻐한 사람 중의 하나가 이유미 일 것이다. 혁명군 사령부는 강경한 대북정책을 잇달아 발표했는데 그것이 그렇게 든든하게 보일 수가 없었다. 더구나 혁명군과 김상철의 관계를 알고 있는 이유미이다. 아침부터 짐을 꾸린 그녀는 저녁 무렵에 김상철의 사무실로 들어섰다.

"저, 내일 서울로 돌아갈까 해서요. 괜찮겠죠?"

소파에 앉은 그녀가 눈을 반짝이며 묻자 김상철이 머리를 끄덕였다.

"이젠 괜찮겠지. 내 부탁을 들어줄 사람도 꽤 있으니까."

그의 시선을 받은 이유미가 이를 드러내며 웃었다.

"혁명이 일어나리라곤 솔직히 믿지 않았어요. 그런데 갑자기 일이 풀리는군요."

"여기서도 일을 할 수 있었지 않아?"

"하지만 쫓겨나온 기분이었어요."

이유미는 이제 고려리아 전역을 커버하는 관광회사를 운영하고 있었다. 버스만 해도 100여 대가 되었고 직원은 400명이 넘는다. 서울의 여행사와 관광회사는 서로 보완관계가 있었으므로 그야말로 사업은 순풍에 돛을 단 격이었다.

"나도 곧 한국에 들어갈 생각이야."

김상철이 말하자 이유미가 머리를 들었다.

"언제요?"

"일주일쯤 후에."

"그럼 가서 기다릴게요."

그랬다가 이유미가 풀썩 웃었다.

"동업자로 만나는 것이니 이상할 건 없지요."

이유미가 돌아간 지 얼마 되지 않았을 때 김봉만이 서둘러 방에 들어섰다.

"사장님, 한국 대표부의 이태준이 미국의 대표부에 망명신청을 했습니다."

그의 앞에 선 김봉만이 말을 이었다.

"34명의 간부급 직원들도 모두 같이 망명신청을 한 모양입니다."

"그럴 줄 알았다. 혼자 한국에 소환당해서 재판을 받기는 싫었을 테니까."

"지금 가족과 함께 미국 대표부 건물 안에 들어가 있습니다."

저녁 7시가 되어가고 있었다. 하루 만에 세상이 바뀌었고 그것에 따라서 개개인의 명암(明暗)이 극명하게 나타나고 있었다.

그 시간에 총독은 한국으로부터 걸려온 전화를 받고 있었는데 상대방은 혁명군 사령관 한기영 대장이다. 한기영이 말을 이었다.

"각하, 저는 최선을 다해 양국 간의 우호와 협력을 증진시키겠습니다. 많이 지도해 주십시오."

직책이 혁명군 사령관이지만 실제는 한국을 통치하고 있는 통치자의 말이다. 총독의 표정이 부드러워졌다. 한기영은 자신을 극존칭으로 부르고 있다.

"의장님, 나는 내일 아침에 한국의 혁명을 절대적으로 지지한다는 성명을 발표할 겁니다. 그리고 정부 차원을 떠나 내 개인적으로도 혁명을 환영 합니다."

"총독 각하, 대단히 감사합니다."

"썩었습니다. 잘 하셨어요."

그러다 총독이 앞에 앉아 있는 이남호의 얼굴을 보더니 수화기를 고쳐 쥐었다.

"그런데 의장님, 이곳 고려리아의 한국 대표부 대표가 직원들과 함께 미국 망명을 시도하고 있어요. 지금 모두 미국 대표부에 들어가 있습니다."

그러자 한기영이 놀란 듯 입을 다물었으므로 그가 말을 이었다.

"혁명군의 발표를 봐도 한국 대표 이태준이 청와대 비서실장 시절에 남북협상을 주도했다고 되어 있고 그것은 사실이오. 한국정부의 시급한 조처가 있어야 할 것 같습니다."

"잘 알겠습니다, 각하."

한기영이 정중하게 말했다.

"곧 조처하겠습니다."

수화기를 내려놓은 총독이 머리를 들었다.

"5·16 후에 잘 살아 보자라는 구호 아래 국민이 똘똘 뭉쳤었지. 군사 쿠데타라는 방법이 좋지는 않았지만 그 이후 한국 국민은 그야말로 열심히 살았다. 그래서 잘살게 되었어."

"……."

"그렇게 되고 나자 그동안의 기여도가 최하위인 정치계급들이 권력을 쥐고는 모두 제공(功)인 양 힘없는 서민에게 떠들고 윽박지르기 시작했다. 권력 연장을 위해 국민을 기만하고 강압했어. 그러나 나라 밖으로 나가서는 제소리 한번 내지 못하고 굴종과 타협으로 일관해 왔지. 적국에 갖은 조공을 비밀리에 바치고는 국민을 속였어. 매국노들이다."

총독이 손바닥으로 의자의 팔걸이를 내려쳤다.

"그래도 한국에 패기 있는 군인들이 남아 있었다는 것이 국민에게 희망이다. 다시 구호를 외쳐야 돼. 이제는 떳떳하게 살아 보세라고."

이남호가 얼굴을 펴고 웃었다.

"알맞는 구호입니다, 각하."

"난 장사꾼으로 한평생을 지냈지만, 정치란 국민을 위한다는 순수한 마음만 있으면 되는 것이여. 기술도 필요 없고 인기에 신경 쓸 필요도 없다. 그런 것에 신경 쓰다 보면 사기꾼이 되었다가 나중에는 매국노가 된다."

3개월 전, 고려리아 국적을 가진 중국계 이주민 왕귀화 씨가 LA에 있는 친척을 만나려고 LA공항에 내렸다가 지갑과 여권을 몽땅 털린 사건이 발생했다. 공항에서 흔히 일어나는 일로 화장실에서 강도를 만난 것이다. 그러나 일은 그 후에 일어났다. 공항 경찰에 신고하러 들어간 왕귀화 씨는 영어도 어눌한 데다 화가 치밀어 올랐으므로 큰 소리로 대들다가 경찰 두 명에게 뺨을 얻어맞았고 코피까지 난 것이다. 그는 공무집행 방해죄로 공항경찰서의 유치장에 수감되었다. 그러자 우연히 외무 국장으로부터 그 이야기를 들은 총독은 불같이 화를 내었다. 그는 당장 미국 주재 고려리아 대표부의 LA지사장을 공항경찰에 보내 항의하게 했고 그것도 모자라 총독 전용기에 외무 국장과 경비대원 50명을 실어 LA로 보냈던 것이다. 이 사건은 해외토픽으로 보도된 사건이다. 유럽과 미국의 일부 신문에는 고려리아 총독이 경비대원 50명에게 왕귀화 씨를 구타한 경찰 두 명을 살해하라는 지시를 내렸다고 했다. 1인당 200만 달러를 포상금으로 걸었다는 것이다. 대부분의 독자들은 웃어 넘겼지만 깊게 인상에 남는 뉴스였다. 자국민(自國民)의 코피를 터뜨렸다고 총독의 전용기에 외무 국장을 실어 보내고 코피 터뜨린 경찰에게 1인당 200만 달러의 살해

현상금을 걸었다는 고려리아 총독이다. 다행히 총독의 전용기가 LA공항에 도착하기도 전에 왕귀화 씨는 경찰에서 풀려나 친척집으로 갔으므로 전용기는 하와이 상공에서 되돌아왔다. 그 이후로 외국에서의 고려리아 국민의 위상이 어떻게 되었으리라는 것은 뻔한 일이었다. 국민은 사소한 일에 감동을 받는다. 큰 것만 노리는 정치가는 꼭 망하게 되는 것이다.

고려시 중심부에 위치한 파크빌딩은 10층 건물로 수십 개의 회사가 입주해 있었다. 저녁 8시였다. 7층의 동보 무역 주식회사 사무실에는 10여 명의 사내가 원탁 주위에 둘러앉아 있었는데 모두 한인들이다.
"이 시점에서 흩어지면 순식간에 망해. 게다가 김상철은 그것을 노리고 있을 것이다."
위쪽 자리에 앉아 좌우의 사내들에게 그렇게 말한 사내는 홍석규였다. 오늘은 그의 호인(好人) 인상이 잔뜩 찌푸려져 있어서 다른 사람같이 보였다.
"어차피 이태준은 끝난 인생이야. 그 자가 어디에 있건 간에 이제 우리에겐 도움이 되지 않아."
"회장님."
좌측의 중간 부근에 앉아 있던 사내가 조금 손을 들었다. 그는 섬유협회장 이경배로 휘하에는 70여 개의 섬유업체와 4000명 가량의 종업원이 있다. 또한 자신도 세 곳의 섬유회사를 운영하고 있었는데 모두 국정원 자금이었다.
"김상철이 지구별 단체장에 자기 사람을 심고 있는 것은 우리를 견제하기 위해섭니다. 고려리아에 있는 한국계 생산사업장의 3할이 이미 그놈 편에 붙었습니다."
이경배가 주위의 사내들을 둘러보았다.

"이대로 간다면 나머지 3할의 사업장을 그놈이 장악한다는 건 시간문제요. 그렇게 되면 회장님의 발언권이 줄어들 뿐만 아니라 우리들의 권리가 위협받게 될 겁니다."

홍석규가 장악한 한국계 생산사업장은 약 4할이었고 나머지 3할은 아직 소속이 없다. 그러자 우측 열에 앉아있던 사내가 헛기침을 하고는 손을 들었다. 경비본부의 수사 3과장 오철진이다. 사복 차림의 그가 홍석규를 바라보았다.

"회장님, 우리 조직은 고려리아에 제일 늦게 발을 디뎠지만 우리만큼 광범위하게 장악한 조직은 어디에도 없습니다."

옆에 앉아 있던 사내가 머리를 끄덕였는데 그는 타운의 경비소장이다. 오철진이 말을 이었다.

"전에 우재환이 총독의 손녀 강미현의 비호를 받고 세력을 키우다가 전멸한 것은 뜨내기 조직폭력단의 당연한 말로(末路)이지요, 우리 조직은 행정청과 경비 본부, 생산사업장과 유흥사업장을 망라한 집단입니다. 한국인이 고려리아를 장악하고 있는 한 우리의 기반은 흔들리지 않습니다. 다만……."

그가 잠시 말을 멈추자 주위의 시선이 모두 그에게로 모아졌다. 자신에 찬 그의 웅변이 사무실의 분위기를 일신시키고 있다.

"다만 리더십과 강력한 추진력을 갖춘 새로운 지도자가 필요합니다. 이제 대표부의 이태준 씨도, 한국 정부의 배경도 없어진 상태가 되었어요. 나는 오늘 새로운 지도체제를 결성해야 된다고 생각합니다."

"동감이오."

불쑥 그렇게 말한 사내는 행정청의 상공 과장이었다. 40대 초반으로 한국에서 상공부 부이사관을 지낸 그는 고려리아에 이주한 지 석 달째였다.

"북한계와 중국계, 러시아 마피아계로 나뉘어진데다가 한인은 남과 북, 조선인과 고려인, 조센징으로 다섯 조각이 나 있는 실정이오. 한국 주도의 고려리아를 건설하려면 당연히 우리 조직이 한인을 장악해야 합니다. 김상철은 러시아의 꼭두각시요. 나는 새로운 지도체제의 결성에 적극 찬성합니다."

홍석규가 천천히 머리를 끄덕였다. 위기의식이 뭉치게 한 것이다. 게다가 같은 이해관계를 갖고 있다면 그 결속력은 더욱 강해질 것이었다.

타운의 마티니 클럽에 들어선 오철진은 사람들을 헤치고 곧장 안쪽으로 다가갔다. 손님들의 태반이 관광객들이어서 갖가지의 언어가 음악소리에 섞여 들리고 있었다. 한국인이 경영하는 클럽이어서 안쪽에는 꼭 밀실과 여자가 있다. 그가 밀실로 들어서자 이미 술상을 벌여놓고 앉아 있던 사내가 자리에서 일어섰다. 훌쩍 큰 키에 밤색 머리칼의 서양인이다.

"오, 오늘은 회의가 깁니다."

사내가 영어로 말하자 오철진이 머리를 끄덕였다.

"회장급들이 모여서 오늘은 조직을 정비했어."

그도 유창한 영어를 쓴다.

"내가 조직위원장을 맡았다."

그러자 사내는 잠자코 머리를 끄덕였다. 한국식 직책에는 익숙지 못했는지 아니면 관심이 없다는 시늉으로도 보였다. 오철진이 앞에 놓인 빈 잔에 발렌타인 17년을 따랐다.

"내가 고려리아의 한국인 조직을 움직인단 말이다. 나는 행동책임자야, 커티스."

"그만하면 알겠소, 오."

밴 커티스가 흰 이를 드러내며 웃었다. 그는 국정원장 이근복이 CIA에 의뢰해서 보내진 전문킬러였다. 20대 후반에서 30대 후반 사이의 나이로 사격과 접근살해에 능하다는 소개를 들었는데 이미 사격은 믿을 만하지 못하다는 것이 증명되었다. 파라다이스 클럽 앞에서 김상철을 저격했다가 부하 두 명만 죽였던 것이다.

"놈은 이미 우리 존재를 눈치 채고 있어, 커티스. 아직 증거를 갖지 못해서 기다리고 있을 뿐이다."

오철진이 위스키를 한 모금 삼켰다.

"하지만 그것도 시간문제일지 모른다. 한국에서 원장이 체포되었으니까."

"불지는 않겠지요, 오."

"넌 한국 실정을 모르고 있어. 국정원장이 아니라 대통령이었다고 하더라도 인정사정 보지 않는다."

"그럼 고문을 한단 말이오?"

"필요하다면."

잔을 내려놓은 오철진이 정색을 했다.

"커티스, 시간이 없다. 놈이 혁명군과 맥을 통하고 있다는 것은 틀림없는 사실이고, 우리 조직이 드러날 가능성이 많아."

"기회가 없었소, 오. 게다가 놈들의 경호는 몸을 던지는 식이오. 지난번에도 한 놈이 몸을 뻣뻣하게 세우지만 않았더라도 김상철을 맞췄을 거요."

"그럼 고기를 집어다가 네 입에 넣어줘야 한단 말인가?"

와락 이맛살을 찌푸렸던 오철진이 눈을 깜박이며 그를 바라보았다. 무언가를 생각하는 시늉이었다.

영하 30도 가까운 날씨였으므로 타운 외곽의 거리에는 행인이 드물었다. 자정이 가까워진 시간이다. 길가의 상점들은 모두 불을 켜고 있었으나 추위를 막으려고 모두 굳게 문을 닫았다. 큰길에서 들어간 골목 안은 더욱 을씨년스러웠다. 양쪽의 허름한 건물에서 흘러나온 빛이 겨우 위쪽을 비추고 있을 뿐이어서 마치 동굴 속에 들어온 것처럼 더듬거리며 나가야만 했다. 갑자기 앞쪽에서 인기척이 났으므로 고철우는 한쪽 벽에 몸을 붙였다. 그러자 뒤를 따르던 부하들도 일제히 벽에 붙어 섰다. 발자국소리는 강약이 심한 데다 불규칙했다. 십중팔구 술 취한 놈이다. 사내가 그의 앞을 스치고 지나다가 놀란 듯 멈춰 섰을 때 고철우는 들고 있던 기관총의 개머리판을 휘둘렀다. 둔탁한 소리와 함께 머리를 얻어맞은 사내가 털썩 무릎을 꿇자 고철우는 몸을 돌려 다시 골목 안으로 들어섰다. 이제는 금방이다. 사전에 미리 조사를 해두었던 것이다. 건물의 모퉁이만 돌면 된다. 그의 부하는 다섯 명이었는데 모두 특수부대 출신이었다. 사격은 물론 접근 전에도 능했기 때문에 이러한 상황과 조건하에서는 일개 소대의 적이라도 전멸시킬 자신이 있었다. 그가 마악 모퉁이를 돌았을 때이다. 갑자기 앞쪽에서 화악 불빛이 비치더니 골목을 요란하게 울리면서 총성이 터졌다. 첫발에 가슴이 뚫린 고철우가 쓰러지면서 AK기관총의 방아쇠를 당겼으나 확인할 여유도 없다. 그러자 뒤쪽에서도 불빛이 비치면서 총성이 울렸다. 부하들이 그의 옆으로 쓰러지는 것이 느껴졌고 이쪽에서도 한두 정의 총이 반격을 했지만 금방 그쳤다. 10초도 안 되는 짧은 순간이었지만 땅바닥에 볼을 대고 쓰러진 고철우에게는 한 시간도 더 넘게 느껴지는 시간이다. 쓰러져 있는 자신들의 몸 위로 불빛이 비춰지더니 발자국소리들이 다가왔다. 고철우는 자신의 얼굴에 불빛이 비춰지자 눈을 부릅떴다.

"이 자식, 고철우로군."

바로 위쪽에서 최태호의 목소리가 들렸다.
"오후에 정찰을 하더니만 겨우 이런 작전으로 부하들을 몰살시킨단 말이냐?"
고철우는 입을 열려고 했으나 이미 의식이 끊겨가는 중이었다. 땅에 닿은 입술에 무거운 중압감만 올 뿐 고통도 없다. 땅바닥에 어지럽게 널려진 여섯 구의 시체를 확인한 최태호는 부하들과 함께 골목을 나왔다. 이미 습격에 대비하여 색시들은 북쪽의 신도시로 보낸 후였고, 그가 고용하고 있던 사업장의 북한계 도망자들은 모두 이한과 변순태의 사업장으로 인계해 놓았다. 도로 옆의 어두운 공터에 세워 놓은 차에 오르자 그는 기다랗게 한숨을 뱉었다. 이제 조선민주주의인민공화국과는 끝난 것이다. 지금 이 순간부터 그는 한국계이지만 러시아 국적을 갖고 있고 동시에 고려리아 시민으로 수백 개의 사업장을 장악한 김상철의 부하이다. 이것은 이미 김상철이 오만규를 잡았다가 풀어주었을 때부터 예상하고 있었던 일이었다.

경비본부 보안국장 장동택이 차에서 내리자 수사 3과장 오철진이 다가왔다.
"살해된 자들은 모두 북한계 같습니다."
"그렇다면 누구야?"
"아직 알 수 없습니다."
현장으로 다가간 그들은 아직도 땅바닥에 눕혀진 시체들을 내려다보았다. 모두 검정색 옷에 행동하기 쉽도록 간편한 차림이었다. 장동택이 입맛을 다셨다.
"어떤 집을 습격하려고 했던 모양이야. 이런 차림으로는 밖에서 오래 견디지 못할 데니까."

"그래서 이 근처의 가게와 주택들을 조사하고 있습니다."
"기관총으로 쏴갈긴 모양인데."
"이 사람들도 각자 총기를 쥐고 있었는데 살해하고 뺏어갔습니다. 혁대에 끼워진 탄창들을 보십시오."

수사 요원들이 몰려와 제각기 분주하게 움직이고 있었으므로 그들은 골목을 나왔다. 차 앞에 선 장동택이 오철진을 바라보았다.

"김상철 측과의 싸움일까?"
"그럴 가능성이 제일 많지요. 하지만 속단할 수는 없습니다."
"김상철은 지금 한국계 이주민을 상대로 K작전 저지에 정신이 없어. 북한측과 이해관계가 물론 있기는 하겠지만."
"이한이나 변순태의 조직원이 한 짓일지도 모릅니다. 김상철은 사소한 일까지 지시하지는 못할 테니까요."

서 있자니 더욱 추워졌으므로 그들은 차 안으로 들어섰다. 오철진이 생각난 듯 옆자리의 장동택을 바라보았다.

"그런데 K작전이라고 경비본부의 간부들이 자주 이야기를 하고 있습니다만 그것에 대한 확실한 증거는 있습니까?"
"지난번에 청와대의 안보수석실 서기관 한 명을 잡았어. 물론 서울에서 말이야. 그놈은 북한 공작원이었어. 한국 대통령이 있는 청와대의, 거기에다 안보담당 수석의 보좌관이 북한 간첩이었다네."
"누가 잡았습니까?"
"그것도 우습지."

그러면서 장동택이 쓴웃음을 지었다.

"경찰도 국정원도 아닌 기무사 요원들이 잡았어. 그리고 그들에게 보좌관이 공작원이라고 제보해 준 사람이 누군지 아는가?"
"……."

"김상철이야. 김상철이 자신을 습격하려는 북한 공작원들을 몰살시키고 한 놈을 포로로 잡아 자백을 받은 것이지."

"……."

"보좌관놈은 국정원장 이근복과 지금 미국 대표부에 망명 요청을 하고 피신한 이태준의 주도하에 고려리아에서 K공작을 추진하고 있다고 자백했어. 하지만 놈은 내용을 아는 것이 없었어."

오철진이 답답하다는 듯 길게 한숨을 뱉었다.

"답답합니다, 도대체 어떤 공작인지 그리고 그것이 사실이기나 한지 말입니다."

"글쎄, 아마 곧 알게 될지도 몰라. 국정원장 이근복을 혁명군이 잡고 있으니까."

"……."

"혁명군 지휘부는 김상철을 혁명동지로 생각하고 있다네. 오늘 오후에도 혁명위원회 부위원장 최무섭과 대한일보 편집국장 이정훈, 그리고 심재택 등이 김상철이한테 전화를 해왔어. 아마 김상철이 그들에게 부탁했을 거야. 이근복을 추궁해 보라고."

"그러면 알 수 있겠군요."

"그리고 자네가 바빠지겠지."

장동택이 국정원 시절의 동료인 오철진을 바라보며 웃었다.

"어쨌든 저놈들의 살해 사건을 서둘러 수사해 줘. 원인을 알아야 처방을 내릴 것 아닌가?"

이른 아침, 북한 대표부의 회의실에서는 고위 간부들의 회의가 열리고 있었다. 참석 인원은 네 명뿐으로 서일과 오만규, 그리고 이금철과 어제 오후에 평양에서 날아온 방일산이다.

"경비대는 김상철측의 소행으로 보고 있는 모양인데."

서일이 힐끗 오만규를 바라보았다.

"최태호가 도망자들을 고용하여 개인 사업을 하고 있었다니 이것은 엄청난 일이오. 더구나 그 자는 얼마 전에 지도자 동지로부터 격려장도 받았단 말이오."

"놈은 반역자요. 나는 확실한 증거를 확보하고 있습니다."

해사했던 오만규의 얼굴은 흉하게 일그러져 있었다.

"경비대가 김상철의 소행으로 보는 것도 당연해요. 놈은 김상철의 휘하로 들어갔을 테니까요."

"……"

"놈이 경영하던 사업장 두 곳의 관리자가 김상철의 부하들로 바뀌어졌습니다. 가족도 어젯밤에 종적을 감추었고."

그러자 방일산이 헛기침을 했다. 그는 40대 초반쯤으로 보였는데 피부가 검고 선이 굵었다. 오만규와는 대조적인 모습이었다.

"다음 주부터 이주민이 들어옵니다. 하루 1만 명씩 한 달 동안 계속해서 들어올 텐데 지금 그까짓 반역자 한 놈 문제로 시간을 낭비할 수 없습니다."

굵은 목청의 그가 말을 이었다.

"이런 상황에서 김상철과의 유혈충돌은 모양이 좋지 않아요. 30만의 이주민 입주가 끝나면 우린 그때 40만 가까운 인민을 바탕으로 큰일을 수행할 수 있을 겁니다."

방일산은 국가안전보위부의 부부장으로 김정일이 보위부장을 맡고 있을 적에 직속상관으로 모신 인연이 있다. 그 이후로 김정일의 측근이 되었는데 이번에 이주민의 수송과 정착의 책임을 맡게 된 것이다. 그는 현역 군인으로 육군 중장이었지만 조직상 보위부가 중앙당조직지도부의 지휘통솔을 받게 되어 있어서 당조직 지도부의 조직부 비서인 오만규의 지시를 받는 입장이었다.

오만규가 머리를 끄덕였다.

"좋소. 최태호의 일은 동무에게 맡기겠소."

"염려하실 것 없습니다."

한국에서 군사혁명이 일어나 이제까지 큰 마찰 없이 지내왔던 남북관계가 경색되고 있는 상황이었다. 혁명군이 집권층과 북한과의 음모를 폭로하자 한국 국민들의 대북관(對北觀)은 순식간에 증오심으로 변해졌다. 이제까지 쌓여 왔었으나 돌파구를 찾지 못해 억누르고만 있었던 것이 터졌는지도 모른다. 오만규가 이금철에게로 머리를 돌렸다.

"동무는 조직 관리에 더욱 노력해 주시오. 김상철의 마수가 어디까지 뻗쳐 왔는지도 모르는 상황이오."

"알겠습니다, 비서 동지."

"놈은 우리에게 원한을 품고 있어요. 무슨 짓을 할지 모릅니다."

그들의 대화를 듣고 있던 서일이 가늘게 숨을 뱉었다. 이제 고려리아의 명실상부한 지도자는 오만규가 되어가고 있었던 것이다.

쿠데타 ||

강미현은 크림색 투피스의 정장 차림이었다. 짧게 커트한 머리칼 사이로 보기 좋은 귀가 드러났고 귀 끝에 매단 콩알만 한 진주귀고리가 조그맣게 흔들리고 있었다. 고구려호텔 26층의 라운지에서는 고려시의 야경이 모두 보인다. 그들이 든 곳은 서쪽 밀실이었으므로 서쪽 시가지는 물론 짙은 어둠에 덮인 지평선 끝 쪽 고려공항의 불빛도 보였다. 오늘의 만남은 강미현의 초대로 이뤄졌는데 같이 식사나 하자는 것이었다. 그래서 같이 식사를 하고 반주로 나온 포도주를 조금씩 마시는 중이었다. 방 안은 조용했고 밖의 소음도 들려오지 않았다. 그들이 마주앉은 한 시간쯤 전부터 무겁고 조금 어둡게 내려앉은 방 안의 정적은 가끔 주고받는 이야기로 깨졌지만 금방 원상태로 되돌아갔다. 술잔을 밀어놓은 김상철이 담배를 집더니 입에 물었다. 불을 붙인 담배연기를 창 쪽으로 길게 내뿜은 그가 입을 열었다.

"아내는 항상 부담을 느끼는 것 같았어, 나한테 미안해하고. 게다가 당신이 노골적으로 날 제거하려는 것을 알게 되자 여위어 가더구먼."

그는 자연스럽게 말을 내렸는데 식탁으로 시선을 내린 강미현은 정물처럼 움직이지 않았다.

"잘 알겠지만 영리하고 재치 있는 여자였지, 사랑스럽고. 좋은 남자를 만났다면 얼마든지 행복한 인생을 꾸려갈 수 있을 여자였는데."

"……."

"사회에 대한 반항심과 열등의식을 교묘하게 개척심과 용기로 위장한 비뚤어진 한 남자를 만난 것이 불행의 시작이었어. 아내의 불행은 모두 내가 원인을 제공한 거야."

"……."

"안인석이, 그놈이 아내를 속이고 결혼했다는 것을 알았을 때, 난 그때 단념했었지. 난 쫓기는 몸이었고, 그래서 욕심을 버렸어. 그런데 운명이란 뜻대로 되지 않는 모양이야. 그녀가 고려리아에 찾아왔을 때 비록 그냥 돌려보냈지만 난 아직도 그녀가 가슴속에 있다는 것을 깨달았어."

그러자 머리를 든 강미현이 그를 바라보았다가 곧 시선을 내렸다.

"이미 그때에는 당신이 내 옆에 있었고 난 야망이 있었지. 당신과 함께 고려리아를 이끌고 가겠다는."

"……."

"그동안 그녀는 이혼을 했고, 떠났어, 그러나 가슴속의 나는 남아 있었던 모양이야. 내가 찾는다는 킬러의 말에 속아 홍콩까지 제 발로 왔었으니까."

"……."

"그녀가 그놈에게 강간을 당하고 만신창이가 되어서야 구해낼 수 있었어 그날, 그녀가 그러더군. 하룻밤만 같이 있자고."

김상철이 다 타버린 담배를 재떨이에 비벼껐다. 손길이 거칠었다.

"난 결코 미화시키지도, 그렇다고 비하시키지도 않아. 난 그녀를 사랑

했어. 나름대로 최선을 다했지만, 그것이 부족하다고 생각할 만큼."

김상철이 말을 뚝 그쳤고 방 안에 한동안 정적이 덮였다. 이윽고 강미현이 입을 열었다.

"당신을 처음 만난 날이 생각나요."

"……."

"당신은 안인석을 위해서 어떤 남자를 두들겼지요. 친구 애인을 가로채갔다는 이유로."

그녀는 눈초리를 조금 높히고는 희미하게 웃었다.

"그때부터 당신을 좋아했던 것 같아요."

"……."

"내가 무시된 이유는 내가 총독의 손녀이기 때문이라는 생각이 들더군요. 당신의 열등의식이나 반항의식이 작용했기 때문이라고. 그렇게 생각하니 마음이 조금 편했어요."

"……."

"내 배신감이나 열등감은 생각이나 해봤어요?"

김상철이 그녀를 바라보았다.

"언젠가는 시간을 내어 이야기를 할 생각이었어."

"하긴 난 그걸 기다리지도 않았어요."

밤이 깊어갈수록 고려시의 야경은 더욱 휘황하게 밤하늘을 물들이고 있었다. 방 안은 조용했다. 창밖으로 시선을 준 채 그녀가 다시 입을 열었다.

"용서해 주세요. 저도 제 생각만 했어요."

"……."

"박미정 씨한테도 용서를 빌겠어요. 비록 늦었긴 하지만."

마티니를 석 잔째 마신 벤 커티스는 다시 손목시계를 내려다보았다. 밤 10시 30분이 되어가고 있었다. 3층의 바에는 관광객이 테이블 서너 개를 차지하고 있을 뿐이어서 한산했다. 관광객들은 시내의 클럽이나 카지노 등 자극이 있는 곳을 선호하는 것이다. 바 안을 둘러보던 그는 허리에 찬 핸드폰이 진동을 하자 자리에서 일어섰다. 아까부터 카운터의 러시아계 직원이 추파를 던지고 있었지만 시선을 주지도 않고는 계산을 치렀다. 바를 나온 그는 곧장 복도 끝 쪽의 엘리베이터로 다가갔다. 최고급 모피 슈바에 방한모를 비스듬히 눌러쓰고 잘 닦여진 가죽장화를 신은 그의 한 손에는 검정색 가죽가방이 들려 있었다. 누가 봐도 러시아계의 잘 나가는 사업가이다. 엘리베이터 앞에 선 그는 위쪽의 신호판을 올려다보았다. 노란색 전등이 18층에 켜져 있다가 아래쪽으로 내려오는 중이었다. 벽에 붙은 내림 단추를 누른 그는 주위를 둘러보았다. 복도 양쪽은 여행사와 비즈니스센터 등의 사무실이었지만 모두 퇴근해서 조용했고 조금 전에 나온 끝 쪽의 바만이 영업을 하고 있을 뿐이다. 신호등이 10층에서 멈춰 섰을 때 그는 가방을 엘리베이터의 중심 부분에 내려놓고는 몸을 돌렸다. 빠른 걸음으로 걸어 바의 앞쪽 모퉁이에 붙어 섰다. 몸을 돌린 그는 30미터 앞쪽의 엘리베이터를 바라보았다. 가방 안에는 크레이모어 대인지뢰가 엘리베이터 입구를 향해 놓여 있는 것이다. 슈바 주머니에 두 손을 찌르고 선 그는 발화 스위치를 쥔 손에 땀이 배어나온 것을 알 수 있었다. 엘리베이터에 김상철이 탔다는 신호가 왔지만 그 외 몇 명이 타고 있는지는 알 수 없었다. 18층과 10층에서 멈춰선 것을 보더라도 내려오는 도중에 탑승자가 더 늘어났을 것이다. 입맛을 다신 커티스는 눈에 힘을 주어 엘리베이터를 쏘아보았다. 거리 때문에 신호판의 불빛은 보이지 않았지만 이미 내림 버튼을 눌렀으니 엘리베이터는 멈출 것이고 자동적으로 문이 열린다. 그 순간에 발화 스위치만 누르면 안에 타고 있는 사람들은 몰살될 것이었다.

엘리베이터 안에는 김상철과 강미현이 뒤쪽에 나란히 서 있었고 내려오는 도중에 탄 관광객이 두 사람이었다. 그리고 앞쪽에 김봉만과 그의 부하 정금식이 서 있었는데 김봉만의 위치는 스위치가 붙여진 부분의 바로 앞이다. 엘리베이터의 신호판이 3층으로 내려가더니 뚝 멈췄으므로 김봉만은 와락 이맛살을 찌푸렸다. 그리고는 손을 내밀어 닫힘의 버튼을 누른 다음 위쪽의 논스톱운행 버튼을 눌렀다. 그러자 잠시 멈춰 섰던 엘리베이터는 곧장 하강하기 시작하더니 로비에서 멈춰섰다. 문이 열리자 60대의 서양인 둘이는 먼저 로비로 나갔다. 엘리베이터 앞쪽에 지켜 서 있는 서너 명의 부하들이 보였다. 김상철이 머리를 돌려 강미현을 바라보았다.

"그럼."

강미현이 눈으로 인사를 했다. 엘리베이터를 나온 그들은 제각기 갈라섰다. 부하들의 호위를 받은 김상철은 곧장 왼쪽의 현관문으로 다가갔고 사복 차림의 경호원에 둘러싸인 강미현은 오른쪽이다.

밤이 깊었으므로 고려시 외곽의 주택가는 가끔씩 한두 대의 차량들만 오갈 뿐 인적이 드물었다. 눈이 섞인 바람이 세차게 불고 있었다. 이런 날씨는 체감온도가 영하 40도가 훨씬 넘게 되어서 갑작스러운 추위로 인한 동사자(凍死者)가 늘어나게 된다. 자가용 번호판을 부착한 검정색 밴은 대로에서 200미터쯤 안쪽으로 들어선 곳에 멈춰섰다. 앞쪽에는 두꺼운 쇠창살로 만든 정문이 닫혀져 있었는데 차가 멈추자 양쪽으로 천천히 열렸다. 이 지역은 고려리아에 주재하는 외교관의 저택들이 많았다. 따라서 행정부로부터 할당받은 넓은 대지에 제각기 취향에 맞는 저택을 세워 놓은 것이다. 넓은 안뜰을 달려간 밴이 현관 앞에서 멈추자 차에서 두 명의 사내가 내렸다. 북한 대표부의 서일과 오만규였다. 그들은 현관 앞에서 기다리고 있던 사내의 안내를 받아 응접실로 들어섰다. 응접실에서 고려리아 주재 미국 대표부의 대표 레니 브라운이 그들을 맞이했다. 그의 옆에는 장신의 사내가 서 있었는데 서일 등은 처음 보는 얼굴이었다.

"어서 오시오, 여러분."

브라운이 서일과 오만규의 손을 잡더니 옆에 선 사내를 소개했다.

"이 사람은 국무성에서 오신 제임스 키간 씨요."

인사를 마친 그들은 마주보고 앉았다. 오늘은 미국측의 요청으로 이루어진 비밀회담이다. 벽에 걸린 시계가 밤 11시 40분을 가리키고 있었다. 브라운이 입을 열었다.

"키간 씨는 내일 아침에 한국 대표부의 이태준 씨와 망명 희망자 전원을 데리고 미국으로 떠납니다."

오만규가 힐끗 키간을 바라보았다. 망명이 허용되리라고는 생각했지만 미국 정부의 반응이 빠르다. 그가 말을 이었다.

"한국의 혁명 정부는 곧 새 대표를 임명해 보내겠지만 미국 정부와의 관계는 전 같지가 않게 될 거요."

"미국 정부도 한국의 혁명위원회를 승인했지 않습니까?"

서일이 내처 물었다.

"주한 미군이 움직이지 않은 것도 혁명군을 간접 지원한 것 아닙니까?"

"그것은 별개의 일입니다."

그렇게 말한 것은 키간이다. 그는 부드러운 목소리로 말을 이었다.

"유혈충돌을 피하려고 그랬던 것이오. 그리고 전통적인 한미관계는 변함이 없을 것이라고 믿었기 때문이오. 혁명군이 서울에 진입하자마자 사령관은 미국 대사와 미군 사령관을 만났습니다. 그는 그 자리에서 약속을 했지요."

"……."

"하지만 고려리아의 상황은 다릅니다."

그가 서일과 오만규를 번갈아 바라보았다.

"고려리아의 한국계 조직은 지금 붕괴 일보직전이오. 그것이 무엇을 의미하는지 아십니까? 한국계 조직이 무너지면 다음 순서는 당신들이오. 고려리아의 전체 한국 세력을 지배하는 건 김상철이 됩니다."

"……."

"한반도에서 남북한이 서로 균형을 갖추고 있듯이 고려리아에서도 남북한의 세력이 공존하는 것이 바람직한 일입니다."

"미국의 한반도 정책을 이 자리에서 다시 강의할 필요는 없소."

오만규가 자르듯 말했다. 그의 영어 실력은 유창했다. 이제 김상철은 총독과 다시 연합한 막강한 세력이 되어 있었다. 한국 정부가 대통령의 강력한 지원으로 고려리아에서 새로운 한국의 미래를 펼치려고 했던 것이 K공작이다. 그러나 그것이 하룻밤의 혁명으로 참담하게 부서졌다. 오만규가 서일을 돌아보았다. 고려리아의 한국 조직은 제아무리 깊고 굳게 심어놓았다고 하더라도 이미 뿌리가 들려 있는 것이다. 그리고 그들이 김상철에게 붕괴되고 흡수된 후에는 쇠를 먹어 더 커진 전설의 불가사리처럼 된 김상철이 달려 들 곳은 뻔한 것이다.

"그렇다면 미국 입장이 뭡니까?"

같은 생각인 모양으로 서일이 묻자 키간이 얼굴에 웃음을 띠웠다. 순진한 시골 아저씨처럼 보이는 인상이다.

"당분간 협력하시는 게 서로 도움이 될 겁니다. 어느 정도 기반이 굳을 때까지만 말이오."

결코 미국이 아니었다면 이렇게 양극의 세력을 연결시키지 못한다. 실로 초강국의 위력이었고 남북한은 그것에 대항할 만한 입장이 아니었다.

　이한이 이번에는 같이 가겠다고 한사코 주장하였으므로 김상철은 겨우 그를 떼어놓았다. 서울 방문의 목적은 이제 할머니가 집에서 키우고 있는 완이를 데려오는 것뿐이어서 닷새 예정이었던 것이다. 일행은 김봉만과 조선족 출신인 그의 부하 정금식에다 이번에 유모로 고용한 블라디보스토크 태생인 박 씨라는 30대 여인으로 모두 네 명이었다. 어떤 면으로 보면 금의환향이다. 혁명이 일어난 지 열흘, 한국은 빠른 속도로 원상회복이 되어가고 있었다. 대통령과 여당 대선후보, 거기에다 비서실장까지 망명을 해버린 참이라 여당은 거의 붕괴상태에 놓였지만 잡초의 뿌리 같은 자생력(自生力)으로 대선후보를 만들어 내었다. 바로 선대위 원장이었던 김종화이다. 혁명위원회에서는 입법, 사법, 행정의 어느 부분에도 혁명위원회의 이름으로 개혁을 요구하거나 하다못해 인사(人事)조치를 하지도 않았다. 그러나 공석이 되었거나 자진해서 사퇴한 몇몇 각료의 빈자리는 위원회의 추천으로 임명을 했다. 기세에 비하면 참으로 미지근한 혁명이다. 5·16군사정변 후에 범법자의 목에 죄명을 매달고 시내를 끌고 다니거나 재벌 기업과 언론인들을 안가(安家)에 끌고 갔다는 것을 알고 있는 국민들에게 이번 혁명은 싱겁기 짝이 없었을 것이다.

　김상철이 김포공항에 도착했을 때 그를 마중 나온 사내는 심재택이었다. 김상철을 향해 얼굴을 활짝 펴고 웃었지만 상처가 겨우 나은 모양으로 아직도 안색은 창백했다.

　"아니, 여기에는 왜 나오셨습니까?"

　"당연히 나와야지요."

　그는 김상철의 손을 쥐었다.

　"혁명은 성공이오. 국민들은 우리를 열렬하게 지지하고 있습니다."

심재택은 다시 국정원으로 복귀하여 제1차장이 되어 있었다. 역시 다시 복귀한 권준규 원장과 같이 한 팀을 이룬 것이다. 그들은 곧 차에 올라 올림픽대로를 달렸다. 대선이 한 달 앞으로 다가온 시기였다.

"대통령은 누가 될까요?"

김상철이 묻자 그가 얼굴에 웃음을 띠웠다.

"그야 야당후보인 이대현 씨지. 참으로 어렵게 야당 대통령이 탄생되는 겁니다."

그가 김상철을 바라보았다.

"아시오? 고려리아로의 투자이민이 줄어들고 있다는 걸 말입니다."

"알고 있습니다."

"정상적으로 생각하면 쿠데타 직후이니 이주민이 폭증해야 할 텐데 오히려 준단 말이오. 이주민 제한을 하는 것도 아닌데."

심재택은 상처에도 불구하고 활기 있어 보였다.

"국민들이 이제는 압니다. 우리가 사심이 없고 공명심도 없다는 것을. 우리 원장과 나도 새 대통령이 선출되면 사직할 작정이오."

"고려리아에 오시지요."

심재택의 얼굴에서 웃음기가 가셔졌다.

"이젠 그쪽에 전운이 감돌던데. 북한과 거기에다 한국으로부터의 K공작 여파로 말이오."

"알아내신 것 있습니까?"

그러자 심재택이 머리를 저었다.

"대통령이 신형목, 이태준과 함께 했다는 거요. 자신은 그런 공작이 있다는 것만 알았다는데, 완강합니다, 이근복이는."

현관으로 들어서는 김상철을 보자 이연희 여사는 우선 울음부터 터뜨렸다. 온갖 감정이 뒤섞여진 울음이다. 자신의 가슴에 매달려 서럽게 우는 장모를 안은 김상철의 눈시울도 붉어졌다. 박남호 씨가 이 여사를 떼어 놓고는 김상철을 응접실로 데려 갔다.

"그래, 이젠 한국의 일도 잘 풀렸다니 다행이야."

인사를 마치자 박남호 씨가 말했다. 박미정의 장례식은 성대했지만 김상철이 한국에서 갇혀 오지도 못했다는 것을 그는 잘 알고 있는 것이다. 얼굴을 닦은 이 여사가 들어왔으므로 김상철은 일어나 정식으로 인사를 했다.

"완이가 자넬 꼭 닮았어."

목에 메인 이 여사가 잠시 말을 멈췄다가 말했다.

"이젠 무럭무럭 자라. 탈도 없고, 순해."

세상에 나온 지는 넉 달이지만 정상아라면 이제 겨우 두 달이 지났을 뿐이다. 머리를 든 김상철이 입을 열었다가 목이 메어서는 침만 삼켰다.

"방에서 자고 있는데, 볼 텐가?"

"아닙니다. 나중에 보지요."

출발하기 전에 미리 전화연락은 했지만 완이를 데려간다고는 하지 않았다. 않았다는 것보다 못했다고 해야 정확한 표현이다. 그때는 박남호 씨가 전화를 받는데 서울에 온다는 말을 듣자 뛸 듯이 기뻐하는 바람에 기회를 놓친 것이다. 이제 진정이 되었는지 이 여사가 그를 바라보았다.

"저녁 안 먹었지? 저녁 차릴까?"

김상철은 마음을 정했다.

"예, 주십시오."

그들만 부담스럽게 생각하지 않는다면 하룻밤 묵을 작정을 한 것이다. 그리고 밤새도록 이야기를 해도 좋았다. 박미정의 동생 박진수가 아직도 정신을 못 차리고 있다면 호되게 꾸짖어 줄 것이다. 서두르며 이 여사가 응접실을 나서자 박남호 씨가 그를 바라보았다.

"자네 이야기는 신문에 여러 번 났어. 자넨 젊은 애들의 영웅이 되어 있어. 진수란 놈도 자넬 자랑스럽게 생각하고 있더구먼."

"운이 좋았을 뿐이지요. 그런데 진수는 뭘 합니까?"

"대학 졸업한지 1년이 되었는데 직장생활은 못하겠다면서 사업한다고 돌아다녀."

"저한테 보내시지요. 제가 맡겠습니다."

그러자 박남호 씨가 눈을 크게 떴다.

"정말인가? 자네가 사람 좀 되게 해줄 텐가?"

"당연한 일 아닙니까?"

화색을 띤 박남호 씨의 얼굴에서 시선을 돌린 김상철은 가늘게 숨을 뱉었다. 박미정에 대한 그리움이 쏟아지듯 밀려왔던 것이다.

다음 날 오전, 김상철이 김봉만과 함께 논현동의 2층 벽돌집으로 들어섰다. 잘 가꿔진 정원도 있는 이 주택은 기무사가 사용하고 있는 안가(安家)이다. 사내의 안내를 받은 그들이 현관으로 들어서자 30대의 건장한 사내가 절도 있게 인사를 했다.

"이쪽으로 오시지요."

현관 옆쪽에는 아래로 내려가는 계단이 있다. 앞장선 사내는 계단을 내려가더니 좁은 복도 옆의 한쪽 방을 열었다. 5평쯤 되는 방에는 벽 쪽에 침대가 붙여져 있고 침대 끝의 플라스틱 의자에 사내 한 명이 앉아 있다가 머리를 들었다. 안인석이다. 그는 놀란 듯 커다랗게 눈을 치켜뜨고는 엉거주춤 자리에서 일어섰다. 햇빛을 보지 못한 때문에 얼굴은 창백했지만 옷차림이 깨끗했고 머리도 단정하게 빗어 넘긴 모습이었다. 김상철이 방에 들어서자 사내와 김봉만은 밖에서 문을 닫았으므로 방에는 그들 둘뿐이다.

그는 안인석의 앞쪽에 놓인 의자로 다가가 앉았다. 방음장치가 되어 있는지 바깥 소음이 전혀 들리지 않는 방이었다. 김상철의 시선을 받은 안인석이 머리를 숙였다. 다시 굴종(屈從)의 자세를 보이는 것이다. 그리고 뒤돌아서서는 부담 없이 배신을 한다.

"내 손으로 널 죽이려고 지금까지 이곳에 잡아둔 거야."

낮은 목소리로 그가 말을 이었다.

"그렇게 해도 한은 풀리지 않겠지만 제사를 지내는 의미는 될 것이다."

안인석이 머리를 들었다.

"살려 줘, 한국을 떠날 테니까."

그의 눈에는 눈물이 가득 담겨져 있었다.

"변명하지는 않겠어. 내가 알고도 방조했다는 것도 인정한다. 하지만……."

"너는 네 손으로는 아무 일도 못해. 평생 다른 놈의 그늘에서 일을 벌이고 도망쳐 다닐 것이다."

자리에서 일어선 김상철이 그를 내려다보았다.

"널 본다고 온 것도 부질없는 것이었다. 쓰레기 치우듯이 진즉 없애고 잊었어야 했는데."

"네 눈앞에서 떠나겠어, 다시는 나타나지 않을 거야."

한동안 그를 바라보던 김상철이 머리를 끄덕였다.

"그럼 잘 가거라."

"날 내보내 줄 거냐?"

"나가게 해주지."

몸을 솟구쳐 일어선 안인석이 그의 소맷자락을 잡았다. 두 뺨으로 눈물이 흘러내리고 있었다.

"고맙다. 나는 결코……."

소매를 뿌리친 김상철이 문으로 다가가 문을 열었다. 문 앞에 서있던 김봉만이 그를 바라보았다.

"상철아, 정말 고맙다."

방 가운데에 서서 울먹이며 말하던 안인석은 문 앞에 섰던 사내가 김상철과 엇갈리며 들어서는 것을 보았다. 그리고 그의 손에 소음기가 끼워진 긴 권총을 보는 순간 입을 딱 벌렸다.

그 다음 순간 총구에서 흰 섬광이 튀었고 이마 한복판에 구멍이 뚫린 안인석은 반듯이 뒤로 넘어졌다.

"담배 한 대만 주겠나?"

편한 자세로 소파에 기대앉은 이근복이 앞쪽의 사내를 바라보았다. 담뱃갑을 받아 쥔 그는 쓴웃음을 지었다.

"혁명위원회가 제법 언론매체를 잘 이용하는군. 언론인들하고 손발이 맞아."

소파 앞자리에 앉은 사내가 펼쳐들었던 신문을 접어 탁자 위에 내려놓았다. 그도 기무사의 수사관으로 이근복을 집 앞에서 납치해 온 사람 중의 하나였다.

"여보, 국민들이 진실을 보고 듣게 되니까 혁명위원회에 호응하는 거요. 당신들하고는 질(質)이 다릅니다."

"글쎄, 그럴까?"

이근복이 담배 연기를 앞쪽으로 길게 내뿜었다.

"성즉 군왕이요, 패즉 역적이라고 했어. 권력을 잡으면 추종자가 따르기 마련이지. 패하면 역적으로 매도하고."

그는 이미 검찰에 넘겨져서 남북 간의 비밀합의와 대선음모에 대한 조사를 마친 상태였다. 그러던 중 갑자기 혁명위원회 소속의 군인들에게 끌려 오늘 오후에 이곳으로 옮겨 졌던 것이다. 그가 앞쪽의 사내를 바라보았다.

"도대체 날 이곳으로 끌고 온 이유는 뭐야?"

사내는 30대 중반쯤으로 보였는데 다부진 인상이었다. 그가 소파에 등을 기대더니 부드럽게 말했다.

"조금만 기다리시오. 마음을 가라앉히고."

"내가 불안하게 보이나?"

"당신 같은 사람을 수없이 겪었어. 당신은 지금 겁이 나서 오줌을 쌀 지경이야."

입맛을 다신 이근복은 말을 잇지 않았다. 집안은 조용했다. 이곳은 방배동의 고급 주택가였는데 찻길과도 꽤 떨어져 있어서 차량의 소음도 들려오지 않았다. 현관문이 덜컹이며 열렸으므로 그들은 동시에 머리를 돌렸다. 네 명의 사내가 한꺼번에 들어서고 있어서 집안은 갑자기 어수선해졌다. 앞쪽의 사내가 벌떡 일어서더니 그들을 맞이했으나 이근복은 움직이지 않았다. 앞장선 사내는 심재택이었던 것이다.

"그럴 줄 알았어. 언젠가는 네가 나타날 줄 알았다."

이근복이 입으로는 웃음을 띠웠으나 눈매는 날카롭게 세워져 있었다.

"듣자하니 제1차장이 되었다더군."

"네가 3차장에서 단숨에 원장 진급을 한 것보다 떳떳한 승진이다."

때려붙이듯이 심재택이 말하자 이근복의 기세가 주춤 꺾였다. 심재택은 그의 앞자리에 앉았다. 그의 옆자리에 따라 앉는 것은 김상철이다.

"네 놈이 짐작하고 있었겠지만 고려리아의 K공작을 알아내야겠어."

심재택이 김상철을 눈으로 가리켰다.

"정신이 없어서 누군지 기억나지 않는 모양인데 이 분이 고려리아의 김상철 씨다."

이근복이 눈을 껌벅이며 김상철을 바라보았다.

"사진보다 낫군, 실물이."

"허세부리지 마라. 난 너를 이 분한테 인계해 주려고 왔을 뿐이니까."

"허, 그럼 김상철이 사법 기관원이라도 된단 말이냐?"

김상철이 얼굴에 웃음을 띠웠으나 입을 열지는 않았다. 혀를 서너 번 두드린 심재택이 자리에서 일어섰다.

"네가 무너지는 꼴을 보기 민망해서 난 이만 간다."

쏟아지듯 들어왔을 때처럼 심재택이 응접실에 있던 수사관까지를 데리고 밖으로 나가자 집안에 남아있는 사람은 이근복과 김상철, 그리고 소파 뒤에 서 있는 사내 등 세 명이다. 김상철이 이근복을 바라보았다.

"K공작의 목적은 이미 압니다. 그 조직원과 활동내역을 말해 주시지요."

부드럽게 말하자 이근복이 쓴웃음을 지었다.

"글쎄, 자꾸 그걸 물어보는데 나는 금시초문이오. 그런 공작이 있다는 것이."

"대통령 이하 청와대 간부진이 기획했지만 실무집행은 원장님이 하셨다던데."

"둘러댄 소리겠지."

김상철이 머리를 끄덕였다.

"난 꼭 알고 가야 합니다."

"유감이오, 김 선생."

"원장님 아들을 지금 제 부하가 잡아놓고 있는데 때려죽이지요. 애비 잘못 만난 죄밖에 없으니 고통 없이 단숨에 죽이도록 하겠습니다."

"……."

"꾸물댈 시간이 없어요. K공작은 모르고 계시지요?"

"이것 보시오, 당신은 지금."

이근복이 상체를 기울이며 마악 말을 이은 순간이다. 앉아 있던 자세 그대로 발을 들어올린 김상철의 발끝이 그의 턱을 찼다. 소파에 머리를 부딪치며 쓰러진 이근복의 귀에 김상철의 목소리가 들렸다.

"네 자식 다음에는 너다, 이 자식아. 이제는 네가 세상에 태어난 것을 원망하게 될 것이다."

총독의 기상시간은 언제나 아침 6시 정각이다. 수십 년 동안의 습관으로 6시에 일어나 간단한 맨손체조를 하고 냉수마찰을 한 다음 7시에는 조반을 먹는다. 된장국과 몇 개의 밑반찬으로 오늘도 밥 한 공기를 깨끗이 비운 총독은 응접실로 들어가 신문을 펼쳤다. 정각 8시에 헬기를 타고 행정청으로 출발하므로 그에게 이 3, 40분 동안은 맑은 머리로 신문을 읽고 주요사항을 메모하는 귀중한 시간이었다. 한국에서 팩스로 보내온 10여 개의 조간신문을 훑어보던 총독은 문이 열리는 기척에 머리를 들었다. 관저 경비실장이 들어서고 있었다.

"무슨 일이야?"

"각하, 죄송합니다만 각하께선 오늘부터 이곳에 계셔야겠습니다."

총독이 들고 있던 신문을 내려놓았다.

"그건 무슨 말이야?"

"각하께선 체포되셨습니다."

입을 반쯤 벌린 얼굴로 총독이 그를 바라보았다.

"누구한테 말이냐?"

경비실장이 입술 끝으로 웃었다.

"제가 체포했습니다."

"……."

"총독 관저의 경비병은 모두 제가 장악하고 있습니다. 쓸데없는 짓은 안 하시는 것이 이로울 겁니다."

"너 이놈!"

자리에서 일어선 총독이 손끝으로 그를 가리켰다.

"이놈이 정신이 나갔구나, 여기가 어딘 줄 알고."

"정신이 멀쩡해서 이것을 한 거요. 조용히 앉으시오!"

눈을 치켜뜬 그가 이제는 사납게 소리쳤다. 경비실장은 서울 출신으로 전직 청와대 경호실의 간부였다. 멍한 표정으로 서 있는 총독을 향해 그가 다시 소리쳤다.

"고려리아의 정권도 우리가 접수한단 말이오. 이제 상황을 알겠소?"

그 시간에 행정청장 이남호는 고려시 외곽에 있는 청장 관사의 현관에서 마악 차에 오르고 있었다. 아침 7시 40분이었다. 청장 관사는 1만 평이 넘는 대지 위에 세워진 3층 대리석 저택으로 별관에는 1개 소대의 경호원이 주야로 경비를 한다. 그가 차에 오르자 앞뒤에 경호차를 붙인 청장의 검정색 롤스로이스는 천천히 현관을 떠났다. 3대의 차량은 정문을 나서자 곧 속력을 내었다. 청장 저택으로 뻗은 1차선 전용도로를 순식간에 주파한 차량 행렬이 낮은 구릉을 돌았다. 그러자 앞쪽에 가로로 뻗친 국도에 순찰차 네 대가 나란히 세워져 있는 것이 보였다. 여느 때와 같은 장면이다. 이곳에서 기다리던 경비대의 순찰차가 앞뒤에서 다시 호위하는 것이다. 선도차는 국도에 가까워지자 속력을 줄였다. 순찰차 한 대가 전용도로를 가로막고 있었는데 앞장설 모양이었다. 그러나 얼른 움직이지 않았으므로 선도차의 운전사는 이맛살을 찌푸렸다. 제까짓 소형차가 거리를 맞춘답시고 기다리고 있는 모양이지만 이쪽은 마력이 두 배나 되는 대형차이다. 거리가 얼마든지 떨어져 있더라도 금방 따라잡을 수 있는 것이다. 10미터쯤의 거리로 다가갔는데도 순찰차가 움직이지 않았으므로 운전사는 짧게 경적을 울렸다. 그 순간이다. 엄청난 폭음이 들렸으므로 차 안에 타고 있던 경호원들은 번쩍 머리를 들었다. 그리고 무의식 중이었지만 일제히 뒤 쪽을 바라보았다. 불덩이가 된 차 한 대가 마악 길가로 쑤셔 박히는 중이었다. 차체 파편이 요란한 소리를 내며 그들의 차량 위로 떨어져 내렸다. 끝에 오던 경호차가 폭발한 것이다. 그 다음 순간 그들은 폭음과 함께 자신들의 몸이 번쩍 들리는 것을 느꼈다. 이쪽도 폭발한 것이다. 순식간에 앞뒤의 경호차가 연쇄폭발하자 청장 전용차의 운전사는 브레이크를 힘껏 밟았다. 차는 불길을 내뿜는 앞 차의 차체를 들이받으면서 겨우 멈췄다.

"뚫고 나가!"

운전석 옆자리에 탄 경호책임자는 이미 권총을 빼들고 있었다. 그러나 앞뒤로 폭파된 경호 차량에 막혀 있는 상황이다. 그 순간 뒷좌석에 앉은 이남호는 옆쪽으로 경비대원들이 다가오는 것을 보았다. 모두 앞쪽으로 총을 겨눈 자세였다. 그가 억눌린 신음소리를 뱉었을 때 경비대원들이 쥔 소총이 발사되었다. 앞좌석의 운전사와 경호책임자가 지근거리에서 발사된 총탄을 맞고 겹쳐 쓰러지자 곧 뒤쪽의 문이 열렸다.

"자, 청장님. 가실까요?"

경비대 장교 복장의 사내가 이남호를 내려다보았다. 처음 보는 얼굴이었으나 이남호는 선뜻 말이 떨어지지 않았다.

"다친 사람은 없어?"

장동택이 묻자 오철진이 머리를 끄덕였다.

"다친 놈은 꼭 데려가지 않습니까? 죽은 놈만 남겨두고 말입니다."

"이번에는 김상철의 부하들이라니 북한측의 보복이군."

입맛을 다신 장동택이 시계를 내려다보았다. 오전 7시 55분이었다. 새벽부터 사건이 발생하는 바람에 아침도 걸렀지만 자신을 데리러 온 오철진도 마찬가지일 것이다.

"이놈들이 김상철이 한국에 가 있는 기회를 기다린 것 아닐까?"

"글쎄요."

오철진이 머리를 한쪽으로 기울였다. 승용차는 고려시의 외곽지역으로 들어서고 있었다. 가끔씩 큰 사건이 터지는 우범지역이다. 차가 변두리의 허름한 창고 앞에서 멈춰 서자 그들은 차에서 내렸다. 몇 달 전까지만 해도 불법 이주민의 주거지역이었는데 이번에 아파트를 지으려고 모두 철거시킨 황량한 지역이다. 장동택이 주위를 둘러보았다. 인적이 없었고 신고가 되었으면 순찰차나 경찰이 있어야 할 텐데 그들도 없다.

"어디야?"

장동택이 오철진을 바라보았다.

"현장이 어디야?"

"장 형, 미안해."

갑작스런 오철진의 말투에 그가 이맛살을 찌푸렸다.

"이봐, 어떻게 된 거야?"

그렇게 묻던 장동택은 인기척에 머리를 돌렸다. 어느새 건물에서 나온 7, 8명의 사내들이 순식간에 그들을 둘러쌌다. 모두 동양인이고 두상을 보면 한국인이다.

"솔직히 장 형은 해치고 싶지 않아. 이 사람들하고 얼마 동안만 같이 있어 주면 내가 책임지고 **빼내** 주겠어."

오철진이 그에게로 한 걸음 다가가 섰다.

"이제 짐작이 가지? 내가 K공작의 핵심이야. 행동책이지."

"이 새끼."

눈을 부릅뜬 장동택이 말을 잇기도 전에 사내 두 명이 그의 양쪽 팔을 쥐었다. 대단한 완력이다.

"이 놈들은 누구냐? 네가 서울에서 데려온 놈들이냐?"

"그쪽도 몇 명 있고."

얼굴에 웃음을 띠운 오철진이 사내들을 둘러보았다.

"평양 사람들도 몇 명 있지."

"널 잡으면 살려두지 않을 거다. 지금 날 없애는 게 나을 거야."

"그런 기대는 말어."

시계를 내려다본 오철진이 몸을 돌렸다.

"지금쯤이면 상황이 끝났을 테니까. 고려리아의 총독은 물론이고 청장과 경비 본부장, 거기에다 대부분의 핵심 간부는 모두 체포되었거나 제거되었어."

"이 개새끼, 도대체 무슨 이유로."

"너하고 비슷한 이유지, 나도."

차의 문고리를 잡은 오철진이 머리만을 돌려 그를 바라보았다.

"권력욕이다. 난 정직한 사람이라고."

아침 9시, 고려타운의 총보스 변순태는 시계수선공 출신답게 정각에 타운의 서부경비서로 들어섰다. 세 대의 검정색 벤츠로 위용을 갖춘 대열이었으므로 변순태의 행차를 알아본 경비서의 초병이 부동자세를 취했다. 현관 앞에서 차를 내린 변순태는 세 명의 부하를 뒤에 거느리고 곧장 2층의 서장실로 향했다. 이준기 서장과는 여러 차례 만난 적이 있었는데 서로 호의적이었다. 그가 아침에 만나자는 연락을 해온 것은 불법 이주민 고용에 대한 문제 때문이었다. 중국계와 러시아계 불법 이주민이 나날이 증가추세에 있는 것이다. 대기실에 부하들을 남겨둔 변순태는 경비대원의 안내를 받고 서장실에 들어섰다. 테이블에 앉아 있던 서장이 엉거주춤 자리에서 일어섰는데 안색이 좋지 않았다. 경비대 간부 복장의 두 사내가 소파에서 따라 일어서고 있었다.

"어서 오십시오."

소파의 사내 하나가 변순태에게 인사를 했다. 30대 중반쯤으로 서장 계급장을 붙이고 있었다.

"바쁘시지요?"

이준기 대신으로 그가 주인 노릇을 한다.

"예, 조금."

변순태가 힐끗 테이블에 서 있는 이준기를 바라보았다.

"앉으십시오."

사내가 권하는 대로 변순태는 자리에 앉았다. 분위기가 꺼림칙했으므로 그는 어깨를 폈다.

"무슨 일입니까?"

머리를 든 그는 사내 뒤쪽의 이준기에게 물었다. 이준기는 아예 소파로 다가오려고도 하지 않는다. 그러자 사내가 다시 나섰다.

"변 사장님, 우리하고 같이 가주셔야겠습니다만."

이제 사내의 얼굴이 딱딱하게 굳어져 있다.

"본부에서 조사할 것이 있습니다."

변순태가 쓴웃음을 지었다.

"허, 이런."

"반항하면 사살할 거요."

어느새 다른 사내의 손에 소음기를 낀 권총이 들려져 있었다. 총구가 똑바로 변순태의 가슴을 겨누고 있다.

"야, 이 새끼야. 너, 전쟁 일어나는 걸 보고 싶어?"

눈을 부릅뜬 변순태가 사내를 노려보았다.

"너, 누구 명령으로 이 따위 짓을 하는 거야?"

그 순간 문이 열리더니 서너 명의 사복 차림이 쏟아져 들어왔다.

"묶어라, 이곳에서 피 볼 수는 없으니까."

사내가 말하자 사복 차림들이 변순태를 덮쳤다. 변순태가 튕기듯 일어나 한두 명을 쳤으나 이미 역부족이다.

"서장! 너 어쩌려고 이래!"

온몸을 잡힌 변순태가 악을 쓰자 이준기가 어금니를 물었다. 그리고는 시선을 돌렸으므로 변순태의 힘이 빠졌다.

"다른 놈들 어떻게 했어?"

지휘자 격인 서장 계급장을 붙이고 있는 사내의 말소리가 들렸다.

"예, 대기실에 있는 놈들은 모두 잡았습니다. 현관 앞의 주차장에 있는 놈들도 아마 지금쯤 다 잡았을 겁니다."

두 팔이 묶이고 테이프가 입에 붙여지는 중에 변순태가 겨우 들은 말이었다.

화장실에서 소변을 보던 하덕수는 안으로 들어서는 두 사내를 보았다. 하바롭스크의 날리던 소매치기 출신으로 형무소를 제집 드나들 듯하던 하덕수이다. 돈 넣고 있는 놈은 거지꼴을 하고 있어도 알고 얼굴만 보아도 그놈이 무슨 꿍꿍이를 갖고 있는지도 알 수 있는 것이다. 두 사내는 제각기 하덕수의 좌우로 갈라져 왔는데 화장실로 들어선 순간 선뜻 스치는 눈길로 알 수 있었다. 잡으려는 것이다. 하덕수는 바지 지퍼를 올리면서 혁대 쪽으로 올라간 손끝으로 혁대 사이에 찔러 넣은 단도 손잡이를 쥐었다. 그리고 그 순간 소변구 앞에 서서 아랫도리에 손만 대고 있던 사내들이 일제히 손을 뻗쳐 하덕수의 양쪽 팔을 쥐었다. 아니 손을 대었다는 표현이 맞을 것이다. 사내들이 자신의 슈바 소매를 잡은 순간 몸을 비튼 하덕수는 단도를 비스듬히 날려 오른쪽 사내의 목을 그었다. 그리고는 와락 그에게 부딪치면서 뒤쪽으로 단도를 휘둘렀다.

"악!"

눈을 베인 사내가 커다랗게 고함을 쳤고 목을 베인 사내는 한걸음 물러선 채 두 손으로 목을 움켜쥐었다. 피가 분수처럼 솟아나오고 있다. 재빨리 슈바를 벗어던진 하덕수는 화장실의 문을 열었다. 그러자 앞쪽의 주차장이 보였다. 십여 명의 사내들에게 둘러싸인 그의 동료들은 마악 무릎을 꿇리고 있는 중이었다. 땅바닥에 넘어져 있는 동료도 보였다. 하덕수는 다시 문을 닫고는 화장실 안을 둘러보았다. 소변기 위쪽으로 환풍창 한 개가 굳게 닫혀져 있었다. 한걸음에 달려간 하덕수가 단도 손잡이로 유리창을 찍어 깨고는 손을 긁히며 밖으로 떨어져 나온 것은 채 10초도 걸리지 않았다. 밖은 바로 경비소의 담장이었다. 그는 다시 몸을 날려 담장을 뛰어넘었다. 모두 소매치기 시절에 단련된 솜씨였고 소년원을 탈출할 때보다 쉬웠다.

경비 본부장이 부른다고 해서 냉큼 달려갈 이한이 아니다. 그렇다고 이대각을 얕잡아 보는 것도 아니었고 다만 그의 성격이 매사에 울끈불끈, 티격태격이어서 나를 제 부하로 생각하는 모양이라는 등 하필이면 형님이 없을 때 부른다는 등 한바탕 부하들 앞에서 위세를 보인 다음 안달을 하는 부하들에 못이기는 척 차에 올랐던 것이다. 이대각이 부르는 이유는 북한 대량 이주민에 대비하여 상의할 것이 있다는 것이었다. 아닌 게 아니라 30만 이주민이 쏟아져 들어오면 북한세가 급신장할 것은 뻔한 일이어서 이쪽도 숙고하고 있는 터였다. 이한과 부하들의 자동차 행렬이 경비본부의 정문에 들어선 시간은 9시 10분이다. 약속보다 10분이 늦은 것이다. 주차장에 벤츠 다섯 대가 일렬로 들어서자 사람들의 시선이 모두 모아졌다. 이한의 옆자리에 탄 사내는 김동남으로 한국의 대구 출신이다. 차가 마악 멈춰 섰을 때 무선전화기가 울렸으므로 그는 스위치를 켰다.

"여보시오."

"습격이오, 형님!"

고함치는 듯한 목소리에 그는 움찔 놀라고는 무의식중에 손을 뻗어 마악 내리려는 이한의 소맷자락을 잡았다.

"너, 누고?"

"변 사장의 경호원 하덕수올시다! 나 혼자만 경비서에 끌려갔다가 도망쳐 나온 길이오!"

"뭐라꼬?"

"변 사장도 모두 잡혔소! 함정에 빠진 겁니다!"

김동남이 더욱 단단히 이한의 소매를 움켜쥐었다.

"어느 경비서야?"

"타운의 서부경비서요! 상의할 것이 있다고 사장님이 갔다가 모두 잡혔소!"

수화기를 든 채 김동남이 이한을 바라보았다.

"사장님, 변 사장이 함정에 빠졌답니다."

이한이 수화기를 넘겨받았다. 이미 경호원이 탄 네 대의 차량은 나란히 주차되어 있었고 차 밖으로 부하들이 내려와 있다. 주차장과 현관과의 거리는 50미터 정도였고 현관 앞에는 10여 명의 사복 차림들이 이쪽을 힐끗거리는 중이었다. 이윽고 이한이 전화기를 내려놓았다. 본래 흰 창이 많은 눈에 더욱 흰 창이 크게 드러나 있었다.

"아침에 전화는 누가 받았지?"

"예, 제가."

"본부장이 직접 전화했더냐?"

"아닙니다, 수사 3과장이. 제가 그 사람 목소리는 잘 압니다."

이한이 천천히 머리를 끄덕였다.

경비본부의 현관 앞에 서 있던 유찬섭은 갑자기 경호원들이 일제히 차 안으로 들어가는 것을 보았다.

"이런!"

저도 모르게 소리친 그는 쥐고 있던 무전기를 입에 대었다.

"정문, 막아라!"

정문에 10여 명의 병력을 대기시켜 놓았던 것이다. 벤츠는 주차장을 빠져 나가고 있었다. 모두 검정색인 5대의 벤츠가 속력을 내어 달려오자 정문의 경비병은 우선 손을 흔들어 막았다가 일제히 좌우로 비켜났다.

"타타타탕!"

경비병측이 먼저 발포를 하자 두 번째 벤츠의 유리창이 열리더니 총구가 튀어나왔다. 다시 요란한 총성이 울렸고 벤츠 5대는 무서운 속력으로 정문을 돌파하여 사라졌다.

"놓쳤다!"

그가 소리쳤을 때 무전기가 울렸다. 스위치를 켜자 오철진의 소리가 커다랗게 울렸다.

"쫓아라! 놈이 가는 곳마다 경비대를 풀어놓을 테니 걱정할 것 없다."

그는 위층의 창에서 바라보고 있었던 모양이었다.

"행정청과 경비 본부는 이미 장악되었습니다."

고려리아 미국 대표부의 레니 브라운이 말하자 유리 하마노프는 잠자코 머리를 끄덕였다. 오전 10시 30분이었으니 고려리아의 정변은 네 시간도 안 되어서 끝난 것이다. 브라운이 웃음 띤 얼굴로 커피 잔을 들었다.

"하마노프 씨, 우습지 않소? 한국에서 쿠데타로 밀려난 세력이 고려리아에서 쿠데타를 성공시켰다는 것이 말이오."

"난 우습지 않소, 브라운 씨."

하마노프가 말 그대로 정색을 했다.

"배후에 당신네가 있다는 걸 알고 있는데 어떻게 웃음이 나온단 말이오? 한국의 쿠데타가 성공한 것은 미국이 방관하고 있었기 때문이고 이곳은 적극적으로 나서서 성공을 시켰지."

그러자 브라운이 쓴웃음을 지었다. 하마노프는 고려리아 주재 러시아 대표였다. 브라운은 지금 러시아 대표부에 와 있는 것이다.

"이봐요, 하마노프 씨. 이 일은 백악관과 크렘린이 결정한 문제요. 미국의 독자적인 행동이 아닙니다."

"미국이 제의를 했지 않습니까? 크렘린은 동의했을 것이고."

하마노프는 여전히 언짢은 기색이었다. 미국 대표인 레니 브라운이 미국 정부와 긴밀한 협의 하에 작전을 주도한 반면 그는 크렘린으로부터 단순히 미국과 협조하라는 지시만 받았을 뿐이다.

정색을 한 브라운이 탁자 위로 상체를 숙였다.

"하마노프 씨, 앞으로 러시아는 고려리아 세금 수입의 10%를 갖게 될 겁니다."

"……."

"엄청난 금액이지요. 고려리아의 행정부는 곧 러시아 정부와의 합의서에 서명하게 될 것이오."

"총독과 청장은 어떻게 됩니까?"

마지못한 기색이었으나 어쩔 수 없다는 듯 하마노프가 물었다.

"총독은 명칭만 붙여 줄 뿐 모든 일을 행정청에서 수행할 거요. 행정청장에는 홍석규, 경비 본부장에 오철진이 임명됩니다."

"……."

"물론 우리 미국과 러시아, 중국과 일본의 사강(四强) 대표부가 행정청의 자문관 역할을 하게 될 것이오. 이미 중국과 일본 정부와도 합의가 되었습니다."

"그렇군."

"고려리아의 발전이 러시아의 지역경제에 지대한 성장 효과를 주었지만 이 상황으로 나간다면 러시아도 조정하기가 힘들어집니다. 크렘린도 그 점에 동의했어요."

미국은 말할 것도 없고 중국과 일본도 그렇다. 동북아에 강대한 한민족의 국가가 형성되어 간다는 것은 그들 모두에게 위협이다. 커피가 식었으므로 브라운은 담배를 꺼내어 입에 물었다.

"한국 정부의 K작전은 미국 정부의 지원을 받고 있었습니다. 행정청과 경비본부, 민간단체의 이르기까지 침투시켜 놓았지요. 우리는 크렘린과의 합의를 기다리고 있었던 겁니다."

"이번에 북한측의 조직원이 많이 가담한 것으로 알고 있는데, 그들과도 합의를 한 겁니까?"

하마노프가 묻자 브라운이 맛있다는 듯 길게 담배연기를 내뿜었다.

"우리 사강(四强)이 배후조종을 하게 되겠지만 고려리아의 한인세력이 한국 쪽으로 치우치면 안 됩니다. 이곳도 남북의 균형이 잡혀야 한반도처럼 안정이 돼요. 그래서 북한측과도 합의를 했지요. 거사를 도우면 이주민 100만을 받게 하겠다고. 평양 정부는 두말 않고 합의 했습니다."

머리를 끄덕인 하마노프가 쓴웃음을 지었다.

"하긴 그렇지. 그렇지만 이번에 들어선 한국의 혁명 정부는 자주성이 강한 모양이던데."

"북한에 대한 입장이 강해질지는 몰라도 우리한테는 아니오. 그리고 전(前) 정권은 위험했습니다. 국력이 10배 이상 강하면서도 북한에 덜미를 잡히고 있었어요. 북한에 흡수될 가능성도 있었습니다."

그는 재떨이에 담배를 비벼 껐다.

"한국 대통령은 퇴임 후에 고려리아를 지배할 생각이었지요. 꿈이 컸습니다."

"그럼 그 사람이 미국에서 돌아옵니까?"

그러자 눈을 껌벅이며 하마노프를 바라보던 브라운이 천천히 머리를 저었다.

"잘 아시면서. 아마 워싱턴 근처에서 낚시나 즐기게 될 겁니다."

미국 대표부로 돌아가던 브라운은 수화기를 들었다. 곧 키간의 응답소리가 들렸다.

"키간, 이태준은 출발시켰소?"

"그렇소. 그 사람 안 가려고 버티더군. 고려리아의 공작이 성공했으니 남겠다는 거요."

키간이 목구멍을 울리며 웃었다.

"제 계획대로라면 고려리아의 행정청장이 제 몫이겠지. 순진한 사람이오, 그 사람."

고려리아는 총독의 일인 집정체제나 마찬가지여서 총독의 지시는 곧 법이었다. 행정청과 경비대를 청장과 본부장이 맡았지만 그들은 총독의 말 한마디에 경질이 된다. 또한 입법기관으로 국민회의가 있었으나 법을 제정할 기능이 없고 행정청의 자문기관 역할만 했다.

따라서 총독의 권위는 전제군주 이상이었다. 이런 상황에서 총독과 행정청장, 경비 본부장의 3인이 핵심 간부들과 함께 체포되자 정권이 전복된 것은 당연한 일이었다. 역설적으로 삼권분립이 잘 되어 있는 국가일수록 무력에 의한 정권탈취가 어려운 법이다. 더구나 정부 전복세력의 배후에 미국과 러시아, 중국과 일본의 4강 세력이 지원하고 있다는 것이 확인되자 정부와 민간을 막론하고 반발세력은 딱 하나밖에 남지 않았다.

김상철의 조직이다. 그러나 경비대를 완전히 장악한 오철진은 병력을 동원하여 시내 곳곳에서 비상경계 태세를 갖추고 있었다. 경비대와 행정청에 침투해 있는 한국 세력은 그들의 상상 이상이었다. 고려리아의 행정조직을 급격히 늘리는 사이에 실무부서의 거의 반수 이상을 장악하고 있었던 것이다. 정변 이틀째 되는 날 고려리아 행정부는 행정청장에 홍석규, 경비 본부장에 오철진을 임명했다. 모두 총독의 결재가 난 인사였다.

고려시에서 북쪽으로 200킬로미터쯤 떨어진 톤츠크 마을의 조그만 클럽 안이다. 저녁 무렵이었다. 근처의 광산에서 일하는 중국계 노동자들로 가득 찬 홀 안은 떠들썩했다. 홀의 구석자리에 앉은 이한이 김동남을 바라보았다. 그는 방금 고려시에서 도착한 참이다.

"그레고리까지 당했단 말이냐?"

이한의 얼굴은 흉하게 일그러져 있었다.

"예. 페로프하고 같이 있다가 경비대의 습격을 받았습니다."

홀 안의 소음이 컸으므로 김동남이 상반신을 탁자 위로 숙였다.

"부하들이 5명 죽고 경비대도 7, 8명 죽었습니다. 그레고리 사장님과 페로프는 같이 경비대에 끌려갔는데……."

그는 힐끗 이한의 눈치를 보았다.

"페로프는 곧 풀려나왔습니다."

"그놈이 배신했단 말인가?"

"페로프도 저항을 하다 팔에 총을 맞았습니다. 하지만 내용은 알 수가 없습니다."

전멸이다. 어제 아침 7시에 경비대는 일제히 행동을 개시하여 최고 간부급 11명 중 8명을 체포했던 것이다. 그중 3명이 저항을 하다 사살되었고 변순태를 위시한 5명이 구속되었다. 남은 셋 중 그레고리가 오후에 잡혔으니 이젠 행방을 감춘 양성훈과 자신 등 둘만 남았다. 거기에다 200여 개 사업장의 지배인이 대부분 체포된 데다가 전체 조직과 기업을 관리했던 고려시의 본부빌딩이 경비대에 접수되어 간부들 대부분이 구속되었다. 죄명이 우습게도 내란음모라는 것이다.

두 눈을 부릅뜬 이한이 김동남을 바라보았다.

"러시아 놈들이 우릴 배신했다."

잇새로 그가 말을 뱉었다. 러시아계 고려인 출신의 이한이다. 그는 고려리아를 전복시킨 한국 세력과 그 배후의 미국보다 그것을 묵인한 러시아가 더 미운 것이다. 그는 컵에 따른 보드카를 물마시듯 벌컥거리며 마시고는 내려놓았다.

오후에 고려리아의 TV는 정규방송을 중단하고 총독의 특별인사 발표를 중계했다. 발표자는 이번에 행정청의 내무 국장으로 임명된 강미현의 보좌관 출신 박태현이다.

그는 청장과 경비 본부장을 비롯한 고려리아 정부의 거의 대부분의 요직을 새 인물로 발표했던 것이다. 왜소한 체격의 그는 자신만만해 보였다. 미국과 러시아, 중국과 일본 정부가 고려리아의 새로운 정부를 강력하게 지지하고 있다는 것을 힘주어 말할 때는 아예 턱까지 치켜든 모습이었다.

"미국과 러시아가 협상을 했을 것이다."

총독이 가라앉은 목소리로 말했다. 그는 이틀이 안 되는 기간 동안에 10년도 더 늙어보였다. 두 볼의 살이 더욱 늘어져 내린 데다 눈시울에 덮인 두 눈은 거의 보이지도 않는다. 검버섯이 난 얼굴은 흙색이었다.

"꼭두각시 정권을 만들어 사강(四强)이 조종을 하려는 것이지. 서로의 의도가 모두 들어맞는다."

소파에 등을 기댄 총독이 강미현을 바라보았다.

"방법이 없다, 러시아까지 미국에 동조했다면. 아마 그 자들은 못이기는 척 미국을 따랐을 것이다. 엄청난 대가를 받는 조건으로 말이지."

총독 관저의 응접실 안이다. 전화는 모두 경비원이 회수해 갔지만 TV는 볼 수 있어서 상황을 알 수 있었던 것이다.

총독이 소파에 머리를 기대고는 천장을 바라보았다.

"아아, 결코 그놈들의 굴레를 벗어날 수 없단 말인가?"

한숨처럼 말을 뱉자 강미현이 머리를 들었다.

"할아버지, 하지만 그 자들은 할아버지를 어떻게 하지는 못해요. 계약서는 세상 모두가 알고 있으니까요."

"이 나이에 살고 죽는 건 문제가 아니야, 이놈아."

"기회를 기다리시는 것이……."

그러자 쓴웃음을 지은 총독이 창밖으로 시선을 돌렸다.

"자주국(自主國)을 세우고 싶었다. 곧 남북한의 대량 이민을 받고 나서 경비대를 차츰 늘려가면서 핵을 보유할 계획이었지, 그것은 자주국의 자위수단이다. 그렇게 되면 어느 누구도 동북아의 고려리아를 얕보지 못할 것이다."

"……."

"고려리아는 남북한의 조정국이 된다. 사강의 영향을 받지 않는 한민족의 국가가 되어서."

말을 멈춘 총독이 침을 삼켰다. 방 안에 한동안 정적이 흘렀다.

이윽고 총독이 다시 입을 열었다.

"김상철이는 아직도 한국에 있느냐?"

"네, 할아버지."

"그놈은 용케 피해 나갔구나. 역시 운 좋은 놈이다."

大한민국

방 안에 모인 사람은 혁명위원회 부위원장 최무섭 중장과 국정원장 권준규, 제1차장 심재택과 김상철 등 넷이었다. 밤 9시, 과천의 혁명위원회 청사 5층에 있는 부위원장실 안이었다.

상석에 앉은 최무섭이 좌우를 둘러보았다.

"러시아까지 가담했다면 이미 고려리아의 강 총독 시대는 끝난 것 같은데, 그렇지 않습니까?"

후줄근한 군복을 입은데다가 덜 깎은 수염이 한쪽 코 밑에 남아 있는 모습이었지만 그의 온몸에서는 자신감이 풍겨 나왔다. 쿠데타는 성공인 것이다. 국민은 절대적 지지를 보내는 중이었고 이제 남은 것은 새 정권이 창출된 다음 물러나는 일이다. 그가 입맛을 다셨다.

"내 입장에서 이런 말하기가 우습지만 총독이 너무 방심하신 것 같습니다. K공작의 정보가 있었다면 철저하게 경계를 했어야지요."

힐끗 김상철을 바라본 심재택이 입을 열었다.

"바로 그것 때문에 여기 계신 김 사장이 한국에 왔던 겁니다. 그래서 이근복을 만나 조직원과 공작내용의 자백을 받았는데 바로 그 다음 날 일이 터진 거요."

"그쪽도 알고 있었겠지. 김 사장이 이근복을 만날 것이라는 것도. 그래서 서둘렀는지도 모르지요."

그렇게 말한 최무섭이 김상철에게로 머리를 돌렸다.

"솔직히 우리가 공식적으로 도울 일은 없습니다. 이미 고려리아는 미, 러, 중, 일 사국의 지원하에 새로운 체제로 무리 없이 운영되고 있는데다가 총독은 그대로 직책을 유지하고 있어요. 물론 연금 상태로 있겠지만 하지만 개인적으로는 김 사장을 돕지요. 우리가 해드릴 일이 있습니까?"

김상철이 머리를 저었다.

"한국 정부에 폐를 끼칠 수는 없습니다. 개인적으로 돕는다고 하셨지만 공인(公人)이십니다. 패가 될 것입니다."

오늘의 만남은 최무섭이 주선한 것이다. 혁명 전에 김상철의 도움을 받았던지라 고려리아의 정변을 듣자 가만있을 수가 없었던 것이다. 국정원장 권준규가 입을 열었다.

"대국적으로 보면 고려리아가 사강(四强)의 위성국이 되는 것이 한국에 좋은 결과가 될 리가 없어요. 구체적으로 미국은 남북한은 물론 고려리아까지 조종하게 되었습니다. 러, 중, 일은 미국과 이해가 같단 말입니다."

그가 최무섭을 바라보았다.

"이 일은 우리 국정원이 맡아 하겠습니다. 본래 이 일은 우리 일이오."

그날 밤, 12시가 20분이나 지났을 때 세 대의 승용차가 고르지 못한 샛길을 맹렬하게 달려오더니 축사 앞에서 멈췄다. 잠이 깬 젖소 몇 마리가 짧게 울었고 언덕 위의 저택에서 불이 켜졌다. 차에서 내린 사내는 김상철이다. 그는 빠른 걸음으로 비탈길을 올라 열려져 있는 저택의 마당으로 들어섰다. 잠시 후 김상철은 아버지 김영환 씨와 방 안에 마주앉아 있었다.

"완이는 다시 장모님께 맡기고 갑니다, 아버지."

김상철이 말을 이었다.

"데려온 유모가 아이를 잘 봅니다. 유모도 장모님 댁에서 머물기로 했습니다."

"이미 정부가 넘어갔다던데, 무슨 일로 가는 거냐?"

김영환이 그를 물끄러미 바라보았다.

"네가 할 일이 있어?"

"예, 아버지."

"……."

"제 주변에서만 해도 수십 명이 목숨을 잃었어요. 이대로 빼앗길 수는 없습니다."

"빼앗다니, 누가?"

"주인은 한민족인데 지금 집권하고 있는 놈들은 열강의 꼭두각시입니다. 우리는 그렇게 만들려고 고려리아를 건설하지 않았어요, 아버지."

"……."

"아버지."

김상철이 상체를 조금 굽혔다.

"아버지, 완이를 잘 부탁합니다. 그저 건강한 아이로만 키워주십시오."

"열흘쯤 전에 가보았더니 애가 잘 자랐더라."

"이곳에서 목장일이나 시키시지요."

"그때까지 내가 살아야 할 텐데."

"저는 목숨을 버릴 각오를 하고 갑니다."

"알고 있어."

김영환이 담배를 꺼내 물었다가 재떨이 위에 그냥 던졌다.

"내 아들이 큰일을 한다는 것을."

"……."

"자랑스럽다."

"아버지."

"무슨 일이 있더라도 완이가 젖소를 끌고 갈 때까지 살 테니 마음놓거라."

김영환이 어깨를 펴고는 머리를 조금 뒤로 젖혔다.

"밖에서 사람들이 기다리는 모양이다. 어서 가."

"이것 보시오, 동무."

방일산이 상체를 곧게 세우고는 이금철을 바라보았다.

"난 하준일 동지로부터 동무의 충성심과 공적을 여러 차례 들었소. 그래서 미진한 점이 있더라도 눌러 두었던 거요."

타운의 중심부로 향하는 차 안이다. 방일산이 옆자리의 이금철을 향해 말을 이었다.

"이제 우리는 안전장치를 확보한 셈이나 마찬가지요. 행정청에 국장 3명과 20여 명의 간부급 실무자를 넣은 데다 경비대에도 20여 명의 간부들을 채용하도록 만들었오. 지도자 동지께선 위대한 승리라고까지 말씀하셨소."

"그건 압니다, 하지만."

"듣기 싫소. 아무래도 이 동무는 고려리아에 오래있다 보니까 남조선의 자본주의 물이 든 것 같소."

이금철이 퍼뜩 시선을 들었다가 내렸다. 홍석규와 오철진이 주도한 친

한(親韓) 쿠데타에 결정적인 도움을 준 것이 북한의 조직이다. 방일산을 주축으로 한 북한의 무장세력 1000명은 경비대원 제복으로 갈아입고 제각기 맡은 일을 성공적으로 수행했던 것이다. 그 대가로 북한 세력은 행정청과 경비본부의 요직에 자리 잡았다. 물론 이것은 미국측의 배려가 없었다면 이루어질 수 없는 일이다. 점심시간이 조금 넘은 오후 2시 경이다. 눈송이가 한두 점씩 떨어지고 있었으므로 운전사는 와이퍼를 작동시켰다. 이금철이 입을 열었다.

"도망자가 아직도 줄어들지 않고 있어서 하는 말입니다. 이제는 체포 즉시 사살을 해도 목숨을 걸고 도망치는 실정이라서."

"세포조직을 더 철저하게 관리해야 된다고는 생각지 않소? 그것이 동무의 책임 아니오?"

세포조직의 관리는 이금철이 맡고 있는 것이다. 하루에 2만 명씩이나 이주민이 도착하고 있어서 숙소가 모자라 공장과 창고에서 합숙을 시키는 상황이다. 고려리아 정부는 수용시설에 맞춰 하루에 5000명 정도가 적당하다고 했지만 북한 정부는 듣지 않았다. 엊그제 고려리아 정부가 승인한 100만 명의 이주민을 최단시간 내에 처리할 작정이었다. 이런 상황에서 이금철이 북한계 근로자의 성금을 지도자가 약속한 대로 3할로 내려야 할 것 아니냐는 제의를 한 것이다. 방일산이 목소리를 부드럽게 했다.

"이 동무, 기운내시오. 어쨌든 내가 평양에 다시 건의를 해볼 테니까."

마음이 변한 평양에서 응낙할 이유가 없다. 쿠데타 이전만 해도 성금 6할을 3할로 내리겠다던 평양은 갑작스런 쿠데타로 북한의 입지가 일시에 굳어지자 약속을 취소한 것이다. 만일 북한 노동자의 반발이 생긴다면 감찰대뿐만이 아니라 이제는 경비대가 동원될 것이다. 경비대 간부 중에 이제 북한계가 여럿인 때문이다.

타운의 사무실로 들어서는 이금철에게 조덕산이 다가왔다. 그는 이금철의 오랜 부하로 최태호와 같이 고려리아의 개척에 참여했었다.

"위원장님, 오늘 낮에 시내에서 5명을 사살했습니다."

사무실의 소파에 앉은 조덕산이 대뜸 말했다.

"그런데 놈들이 총을 쏘는 바람에 감찰대도 셋이 죽고 둘이 다쳤다고 합니다."

입맛을 다신 이금철이 앞자리에 앉았다. 요즘은 저항을 하는 것이다.

"감찰대가 올해 안으로 5000명으로 늘어날 거야. 20명에 한 명씩 감찰대가 붙는다."

거기에다 세포조직이 있다. 조직위원장인 이금철은 사업장의 세포조직을 총괄하는 위치였다. 이금철이 탁자 위에 놓인 보드카 병을 쥐더니 잔에 술을 채웠다. 낮술이었지만 서너 잔쯤으로는 냄새도 나지 않는다.

"고려리아 내부의 행정요원과 감찰대의 운영경비가 엄청나게 들 것이다. 그래서 성금은 낮출 수가 없어."

"그렇습니까?"

조덕산은 실망하는 기색이 역력했다.

"이해는 갑니다만 성금이 낮아진다는 소문이 나 있어서……."

"하나같이 조국에 충성을 맹세하고 들어온 놈들이야. 4할의 급료만 받아도 북조선의 생활수준보다는 몇 배나 나은데도 불만을 품다니, 그런 놈들은 가차 없이 총살시켜야 돼."

자신은 방일산에게 건의했다가 무안을 당했지만 수동적인 태도를 부하에게 보일 수는 없는 노릇이다. 이금철은 권한과 책임의 상관관계를 잘 아는 사람이었다. 그리고 부하들도 책임을 질 줄 아는 상관이어야 그의 권한을 인정하고 따른다. 조덕산이 생각난 듯 말했다.

"고려시의 보카치오클럽에서 총격전이 있었는데 2명이 죽었습니다.

김상철의 부하가 반발하다가."

"바보 같은 놈이군."

"조선족들이라는데 갑자기 경비대를 향해 쏘았답니다."

김상철의 사업장은 거의 행정청에 의해 몰수되어 있었다. 북부지방의 몇 개 사업장을 제외하고는 관리자가 모두 바뀌었고 조직원 대부분은 산산이 흩어져버린 것이다. 김상철의 조직이 정부를 전복시키려고 했다는 행정청의 발표에 반발하는 세력은 어디에도 있지 않았다. 김상철이 재기하도록 결정적인 도움을 주었던 러시아는 침묵을 지키고 마피아와 일본의 야쿠자, 그리고 중국의 삼합회도 마찬가지였다. 모두 자국(自國)의 방침에 따른 것이다.

조덕산이 말을 이었다.

"이한이 북쪽 지방을 헤매고 있다는 소문이 있습니다. 몇 명의 부하들과 함께 이리떼처럼 돌아다닌다는군요."

그는 얼굴에 쓴웃음을 지었다.

"그래도. 김상철은 운이 좋은 놈입니다. 자식 데리러 간 사이에 이 일이 일어났으니까요."

"김상철은 올 거야."

이금철이 혼잣소리처럼 말했으므로 조덕산이 눈을 껌벅이며 그를 바라보았다.

"뭐라고 하셨습니까?"

"김상철이는 돌아온다고 했어."

"이곳에 말입니까?"

"그래."

"그럴 리가요. 그렇게 무모한 놈입니까?"

"글쎄."

이금철이 의자에 등을 기댔다.

"내가 그 자를 알지. 어쨌든 그 자는 온다. 하다못해 이곳에서 죽을 생각으로라도."

비행기가 갑자기 고도를 떨어뜨렸으므로 기내는 갑자기 조용해졌다. 구름 한 점 없는 하늘인 데다가 엔진에 이상이 있는 것 같지도 않다. 다시 기체가 쑤욱 떨어지자 승객들의 얼굴은 불안한 기색이 역력했다. 고려공항까지는 아직도 삼십 분이 남아 있었고 이곳은 대평원의 상공이다. 그때 기장의 기내방송이 들렸다.

"승객 여러분. 본 비행기는 기체 점검차 타치스크 임시공항에 5분 후 착륙합니다."

비행 스케줄에는 없는 착륙이었지만 기체 점검이라니 가타부타 입을 열 입장들이 아니다. 대한항공 K889편은 이제 평원을 스치듯이 날고 있었다. 앞쪽에서 세 번째인 A-3 좌석에 앉아 있는 김상철에게 남승무원이 다가왔다.

"저를 따라 내리십시오."

옆에 선 그가 낮게 말하자 김상철이 머리를 끄덕였다. K899편이 타치스크에 임시착륙을 한 것은 그의 일행을 내려주기 위해서였다. 국정원에서 만들어 준 한국 여권으로 김포공항은 문제없이 나올 수 있었지만 고려공항에는 철벽같은 보안장치와 감시가 깔려 있을 것이다. 아무리 위장에 자신이 있다고 하더라도 그런 모험을 할 필요는 없다. 비행기는 눈에 덮인 활주로를 들어서더니 부드럽게 착륙을 했다. 고려리아에 착륙한 것이다. 고려시는 300킬로미터 북방이었다.

타치스크는 인구 500명 정도의 조그만 마을이다. 대평원 한복판에 세워진 마을 옆으로 남북횡단 고속도로와 철도가 나란히 지났고 철도역이 있다. 본래 고려리아 정부가 고려시 남쪽의 위성 도시로 개발할 작정으로 역을 만들고 공항을 닦았으나 주변에 뚜렷한 산업시설이 없어서 인구가 모이지 않은 것이다. 그래서 타치스크 공항의 관제탑은 비어 있을 때가 많았는데 갑자기 통신도 없이 여객기 한 대가 내려앉아 버리는 통에 혼비백산을 했다. 타치스크 마을 안의 경비지서도 마찬가지였다. 그들이 부라부라 순찰차를 몰고 공항에 도착했을 때는 그로부터 10분쯤 후였다. 나름대로 빨리 도착한 것이다.

"도대체 어떻게 된 거야?"

차에서 내린 경비지서장 민동팔이 활주로를 바라보며 투덜거렸다. 거대한 동체의 에어버스기는 슬슬 머리를 돌리고 있는 중이었다. 이륙하려는 것이다.

그는 20평쯤 되는 공항 안을 둘러보았다. 유리창은 깨졌고 빈 박스만 어지럽게 쌓인 공항은 텅 비어 있었다.

"다시 올라갈 모양인데요?"

옆에 선 부하가 머리를 한쪽으로 기울였다.

"싱거운 자식들입니다."

입맛을 다신 민동팔이 몇 걸음 앞으로 나가 주위를 둘러보았다. 고속도로의 진입로를 대여섯 대의 승용차가 달려가고 있는 것이 보였다. 그리고 그 위쪽의 하늘은 구름 한 점 없이 파랬다.

"형님, 북한 놈들이 놈들을 도왔습니다."

차가 고속도로에 진입하자 이한이 옆에 앉은 김상철을 바라보았다.

"이제 북한 놈들은 행정청과 경비대의 간부직에 임명되어 있어요. 한국 놈들과 손을 잡은 겁니다."

그러자 김상철이 입술 끝을 올리며 웃었다.

"한국 놈들이 아니야, 그놈들은."

"그게 무슨 말씀이오?"

"지금 한국에 있는 사람들이 정말 한국인이야. 이곳에 있는 놈들은 잡종이다."

이한이 골치가 아픈지 이맛살을 찌푸렸다.

"형님, 이제 우리만 남았습니다."

"처음에는 이보다도 못했어."

"마피아도, 야쿠자도, 삼합회도 모두 등을 돌렸단 말이오."

"알고 있어."

김상철이 앞뒤를 둘러보았다. 5대의 차량이 일렬로 늘어서서 고속도로를 달려가는 중이었다. 20명이 조금 넘는 인원인 것이다. 그중에는 북한에서 넘어 온 최태호도 있었고 정보와 조직 관리의 책임을 맡았던 양성훈도 끼여 있었다. 김상철의 귀국 소식을 국정원으로부터 전해 듣자 이한이 모두 모아 영접을 나온 것이다. 차 안에는 한동안 정적이 흘렀다. 그러자 맹렬히 달려 나가는 차의 엔진소리가 차 안을 가득 메웠다.

"너무 서두르시는 것 아닙니까? 어제는 열차의 정원이 초과되어 2만 5000명이나 도착했습니다."

이맛살을 찌푸린 행정청장 홍석규가 말을 이었다.

"보름도 안 된 기간 동안에 35만 명이나 들어 왔어요. 이젠 숙소로 사용할 창고건물도 없어요. 내일부터 당분간 이주를 금지시켜 주시오."

"자재만 대주시면 가건물은 모두 우리 인력으로 짓겠습니다."

그렇게 말한 것은 방일산이다.

"조립식 건물이니 우리 일꾼들이 나서면 하루에도 수백 동씩 지을 수 있습니다."

"인력 고용문제도 있어요. 기능별 구분도 아직 덜 끝났고 대뜸 생산사업장에 투입시킬 수도 없단 말이오. 직업훈련원에 보내야 할 사람도 많은데."

홍석규가 짜증을 냈다.

"서로 협조적으로 해야지, 이렇게 막무가내로 나오면 곤란합니다."

그러자 이제까지 잠자코 있던 오만규가 머리를 끄덕였다.

"이달 말까지 50만을 채우고 잠시 이주를 대기시켜 두지요. 우린 이미 50만 명의 준비를 끝낸 상태라."

오늘이 11월 20일이니 열흘 동안 다시 15만을 보낸다는 것이다. 홍석규가 옆에 앉은 내무 국장 박태현을 바라보았다.

"국장, 기숙사는 어떻게 되겠어?"

"이쪽 말씀대로 조립식 건물은 자재만 대면 금방 지을 수 있습니다만."

"맡겨주시오. 일꾼 몇 만 명은 금방 동원할 수가 있으니 자재만 대주시오."

방일산이 다시 나섰다.

"하지만 일당은 주셔야 됩니다. 그것이 당연한 일입니다."

그들이 방을 나가자 홍석규가 문앞까지 배웅하고 돌아온 박태현을 바라보며 혀를 찼다.

"북한에선 고려리아에 오려고 온통 난리가 났다던데, 높은 놈한테 뇌물을 바치면서까지 말이야. 그래서 그런지 상공 국장 이야기를 들으니 40대, 50대의 가족들도 있다는 거야."

"인민군 제대자를 우선으로 보내는 모양입니다만, 서두르는 건 아마 식량사정 때문인 것 같습니다."

그의 앞자리에 앉은 박태현이 쓴웃음을 지었다.

"요즘 조립식 숙소를 짓는데 일손이 달려 이번에 이주해 온 북한 노동자를 몇 천 명씩 일당을 주고 고용하고 있었습니다. 그런데 일당은 대표부에서 사람이 와서 한꺼번에 받아갑니다."

"……"

"알고 보니 일한 사람들에게 임금을 나눠주지 않고 있더군요."

"하긴 먹이고 재워 주긴 하니까."

"그것도 우리가 해주고 있지 않습니까? 하여튼 철저하게 착취합니다."

총독의 정권을 전복시킨 지 한 달이 되었다. 고려리아의 정정(政情)은 이미 정상 궤도에 올라 있었다. 관광객은 여전히 몰려들었고 밤거리는 활기에 찼다. 4강의 대국이 뒤를 받쳐주는 안정된 정권이다. 외국 자본의 투자는 계속되었으며 사업장도 증가일로에 있었다. 다만 한국으로부터의 투자이민이 한국의 군부 쿠데타 이후로 주춤하더니 고려리아에 정변이 발생하자 눈에 띠게 줄어든 것이 유일한 외부 변화였다.

경비 본부장 오철진이 방에 들어서자 혼자 앉아 있던 이금철이 예의 바르게 일어섰다. 유서 깊은 코즈모프 클럽의 밀실이었다.

"기다리셨습니까?"

자리에 앉은 오철진이 부드럽게 물었다. 그는 오만규와 방일산 등과는 업무상 자주 만나고 있었는데 이금철과는 지금이 두 번째이다. 조금 전에 갑자기 연락을 해온 오철진은 지나는 길에 들르겠다고만 했던 것이다. 이미 탁자 위에 술상이 차려져 있었으므로 그들은 한 잔씩을 마셨다. 오철진은 이금철이 북한계 주민의 세포조직 책임자인 것을 안다. 서열은 고려리아의 최고 간부 중 5위로 제일 낮지만 실무책임자인 것이다. 오만규가 감찰업무로 통제를 하고 방일산이 이주민 수송을 총괄하며 위세를 부리지만 이금철은 빛나지 않는 자리였다. 술잔을 내려놓은 오철진이 이금철을 바라보았다.

"어제 오만규 비서가 나한테 이번에 이주해 온 35만 명을 기존의 북한 이주민과 격리시켜 달라고 했는데, 그것이 현실적으로 불가능하다는 말씀을 드리려고 온 겁니다."

그는 피로해 보이는 얼굴이었다. 이마 위의 머리칼을 쓸어 올린 그가 말을 이었다.

"고려시와 타운의 외곽에 설치중인 이주민 지역의 규모가 원체 큰데다가 그 일에 쪼갤 병력이 없어요. 그래서 이위원장께서 스스로 해결해 주었으면 합니다."

이금철이 머리를 끄덕였다.

"그렇게 전하지요."

그도 알고 있는 일이었다. 오만규는 신입 이주민이 기존의 이주민으로부터 나쁜 영향을 받을까 우려하고 있었다. 다시 술잔을 든 오철진이 보드카를 한 모금에 삼켰다.

"그리고 참, 오늘 새벽에 마카인 경비서에서 불심검문으로 체포한 도망자 75명은 받았습니까?"

"아아, 예."

"마카인 시가 부촌(富村)이라 도망자들이 그곳 저택의 고용원으로 몰린 모양이오."

그는 얼굴에 웃음을 띠웠다.

"아시오? 한국계 주민들은 북한계 도망자를 고용하려고 한답니다. 중국계나 러시아계보다 두 배나 더 일을 잘한다고 해요. 조선족이나 고려인보다도 낫고."

"……."

"그리고 참."

오철진이 술잔을 내려놓았다.

"김상철이 재기를 노린다는 소문이 떠돌던데. 20일쯤 전에 남쪽의 타치스크 시에 대한항공 한 대가 불시착한 적이 있어요. 엔진의 이상 때문에 내렸다가 곧장 올라갔는데."

그는 입맛을 다셨다.

"고려시에 내린 승객과 김포에서 떠난 승객의 머릿수는 맞았어요. 하지만 난 아무래도 꺼림칙해서. 한국 국정원을 내가 잘 알거든."

"……."

"어쨌든 이위원장께서도 조직을 가동시켜서 그놈들의 정보를 모아주시오. 어쨌든 우리는 같은 배를 타고 있는 입장 아닙니까?"

이금철이 머리를 끄덕였다.

"알겠습니다. 정보가 있는 대로 바로 전해 드리지요."

그동안에 서울에서 강용식 회장과 강미현의 오빠인 강재원이 찾아와 일주일쯤 묵고 떠났고 행정청을 어떻게 구워삶았는지 유장석도 찾아와 이틀간을 머물다 갔다. 행정청에서는 총독 관저에 총독을 연금시키기는 했지만 이젠 전화도 다시 놓아 주었고 우편물도 받도록 했는데 모두 검열과 도청을 하고 있을 것이다. 그러나 총독은 날이 갈수록 말수가 없어져갔고 여위었다. 강용식이 총독을 한국으로 모셔다가 얼마쯤 정양을 시키겠다고 행정청장 홍석규에게 부탁을 했는데 의외로 빨리 허가가 났다. 그러나 그 말을 들은 총독이 이를 악물고 노려보는 바람에 강용식은 질색을 하고는 두 번 다시 그 일을 거론하지 않았던 것이다. 강미현은 홍석규의 허가가 빨리 떨어진 것에 총독의 낙담이 더 컸으리라는 생각이 들었다. 밖에 내보내어 제아무리 백악관과 크렘린의 문을 두드려도 승산이 없을 것이라는 그들의 자신감을 그녀도 읽을 수 있었던 것이다. 오늘도

11시가 다 되도록 총독과 강미현은 응접실에 앉아 있었다. 총독은 강용식이 가져온 역사책을 들고 있었지만 책장 넘기는 소리는 오랫동안 나지 않았다. 그의 앞에 앉은 강미현은 커피 잔을 들고 있었다. 전에는 식사 때마다 한두 잔씩 반주를 즐기던 총독이 쿠데타 이후로는 반주도 뚝 끊었다. 그것도 강미현은 알고 있었다. 총독은 술기운을 빌려 자신의 고통을 털려 하지 않는 것이다. 철저하게 분노를 씹으며, 뼈를 깎는 듯한 스스로의 고통을 견디다가 할아버지는 쓰러진다. 그것이 할아버지의 성격이다. 이미 모든 수단과 방법은 강구해 보았고 시도를 해본 터였다. 그리고 이제는 절망이다. 자신도 모르게 두 눈에 눈물이 맺혔으므로 강미현은 머리를 돌렸다. 그러자 응접실 문으로 한 씨 아줌마가 들어서는 것이 보였다. 그녀는 조선족으로 음식 솜씨가 빼어났다. 50대 중반인 그녀는 이제 하나밖에 없는 아들이 고려시에 전자제품 가게를 운영하게 되자 가장 찬란한 인생을 보내는 중이었다. 일년반 동안 관저에서 일한 돈으로 자식에게 가게를 차려준 것이다. 그녀가 다가오자 강미현은 커피 잔을 밀어놓았다.

"가져가세요, 아줌마."

"저어."

소파 옆에 우뚝 선 한 씨가 강미현을 바라보았다.

"저, 저녁때 아들놈한테 다녀왔시요."

"알고 있어요."

"이걸 가져왔시요."

한 씨가 치맛단 속으로 손을 집어넣더니 봉투 한 개를 꺼내었다.

"아가씨께 전해드리라고."

"누가요?"

이제는 총독도 책에서 눈을 떼고는 그들을 바라보았다.

"읽어보면 안다고 했시요."

강미현은 봉투 안의 흰 종이를 꺼내들었다. 그리고는 금방 얼굴이 붉게 달아오르더니 자리에서 튕기듯이 일어섰다.

"할아버지."

한걸음에 다가간 그녀가 종이를 내밀자 총독이 머리를 뒤로 조금 젖히고는 그것을 읽었다. 다 읽을 시간이 훨씬 지났는데도 머리를 들지 않던 총독이 이윽고 편지에서 시선을 떼었다.

"이놈, 김상철이."

눈을 부릅뜬 총독이 잇새로 말했다.

"이놈이 나를."

그가 머리를 들어 앞에 서 있는 강미현을 바라보았다.

"술을 한 잔 가져 오너라."

"예, 할아버지."

숨을 헉 들이키며 돌아선 강미현이 손등으로 눈물을 닦았다.

"독한 것으로."

"예, 할아버지."

12월 20일, 한국의 대통령으로 야당후보인 이대현이 당선되었다. 투표율 78%에 득표율 61%의 압도적인 지지를 받아 당선된 것이다. 뒤늦게 선거전에 뛰어든 여당의 대선후보 김종하의 득표율은 20% 정도였고 나머지 세 명의 후보가 20%를 나눠 득표했으니 이대현은 한국 역사상 최다 득표를 한 셈이었다.

당선발표를 한 다음 날 아침 10시, 과천의 혁명위원회 대회의장에서 혁명위원회 위원장 한기영과 부위원장 최무섭, 함종일 등 간부진 이십여 명이 늘어앉은 가운데 기자회견이 열렸다. 위원장 명의의 중대발표를 하는 것이다. 단하(壇下)에는 내외신기자 200여 명이 운집해 있었고 TV방송의 카메라가 어지럽게 늘어서 있다. 한기영은 육군 대장의 정복을 입고 있었는데 원고도 준비하지 않았다. 이미 발표내용은 알고 있었지만 긴장으로 물벼락을 맞은 듯이 조용해진 실내를 둘러보던 그가 뚜벅 말했다.

"오늘 낮 12시를 기하여 혁명위원회를 해산하고 정국운영을 대통령 당선자가 구성한 거국내각에 맡깁니다."

그는 어깨를 펴고 TV카메라를 쏘아보았다.

"본인을 비롯한 혁명 위원회 전원은 오늘자로 예편함과 동시에 혁명위원회를 대표하여 본인은 즉시 검찰에 자수, 법의 심판을 기다릴 것입니다."

그리고는 벌떡 일어섰으므로 기자들이 아우성을 치며 그를 막았다. 그러자 한기영이 눈을 부릅뜨고 소리치는 것이 TV화면에 다 잡혔다.

"금방 거기서, 하고 반말한 놈이 누구냐?"

그러자 장내가 순식간에 조용해졌다.

"버르장머리 없는 놈 같으니. 찍소리 못하는 걸 보니 비겁한 놈이기도 하군."

그리고는 몸을 돌렸으므로 기자 몇 사람이 뒷모습에 대고 손만 몇 번 저었을 뿐 그는 사라졌다.

짧고 인상적인 혁명위원회 해체성명이 끝나자 최무섭과 함종일은 기자들을 피해 근처의 한적한 일식집에 들어가 마주앉았다. 이미 위원회의 사무실은 어젯밤에 정리를 마쳤고 전역신청서도 부관을 시켜 제출해 놓은 것이다. 두어 번 입맛을 다신 최무섭이 입을 열었다.

"그 양반이 영웅심이 조금 있어."

그러자 함종일이 쓴웃음을 지었다.

"기자 놈들, 그런 꼴은 처음 당했을 거요. 아주 인상적이었소."

"어쨌든 혼자 들어가 앉겠다니 남은 사람들 입장도 생각을 해줘야지."

"그만해도 다행이지. 어젯밤에 그렇게라도 합의해 주지 않았다면 아마 오늘 성명 발표 마치고 총을 뽑았을 거요."

어젯밤의 회의에서 한기영은 군인의 장렬한 기개를 보여야만 한다고 주장했던 것이다. 국가와 민족을 위해 사심 없이 일어섰다는 것을 혁명위원회 해체발표 때 꼭 보여줘야 한다는 그의 주장은 회의에 참석한 장군들의 가슴을 벌렁거리게 했다. 그래서 함종일이 제의한 것이 예편과 동시에 혁명위원회 전원이 검찰에 자수하자는 의견이었다. 한기영의 기세로 짐작컨대 TV 앞에서 자살할 확률이 높았기 때문이다. 그러자 한기영은 자신이 대표로 혼자 자수하겠다고 결심을 바꾸었다. 함종일의 작전에 그가 넘어간 모양이 되었지만 아무도 그 성과에 관심을 두지 않을 만큼 분위기가 엄숙했던 것이다. 함종일이 머리를 들었다.

"최 선배는 앞으로 뭐할 거요?"

"글쎄, 배운 것이 전쟁이고 전술이라."

쓴웃음을 지은 최무섭이 입맛을 다셨다.

"얼마 전까지만 해도 아무 일이나 할 수 있을 것 같았는데, 이젠 허탈해. 위원장의 심정이 이해가 간다니까."

문득 함종일은 그가 한기영의 자리에 있었다면 TV 앞에서 권총을 진짜 뽑았을 것이라는 생각이 들었다.

행정청장 홍석규는 TV의 스위치를 끄고는 쓴웃음을 지었다.

"아주 무식하구만, 저 친구."

"그러니까 군인이죠."

오철진이 따라 웃었다.

"약속은 지켰지만 미련이 많을 겁니다."

"검찰에 자수하겠다니. 뭐, 뒤가 구린 것이라도 있나?"

"글쎄요. 미리 손발을 맞춰 두었을 겁니다."

그들은 재방송된 한국의 혁명위원회 위원장 한기영의 짧은 성명발표를 보고 난 참이었다. 연말이 다가오는 한겨울이다. 청장실의 창밖으로 무거워 보이는 눈송이가 떨어져 내리고 있었다. 홍석규가 생각난 듯 입을 열었다.

"예상대로 브라운과 이토는 헬기 편대 외에 전투기는 들여오면 안 된다는 거야. 정부에서 강력히 반대한다는군."

그는 입맛을 다셨다.

"할 수 없지. 헬기편대로 만족하는 수밖에."

경비대의 항공력이 절실하게 필요한 시점이었다. 그래서 총독은 이미 6개월 전에 러시아 공군의 가변익 전투기 MIG-27D 10대와 Ml-24하인드형 공격용 헬기 50대를 구입하는 계약을 했던 것이다. MIG-27D는 지상공격용 전투기로 공대지 미사일과 6총신 23밀리 개토링 기관총으로 무장된 최신형이었기에 미국과 일본이 견제하는 것이다. 오철진이 입을 열었다.

"할 수 없는 일 아닙니까? 하지만 러시아가 언짢아하겠군요. 전투기를 못 팔게 되었으니."

"다른 보상이 있겠지. 아마 우리더러 헬기 구매량을 늘리라고 할지도 몰라."

머리를 끄덕인 오철진이 정색을 했다.

"어젯밤에 마카인 근교의 벌판에서 또 총살형이 있었습니다. 이번에는 숫자가 꽤 많습니다. 140여 명이나 돼요."

"빌어먹을."

홍석규가 와락 이맛살을 찌푸렸다.

"아예 몰살을 시키지 그래."

북한의 이주민은 이제 70만 명이 넘는 것이다. 그들은 강력한 세포조직의 틀 안에서 기율을 지키며 생활해 가고 있었지만 도망자는 이주민의 증가에 비례해서 늘어나고 있었다. 어젯밤의 총살도 감찰대가 도망자를 집단으로 처형한 것이다.

"조필상이를 불러서 단단히 경고를 해 처형을 하더라도 눈에 띄지 않도록 하라고 말이야."

"이미 그렇게 말했습니다."

조필상은 경비본부의 보안 과장으로 지난번에 북한측의 추천을 받아 임명된 사내였다. 홍석규가 의자에 등을 기대었다.

"하긴 북한식으로 국민을 통제하는 것이 나을지도 몰라. 요즘 정부정책에 항의하고 비판하는 것은 모두 남한 놈들이야."

그는 찌푸린 얼굴로 입맛을 다셨다.

"아무래도 그런 놈들은 한국으로 추방시켜 버려야 될 것 같아."

새 대통령이 당선된 한국은 전과는 전혀 다른 분위기가 되어 있는 것이다. 한국으로부터의 이주민이 격감되어 있다는 것도 그 증거였다. 이제 고려리아는 더 이상 그들에게 희망의 땅이 아닌 것이다.

한 모금에 보드카를 삼킨 천경만은 입을 벌려 더운 숨을 뱉었다. 머리는 헝클어진 데다 빗지 않아서 지저분한 모습이었지만 눈에는 핏발이 서 있었다. 타운 서쪽의 공장지대 안에 있는 2층 건물 안이다. 본래 행정청의 자재창고로 쓰였던 이 건물은 곧 헐리고 공장을 지을 계획이었으므로 비어져 있었다. 다시 보드카를 한 모금 삼킨 천경만이 앞에 앉은 이영복을 바라보았다.

"다 죽었지?"

이영복은 그와 비슷한 30대 초반의 사내였다. 그가 잠자코 머리를 끄덕이자 천경만은 어깨를 늘어뜨렸다.

"그럴 줄 알았어."

"내가 묻은 곳을 알아. 놈들이 매장하는 장소를 보아두었어."

"……."

"곧 다시 파내어서 장사지내자."

천경만이 흐린 시선으로 이영복을 바라보았다. 어젯밤 그의 아내 조을순이 감찰대에 총살을 당한 것이다.

"이봐, 기운을 내라우."

자신의 잔에 술을 채우며 천경만이 머리를 떨어뜨렸다.

"내가 눈치만 빨랐더라면……."

감찰대의 검색을 일찍 알아차리지 못한 자신을 탓하는 것이다. 그는 차고에서 차를 닦고 있다가 들이닥치는 경비대를 보았다. 경비대와 감찰대의 합동수색이었다. 그는 차 밑에 엎드려 있다가 도망쳐 나왔지만 집안에 있던 조을순은 꼼짝없이 잡혔던 것이다. 이영복은 그의 앞집에서 고용살이를 하던 사내였으나 도망 경력이 천경만보다는 길다. 천경만이 다시 한 모금에 술을 삼켰다. 저녁 무렵이었다. 고려리아에 이주 온 지 이제 겨우 석 달이 넘었지만 삼 년 같은 세월이었다. 이주올 때만 해도, 그리고 첫 월급을 타기 전까지만 해도 그들 부부는 꿈에 부풀어 있었다. 가방공장에서 견습공으로 받은 첫 월급 250달러는 거금이었다. 부부가 합해 500달러를 받았으니 금방 부자가 된 기분이었다. 성금 3할을 제해도 350달러면 저축을 할 수도 있었다. 그러나 세포조직에서 대표부 운영비, 방위성금, 유정호텔 건립비, 김일성 동상 제작비 등의 명목으로 다시 떼간 몫이 4할이 넘었다. 두 부부가 달랑 100여 달러를 손에 쥐게 된 것이다. 같이 일하던 중국인과 고려인, 또는 조선족이 월급 그대로를 받아 생활하는 것을 보자 눈이 뒤집힐 수밖에 없었고 두 달째 월급을 떼인 날 아내의 손을 쥐고 도망자가 되었다. 그들 부부를 마카인의 한국인 저택에 소개시켜 준 사람이 같은 도망자인 이영복이었고 그와는 같은 열차를 타고 이주해 온 인연이 있었다. 한 달 먼저 도망자가 된 이영복이 그를 유혹했다고 볼 수 있었다. 이영복이 가라앉은 목소리로 말했다.

"100명도 넘는 인민들을 그 자리에서 쏘아 죽였어. 그리고는 포크레인으로 땅을 파고 묻었어."

"……."

"경비대도 한통속이야. 감찰대에 넘기고 돌아가 버렸어."

천경만이 문득 머리를 들었으므로 그는 말을 멈췄다.

"이곳이 어디야?"

그는 새삼스럽게 흐린 눈으로 주위를 둘러보았다.

"이곳이 도망자 본부인가?"

수화기를 귀에 댄 브라운이 소리 내어 웃었다. 그리고는 웃음띤 목소리로 말을 이었다.

"하긴 작년 말에도 거창한 망년파티를 했었지. 물론 우리는 주눅이 든 시늉을 했고 말이야."

그러자 저쪽의 홍석규도 웃었다.

"브라운, 총독은 파티를 하려면 너희들끼리만 모여서 하라고 했다는 거야. 총독 관저에는 들어올 수 없다고."

"당연하지. 눈에 보이는 모두가 원수처럼 보일 테니까."

"하지만 연례행사이고 텔레비전으로 중계가 돼요. 안정되어 있는 정정(政情)을 보여 줄 기회도 됩니다."

"그렇지. 나도 내키지는 않지만 망년파티는 밀어붙이도록 하시오. 총독이 싫다고 하더라도 제가 이젠 어쩔 수 있나?"

수화기를 내려놓은 브라운이 다시 얼굴에 웃음을 띠웠다. 홍석규의 말이 생각났기 때문이다. 그는 총독의 춤추는 모습을 보지 않겠느냐고 했던 것이다.

그 시간에 총독은 관저의 창가에 앉아 눈에 덮인 창밖을 바라보고 있었다. 늦은 오후여서 그늘이 진 평원 위를 바람에 휩쓸린 눈가루가 큰 파도처럼 지나갔다. 이윽고 머리를 든 총독이 옆에 선 강미현을 바라보았다.

"그래, 꼭두각시 노릇을 하겠다."

그의 목소리는 메말라 있었다.

"살아 있는 한 눈 똑바로 뜨고 수모를 당할 테다."

"요즘은 미국과 일본 기업들의 투자가 늘고 있어요."

장호성이 의자에 등을 기대고는 이금철을 바라보았다.

"한국 기업들이 조금씩 꽁무니를 뺄 때는 대신 미국과 일본이 들어오는 게지. 모두 상대적이오."

이제 한 달의 송금총액이 1억 달러가 넘었고 내년 1월부터의 목표를 1억 5000만 달러로 잡고 있는 장호성이다. 이주민 고용자로부터 성금을 받는 데다 각 사업장의 이익금, 거기에다 장호성이 별도조직을 운용하여 마약장사를 한다. 또한 위조달러를 들여와 거래를 하고 있었는데 이금철로서는 자세한 내막을 알 수 없었지만 그것도 막대한 금액이다. 경비대 간부에 공식적으로 북한계가 임명되어 있는 상황이었다. 거칠 것이 없는 것이다. 장호성이 건배를 하자는 듯 술잔을 내밀었다.

"이 동무, 고진감래(苦盡甘來)라고 고생 끝에 영화가 올 겁니다. 난 이 모든 것이 이동무의 공이라고 봅니다."

"천만의 말씀을."

이금철이 보드카를 한 모금에 삼키고는 얼굴에 웃음을 띠웠다.

"모두 지도자 동지의 영명하신 지도 때문이지요. 저는 보람이 있습니다."

코즈모프 클럽의 밀실 안이다. 장호성은 고려리아의 자금책으로 모든 자금은 일단 그의 수중에 들어갔다가 처리가 된다. 오만규가 감찰업무로 행정과 조직을 맡은 방일산과 이금철을 지휘하여 고려리아의 실력자로 군림하고 있지만 자금을 맡은 장호성에게는 함부로 대하지 못하는 것이다. 그는 매일 지도자와 통화를 하는 32호실의 실세였다. 북한도 자금을 맡은 자가 지도자와 제일 가까운 것이다. 장호성이 이금철을 바라보았다.

"이 동무, 연말도 되고 했는데."

그는 탁자 위에 검정색 비닐가방 한 개를 내려놓았다.

"이건 우리끼리만 압시다. 여기 10만 달러가 들어 있어요."

"……."

"가족도 데려왔겠다, 이것저것 필요한 물건이 많을 거요. 연말에 쇼핑이나 하시라고."

"부부장 동지."

그러자 장호성이 손을 저었다.

"어허, 쑥스럽게 하지 마시오. 우리 술이나 듭시다."

술잔을 내민 그가 얼굴에 웃음을 띠웠다.

"다 아는 일들이오. 마음 놓으시고."

연말의 저녁, 크리스마스 트리가 조금 후줄근한 모습으로 세워진 거리에 저녁 무렵이 되자 눈이 내렸다. 바람 한 점 없는 날씨여서 기온은 영하 30도였지만 포근하게 느껴졌다. 장식이 떨어진 트리에 눈이 덮이자 모양이 되살아났다. 거리를 메운 사람들의 표정도 밝다. 김상철은 호주머니에 두 손을 찌르고는 하늘을 올려다보았다. 눈송이가 얼굴에 떨어지면서 금방 얼어붙었으므로 그는 말아 올린 방한마스크를 내려 얼굴을 덮었다. 거리에는 행인의 왕래가 많아지고 있었다. 고려시 외곽의 식당이 밀집한 지역이어서 관광객들이 몰리기 때문이다. 이윽고 시계를 내려다본 그는 발을 떼었다.

골든브리지는 해산물 전문 식당으로 식당 주인은 중국인이었다. 물론 삼합회와 끈이 닿는 사람이었는데 행정청 관리들과도 좋은 관계를 유지하고 있었다. 오늘도 500평 규모의 넓은 홀은 만원이었고 2층의 특별 홀에는 경비 본부장 오철진이 주최하는 경비본부 간부들의 망년회가 시작되고 있었다. 김상철은 골든브리지의 정문으로 들어섰다. 사복 차림의 경비대원 서너 명이 현관 앞에 서서 오가는 사람들을 감시하고 있었다. 대형 유리창 안으로 1층의 홀이 바라다보였는데 저녁 8시인데도 이미 좌석은 만원이었다. 현관으로 다가가던 김상철은 다시 시계를 내려다보았다. 8시 정각이다. 경비대원 두 명이 그에게로 시선을 주었다. 그리고는 한두 걸음 다가왔다. 바로 그 순간이다. 2층의 특별 홀에서 엄청난 폭음이 들리면서 부서진 유리창과 가구의 파편이 현관 앞까지 날아와 떨어졌다. 이어서 다시 한 번 폭음이 들리자 1층의 대형 홀은 아수라장이 되었다. 모두 테이블을 박차고 한꺼번에 밀려 나오는 바람에 현관의 유리창이 부서졌다. 다시 한 번 폭음이 나자 사람들은 저마다 비명을 질러 대었다. 김상철은 정문의 기둥에 등을 붙이고 서서 도망치는 군중들의 뒷모습을 바라보았다. 그러자 폭발과 함께 안쪽으로 뛰어 들어갔던 경비대원 한 명이 문틈에 매달려 있는 것이 보였다. 사람들에 밀려나온 모양이었다. 기를 쓰고 현관의 문짝을 잡고 있던 그가 문득 김상철을 바라보았다. 손님들은 아직도 비명을 지르며 쏟아져 나오는 중이었는데 몇 사람은 현관 앞에 쓰러져서 밟히고 있다. 김상철은 주머니에 넣었던 손을 빼었다. 그리고는 선뜻 손을 올려 쥐고 있던 권총으로 경비대원을 쏘았다. 순식간에 사람들이 빠져나가자 김상철은 홀안으로 뛰어들었다. 그러자 제각기 현관 옆에서 대기하고 있던 부하들도 안으로 몰려 들어갔다. 그때 이쪽으로 달려 나오는 4, 5명의 경비대 간부가 보였다. 모두 제정신이 아닌 듯 눈을 치켜뜨고 있었다.

"타타타타타."

부하들이 쏘아갈긴 기관총에 온몸을 뚫린 그들이 몸을 뒤틀면서 쓰러졌다. 김상철이 2층의 계단 밑에 다다르자 마악 아래로 내려오려는 3명의 사내를 보았다.

"퍽, 퍽, 퍽, 퍽."

연달아 쏘아갈긴 그의 총격을 받고 사내들이 계단에서 굴러떨어졌다. 김상철은 두 팔을 휘저으며 2층으로 뛰어올랐다. 2층은 아수라장이 되어 있었다. 동쪽과 북쪽의 양면에서 로켓포를 맞은 내부는 성한 부분이 없었고 이미 수십 명의 경비대 간부들이 시체가 되어 있었다.

"타타타타타."

뒤쫓아온 부하들이 조금이라도 움직이는 물체를 보면 기관총을 쏘아갈겼다.

"오철진을 찾아라!"

김상철이 소리치자 부하들이 사방으로 흩어졌다. 그리고는 쉴 새 없이 총을 쏘아 갈긴다.

"여기 있습니다!"

부하 한 명이 소리친 곳은 안쪽이다. 달려간 김상철은 형체를 알아볼 수 없는 시체가 경비 본부장의 제복을 입고 있는 것을 보았다. 틀림없는 오철진이다. 들어가는 것을 확인했고 위장할 이유도 없다.

"철수한다!"
짧게 소리친 김상철은 몸을 돌렸다.

그 시간에 총독 관저에서도 송년파티가 마악 시작되고 있었다. 대연회장에 마련된 일자형 테이블에는 총독과 행정청장이 나란히 앉았고 그들의 양쪽으로 행정청의 16개 국장이 벌여앉았다.

그리고 앞쪽에 앉은 것이 4강(四强)의 대표를 중심으로 남북한의 대표, 각국의 외교사절들이다. 강미현은 총독의 왼쪽 자리였는데 정말 내키지 않았지만 총독이 걱정되어 참석한 것이다. 건배가 끝나고 총독의 간단한 치하의 말이 있을 때까지 3개의 TV방송은 생중계를 했다. 10분도 안 되는 짧은 시간이었지만 강미현은 총독이 안간힘을 써가며 자신을 억제하고 있다는 것을 알 수 있었다. 가끔씩 총독은 무릎 위에 놓인 손으로 주먹을 쥐기도 했고 입술을 떨기도 했지만 눈치챈 사람은 없다. 총독이 치사를 마치고 자리에 앉았을 때였다. 행정청장 홍석규가 자리에서 일어섰다.

총독이 머리를 들어 그를 올려다보았고 강미현은 놀라 이맛살을 찌푸렸다. 이제까지 청장이 치사를 한 적은 없다. 그러나 홍석규는 태연했다. TV 기자들도 이미 계획되어 있는 듯 카메라를 그에게 맞추었다. 홍석규는 큰 목소리로 좌중을 압도하듯 고려리아의 업적을 발표하기 시작했다.

강미현이 시선을 돌려 앞쪽의 외교사절들을 바라보았다. 4강은 모두 얼굴에 부드러운 웃음을 띠우고 있었다. 북한 대표 서일도 마찬가지였다. 한국의 대표대리 김달중은 아직 익숙지 못한 듯 굳은 표정이었다. 바로 그 순간이다. 귀청이 터질 것 같은 폭음이 울리더니 테이블 위의 집기들이 넘어졌다. 천장의 거대한 샹들리에가 흔들거렸고 부연 먼지들이 떨어져 내렸다. 좌중이 술렁거렸고 벽 쪽에 붙어 서 있던 관저 경호원들이 우왕좌왕하더니 몇 사람이 밖으로 달려 나갔다. 이미 홍석규는 연설을 그치고는 멍한 얼굴로 서 있었는데 시선은 이리저리 흔들렸다. 다시 한 번 폭음이 나면서 유리창이 부서져내리자 사람들은 자리에서 일어섰다. 대연회실의 옆방인 무도실이 폭발한 것이다. 그 순간 이제는 요란한 기관총소리가 났다. 한두 정이 아닌 수십 정이 한꺼번에 쏘아대는 소리였다. 이제 사람들은 서둘러 앞뒤쪽 문으로 달려 나갔고 홍석규도 마찬가지였다. 그는 경호원들의 호위를 받으며 반대쪽으로 도망쳐 나갔다.

"할아버지."

강미현이 총독의 손을 잡았다. 그들은 아직도 테이블에 앉아 있었던 것이다. 경호원들은 한 명도 그들에게 다가오지 않았고 행정청의 국장들도, 외교사절들도 마찬가지였다. 총성은 더욱 요란해졌고 이제 넓은 대연회장에 남아 있는 사람은 그들 둘뿐이었다. 다시 폭음이 나더니 부연 먼지가 떨어져 내렸다.

총독이 나무토막같이 딱딱한 손으로 강미현의 손을 힘주어 잡았다.

"김상철이가 온 것이여."

"예, 할아버지."

그리고 이곳은 그들의 관저였다. 피할 이유가 없는 것이다.

"서치라이트를 맞춰!"

기관총을 움켜쥔 이한이 벌떡 일어서 소리치자 총탄이 귀 옆을 스치고 지났다. 관저와의 거리는 150미터 정도였고 차량이 들어갈 수는 없는 것이다. 관저의 2층에서 비추는 서치라이트가 미친 듯이 이리저리 돌려지면서 총탄이 쏟아지고 있었다. 그러나 이미 관저의 정문초소 병력을 전멸시켰으니 관저 안의 병력은 얼마 되지 않을 것이다. 이한의 옆쪽에서 흰 빛줄기를 뿜으며 로켓탄이 날아가더니 2층의 서치라이트를 보기 좋게 폭파시켰다. 이제 관저의 무전실과 경비원 숙소, 그리고 경비병이 대기하고 있던 무도장을 모두 박살낸 것이다.

"자, 가자!"

이한은 앞장서 달려가며 소리쳤다.

"한 놈도 놓치지 마라!"

고려시 외곽에 있는 북한의 감찰대 본부가 습격을 받은 것도 같은 시간이다. 감찰대는 총독이 집정하던 때만 해도 건물에 '대동강무역주식회사'라는 간판을 붙이고 있었으나 지금은 아예 '조선민주주의인민공화국 감찰대'라고 바꿔달았다. 무소불위의 위세를 떨치는 감찰대이다. 따라서 그만큼 오만하기도 했던 때문에 정문에는 대여섯 명의 경비병만 있을 뿐이었다. 그들은 습격 즉시 사살되었고 최태호가 앞장선 100여 명의 습격대는 기세좋게 건물 안으로 뛰쳐 들어갔다. 건물은 6층 빌딩이었는데 최태호는 애초 아래층부터 훑어 올라갈 생각이 없었다. 그는 가져온 다이너마이트 뭉치와 소이탄을 아래층의 구석구석에 매달아 놓더니 도화선에 불을 붙이고는 밖으로 뛰어나왔다. 잠시 후에 엄청난 폭음과 함께 아래층이 박살나면서 건물이 털썩 주저앉았다. 금방 6층 건물이 4층쯤의 높이가 된 것이다. 그러자 불길이 솟아오르기 시작했다. 안에 있는 감찰대원은 몽땅 통닭구이가 될 판이었다.

오만규와 이금철 등이 사건 소식을 들은 것은 그로부터 5분쯤 후였으니 건물이 타오르기 시작할 무렵이다. 그들은 타운의 코즈모프 클럽 특실에 모여앉아 망년파티를 하는 중이었다. 얼굴이 하얗게 질린 오만규가 어금니를 물었다.

"건물쯤은 아무렇지도 않아. 건물 안에는 당직근무자 100여 명 정도가 있을 뿐이야."

그가 부하에게 소리쳤다.

"각 지구에 있는 대원들을 모두 모아라! 모아서 본부로 보내! 경비 본부에 연락을 하고."

그 순간 문이 열리더니 부하 한 명이 들어섰다. 뻣뻣하게 굳어진 표정이다.

"비서 동지, 골든브리지에서 회식을 하던 경비 본부장과 간부급 전원이 습격을 받아 죽었습니다."

"무엇이?"

이제는 장호성은 물론이고 방일산과 이금철도 자리에서 일어섰다.

"도대체 누가?"

"김상철이랍니다."

그때였다. 다른 부하가 방 안으로 비집고 들어섰다.

"동지."

방 안에 있는 누구를 지칭하는 것도 아니다. 그의 눈에는 초점이 없었다.

"총독 관저가 습격당했습니다. 경비대가 몰사했다고 합니다."

이제 사내들은 서로의 얼굴을 돌아보았다.

"김상철이."

오만규가 잇새로 앓는 소리처럼 말했다.

"그놈이, 기어코."

"전쟁이야!"

방일산이 자르듯 말하고는 어깨를 폈다. 그는 현역 인민군 중장이어서인지 충격에서 깨어나는 시간이 제일 빨랐다.

"감찰대를 모읍시다. 별거 아니오."

"너희들은 나가 있어. 그리고 조덕산 동무를 들어오라고 해."

이금철이 문 앞에 몰려 서 있는 서너 명의 부하들을 돌려보내자 안의 분위기는 조금 진정이 되었다.

"사전에 치밀하게 계획을 한 것 같소."

장호성이 말했다.

"섣불리 움직이다가 당할지 모릅니다."

"이것 보십시오. 우린 80만 동포에 감찰대만 5000명이오. 거기에다 세포조직이……."

방일산이 더 말을 이으려는 순간 문이 열리더니 조덕산이 들어섰다. 그의 얼굴도 벽돌색이 되어 있었다.

"동지들 야단났습니다."

선 채로 그가 말하자 오만규가 와락 이맛살을 찌푸렸다.

"이미 들었어. 호들갑 떨지 말라우."

"반란이오, 동지."

"글쎄, 들었다니까!"

"우리 공화국 주민들의 반란이란 말이오!"

조덕산의 목소리도 커졌다. 그러자 방 안이 일순간에 조용해졌다.

"무슨 소리야?"

곧 침묵을 깨고 이번에도 방일산이 먼저 물었다.

"주민들의 반란이라니?"

"도망자들이 주동이 되어서 감찰대의 각 지소를 습격하고 있습니다. 주민들의 대부분이 반란에 가담하고 있다는 겁니다."

"……."

"이미 대부분의 감찰대 지소는 연락이 끊겼습니다."

"그 반동들도 최태호가 지휘하고 있단 말인가?"

오만규가 갈라진 목소리로 묻자 이금철이 입을 열었다.

"지휘자는 나야, 동무."

그러자 방 안의 시선이 일제히 그에게로 모아졌다. 그들의 시선을 받은 이금철이 얼굴에 웃음을 띠웠다.

"북조선 쪽의 작전은 내가 지휘했다."

그는 천천히 자리에서 일어났는데 따라 일어서려던 방일산이 움직임을 멈췄다. 어느새 권총을 빼든 조덕산이 그를 겨누고 있었기 때문이다.

"움직이지 마라, 이 간나새끼야."

조덕산이 독기를 띠운 시선으로 그들을 둘러보았다.

"이 거머리 같은 놈들."

조덕산의 옆에 선 이금철이 그들을 둘러보았다.

"이제부터 80만 북조선 인민은 고려리아 주민이 된다."

어깨를 편 그의 목소리는 컸다.

"앞으로는 더 이상 종노릇을 안 하게 될 것이다."

"이것 봐요, 동지."

장호성이 불렀으나 이금철은 조덕산에게로 머리를 돌렸다.

"자, 북조선과 당장 인연을 끊자."

그 순간 조덕산의 권총에서 불꽃이 튀었다. 첫 발에 방일산이 맞고 두 번째가 오만규이다. 조덕산은 탄창이 다 비도록 쏘아 갈기더니 서둘러 새 탄창을 갈아 끼웠다. 앞으로 할 일이 더 있다는 표시였다.

대연회장에 제일 먼저 뛰어든 것이 미친 사람 형상이 된 이한이다. 그는 흰 창이 더욱 커진 눈으로 텅 빈 연회장을 휘둘러보다가 중앙의 좌석에 앉아 있는 총독과 강미현을 보았다. 그 순간 그의 뒤로 10여 명의 부하들이 쏟아져 들어섰다. 두 손으로 AKS-74U 기관총을 움켜쥔 채 이한은 그들에게로 다가갔다.

"각하."

그의 목소리는 커서 연회장을 울렸다.

"저는 김상철의 동생으로 이한이라고 합니다."

"그런가?"

"경비병은 거의 몰살시켰습니다. 행정청장 놈도 잡았고 국장 놈들도 모두 잡았습니다."

"안심하십시오, 각하."

건물 안에서는 아직도 총소리가 나고 있었으므로 강미현은 아직 안심이 덜 되었다. 그러나 총독은 머리를 끄덕였다.

"수고했다."

이한이 부하들에게 이곳을 지키라고 소리쳐 지시하더니 다시 밖으로 뛰쳐나갔다.

"궁금하군."

혼잣소리처럼 말한 총독이 샴페인 잔을 들더니 먼지가 술 위에 떨어져 있는 것을 보자 앞쪽으로 버렸다. 강미현이 술병을 들어 그의 잔에 채웠다. 아직도 관저 내에서는 총성이 울리고 있었지만 전보다 무척 줄어들어 있었다. 총독이 샴페인 한 모금을 삼키더니 입맛을 다셨다.

"김상철이의 정권탈취 작전이 궁금하단 말이다."

"……."

"그리고 무엇 때문에 이렇게 목숨을 걸었는지 그것도 알고 싶다."

"할아버지, 그것은."

"너, 그놈을 좋아하느냐?"

"예, 할아버지."

"……."

"처음부터요. 지금까지."

그 사이에 어느덧 총성은 그쳐져 있었다.

밤 10시 정각, 정규방송을 중단한 고려리아의 3개 TV방송국은 일제히 총독의 특별성명을 발표했다. TV화면에 나온 총독은 두 시간 전 파티석상의 모습과는 전혀 딴판이었다. 그는 고려리아의 대개혁을 발표했는데 그의 성격대로 간단하고 명료한 내용이다.

그것은,

첫째, 북한 이주민의 해방, 북한 이주민은 고려리아 시민이다. 성금을 낼 의무가 없다. 그리고 감찰대를 해체한다는 것과,

둘째, 반란세력을 일소하고,

셋째, 자주국(自主國)을 고수한다는 것이었다.

발표를 마친 총독이 집무실로 들어서자 구속에서 풀려난 이남호가 따라 들어섰다.

"각하, 고려리아 전역의 북한계 이주민이 밖으로 뛰쳐나와 환호하고 있답니다."

이남호가 말했다.

"요점을 잘 짚으셨습니다."

"모두가 김상철이가 적어 준 것이다."

총독이 메모지를 흔들어 보였다.

"북한계의 실상을 잘 알고 있었기 때문에 이번 일이 성공한 것이여."

"그렇습니다."

"모두 김상철의 작전이다."

김상철은 고려시의 고구려호텔 특실에 앉아 있었는데 그의 앞에 앉은 사내는 전직 수경사령관 최무섭 중장이다. 최무섭이 말을 했다.

"작전의 시작은 좋았습니다. 자, 그러면 오늘밤 안으로 마무리를 합시다. 적에게 숨 돌릴 기회를 주면 안 됩니다."

최무섭이 옆자리의 이금철을 바라보았다.

"이 선생께서는 지원자를 모아 자경단을 조직해 주시오. 현 상황에서 군사조직을 만들 수 있는 조직은 이 선생밖에 없습니다."

"문제없습니다."

자리를 차고 일어난 이금철이 방을 나가자 최무섭이 김상철을 바라보았다.

"물론 정국이 안정되면 경비대를 키우고 자경단을 해체해야 됩니다. 자경단은 현재 기능을 발휘시키기 힘든 경비대의 대용일 뿐이오."

지금 경비대에는 전(前)기무사 참모장 현창복이 풀려난 지 얼마 안 되는 이대각과 장동택을 도와 조직을 재편하고 있는 중이다. 최무섭은 예편 직후 10여 명의 지원자를 모아 비밀리에 고려리아에 왔던 것이다. 갑자기 최무섭이 김상철을 바라보며 웃었다.

"난 아무래도 쿠데타 전문인 모양이오, 김 사장님."

김상철이 쓴웃음을 지었다.

"그런데 러시아 극동군이 움직이면 야단인데요. 장군님. 그렇지 않습니까?"

머리를 끄덕인 최무섭이 시계를 내려다보았다.

"시간 싸움이오, 이제는. 정국이 안정되면 선뜻 군대를 투입시킬 수 없을 겁니다."

다음 날 아침, 하바롭스크 근교의 러시아 극동군 사령부 안이다. 사령관실에 앉은 로스토프 대장은 볼코프 소장의 보고가 끝나자 들고 있던 담배를 재떨이에 비벼 껐다.

"볼코프, 러시아 대통령이 누구냐?"

난데없는 질문이었으므로 볼코프가 눈을 껌뻑이며 그를 바라보았다.

"옐친이야, 아니면 프랜든이야?"

프랜든은 미국 대통령이다. 로스토프가 그를 노려보았다.

"공수사단을 대기시키라니, 옐친 그 자는 틀림없이 프랜든의 부탁을 받았을 것이다."

"그렇습니다, 각하."

볼코프가 한 걸음 다가가 섰다.

"고려리아를 사강의 지배하에 둔다고 했지만 실질적으로는 지난 몇 달 동안 미국이 지배하고 있었습니다."

"그동안 아마 우리는 돈 몇 푼을 얻어먹었을 것이다. 거지같은 크렘린 놈들."

"지난번 총독이 우리 MIG-27D열 대를 계약까지 했는데 이번에 미, 일이 틀어서 취소되었습니다. 그놈들은 철저히 전략적입니다."

로스토프가 한동안 물끄러미 볼코프를 바라보았다. 그리고는 입을 열었다.

"볼코프, 우리 공수사단의 출동은 여러 가지 문제점 때문에 늦을지도 모르겠다, 그렇지?"

"예, 각하. 수송기 문제에서부터 장비 점검, 기상상태 등이 문제가 될 겁니다."

"고려리아는 언제 안정이 되나?"

"정보원의 보고로는 일주일이면 충분히."

"일주일 동안 우리 공수사단에 여러 가지 문제점이 생길 것 같군."

"그렇습니다, 각하."

"그동안 난 체르넨코 국방과 타시르 정보국장하고 이야기를 해보겠다."

"예, 각하."

볼코프가 나가자 로스토프는 문득 김상철의 얼굴을 떠올렸다. 지난번에는 그를 위해 공수사단을 떨어뜨려 주었던 것이다.

일주일 후 1월 8일 오후 2시경, 햇빛이 하얗게 비치는 고려리아 공항의 활주로에 대한항공 소속 여객기 한 대가 착륙하더니 게이트로 들어섰다. 대합실에서 안내방송이 들렸다. 서울발 비행기가 도착한 것이다. 김상철이 담배를 입에서 빼고는 재떨이를 찾아 두리번거리자 김봉만이 받아들고는 기둥 옆의 재떨이로 다가갔다. 그의 뒷모습에 시선을 주던 김상철이 주춤 눈을 크게 떴다. 검정색 털코트 차림의 강미현이 다가오고 있는 것이다. 시선이 부딪치자 그녀는 입술을 조금 당겨 올려 웃는 모양을 만들더니 그의 옆에 와 섰다. 담배를 버리고 온 김봉만이 당황한 듯 주춤대다가 조금 뒤쪽으로 물러났다.

"웬일이야?"

그가 묻자 강미현은 다시 얼굴에 웃음만 띠웠다. 화장기가 없는 얼굴이었지만 코에 스미는 향기는 익숙해진 것이었다.

이윽고 입국장의 자동문이 열리더니 입국자들이 밖으로 나왔다. 그중에서 이한의 모습이 얼른 눈에 띠었다. 그는 부하들과 함께 한 여자를 겹겹이 호위하고 오는 중이었다. 여자는 담요에 싸인 아이를 소중하게 들고 있었는데 완이다. 어깨를 펴고 다가오던 이한은 김상철의 옆에 선 강미현을 알아보자 눈을 커다랗게 떴다. 그리고는 눈알을 이리저리 굴리며 그들의 눈치를 본다. 박 씨가 김상철의 앞에 다가와 섰다. 그녀의 품에 안긴 완이는 자고 있었다.

그 순간 강미현이 그녀에게로 한 걸음 다가가 섰다.

"아이, 제가 안을게요."

박 씨와 김상철, 강미현 등 셋을 둥그렇게 둘러싼 사내들은 모두 하나같이 긴장하고 있었다. 박 씨가 김상철의 얼굴을 바라보았다. 그녀는 강미현이 누군지도 모른다. 이윽고 김상철이 머리를 끄덕이자 박 씨는 완이를 건네주었다. 익숙하게 완이를 받아 안은 강미현이 김상철을 바라보았다. 이번에도 김상철은 잠자코 머리만을 끄덕이고는 몸을 돌렸다.

<大尾>

후기

애틀랜타. 올림픽 창설 100주년이 되는 해에 올림픽을 개최한 미국의 도시, 미국 국기, 미국 대통령, 미국 관중들.

입장식이 시작되었다. 경사각이 심한 스탠드에 바닥을 깔아 선수들을 경기장으로 쏟아내고 있었다. 모두 다리를 휘청거렸고 휠체어를 탄 선수 하나는 부축을 받아 아주 조심스럽게 내려온다.

코카콜라를 잔에 붓듯이 선수들을 그라운드로 부은 것이다. 엉망인 진행, 올림픽 정신에 코웃음을 친 상술, 폭탄 테러, 그것을 보고 들으며 여러분은 무엇을 느꼈는가? 미국 선수의 우승 가능성이 없는 경기장에는 관중들이 가지 않았고 타국 선수가 우승하면 대부분의 그들은 냉담했다. 그것을 보고 들으며 우리는 서울올림픽을 회상한다. 가슴 벅찬 감동을 느끼게 한 입장식, 정성을 다해 봉사한 자원봉사요원과 승용차 홀짝제 운행으로 기꺼이 희생을 감수한 시민들, 정연한 진행과 우승자에 대한 아낌없는 찬사.

실로 올림픽 정신에 한 치의 어긋남도 없었던 훌륭한 올림픽이었던 것이다.

　미국 시민은 대체적으로 정직한 기풍이 있다고 생각한다. 솔직하고 꾸밈이 없다. 그래서 겸양의 기운이 조금 적을지도 모른다.
　하지만 1984년의 LA올림픽과 비교해 보더라도 1996년은 분명히 차이가 있다. 그동안에 소련의 붕괴로 동서냉전이 끝이 났고 미국은 유일한 초강대국이 되었던 것이다. 정치가가 그것을 이용하지 않는다면 무능한 사람이다. 그들은 한껏 초강대국이 된 미국의 위상을 과시하여 미국 국민들의 자존심을 만족시켜 주려고 했다.

　그것이 애틀랜타의 모든 진행과정에 드러나 있는 것이다. 이제는 제3세계나 공산권의 눈치를 볼 일이 없는데 미국 시민의 희생과 봉사를 요구할 필요가 있겠는가? 애틀랜타는 철저히 미국 시민들만을 위한 과시용 올림픽이었고 코카콜라와 맥도널드가 기꺼이 그것을 받쳐 주었다.
　한국은 4강(强)에 둘러싸인 분단국가이다. 그들의 이해에 따라 국가의 안위가 위협받을 수 있는 상황이고 더구나 북한은 거의 한 번도 동일민족의 이름으로 우리를 도운 적이 없다.

　그래서 나는 새로운 땅, 시베리아의 광대한 땅에 한민족의 새로운 영토를 건설하기로 마음먹었다. 러시아의 고려인, 중국의 조선족, 일본의 조선인에다 남북한의 이주민을 대량으로 받아들인 고려리아는 한민족의 자존심과 능력을 한껏 충족시켜 줄 새로운 조국이다. 반도의 끝에 위치한 조국은 끊임없이 외세의 압박을 받아왔고 강제로, 혹은 살기 위해서 민족은 사분오열되었다. 민족을 지킬 수 없는 땅은 이미 조국이 아니다. 민족이 모인 땅이 조국인 것이다. 우리는 고려리아를 건설할 능력이 있는 민족이다.

　이 책은 1996년도, 지금부터 15년 전에 썼다. 그러나 나는 15년이 지난 지금도 고려리아를 꿈꾼다. 그리고 그 가능성을 믿는다.

2011. 6. 25. 이원호